BASTEI
LÜBBE

»Mit bewundernswerter Klarheit enthüllt Benedict die gleichzeitig raue und liebevolle Wirklichkeit des griechischen Familienlebens, geprägt von der Geschichte, von religiösen Passionen und ungestümer Loyalität.«
(Philip Graham, Autor von *How to Read an Unwritten Language*)

Über die Autorin

Helen Benedict, die Tochter von Anthropologen, wurde in England geboren und wuchs dort und auf verschiedenen Inseln im Indischen Ozean auf. Sie lebt mit ihrem Mann und ihren zwei Kindern in New York und lehrt an der Columbia University.

HELEN BENEDICT

DIE FRAU DES GRIECHEN

ROMAN

Deutsch von Ursula Walther

BASTEI LÜBBE

BASTEI LÜBBE TASCHENBUCH
Band 14 750

1. Auflage: Juli 2002

Bastei Lübbe Taschenbücher ist ein Imprint
der Verlagsgruppe Lübbe

Deutsche Erstveröffentlichung
Titel der amerikanischen Originalausgabe: The Sailor's Wife

Titelillustration: The Image Bank
Einbandgestaltung: Tanja Østlyngen
Satz: hanseatenSatz-bremen, Bremen
Druck und Verarbeitung: Cox & Wyman
Printed in Great Britain
ISBN 3-404-14750-2

Für Emma, Simon und Steve
und für Nicola Sharp (1954–1982)
in memoriam

Anmerkung der Autorin

Diejenigen, die Griechenland kennen, werden feststellen, dass Ifestia viele Ähnlichkeiten mit der Insel Lemnos hat. Die mythologische Geschichte der Insel entspricht der von Lemnos, ebenso die Landschaft, die hier beschrieben wird, auch die Ortsnamen sind entlehnt. Dennoch ist die Insel Ifestia reine Fiktion und enthält Merkmale verschiedener Gebiete Griechenlands.

Meine Berichte von Ereignissen und Erfahrungen aus dem Zweiten Weltkrieg, dem Bürgerkrieg von 1945–1949 und der Militärdiktatur von 1969–1974 basieren auf historischen Quellen sowie auf Gesprächen mit Augenzeugen. Folgende Bücher waren mir besonders von Nutzen: Janet Hart, *Women in Greek Society,* Anna Collard, *The Experience of Civil War in the Mountain Villages of Central Greece,* und C. M. Woodhouse, *The Struggle for Greece.*

Zudem möchte ich mich bei allen bedanken, die ihre Zeit geopfert haben, um mir bei diesem Buch zu helfen und mich zu ermutigen: Steve O'Connor, Bob Klitzman, Myra Goldberg, Joan Silber, Becky Stowe und meinem silbrigen Freund, der Eidechse.

H. B., 2000

»Ich glaube, nur solche Menschen, die frei sein wollen, sind echte menschliche Wesen. Frauen wollen nicht frei sein. Sind Frauen also menschliche Wesen?«

– NIKOS KAZANTZAKIS, Alexis Sorbas

Prolog

Nachts träumt sie von Supermärkten. Von Supermärkten in Florida. Gänge um Gänge mit Schachteln und Dosen. Dinge, die sie immer als selbstverständlich hingenommen und nicht einmal besonders gemocht hatte. Berieselungsmusik. Regale mit Plätzchen. Soda-Wasser. Farben wie blasses Minzgrün und Neonpink.

Jeden Morgen weckt ihre Schwiegermutter sie, indem sie mit einem Stock gegen die Decke klopft. »Aufstehen, Faulpelz!«, schreit sie auf Griechisch. Ihre Schwiegermutter spricht kein Englisch.

Hier spricht niemand Englisch.

Sie lernte ihn in einem Supermarkt kennen. Vor dem Regal mit den Cornflakes. Er kam, rückwärts gehend, um eine Ecke, hielt einen Zettel in der Hand und schaute verwirrt auf die Ziffern der Gänge – er sah umwerfend aus in seiner blütenweißen Seemannsuniform.

Sie hatte nie zuvor einen so schönen Menschen gesehen. Als er sich umdrehte, um jemanden um Hilfe zu bitten, brachte sie zuerst kein Wort heraus. In seiner Gegenwart kam sie sich unbeholfen und gewöhnlich vor, verkümmerte fast wie eine Pflanze, der man das Licht nahm.

Jetzt steht sie dreimal in der Woche bei Tagesanbruch auf, belädt den Esel und führt ihn zum Markt. Wie die meisten Bewohner der Insel haben ihre Schwiegereltern kein Auto, obwohl dies das Jahr 1975 ist. Ihre Aufgabe ist es, die Kräuter, Melonen, Kartoffeln und den Sesam – all die Dinge, die ihre Schwiegereltern auf ihrem steinigen Stück Land anbauen – zu verkaufen. Wenn sie gute Geschäfte macht, bekommt sie vor dem Schlafengehen Ziegenmilch und Brot. Verkauft sie wenig, fastet die ganze Familie.

Solange sie auf dem Markt ist, darf sie auf keinen Fall die Soldaten anschauen. Die Insel Ifestia ist voll von Soldaten – Horden von Halbstarken, die in jedem Hotel und freien Zimmer der Insel untergebracht sind. Die Griechen und die Türken zanken sich seit Jahrhunderten um Ifestia, deshalb schicken die Griechen so viele Soldaten her. Nur für den Fall.

Wenn Joyce dabei erwischt würde, wie sie einen Blick auf einen Soldaten oder irgendeinen fremden Mann wirft, sagt ihre Schwiegermutter, wird sie verprügelt und ohne eine Drachme auf die Straße gesetzt.

In dem Supermarkt kam er durch den Gang auf sie zu – schlank und auf die unbewusst lässige Art junger Männer graziös. Dichte schwarze Locken fielen ihm in die Stirn. Er sah sie aus großen Augen an – bernsteingold mit dunklen Wimpern. Sein Gesicht war fein geschnitten: markante Wangenknochen, auffallend rote Lippen. Die Haut war gebräunt von der Seefahrt, aber glatt – geschmeidig wie Sirup.

»Sorry«, sagte er leise und unsicher. »Ich sprechen nicht Englisch.«

Joyce reckte ihre Brüste vor, sie konnte nicht anders. Sie hatte keinen großen Busen, aber er war da. Außerdem schleuderte sie ihre lange, amerikanisch blonde Mähne zurück, die sie erst letzte Woche zu einem frostigen Platin gebleicht hatte. Sie hatte sogar die Zeit, sich zu fragen, ob sie ihren schimmernden rosa Lippenstift aufgelegt hatte.

»Lassen Sie mich helfen«, sagte sie und fasste mit ihren lackierten Nägeln nach dem Zettel. Damals in Florida hatte Joyce zu den Mädchen gehört, die sich die Haare bleichten und die Nägel lackierten. Auch las sie Liebesromane und verbrachte Stunden damit, von einer Liebe zu träumen, die sich erhob und anschwoll wie das Crescendo eines Orchesters. Nichts hatte sie auf dies hier vorbereitet.

Jetzt sind ihre Fingernägel abgebrochen, ihre Handflächen fleckig und schwielig.

»Da steht Hafermehl. Sie möchten Hafermehl kaufen?«

Der Junge zuckte mit den Schultern. Offensichtlich hatte er keine Ahnung, was sie da redete. »Fertigbrei oder normales Mehl?«

»Ja«, sagte er und lachte. Seine Zähne waren weiß, aber schief – der einzige Makel an ihm. Er war anderthalb Köpfe größer als sie. Seine schmalen Hüften sahen in der Uniform stramm und viel versprechend aus, die Schultern waren breit. Sie streifte ihre Leinenjacke ab, die sie nur wegen der

Klimaanlage angezogen hatte, und warf sie in ihren Einkaufswagen. Darunter trug sie ein knappes gelbes Shirt und einen Minirock. Ihre Füße steckten in weißen Riemchensandalen, die ihre rosa lackierten Fußnägel frei ließen.

Er musterte sie. Sein Blick war wie eine Liebkosung.

Joyce war noch Jungfrau. Achtzehn und unschuldig. Als sie spürte, wie er sie betrachtete, wusste sie mit einer Gewissheit, die sie nie zuvor empfunden hatte, dass sie keine Jungfrau mehr sein wollte.

Jetzt ist er ihr Mann und Hunderte von Meilen weit weg.

Erster Teil

1

Ifestia lag im Zentrum der nördlichen Ägäis, isoliert wie ein Floß in einer Bucht. Die Westhälfte der Insel, in der Joyce lebte, war der karge Teil: trocken, baumlos, steinig, sandfarbene Erde, silbriges Gestrüpp, das sich ängstlich unter dem weiten blauen Himmel duckte. Wenige Touristen kamen nach Ifestia, weil ihr die Dramatik der Nachbarinseln Lesbos und Thasos fehlte, und sie war ständig mit gelangweilten, aufsässigen Soldaten überlaufen.

Die Insel war arm. Die Bauern von Ifestia plagten sich wie alle Bauern auf der Welt, aber im westlichen Teil halfen ihnen weder fruchtbare Erde noch natürliche Quellen. Ihre Ziegen waren besser an diese Umwelt angepasst als sie. Joyces Schwiegermutter musste ihr ganzes Leben so hart arbeiten, dass sie nie die Muße gehabt hatte, Lesen und Schreiben zu lernen. Sie und ihr Mann lasen die Uhrzeit am Stand der Sonne ab. Ihre Haut sah aus wie die runzeliger Pflaumen, aber ihre Muskeln waren fest und knotig wie knorrige Äste.

1975 – mittlerweile hatte Joyce zwei Jahre damit verbracht, sich an das Inselleben zu gewöhnen – kamen mehr Soldaten denn je nach Ifestia und vertrieben die wenigen verbliebenen Touristen, die sie so gern in der Stadt um sich hatte.

Sie verscheuchten die Deutschen, die immer nur Befehle brüllten und sich nie bedankten, die Engländer, die zu viel tranken und in der Sonne brieten, bis sie krebsrot waren, die wenigen Amerikaner, die Joyce fassungslos anglotzten, wenn sie mit ihnen sprach und sie sie baten, ihnen zu einem Schnäppchen auf dem Markt zu verhelfen. Stattdessen brachten die jungen Kerle Übermut, Lüsternheit und eine schlechte Stimmung auf die Insel; ihre verstohlenen, zuckenden Blicke versuchten, Joyce zu fangen wie Netze. Da waren junge männliche Körper mit glänzendem Haar, Gelächter, Leichtsinn – alles, was sie selbst aufgegeben hatte.

An einem Sommermorgen stand Joyce auf dem Markt und verkaufte die Wochenernte vom Hof ihrer Schwiegereltern. Sie war während der Zeit in Griechenland dünner geworden, ihre einst geschmeidigen Glieder waren jetzt sehnig und hart. Ihre Familie in Florida würde sie kaum wiedererkennen. Ihre Haut, die schon lange nicht mehr mit Cremes geschützt wurde, hatte eine honigbraune Färbung angenommen. Das Haar, das vor vielen Monaten die Bleiche verloren hatte, war zu einem dunkelblonden Knoten zusammengebunden. Die grünen Augen wirkten heller als früher im Kontrast zu dem veränderten Teint; sie hatten das Grün von Salbei in der Sonne, von Oliven im Halbdunkel und verliehen ihrem hageren Gesicht etwas Katzenhaftes, Heimlichtuerisches. Ihre ungeschminkten Lippen waren schmal und fein. Auf den Beinen schimmerten lange, blonde Härchen, und die Hände und Füße waren zerkratzt, rissig und schmutzig. Ihr verwaschenes rosa Kleid – ihre Schwiegermutter erlaubte ihr nicht, Hosen zu tragen – war fleckig. Der Ehering an der linken Hand war trüb geworden.

Sie verkaufte Eier, Öl und Samen von den kostbaren Sesampflanzen ihrer Schwiegereltern. Außerdem noch dunklen, knackigen Spinat, Basilikum, Linsen und Rote Bete, von deren Schnittstellen der Saft wie Blut aus Wunden tropfte, Bohnen, duftenden Majoran, Knoblauchknollen und kleine rote Kartoffeln, die süß wie Pflaumen schmeckten. Das alles bot sie an einem wackeligen Stand auf dem kleinen Marktplatz an, und sie hatte gelernt, eisern zu handeln.

»Für Sie; *Kyria* Fakinu; ich lege ein zusätzliches Ei in die Tüte, wenn Sie etwas von meinem Knoblauch kaufen. Es ist der süßeste auf dem Markt, genährt vom Schweiß und den Tränen meiner Schwiegermutter. Ja, und meine Eier haben drei Zentimeter mehr Umfang als die der anderen – bringen Sie mir ein Maßband und überzeugen Sie sich selbst!«

Die Leute aus der Stadt kauften gern bei Joyce. Sie fanden ihre amerikanisch gefärbte Aussprache und ihre Wortverwechslungen amüsant, wenn sie auf Griechisch mit ihnen debattierte. Sie bewunderten ihr Haar, da sie oft vergaß, es unter einem Tuch zu verstecken, wie es eine anständige junge Frau tat. Die Alten nannten sie scherzhaft eine reiche *Amerikeedah,* die hergekommen war, um wie eine Bäuerin zu leben. Die Jungen erprobten ihre Schlagfertigkeit, um zu sehen, ob sie die emporgekommene Amerikanerin übertreffen konnten. Joyce genoss das alles. Es brachte sie zum Lachen – sie lachte triumphierend stolz, voller Zuneigung.

Sie stand von Sonnenaufgang bis fast Mittag auf dem Markt. Dann, wenn der Platz sich leerte, die Sonne hoch stand und heiß vom Himmel brannte und ihre Stimme heiser war vom lautstarken Anpreisen der Ware, gurtete sie die Weidenkörbe an ihrem Esel fest und ging heim, um die restliche Arbeit des Tages zu verrichten.

»Hey, kleine Mama, gehst du schon nach Hause?«

Das war einer der Soldaten. Sie verspotteten sie jeden Tag in Pidgin-Englisch oder frechem Griechisch. Sie kehrte ihm den Rücken zu und führte den Esel mit finsterer Miene vom Marktplatz. Ihr einziger Schutz waren griechische Flüche und ihr Status als verheiratete Frau, zudem setzte sie sich mit Spucken zur Wehr. Trotzdem hätte sie manchmal am liebsten den Esel weggestoßen, ihr Haar gelöst und in den Armen eines Soldaten getanzt. Nikos, ihr Mann, war diesmal sieben Monate weg, das letzte Mal waren es fast fünf Monate gewesen. Er hatte sie entjungfert, sie auf den Geschmack gebracht, geküsst und sich dann aus dem Staub gemacht. Er hatte sie wie einen Fisch auf dem Trockenen zurückgelassen. Er schrieb ihr in gebrochenem Englisch lange, heiße Liebesbriefe, die ihr unruhige Nächte bereiteten, in denen sie die Finger zwischen den Beinen hatte und hoffte, dass ihre Schwiegereltern im Nebenzimmer ihr Keuchen nicht hörten.

»Komm mit mir, Baby. Ich lecke dich überall.«

Die Männer raunten ihr ins Ohr.

Sie hatte heute nur wenig von dem Gemüse verkauft – zu dieser Jahreszeit gab es zu viel Konkurrenz, und als Joyce den Esel heimführte, hatte sie Angst vor der Reaktion der Schwiegereltern. Sie lebten von der Hand in den Mund, jeder schlechte Markttag war eine Belastung, jeder Wetterumschwung eine potenzielle Tragödie. Das hatte Joyce in der fünften Nacht in dem Haus gelernt. Als sie schwitzend in Nikos' Armen lag und ihre Schenkel noch klebrig von seinem Sperma waren, schreckten sie die Schreie seiner Mutter auf. Ein Sturm war vom Meer aufgekommen und fegte all die Samenkapseln von den Sesampflanzen, gerade einen Tag vor der Ernte. Ihr Schwiegervater zündete eine Kerosinlampe an und stolperte hinaus in den Sturm, seine Frau brüllte Nikos und Joyce an, ihm zu helfen. Sie rannten in der Dunkelheit und liefen im Regen von Pflanze zu Pflanze, krochen auf dem Boden herum und suchten die Kapseln. Dabei beteten sie, dass sie nicht aufgeplatzt waren und der Wind ihren kostbaren Inhalt nicht fortgeweht hatte. Aber es war zwecklos. Fast alle Erträge eines Jahres waren innerhalb einer Stunde vernichtet.

Damals konnte Joyce noch kein Wort Griechisch, und Nikos und sie redeten kaum miteinander – berührten sich nur.

Nikos verließ sie nur sechs Tage, nachdem er sie ins Haus seiner Eltern gebracht hatte. »Ich bin bald zurück«, hatte er versprochen, aber er ließ sich fünf Monate nicht blicken. Er war bei der Handelsmarine, arbeitete für den großen Stolz Griechenlands, für die mächtigen Reeder. Die Schiffe vagabundierten durch die ganze Welt, wie die Griechen sagten. Statt festgesetzte Routen zu befahren, wie es Schiffe anderer Reedereien taten, machten sie jede Fahrt, für die sie bezahlt wurden, ohne zu wissen, wohin es vom Zielhafen aus weiterging. »Ich fahre nur nach Spanien«, hatte Nikos versichert. »Ich komme nach Hause und bringe viel Geld mit.« Seine Mutter, Dimitra, hatte anerkennend gelacht und ihre Finger aneinander gerieben. Kein Mensch hatte Joyce gesagt, dass es immer so sein würde.

Nach Nikos' Abreise lag Joyce wochenlang nachts in ihrem Bett und stöhnte vor Erschöpfung und Einsamkeit. Nachdem sie ihre Angst vor Fledermäusen überwunden hatte, ließ sie die Fensterläden offen, sodass sie den Nachthimmel durchs Fenster sehen konnte; und die Grenzen ihres Lebens, des Zimmers und des Bettes erschienen ihr nicht fassbarer als die Milchstraße. Wo bin ich? Wer kennt mich? Sie hatte das Gefühl, frei zu schweben, an den Rand des Universums zu driften, und nur das dünne, zarte Band von Nikos' Liebe hielt sie fest.

Joyce führte den Esel, einen müden alten Wallach namens Phoebus, durch die staubigen Felder zum Haus ihrer Schwiegereltern. Sie lebten oberhalb von Kastron, dem größten Hafen an der Westküste, auf einem baumlosen Hügel aus Vulkangestein. Die Hitze schien noch größer zu werden, als sie die weiß getünchten Steinhäuser hinter sich gelassen hatte – die Mauern blendeten in der Sonne, und die erdbraunen Dächer wirkten daneben plump und glanzlos. Die heiße Luft machte das Atmen schwer, brannte auf den gelben Staub zu ihren Füßen, auf ihrem Haar, ihrer Haut und ihren Gedanken. Das Gras um sie herum war dürr, aber es duftete nach Kräutern: Oregano, Salbei, Minze, Thymian. Man hörte nur die Huftritte des Esels, die Zykaden und das Knirschen und Rascheln der Weidekörbe auf Phoebus' Rücken. Die Hufe wirbelten Staub auf, und Joyce musste husten.

Joyce war benommen, weil sie lange nichts gegessen hatte. Es war August, und die Dorfbewohner fasteten vor dem Himmelfahrtstag der Heiligen Jungfrau Maria. Sie durften nichts zu sich nehmen, was Jesus Christus symbolisierte, also auch nichts, was aus Oliven gemacht wurde, keinen Fisch, kein Lamm, keinen Schafskäse, keinen Wein. Seit fast zwei Wochen ernährten sich ihre Schwiegereltern und sie von Wassermelonen, Kartoffeln und Bohnensuppe; das war nicht genug, zumindest nicht für Joyce, wenn sie so schwer arbeitete. Aber Petros, ihr Schwiegervater, hatte versprochen, dass sie am Ende der Fastenzeit mit einem Boot zur Nachbarinsel Lesbos und dort auf einen Berg fahren und drei Tage feiern würden.

Joyce band Phoebus an seinem Pfosten fest und stolperte durch die Hintertür in das niedrige Steinhaus; sie scheuchte die Hühner und das grässliche Perlhuhn weg, das ihr vor die Füße lief. Die Kühle innerhalb der weiß getünchten Mauern umschmeichelte sie wie Seide. Sie ließ sich auf die türkischen Kissen fallen, die in einer Ecke aufgehäuft waren. Als ihr Schweiß trocknete, spürte sie, dass der Staub eine Kruste auf ihrer Haut gebildet hatte.

»War heute ein guter Tag, Kleines?«, fragte Dimitra, als sie das Haus betrat. Auch sie, ihr blaues Kittelkleid und ihre bloßen Füße, waren mit Staub bedeckt. Sie hatte in einem riesigen Tonkrug Wasser aus dem Brunnen geholt. Es gab kein fließendes Wasser im Haus.

»Nicht sehr gut, Mama, tut mir Leid«, erwiderte Joyce. Sie kramte die magere Ausbeute an Drachmen aus der Tasche. »Alexis war da mit seiner Ernte – er hat dreimal so viel wie wir. Er verdirbt die Preise. Und die Leute kaufen nicht viel wegen der Fastenzeit.«

Dimitra runzelte die Stirn, sagte aber nichts. Sie hievte den Krug auf das rohe Holzbrett, das als Küchenfläche diente. Dimitra war vierundsechzig Jahre alt, aber die Sonne und die Arbeit hatten sie schnell altern lassen, und sie sah aus wie achtzig. Die Haut in ihrem kantigen Gesicht war rissig wie die trockene Erde, der Mund eingefallen, weil sie schon etliche untere Zähne verloren hatte. Ihre einst großen, mandelförmigen Augen waren trüb und von hängenden Lidern halb verdeckt. Das stahlgraue Haar hatte sie geflochten und um den Kopf festgesteckt wie eine Krone. Sie hielt sich immer noch kerzengerade, und ihr üppiger Busen war fest.

»Und die Eier?«

»Die Eier habe ich verkauft. Und die Kartoffeln auch. Hier ist das Geld. Darf ich mich waschen, Mama? Die Hitze macht mich ganz schwindelig.«

»Ja, geh und wasch dich. Keine Seife für die Füße!«

Das sagte Dimitra jeden Tag, bellte die Worte mit ihrer barschen, rauen Stimme heraus. Seife an den Füßen mache junge Mädchen unfruchtbar, erklärte sie Joyce immer und immer wieder. Joyce lachte leise, als sie draußen an der Pumpe Wasser auf ihre Beine spritzte. Wie soll ich schwanger werden, wenn Nikos dauernd auf See ist? Was erwartet Dimitra, eine unbefleckte Empfängnis?

Im Supermarkt war Nikos ihr gefolgt, als sie ihren Einkaufswagen gefüllt hatte. Er hatte ihr mit Zeichensprache Fragen gestellt und Komplimente gemacht. »*Amerikeedah* hübsch«, sagte er ständig – das war das Einzige, was sie verstand. Aber seine blitzenden Augen, die starke, sonnengebräunte Gestalt – das sagte ihr etwas. Er bezahlte sein Hafermehl und ging mit ihr zu ihrem Auto. Dort blieb er stehen, umklammerte seine Einkaufstüte und sah sich verwirrt um.

»Haben Sie sich verirrt?«, fragte sie hoffnungsvoll.

Er runzelte die Stirn. »Ich zu Fuß hier. Weit.« Er hob die Schultern.

Sie lud ihn zu sich nach Hause ein. »Meine Mama und mein Papa helfen dir«, sagte sie, weil sie glaubte, dass man diese Worte auf der ganzen Welt verstand.

»Mama gut, ja?«, gab er zurück und fuhr ohne Protest mit ihr, als hätte er das schon von vornherein so geplant.

Ihre Eltern hießen ihn überrascht willkommen und beäugten ihn neugierig, während Joyce erklärte, dass er sich offenbar zu weit von seinen Schiffskameraden entfernt hatte. In Miami war man an Seemänner gewöhnt, obwohl noch nie zuvor einer in ihrem Haus gewesen war – normalerweise blieben die Matrosen in den Bars und Clubs in South Beach. Trotzdem hatten sie Erbarmen mit ihm und luden ihn zu einem Barbecue im Garten ein. Joyces Vater grillte die Hamburger, ihre Mutter servierte die Drinks. Joyces ältere Brüder, beide handfest und blond, kicherten Nikos unsicher an und weigerten sich, den Blick vom Fernseher im Wohnzimmer zu wenden.

»Woher kommen Sie?«, erkundigte sich Joyces Mutter schließlich – ihr Lächeln triefte wie die Hamburger.

»Ehlenekoss.« Er schlug sich an die Brust. *»Amerikeedah«*, und er deutete auf sie.

»Was, um alles in der Welt, soll das heißen?«, murmelte Joyces Mutter.

»Er ist Grieche, Mom, das hab ich dir doch gesagt. Ich glaube, sein Schiff ist gestern eingelaufen.«

»Ah ja, Grieche.« Die Mutter betrachtete ihn abschätzend. *»Moussaka!«*, rief sie triumphierend.

Nikos nickte und ließ seine schiefen weißen Zähne aufblitzen.

Nach dem Essen bot Joyce an, ihn zu seinem Schiff zu fahren. Sobald sie aus dem Auto ausgestiegen waren, nahm er ihre Hand und küsste jeden einzelnen Finger so feierlich, als wäre das ein Gebet. »Du bist schön«, sagte er – ein Satz, den er aus Pop-Songs kannte. Er sagte ihn zu jedem Finger und sah sie aus seinen bernsteinfarbenen Augen ernst an.

Joyces Herz krampfte sich so sehr zusammen, dass es wehtat. Er war viel lebendiger als alle anderen Menschen, die sie kannte, so exotisch.

Sie trat auf ihn zu, neigte den Kopf zur Seite und riss die Augen so weit auf, wie sie konnte. »Du bist auch schön.«

2

Jeden Sonntag nahm Dimitra Joyce mit in die Kirche, in die griechisch orthodoxe Kirche in Kastron. Dimitra ging auch jeden Werktag hin, besonders wenn sie die Jungfrau Maria oder ihre Namensheilige um einen Gefallen bitten wollte, aber Joyce erlaubte sie nur an den Sonntagen, ihrer Arbeit fern zu bleiben. In den meisten Familien war die Mutter diejenige, die die Verbindung mit den Heiligen aufrechterhielt. Die Schwiegertöchter schrubbten die Böden.

»Vergiss dein Tuch nicht!«, rief Dimitra Joyce vom Hof aus zu. »Wir müssen für eine gute Ernte beten. Beeil dich!«

»Ich komme, Mama.« Joyce band sich das weiße dreieckige Kirchentuch um den Kopf und lief hinaus.

»Ich weiß nicht, warum du dich immer so fein machst«, grummelte ihre Schwiegermutter. »Vater Poulianos kümmert sich nicht darum, wie du aussiehst. Komm, und wende den Blick von den Soldaten ab.« Sie hakte sich bei Joyce unter, drückte ihren Arm liebevoll und manövrierte sie den Berg hinunter.

Joyce hatte Dimitra anfangs gehasst. Nachdem sich Nikos mit einem Kuss und einem Versprechen verabschiedet hatte, begann ihre Schwiegermutter, sie gnadenlos zur Arbeit zu zwingen, und Joyce verabscheute sie dafür. Gleich beim ersten Kennenlernen betastete Dimitra Joyces Oberarme, als würde sie ein Hühnchen kaufen. Dann huschte ihre knorrige Hand rasch tiefer und drückte eine Brust. Joyce sprang entsetzt zurück. Die alte Frau gackerte und sagte etwas, was Joyce nicht verstand.

Jetzt wusste sie Bescheid. »Zu schlaff«, sagte Dimitra damals zu ihrem Sohn. »Nicht gut für die Arbeit. Mach ihr Kinder.«

Seither war sich Joyce allerdings bewusst geworden, dass sie großes Glück mit Dimitra hatte. Die meisten jungen Frauen auf Ifestia waren viel schlechter dran als sie und litten sehr unter den Müttern ihrer Männer. Sie wurden geschlagen, jeden Tag von neuem gedemütigt und herumkommandiert wie Dienstboten. In manchen Bergdörfern, so hatte Joyce gehört, zwang man die Braut, die erste Nacht im Bett der Schwiegermutter zu verbringen, nicht in dem ihres Mannes, damit von Anfang an klar war, wem sie gehörte. Und man sah sehr oft in Kastron junge Frauen mit blau geschlagenen Augen und Schwellungen im Gesicht, mit Verletzungen, die ihnen die Schwiegermütter oder ihre Männer zugefügt hatten. Die Bewohner von Ifestia waren nicht sanftmütig. Die Alten hatten einen Krieg und die Hungersnot erlebt, und das ganze Land hatte gerade sieben Jahre Diktatur überstanden. Die Inselbewohner hatten nichts für freundliche Ermutigungen oder Komplimente übrig und keine Zeit, Neuankömmlinge zu verhätscheln. Dimitra war ein Lamm im Vergleich zu den meisten anderen Frauen.

Als sie die Kirche – ein schlichtes, rechteckiges, weiß getünchtes Gebäude mit Kuppel und einer Glocke – erreichten, scheuchte Dimitra Joyce durch die Tür und hinauf ins *gynekeion,* also in den Bereich, der den Frauen zugedacht war. Dort begrüßten sie die anderen Frauen, tauschten Neuigkeiten aus und plauderten zwischen den Gebeten. In der Kirche von Kastron ging es nicht sehr ehrfürchtig zu. Die Leute dachten sich nichts dabei, wenn sie herumschlenderten, sich unterhielten und sogar während der Messe über die Zeugungskraft ihrer Ziegenböcke oder die Heiratsfähigkeit ihrer Tochter debattierten, solange der Pope unbeachtet am Altar seine Gesänge absolvierte. Joyce fand, dass die Kirche eher einem geschäftigen Marktplatz als einer Stätte der Andacht glich.

Joyce hatte schon an ihrem zweiten Tag in Griechenland alles über die Kirche gelernt. Sie kam am frühen Morgen in einer abgeschnittenen Jeans und einem ärmellosen Shirt – das Standard-Outfit in der Hitze Floridas – aus Nikos' Zimmer und ging hinunter. Dimitra stieß bei ihrem Anblick einen Entsetzensschrei aus, als hätte sie eine Tarantel gestochen. Sie grabschte nach einer langärmeligen Bluse, die auf einem Stuhl lag, schleuderte sie Joyce entgegen und schlug mit Wucht mehrmals auf ihre nackten Arme – sie tat Joyce ziemlich weh, wahrscheinlich ungewollt. Dann brüllte sie Joyce, die kein Wort verstand, an und deutete angewidert auf ihre knappen Florida-Klamotten. Da Joyce sie jetzt besser kannte, vermutete sie, dass sie damals gesagt hatte: »Du ziehst dich an wie eine Yankee-Hure. Ich dulde keine Touristenschlampe in meinem Haus.«

Hastig, aber auch ein wenig belustigt, kletterte Joyce die Leiter zum Schlafzimmer hinauf, zog einen Rock und Dimitras Bluse an und präsentierte sich von neuem. Trotz allem wollte sie einen guten Eindruck machen. Sie wollte sich anpassen, akzeptiert, sogar geliebt werden. Sie hatte zu diesem Zeitpunkt kein Interesse zu rebellieren. Mit einem zufriedenen Grunzen stieß Dimitra sie aus dem Haus und brachte sie damit fast zu Fall. Dann führte sie die neu gebackene Schwiegertochter in grimmigem Schweigen den staubigen Weg entlang in die Ortschaft – Nikos schlief währenddessen befriedigt in seinem Bett.

Als Joyce dem Dorfpopen Vater Poulianos zum erstenmal begegnete, hatte sie das Gefühl, einem Gemälde vom lieben Gott gegenüberzustehen. Er trug eine bodenlange schwarze Robe und einen hochherrschaftlichen kleinen Hut auf dem Kopf, sein angegrauter, buschiger Bart hing ihm über die Brust. Er war riesig und richtete sich gern zur vollen Größe auf, um seine Herde aus spöttischen grauen Augen zu beobachten. Als Joyce näher kam, sah sie ihm neugierig ins Gesicht, aber Dimitra legte eine Hand auf ihren Hinterkopf und drückte ihn fest nach unten. Erschrocken starrte Joyce auf ihre Füße und wagte nicht, den Blick noch einmal zu erheben. In diesem Moment begriff sie, dass sie keine Ahnung hatte, wie man sich hier benehmen musste.

Ihre Schwiegermutter murmelte dem Popen etwas zu, küsste seine Hand und zerrte Joyce in das düstere, nur von Kerzen beleuchtete Innere der Kirche.

Joyce schaute sich verwundert um. Der Kontrast zwischen dem uralten, fast zerfallenden Dorf draußen und dem prachtvollen goldenen Glitzern in der Kirche war erstaunlich. Schon an ihrem zweiten Tag auf Ifestia hatte sie erkannt, wie arm die Leute hier waren. Ihre Schwiegereltern führten ein so einfaches Leben wie die Menschen vor hundert Jahren: keine Elektrizität, kein fließendes Wasser. Keine Toilette im Haus, kein Herd. Aber die Kirche war so überladen, dass es schon fast vulgär wirkte.

Ungeduldig schubste Dimitra sie zu der mit Ikonen behängten Wand, die das Allerheiligste vom Kirchenschiff trennte, und hielt nach wie vor die Hand in Joyces Nacken. Ein Bild von Christus war das erste – ein großes, goldenes Gemälde von einem Juden mit komischen Augen. Dann kam die Jungfrau Maria mit tränenüberströmtem, tieftraurigem Gesicht. Joyce sah sie sich genauer an. Die Jungfrau war in ein blaues, mit Silber und Gold verziertes Gewand gehüllt. Der Rahmen war kunstvoll geschnitzt, mit Perlmutt, Email und sogar mit Edelsteinen eingelegt – es war nicht zu übersehen, dass die Jungfrau Maria den Dorfbewohnern teurer war als ihr Sohn. Unter der Ikone flackerten viele Kerzen, von denen das Wachs tropfte. Eine Menge *Tamata,* Votivtafeln und -bilder, hingen an dem Holz um das Bild herum: manche waren aus dünnem Zinn und Blattsilber, das in die Form von kleinen Beinen oder Armen, Herzen oder Köpfen geschnitten war, andere waren Abbildungen von weinenden Männern im Gefängnis und verletzten Kindern bei einem Unfall. Marias vor dem Bauch gefalteten Hände waren kaum noch zu erkennen – abgenutzt von Tausenden von Küssen.

Dimitra krallte die Hand in Joyces Haar am Hinterkopf. Schob sie nah vor die Christus-Ikone und gab laute Schmatz-Geräusche von sich. Joyce war so verdattert, dass sie angewidert die Augen schloss und erst die Füße des Christus, dann Marias Hände küsste.

Sie hatte sich bisher nicht getraut klarzustellen – ja nicht einmal gewusst, wie sie so was hätte sagen können –, dass sie Jüdin war.

Nachdem ihre Schwiegermutter sie gezwungen hatte, die Ikone des heiligen Dimitrios, andere Heilige und etliche Engel zu küssen, führte sie sie hinauf zum *gynekeion.* Dort stand Joyce und starrte auf die Männer hinunter; sie war eingeschüchtert und schämte sich.

Inzwischen war die Kirche ein Zufluchtsort für sie geworden. Hier drinnen war es immer kühl, und es roch nach Weihrauch und alten Frauen. Es war der einzige Ort, an dem sie sich ausruhen konnte.

Im ersten Jahr lauteten ihre Gebete in etwa so: »Lieber Gott, es tut mir Leid. Ich weiß, dass ich in der falschen Kirche bin. Meine Eltern würden schreien. Aber ich bin anständig. Bitte, beschütze Nikos.«

Jetzt betete sie: »Bring mir Nikos zurück, lieber Gott. Hilf mir, eine Ehefrau zu bleiben.«

Nikos hatte eine Woche Landurlaub in Miami, und nach dem ersten Kennenlernen hatte er Joyce jeden Tag besucht. Am Morgen nachdem er ihre Finger einzeln geküsst hatte, klopfte er mit einem riesigen Blumenstrauß in der Hand an die Tür; die Blumen schenkte er nicht Joyce, sondern ihrer Mutter. Die Mutter war vollkommen baff. Sie stand auf der Schwelle – rund und sonnengebräunt mit schwarzem Haar, das am Ansatz grau schimmerte – und blinzelte verwirrt. »Danke«, brachte sie schließlich heraus – sie schrie, als wäre er taub und polterte in die Küche.

»Warum, zum Teufel, schenkt er sie mir?«, raunte sie Joyce zu. »Er will nicht an *meine* Wäsche, oder?« Sie rammte die Blumen in eine Vase und winkte Nikos weg wie einen lästigen Hund.

Danach kaufte sich Nikos ein griechisch-englisches Wörterbuch und begann, ihr schäbiges Schindelhaus zu bewundern, den winzigen Garten, den heruntergekommenen Müllplatz, die fleckigen, rissigen Plastikstühle auf der Veranda. Er lernte, Joyces Mutter Komplimente wegen ihrer Zeltkleider, die mit großen Blumen in Orange und Türkis gemustert waren, zu machen. »Hübsch!«, schwärmte er. »Blumen hübsch!« Sie starrte erst ihn an, dann sah sie an sich herunter und lachte. »Er ist schamlos«, sagte sie einmal zu Joyce, aber dann wurde sie rot.

Ihrem Vater gegenüber benahm sich Nikos zurückhaltender. Er schüttelte ihm die Hand, rückte ihm einen Stuhl zurecht, wurde ernst und schwieg respektvoll, wann immer der Vater das Wort ergriff. Joyce spürte, dass sich Nikos mit ihrem Vater über Politik unterhalten hätte, wenn sein Englisch besser gewesen wäre, oder er hätte versucht, ihn über den Schuhladen auszuhorchen, dessen Geschäftsführer er war. Es hätte ihm nicht viel genützt. Ihr Vater ließ sich so selten wie möglich auf irgendwelche Gespräche ein. Er bevorzugte es, mit grimmiger Konzentration in den Fernseher zu starren.

Mit ihren älteren Brüdern Ben und Joey scherzte Nikos. Er brachte ihnen Bier mit und betrank sich mit ihnen, machte Ringkämpfe und ließ die beiden gewinnen. Eines Abends brachte er ihnen den *Hasapiko,* einen feierlichen, anmutigen Tanz für drei Männer, bei. Nikos zeigte langsam die Schritte und legte die Arme um ihre Brüder. Während er sich mit der Anmut eines Panters bewegte, stolperten und schwankten die anderen verlegen kichernd. Joyce hockte auf dem Küchentisch und prustete vor Lachen.

Je strahlender Nikos für Joyce wurde, um so entnervter war ihre Familie. Ihre rundliche Mutter, deren Haut ledern von zu viel Sonne war – aufgedunsenes Gesicht und verschwollene kleine Augen. Der Vater ganz still und unaussprechlich traurig, ein dickbäuchiger Schatten, der lautlos ein und aus huschte. Die Brüder, stoppelhaarige Rabauken, die Joyce während ihrer gesamten Kindheit entweder nicht beachtet oder geärgert hatten – eisiges Schweigen. Leere, wo Emotionen sein müssten.

Sie sahen grau aus. Dumpf und grau wie verblasste Fotografien neben bunten Luftballons.

In der Nacht, in der heißen, seidigen Luft gingen Nikos und Joyce an den Strand und legten sich in den Sand. Sie war bereit, sich ihm dort und zu dieser Zeit hinzugeben und alles zu vergessen, was sie von Seemännern und ihren Krankheiten gehört hatte. Joyce war achtzehn, und sie wollte alles. Sie wollte die exotische Welt, die sie in Nikos' wissenden Augen entdeckte. Die klassische Geschichte, die seine fremde, gutturale Sprache zum Leben erweckte. Die Geheimnisse, die seine Uniform andeutete. Ihr ganzes Leben lang hatte sie sich unterdrückt gefühlt, gehemmt durch eine Familie, die zu leidenschaftslos und niedergeschlagen war, um Ambitionen oder Abenteuer zu kennen. Deshalb öffnete sie sich Nikos. Voller Eifer. Schamlos. Mutig.

Aber Nikos bestand darauf, die Sache langsam anzugehen. Jede Nacht stützte er sich auf die Ellbogen, küsste sie sehnsüchtig und entblößte nur einen Teil ihrer Haut. Am Samstag schob er ihren Rock über ein Bein nach oben, als würde er ein gefährliches Geheimnis enthüllen, ließ seine Hand über ihren Schenkel gleiten und strich ihr über die Hüfte. Am Sonntag knöpfte er ihr dünnes Sommerkleid auf und streifte nur die linke Seite zurück, um ihre Brust zu betrachten, die erregt bebte. Am Montag enthüllte er die andere Brust und liebkoste sie mit den Lippen, bis Joyce stöhnte. Am Dienstag eine Hüfte und ein paar Rippen. Am Mittwoch ihren flachen, straffen Bauch und den Nabel, der sich zusammenzog wie ein Grübchen.

Jede Nacht küsste und streichelte er sie, bis sie vor Verlangen keuchte. Und jede Nacht hörte er zu früh auf, sodass sie an nichts anderes mehr denken konnte als an ihn.

Sie verständigten sich hauptsächlich mit Zeichensprache. Er war gut darin, lustig, und wob mit grazilen Bewegungen Worte in die Luft, aber hauptsächlich schworen sie sich Liebe, deuteten auf Gegenstände und nannten ihre Namen. Nikos zeigte auf einen Stern und wollte das englische Wort dafür wissen, dann sagte er das griechische – *astro* –, ließ sie das Wort wiederholen und lachte über ihre Aussprache. Er verglich sie mit Blumen, mit dem Mond, seinem Licht, das silbern auf dem Wasser blitzte. Diese Komplimente bedeuteten Joyce nichts. Sie sah nur Nikos' Schönheit. Sie konnte ihn stundenlang nur anschauen und vergaß dabei sogar, ihm zu antworten, weil sie nur noch staunte, dass ein derart exotischer Mann ausgerechnet sie begehrte. Seine Haut war so glatt, dass sich ihre Fingerspitzen regelrecht rau anfühlten, wenn sie ihn berührte. Er hatte hohe, markante Wangenknochen, sinnliche, fein geschnittene Gesichtszüge. Seine glänzenden schwarzen Locken rochen nach Seife und Meer. In seinen Augen funkelten goldene, bernsteinfarbene und grüne Lichter, die Augäpfel waren schneeweiß und die Wimpern dicht und dunkel. Er bewegte sich mit geschmeidiger Trägheit, die Muskeln wellten sich unter der gebräunten Haut. Seine Schönheit verzehrte sie, und alles um sie herum, auch ihre Familie, verblasste zur Bedeutungslosigkeit. Sie wollte seinen Körper, seine Welt und seine Geheimnisse kennen lernen.

Und er steigerte ihr Fieber so sehr, dass sie, als er sie am Freitagabend – sieben Tage nach ihrem ersten Zusammentreffen – bat, ihn zu heiraten, ein Ja hauchte und spürte, wie sich ein Vogel aus ihrer Brust in die Lüfte erhob.

Sein Schiff legte einen Tag nach dem Heiratsantrag ab, und er fuhr mit. Vorher hatte er ihr, indem er ihr die Tage auf einem Kalender zeigte, klar gemacht, dass er in einem Monat zurück sein würde, und Joyce sollte in dieser Zeit die Hochzeitsvorbereitungen treffen.

Sie weinte, als sein Schiff aus dem Hafen fuhr. Er hatte in ihr die Hoffnung geweckt, dem täglichen Einerlei zu entkommen, nur um sie jetzt ganz allein zurückzulassen. Zweifel und eine unendliche Einsamkeit nagten an ihr.

Einen endlos langen Monat zählte sie die Tage, die Stunden krochen quälend langsam dahin, und Joyce betrachtete ihre Umgebung mit wachsender Unduldsamkeit und Abneigung. In diesem Monat verabschiedete sie sich im Stillen von allem, was sie kannte und gewesen war, und redete sich verzweifelt ein, dass Nikos ganz bestimmt zurückkommen würde.

Ihre Eltern lachten sie aus und behaupteten, Nikos würde sich nie wieder blicken lassen. »Er mag ja ein toller Hecht sein, Liebes, aber du weißt doch, wie die Seemänner sind«, sagte ihre Mutter eines Morgens, als sie in der Küche saß, und zündete sich eine Zigarette an. Sie kniff die Augen wegen des Rauchs zusammen und stützte die Ellbogen schwer auf den Plastiktisch. »Vergiss ihn. Sieh ihn als Ferienliebelei an und wende dich anderen Dingen zu. Außerdem ist er ein Goy – katholisch oder so was.«

»Wieso stört dich das auf einmal?«, fragte Joyce schmollend. »Du warst seit Joeys Bar-Mizwa nicht mehr in der Synagoge.«

»Ja und? Es stört mich trotzdem.« Ihre Mutter wedelte mit der Zigarette herum, um ihren Worten Nachdruck zu verleihen; der Rauch kräuselte sich um ihr von der Sonne verbranntes Gesicht wie eine Kapuze, das Fleisch an ihren Oberarmen wabbelte. »Und dich sollte es auch stören. Du brauchst einen Mann, der so ist wie wir, nicht irgendeinen windigen Ausländer, der nicht einmal Englisch spricht.«

Joyce lehnte sich an den Küchenschrank und funkelte ihre Mutter böse an. »Einen Mann, der ist wie wir? Was soll das heißen?«

Ihre Mutter verlagerte ihr Gewicht auf dem Stuhl. Sie hustete – ein tiefes, schwerfälliges Bellen, und schnippte die Asche in die leere Müslischale, die vor ihr auf dem Tisch stand. »Das weißt du genau – wie Amerikaner, wie Juden. Wie die netten, normalen Leute hier in der Gegend.« Sie seufzte, fast als hätte sie den Glauben an ihre eigenen Worte verloren. »Anständig und ordentlich eben.«

Joyce musterte ihre Mutter, den fülligen, fleischigen Körper, der in einer orangefarbenen Kittelschürze steckte, die schmalen Augen in dem aufgedunsenen Gesicht. Das war ihre Mutter: schroff, kritisch und nur selten und widerwillig bereit, geringe Dosen von Zuneigung zu zeigen, als ob das eine teuere Medizin wäre. War sie anständig und ordentlich? Normal? Joyce hatte als noch jüngeres Mädchen eine Phase durchgemacht, in der sie sich gefragt hatte, wie sie ihre Mutter und ihren Vater beschreiben könnte. Sie hatte nach dem passenden Wort in Fernseh-Sitcoms gesucht, in Büchern und in den Klagen ihrer Freundinnen. Sie suchte nach etwas, was ihr half, ihre Eltern zu kategorisieren, über sie zu reden, sie genauer kennen zu lernen. *Warmherzig, glücklich, liebevoll* – diese Worte musste sie ausschließen. An der Sprachlosigkeit, die ihren Vater zu bedrücken und ihre Mutter zu erbittern schien, war nichts Warmherziges. Aber *kalt* oder *grausam* passte auch nicht. Niemand hatte Joyce jemals in die Besenkammer gesperrt, verprügelt oder ihr unter den Rock gefasst. Auch *streng* oder *ungerecht,* die Lieblingswörter ihrer Freundinnen, trafen nicht zu. Ihre Eltern zerrten sie nie in die Synagoge, schickten sie nicht in die Sonntagsschule und zwangen sie auch nicht, abends stundenlang über Büchern zu brüten oder sich Musik anzuhören, die ihr nicht gefiel; genauso wenig gaben sie ihr Hausarrest oder ließen sie am Wochenende verhasste Arbeiten verrichten. Aber wenn sie in der Lokalzeitung von Menschen las, die als normal, anständig und ordentlich galten – von Leuten, die in den Elternbeirat gewählt wurden oder Spenden für die Eröffnung einer jüdischen Vorschule sammelten –, erkannte sie, dass ihre Eltern anders waren. Sie gingen nie aus, beteiligten sich nie an politischen Wahlen, trafen sich nicht mit Freunden. Offenbar scherten sie sich keinen Deut um die Gemeinde, in der sie lebten. Nur Joyce und ihre Brüder wagten sich hinaus in die Welt, nahmen an den Beschäftigungen teil, die alle amerikanischen Jugendlichen begeisterten: Baseball und Football, Verabredungen und Schulfeste, was die Jungs betraf, und Joyce vergnügte sich mit Shopping, Promenieren und stundenlangem Warten neben dem Telefon. Das Leben ihres Vaters bestand hauptsächlich aus Arbeit, und wenn er abends nach Hause kam, setzte er sich vor den Fernseher. Die Mutter plauderte mit den Nachbarinnen, verbrachte aber die meiste Zeit damit, Werbebroschüren zu studieren und nach Sonderangeboten zu suchen, während sie eine Zigarette nach der anderen rauchte, Kartoffel-Chips mampfte und Cola trank. Einmal, als Joyce eine Schulfreundin aus der vierten Klasse mit nach Hause brachte, blieb das Mädchen wie angewurzelt in der Küche stehen und starrte Joyces reglose Mutter an. Das Mädchen beobachtete fasziniert, wie sich die Mutter durch eine Familienpackung Doritos und ein Päckchen Zigaretten arbeitete und nichts um sich herum wahrnahm. »Komm schon«, drängte Joyce die Freundin ungeduldig. »Wir gehen hinauf.« – »Nein«, hauchte das Mädchen. »Deine Mutter ist so komisch – ich möchte lieber nach Hause.«

Joyce war es nie gelungen, die richtige Bezeichnung für ihre Familie zu finden. Aber *normal* passte ganz bestimmt nicht.

Während sie auf Nikos wartete, ging sie regelmäßig in die Bibliothek und suchte sich dort Reisebücher über Griechenland aus. Sie las über die Akropolis und das Orakel von Delphi. Sie sah sich Dutzende von Fotos von blicklosen Statuen und verzerrten schwarzen Figuren auf Amphoren an. Sie saugte all das Neue und Fremde gierig und wahllos in sich auf und verstand nur wenig von dem, was sie las. Wenn sie müde war, träumte sie von Nikos' Lippen und seinen zarten Händen. Von den Welten, die er ihr eröffnen würde.

Ihr Vater wurde immer ärgerlicher. »Schlag dir den Kerl aus dem Kopf«, bellte er sie eines Tages an. »Jetzt, da du die Highschool hinter dir hast, solltest du dir einen Job suchen wie deine Brüder.«

Joey arbeitete in einer Autowerkstatt. Ben lieferte Pizzen aus. Joyce sah sie sich genauer an, ihre Arme waren fleischig, ihre Gesichter abwechselnd grob und unsicher ihre Gedanken beschränkten sich stupide auf Football und Geld, und ihre Freundinnen waren träge und schüchtern. So möchte ich nicht sein, ich möchte nie wie einer von ihnen werden, dachte Joyce. Ich will mehr aus meinem Leben machen, Abenteuer erleben, Aufregendes, Gefahr.

»Er wird nie wieder hier auftauchen«, höhnten ihre Brüder, als sie hörten, wie sie vor ihren Freundinnen damit prahlte, dass sie verlobt war. »Er ist sowieso ’ne Schwuchtel, konnte die Finger nicht von uns lassen, dieser schleimige Perverse.«

Joyce bedachte sie mit einem verächtlichen Blick. Ihre Familie war wie tot. Was wussten die schon?

Als Nikos sie alle in Erstaunen versetzte und tatsächlich einen Monat später mit einem Ring und einem neuen schimmernden Anzug vor der Tür stand, drehte sich Joyce triumphierend zu ihrer Mutter um. »Siehst du? Ich hab dir gesagt, dass er es ernst meint. Du vertraust meinem Urteil nie.«

»Du bist zu jung zum Heiraten«, sagte ihre Mutter, ihre nikotinheisere Stimme klang bitter. »Schau mich an! Ich hocke hier mit deinem Vater. Mach nicht dieselben Fehler wie ich.«

Das werde ich ganz bestimmt nicht, dachte Joyce. Sie heiratete Nikos auf dem Standesamt – eine Highschool-Freundin war Trauzeugin –, dann mieteten sie in einem billigen Motel ein Zimmer, das ihnen als Hochzeits-Suite diente.

Joyce erinnerte sich noch gern an ihre Hochzeitsnacht, in der Nikos sie endlich ganz auszog. Sie hatte sogar Freude daran, sich ihm zu präsentieren, denn seine Liebe machte sie sicher, und sie fühlte sich nicht bloßgestellt. Er legte sie aufs Bett, und während er ihre Glieder wie die einer Puppe arrangierte, wuchs ihre Erregung. Dann streifte er seine eigene Kleidung ab und zeigte sich ihr in seiner ganzen Schönheit – breite Schultern, schmale Taille, glatte Brust und so weich wie die Innenseite ihrer Schenkel. Er beugte sich über sie, liebkoste ihre Füße, küsste ihre Beine bis hinauf zum Knie, dann strich er mit den Lippen über ihre Schenkel. Bedächtig spreizte er ihre Beine und leckte sie so zart, dass sie aufschrie – nie zuvor hatte sie jemand so ehrfurchtsvoll berührt. Bisher hatten sie nur Jungs mit rissigen Fingernägeln unbeholfen angetatscht. Endlich, als sie seinen Namen immer und immer wieder keuchte, drang er langsam in sie ein. Meine Jungfrau, meine Braut, stöhnte er auf Griechisch, und sie verstand ihn sogar.

Es tat weh, natürlich. Es tat weh, und sie blutete. Instinktiv krampfte sie sich zusammen. Er hielt inne und wartete, bis sie sich wieder entspannte, küsste ihre Lippen und stützte sich mit den Armen ab. Doch dann konnte er sich nicht mehr beherrschen und stieß zu, schrie wie sie, aber aus purem Vergnügen.

Im Nachhinein verdrängte Joyce die Erinnerung an den Schmerz, wenn sie an diese Nacht zurückdachte. Dies war nur ein notwendiges Leid, der Preis, mit dem sie sich die Liebe verdient hatte, so sah sie es. Nichts im Vergleich zu der Wonne, sich mit Nikos zu vereinigen, mit Körper und Seele. Sie war immerhin dazu erzogen worden nachzugeben. Das hatte sie aus den Liebesromanen, den Gesprächen mit den Freundinnen, den ominösen Diskussionen im Fernsehen gelernt. Leiden, Unterwerfung, Geduld und Aufopferung – dafür wurde eine Frau mit der Liebe eines Mannes belohnt.

Sie hatte Angst vor dem nächsten Mal. Nikos spürte das, nahm deshalb zu seiner früheren Zärtlichkeit Zuflucht und steigerte bedachtsam ihre Lust wie in den Nächten am Strand. Er brachte es fertig, dass sie sich ihm ganz von selbst öffnete, damit er sie liebkosen und sanft streicheln konnte, bis sie so leidenschaftlich und fiebrig war, dass sie ihre Angst vergaß.

Und dann begann die wahre körperliche Liebe für sie, die Liebe, die sie auch jetzt noch mit brennender Sehnsucht erfüllte und ihr Pein bereitete, wenn sie nachts allein im Bett lag.

Am Morgen nach ihrer Hochzeitsnacht flogen Nikos und Joyce nach Athen, in einem Metallbehälter, der sich am Himmel bewegte, isoliert von ihrer Zukunft. Sie reisten ab, ohne Lebewohl zu sagen. Die Zeremonie im Standesamt, das schäbige Motel, der Flughafen – und das war's; für Joyce war das Leben mit ihrer Familie vorbei. Joyce hatte sich nur mit ihrem Babysitter-Geld und einer Leinentasche mit Sommerkleidern aus dem Haus geschlichen. Ihr kam in den Sinn, dass sie die Heiratserlaubnis von ihren Eltern bekommen hätte, wenn sie hartnäckig geblieben und überzeugender gewesen wäre – dann hätte sie ein richtiges Hochzeitsfest gehabt und sich ordentlich verabschieden können. Aber sie schob diesen Gedanken beiseite. Hier ging es um Liebe, nicht um Pflichterfüllung. Sie sah aus dem Fenster, als die Maschine abhob; die Landschaft unter ihr wurde immer kleiner, und eine ungeheuere Aufregung erfasste sie. Ihr altes Leben, ihr altes Sein fielen von ihr ab wie Sand, den man sich von den Knien wischt. Sie war in Hochstimmung, fühlte sich großartig. Frei.

Im Flugzeug streichelte Nikos Joyces noch zarte Hände und versuchte, ihr ein paar griechische Worte beizubringen. *Neh* für ja. *Ochi* für nein. Mutter und Ehemann. Bitte und danke. Wenn die Menschen nicken, meinen sie nein, nicht ja. Du musst meine Mutter *Pethera,* Schwiegermutter, nennen, meinen Vater *Petheros.* Den einzigen Hinweis darauf, was sie erwartete, gab er ihr, nachdem er lange in seinem

Wörterbuch gesucht hatte: »Mama, Papa, keine Dollars.« Das Wort für »arm« hatte er nicht gefunden.

Joyce sah ihn staunend an und hörte nur mit halbem Ohr zu. Mit diesem schönen Mann war sie verheiratet? Sie war ganz benommen vor Dankbarkeit und Liebe.

Nach der Landung kam die heiße Zugfahrt nach Thessaloniki, dann stiegen sie von einem klapprigen Bus in den anderen und auf langsam tuckernde Insel-Fähren. Joyce betrachtete das Bauernvolk, die Ziegen und Hühner, die helle Erde und die silbrig glänzenden Olivenbäume und fand alles aufregend. Sie war noch nie von zu Hause weg gewesen. Niemand in ihrer Familie verreiste. Reisen sei etwas für Leute, die ihr Heim nicht mochten, die Amerika nicht mochten, hatte ihr Vater einmal gesagt. Nie zuvor hatte sie ihrer Familie so die Stirn geboten. Sie schrieb eine Karte an ihre Eltern.

Liebe Mom, lieber Dad! Wir sind in Griechenland, und es ist wundervoll. Nikos behandelt mich wie eine Prinzessin. Die Ehe bekommt mir! Ich bin glücklich wie noch nie.

Sobald sie ankamen, war Joyce wie betäubt, und das änderte sich wochenlang nicht. All das Unbekannte, das sie sah und tat, die neuen Gesichter und die fremde Sprache brachten sie so durcheinander, dass sie die Orientierung und ihr Urteilsvermögen verlor. Es fiel ihr schwer, in diesem klaren, grellen Licht Entfernungen zu schätzen. Sie stolperte durch die Gegend und lief ständig Gefahr, auf die Knie zu fallen. Sie trafen im Sommer ein, und die Hitze war im Vergleich zu der in Florida furchtbar trocken – Joyce hatte immerzu entsetzlichen Durst. Nikos trug noch zu ihrer Verwirrung bei, indem er sie den ganzen Morgen, die ganze Nacht liebte und sie sogar manchmal am helllichten Tag in ihr Zimmer zerrte, wenn seine Eltern draußen arbeiteten. Sie war wund, erschöpft und schwindelig vom Sex, aber nie ganz befriedigt. Er reizte und neckte sie, zögerte ihren Orgasmus hinaus, bis sie alles tat, was er wollte. Er versetzte sie in einen solchen Rausch, dass sie kaum darüber nachdenken konnte, was sie verloren hatte und wo sie gelandet war. Wer sie war. Zweimal hatte sie ihn trotz ihrer Benommenheit überredet, sie zum Postamt nach Kastron zu bringen, damit sie von dort aus zu Hause anrufen konnte; ihre Schwiegereltern besaßen wie die meisten Inselbewohner kein eigenes Telefon. Sie musste sich Geld von Dimitra borgen – Geld, das ihre Schwiegermutter nur schwer entbehren konnte –, da Nikos ihr alles, was sie mitgebracht hatte, weggenommen und seinen Eltern übergeben hatte. »Du meine Frau« – das war seine ganze Erklärung für diese Handlungsweise. Bei ihrem ersten Anruf brüllte ihr Vater sie an, bis sie einfach auflegte. Beim zweiten Mal sagte ihre Mutter: »Ich hoffe nur, du bist glücklich nach der Dummheit, die du gemacht hast.«

»Das bin ich, aber das habe ich nicht euch zu verdanken!«, kreischte Joyce zurück und knallte den Hörer auf die Gabel.

Danach schrieb sie voller Wut eine Postkarte.

Liebe Mom und alle anderen! Mir geht's großartig. Griechenland ist viel schöner als Florida, und es gibt hier viel zu tun. Ihr hättet mir und Nikos die Erlaubnis zum Heiraten geben sollen – Ihr hättet es nicht bereut. Ihr habt mir nie genügend vertraut. Ich bin glücklicher als jemals zuvor. Hier ist meine neue Adresse ...

Es kam nie eine Antwort. Joyce schrieb wieder und wieder. Ihre Eltern ließen nichts von sich hören. Sie überlegte, ob sie noch einmal anrufen sollte, aber sie war so verletzt und wütend über ihr Schweigen, dass sie Abstand davon nahm. Sie hatten ihre Adresse – wenn sie mit ihr sprechen wollten, sollten sie sich bemühen, Verbindung mit ihr aufzunehmen. Bis dahin würde sie ihnen Karten schreiben.

Joyce wollte sich nicht eingestehen, wie weh es ihr tat, dass ihre Familie den Kontakt abgebrochen hatte. Einmal beklagte sie sich bei Dimitra darüber, und Dimitra sagte: »Eine Tochter gehört zur Familie ihres Mannes, nachdem sie geheiratet hat. Ihre Eltern haben keinerlei Verpflichtungen mehr.« Joyce starrte sie an. Waren ihre Eltern derselben Ansicht? Glaubten sie, sie für immer losgeworden zu sein?

»Du gehörst zu uns«, sagte Dimitra.

Nach der Kirche am Sonntag erlaubte sich Dimitra einige wenige Stunden Muße und setzte sich mit den anderen alten Frauen des Dorfes zusammen. Die meisten von ihnen waren durch den Krieg zu Witwen geworden und trugen nur Schwarz. Dimitra besuchte sie in ihren Häusern, schwatzte mit ihnen, aß ein paar Löffel der süßen weißen Creme namens *Mastik* und trank kaltes Wasser. Joyce musste währenddessen in der Kirche bleiben, um Nikos' Sicherheit beten und die Jungfrau Maria anflehen, ihr Kinder zu schenken, aber sie stahl sich meistens davon und wanderte durch die Stadt. Die Läden waren geschlossen, und auf den kopfsteingepflasterten Straßen war es still. Im Grunde gab es nichts, was sie tun könnte. Aber die Gelegenheit, einmal ohne ihre Schwiegereltern, den Esel oder schwere Körbe unterwegs sein zu können, war so kostbar, dass sie sie nicht ungenutzt verstreichen lassen wollte.

Doch gerade in diesen Stunden fehlte ihr Nikos am meisten. Während der Woche arbeitete sie so hart, dass sie kaum Zeit hatte, über ihre Einsamkeit nachzudenken, und sich hauptsächlich mit ihren Aufgaben, den Angelegenheiten des Dorfes und dem Klatsch beschäftigte – mit Dingen, die Dimitras und ihr Leben ausmachten. Aber an den Sonntagen, wenn sie durch die Straßen schlenderte, machte sich eine Leere in ihr breit. Sie vermisste Florida nicht, dort würde sie nur mit ihrer Mutter streiten oder unbeachtet im Haus hocken und im Stillen rebellieren, und selbst wenn sie am Strand spazieren ginge, würde sie vom inhaltsleeren Leben der Familie noch eingehüllt werden wie von einer Ätherwolke. Außerdem, sagte sie sich, hat mich meine Familie ausgegrenzt und damit bewiesen, dass ich unwichtig für sie bin. Aber hier in der Stadt, in der sie nur Bauern und schwarz gekleideten Witwen begegnete, sehnte sie sich besonders schmerzlich nach der Gesellschaft ihres Mannes, nach seiner Jugend, seinem berauschenden Körper, dem sinnlichen Versprechen seines Blickes, der Sicherheit und dem Stolz, den sie empfand, wenn er ihre Hand hielt und mit ihr durch die Stadt ging. Es gefiel ihr, das Land zu bestellen und Waren auf dem Markt zu verkaufen. Sie mochte das Dorfleben und das Gefühl dazuzugehören. Aber manchmal kam sie sich verlassen vor wie eine Schiffbrüchige.

An diesem Sonntag wanderte sie eine ganze Weile durch die Straßen, ehe sie jemandem begegnete. Der massige Stratis Farmakides mit dem dicken Nacken und breiten Gesicht, der Fleischer des Ortes, saß auf seinem Plastikstuhl vor dem geschlossenen Laden. Er hielt eine dicke, selbst gedrehte Zigarette zwischen Daumen und Zeigefinger und beobachtete mit Vergnügen zwei Hunde, die um ein knorpeliges Fleischstück rauften. Der kopflose Kadaver einer gehäuteten Ziege hing neben ihm an einem eisernen Haken, Blut tropfte aus dem offenen Hals in einen Eimer. Fliegen umschwärmten das frische Fleisch, aber Stratis schien das, obwohl er Metzger war, kein bisschen zu stören. Stratis ging wegen seines blutrünstigen Berufs nie in die Kirche. »Ich habe zu viele dahingemetzelte Tiere auf dem Gewissen«, hatte er Joyce einmal mit einem Augenzwinkern erklärt. Deshalb lümmelte er sonntags vor seinem Haus herum und träumte von der Zukunft.

Joyce ging auf ihn zu, wie er es von ihr erwartete. Er hatte vor, nach Chicago auszuwandern und reich zu werden, deshalb bestand er darauf, sein nicht vorhandenes Englisch mit ihr zu üben, wann immer es möglich war.

»Plgety noming, si?«, sagte er zu ihr.

»Wie bitte?« Joyce blieb vor ihm stehen.

»Ich sagte in deiner Sprache: ›Ein hübscher Morgen, nicht?‹«, behauptete Stratis und nahm wieder zu Griechisch Zuflucht. »Was ist los? Hast du mich nicht verstanden?« Er wischte sich eine Fliege von der Nase.

»Oh, ich war nur etwas durcheinander, weil *si* kein englisches Wort ist«, erwiderte sie taktvoll.

»Ah ja, ich verwechsle oft was mit Italienisch, das ich im Krieg gelernt habe. Mein Kopf ist voll mit allem möglichen Halbwissen – zugestopft wie ein Würstchen.« Stratis seufzte und nahm die Zigarette aus dem Mund; ein Stück von dem Papier blieb an seiner Lippe kleben. Sein kahler, dunkel gebräunter Kopf sah aus wie ein großer polierter Knochen. »Aber das geht nicht, wenn ich es in Chicago zu was bringen will. Ich muss besser sprechen lernen, leider hab ich kein Gehör für fremde Sprachen und brauche deine Hilfe. Wann gibst du mir Unterricht, kleine Amerikanerin?«

Schon seit Monaten lag er ihr damit in den Ohren, aber Joyce war klug genug, ihm keine Zusage zu geben. Respektable Hausfrauen setzten sich nicht mit alleinstehenden Männern zusammen, und das wusste Stratis ganz genau. Und es war durchaus denkbar, dass er sich inmitten der Lammkoteletts auf Joyce stürzen würde.

»Ich fange jetzt gleich damit an«, entgegnete sie schalkhaft und setzte hinzu: »Goodbye.«

»Was heißt das?«

»Das heißt *Andheo,* Mr. Farmakides.« Er murmelte das Wort nach, während sie den Berg hinauf zum Haus ihrer Freundin Marina ging. Sie nickte ihren Bekannten, den alten Frauen und Hausfrauen, höflich zu und ignorierte ihre missbilligenden Blicke. Sie wusste, dass junge Frauen nicht allein auf den Straßen sein sollten, aber sie hatte die Erfahrung gemacht, dass sie die Tatsache, Amerikanerin zu sein, als Entschuldigung für gelegentliche Verstöße gegen die Bräuche nutzen konnte. Manchmal war es angenehm, Ausländerin zu sein. Dennoch rannten barfüßige Kinder mit aufgeschürften Knien, viele in Lumpen, herbei und sahen sie entgeistert an. Soldaten versuchten, sie auf sich aufmerksam zu machen. Jeder Schritt schien eine Prüfung zu sein.

Kastron war eine bescheidene Hafen- und Marktstadt, die sich an den Fuß des westlichsten Berges von Ifestia schmiegte. Seit die Steinhäuser gebaut worden waren, hatte sich Kastron während des Osmanischen Reiches und den vier Jahrhunderten der türkischen Herrschaft, die die Griechen noch immer hasserfüllt ausspucken ließ, kaum geändert, aber Teile der mittlerweile zwei- bis fünfhundert Jahre alten Stadt zerbröckelten allmählich zu einem Haufen

Schutt. Die Hausmauern waren rau, mit Vorsprüngen und uneben angespritztem Kalk. Die schmalen Gassen waren so holperig gepflastert, dass sie mehr Bruchsteinflächen glichen als Straßen. Joyce dachte oft, dass die Stadt genauso zerklüftet und gebrochen aussah wie die meisten ihrer Bewohner.

Die Küste gehörte hauptsächlich den Fischern, die jeden Abend ihre Netze einholten, um sie zu flicken, während die orange leuchtende Sonne im Meer versank. Möwen und Pelikane hielten im Hafen nach unbewachter Beute Ausschau. Der Geruch nach Seegras und Fisch schwängerte die Luft und mischte sich mit den süßen Düften, die der Wind mit sich brachte. Fischerboote schaukelten träge aufs Meer hinaus. So sehr Joyce die Straße an der Küste auch liebte, sie konnte dort nicht spazieren gehen, denn am Meer trieben sich die meisten Soldaten herum, tranken in den Tavernen und beobachteten, wie der Wind die Röcke der Frauen gegen die Beine drückte. Sie fürchtete die Herausforderung der gierigen Blicke.

Sie kletterte stattdessen höher auf den Berg, wo es nur noch reine Wohnhäuser gab. Hier waren die Gassen so eng, dass zwei Männer nicht aneinander vorbeigehen konnten, ohne die Mauern rechts und links zu berühren, schmale Durchgänge führten zu versteckten Innenhöfen und Hinterhäusern. In der Mitte der Wege befand sich eine Abflussrinne, durch die Seifenlauge, weißer Kalk, gelegentlich auch etwas, was nach Ammoniak stank, und Exkremente flossen. Dürre Hunde liefen überall herum, witterten geheimnisvolle Spuren und achteten nicht einmal auf die Katzen, die sich den Staub aus ihrem heißen, räudigen Fell leckten.

Joyce bog in eine enge Straße ein, um zu ihrem Lieblingsviertel von Kastron zu gelangen. Hier standen die Häuser so eng beieinander, dass man kaum erkennen konnte, welches Gebäudeteil zu welchem Haus gehörte. Die Terrasse eines Bewohners konnte das Dach eines anderen sein. Mauern mündeten in Treppenaufgänge, und alles war aus uraltem Stein gebaut und so dick mit Kalk beschmiert, dass die Häuser glatt und abgerundet wie geschmolzener Zucker aussahen. Rote Blumen und grüne Blattranken hingen von den Fenstern und wucherten in Kübeln, die die Leute auf die Außentreppen gestellt hatten, und auf allen Dächern sah man orangerote Hohlpfannen, die sich wie Wellen überlappten. Joyce kam es jedesmal vor, als würde sie durch eine riesige, ausgebleichte Honigwabe laufen, wenn sie sich in diesen Gässchen bewegte. Obwohl sich die Menschen über Generationen hinweg abgemüht hatten, um diese Stadt zu bauen, hatte sie eher den Eindruck, dass dieses Viertel vor Urzeiten spontan aus dem Erdboden erwachsen war. Hier fühlte sie sich geborgen und sicher – eingehüllt in die Geschichte des Ortes.

Sie schlenderte bedächtig und ein wenig müde um eine Ecke und stand plötzlich vor einer Horde Soldaten, die in einem *Kaphenion* saßen. Normalerweise würdigte sie die Soldaten keines Blickes, nicht nur wegen Dimitras Ermahnungen, sondern weil sie wusste, dass sie sich damit nur Ärger einhandeln würde. Jetzt war sie jedoch so überrascht, sie an diesem ungewöhnlichen Ort anzutreffen, dass sie sie unverhohlen anstarrte. Diese Gesichter hatte sie fürchten gelernt: das gierige Funkeln in ihren Augen, das verriet, das sie auf leichte Beute aus waren. Joyce drehte sich auf dem Absatz um, aber es war zu spät. Die jungen Männer hatten ihren Blick bemerkt und fassten ihn als Einladung auf. Sie grölten vor Lachen – offenbar waren sie nicht mehr nüchtern –, als vier von ihnen aufsprangen.

»Seht euch diese Titten an!«

Nur die Neuankömmlinge benahmen sich so. Die anderen, die schon eine Weile hier stationiert waren, kannten Joyce inzwischen und wussten, dass sie ihre Annäherungsversuche auf Kommentare auf dem Marktplatz und auf ein Augenzwinkern, das verbotene Träume in ihr weckte, beschränken mussten. Sie hatte ihnen auf die Schuhe gespuckt und sie auf Griechisch beschimpft. Ihre Schwiegermutter hatte ihnen die Flötentöne beigebracht, und schließlich waren sie zahm geworden und mussten sich damit abfinden, dass Joyce, obwohl sie aussah wie ein Touristenflittchen, in Wirklichkeit eine respektable verheiratete Frau war. Aber alle paar Wochen traf ein neuer Soldatentrupp in der Stadt ein, und sie mussten ihre *Mangas,* ihre unbesiegbare griechische Männlichkeit, beweisen, in dem sie den Weiberröcken nachstellten.

»Hey, Schöne!«, brüllten die Soldaten und stürmten auf die Straße.

Joyce lief in die andere Richtung, versuchte ruhig zu bleiben, aber die vier Jungs schwankten hinter ihr her und höhnten: »Hübscher Arsch! Wackle damit, Kleines!«

Sie zwang sich, nicht zu rennen, aber sie beschleunigte ihre Schritte. Ihre Haut war angespannt. Wenn sie sich unerschrocken gab, würden die Kerle vielleicht von ihr ablassen. Gewöhnlich hatte sie damit Erfolg. Aber sie kamen näher. Sie hörte sie keuchen.

Im nächsten Moment stürzten zwei aus einer Seitengasse und sprangen grinsend vor sie. Sie blieb erschrocken stehen; sie wirbelte herum, doch die beiden anderen waren direkt hinter ihr. »Lasst mich in Ruhe!«, fauchte sie auf Griechisch; diese Dreistigkeit machte sie zornig. »Mein Mann ist auf dieser Insel zu Hause. Er wird euch umbringen.«

Die Soldaten wurden nervös, aber einer von ihnen lachte. »Sie hat gar keinen Mann. Sie ist eine deutsche Schlampe. Seht sie euch doch an!«

Sie gingen auf sie zu. Einer streckte die Hand aus und grapschte nach ihrer Brust.

Im selben Augenblick trat Joyce nach ihm und spuckte. Sie versuchte zu schreien, aber einer der Kerle hinter ihr presste ihr die Hand auf den Mund und schlang den Arm um sie, sodass sie sich kaum noch rühren konnte. Bisher war noch nie einer so weit gegangen. Sie bekam keine Luft mehr. Die Hand des Soldaten stank nach Tabak und Dreck. Sie würgte. Die anderen kamen noch näher, drängten sich an sie, fassten nach ihr und grunzten dabei. Einer hob ihren Rock hoch.

»Lasst meine Frau los!«

Der Schrei hallte von den Mauern wider. Die Soldaten zuckten vor Schreck zusammen und ließen sie los. Joyce rannte um ihr Leben. Sie hatte keine Ahnung, wer da geschrien hatte, und sie nahm sich auch nicht die Zeit nachzusehen. Sie lief bergab, stolperte über das unebene Kopfsteinplaster und die Rinnsteine und scheuchte die Hunde auf dem Weg zur Kirche auf. »Dimitra«, schluchzte sie, »Dimitra.«

Vor der Kirche blieb sie stehen. Erst jetzt fiel ihr auf, dass alles still war – die Soldaten waren nicht mehr da. Keuchend kauerte sie sich auf den Boden, sodass sie ihren Rock ein wenig anheben und sich den Mund mit dem Saum abreiben konnte. Sie schmeckte noch immer die Finger des Jungen, als hätte er sie ihr in den Mund gesteckt und sie nicht nur auf ihre Lippen gepresst. Sie hatten nach Tabak und Salz und etwas Bitterem geschmeckt. Sie rieb und rieb, bis ihr die Lippen wehtaten. So sicher und geborgen konnte sie sich also in dieser Stadt fühlen! In ihren Augen brannten Zornestränen.

»Ist alles in Ordnung mit dir?«

Sie erschrak und sah erstaunt auf. Es waren englische Worte gewesen. Sie brauchte einen Moment, um das zu begreifen – die Frage klang so seltsam in dieser Umgebung. Die Stimme hatte keinen griechischen Akzent.

Der junge Mann, der vor ihr stand, war groß und blond wie sie selbst, aber damit endete auch schon jede Ähnlichkeit. Das strähnige Haar fiel ihm in die Augen, sein Gesicht war lang und kantig, die Nase groß und von der Sonne verbrannt. Auch sein Köper wirkte kantig – er war dünn und hatte breite Schultern. Ein ausgewaschenes T-Shirt hing an ihm wie ein Kissenüberzug an einem Wäscheständer, und eine weiße Baumwollhose schlackerte um seine Beine.

Joyce wischte sich verstohlen mit dem Rocksaum über die Augen und stand auf. »Hast du vorhin geschrien?«, fragte sie. Sie war sich nicht einmal bewusst, welche Sprache sie benützte.

»Ja. Ich hoffe, es macht dir nichts aus. Mir schien das die einzig wirksame Methode zu sein.«

Er war Engländer – kein Amerikaner. Seine Stimme war wie klirrendes Eis an einem heißen Tag.

»Danke«, sagte sie noch immer zitternd. »Gott allein weiß, wovor du mich damit bewahrt hast.« Sie schwieg eine Weile, um ihre Fassung wiederzugewinnen. »Wieso kannst du Griechisch?«, brachte sie schließlich heraus.

»Meine Mutter ist von hier. Sie hat es mir beigebracht.«

Joyce fiel auf, dass die Härchen an seinen Armen von der Sonne gebleicht waren, ein goldener Flaum auf roter Haut. Seine Hände waren lang und schmal. Joyce betrachtete ihre eigenen – die Hände einer Bäuerin, die Knöchel waren schon richtig knotig. Sie fühlte sich schmutzig und grobschlächtig neben diesem Mann.

»Wieso habe ich dich hier noch nie gesehen?«, wollte sie wissen. Ihre Stimme bebte noch immer.

»Ich bin gerade erst auf der Insel angekommen. Als ich das letzte Mal hier war, war ich sechzehn Jahre alt.« Er musterte sie. »Ist wirklich alles in Ordnung? Diese Mistkerle!«

»Ja, danke. Wahrscheinlich hätten mir die Jungs gar nichts angetan. Sie würden in ziemliche Schwierigkeiten geraten.« Sie zuckte mit den Schultern und wandte sich von ihm ab. Sie spähte die Straße hinunter, weil ihr plötzlich einfiel, dass ihre Schwiegermutter jeden Moment auftauchen könnte. Joyce hatte seit zwei Jahren nicht mehr allein mit einem Jungen ihres Alters gesprochen. Wenn Dimitra sie hier mit dem Engländer erwischte, dann gnade ihr Gott.

»Ich muss gehen«, sagte sie hastig. »Ich danke dir, ich danke dir sehr.«

»Musst du wirklich schon weg?« Er war enttäuscht und machte sich nicht einmal die Mühe, das vor ihr zu verbergen. »Du bist der erste gleichaltrige Mensch, dem ich hier begegne und der kein Soldat ist. Noch dazu sprichst du Englisch. Kann ich dich zu einem Ingwerbier oder etwas anderem einladen? Du könntest sicherlich eine kalte Erfrischung gebrauchen, nachdem du so gerannt bist.«

Joyce lächelte über diesen Vorschlag. Allein mit einem Fremden in einem *Kaphenion* sitzen, wo alle Welt sie sehen konnte! Der Himmel würde über sie hereinbrechen. Als sie den verwirrten Ausdruck in seinem Gesicht sah, sagte sie: »Es tut mir Leid. Danke. Ich wünschte, ich könnte deine Einladung annehmen. Aber ... na ja, das ist schwer zu erklären. Ich darf nicht ...«

»Soll das heißen, du bist verheiratet?« Der Blick des jungen Mannes fiel auf ihre Hand, an der sie den goldenen Ehering trug.

»Ja. Es war keine Lüge. Ich bin mit einem Matrosen der Handelsmarine verheiratet – Nikos Koliopoulos. Er ist zur Zeit auf See.«

»Oh. Ich verstehe.« Er nickte. »Ich kenne ihn nicht ... Mein Name ist übrigens Alex Gidding. Hier nennt man mich allerdings Alexandros. Freut mich, dich kennen zu lernen.«

Er streckte ihr die Hand hin. Sie sah nach rechts und links, dann hinter sich, um sicherzugehen, dass der Pope nicht in der Nähe war. Erst dann legte sie ihre raue, schwielige Hand in seine.

Abgesehen von den vier Soldaten gerade eben hatte sie seit sieben Monaten kein Mann mehr angefasst. Sie hatte ganz vergessen, wie kräftig und groß Männerhände waren. Dass sie ihr Handgelenk mühelos umfassen konnten. Dass sich die Finger schützend wie ein großer, fester Handschuh um ihre schlossen. Die Hitze der Berührung durchdrang ihre Haut.

Sie zog ihre Hand erschrocken zurück.

»Wo wohnst du?«, erkundigte sich Alex. Ihm war die Röte ins Gesicht gestiegen – seine Haut war so dünn und hell, dass er seine Gefühle nicht verbergen konnte. Seine Augen waren tiefblau, so blau wie das Ägäische Meer am Horizont.

»Das darf ich dir nicht sagen«, erwiderte sie und hob bedauernd die Schultern. »Du musst verstehen ... meine Schwiegermutter. Wenn sie sieht, dass ich mit dir rede, werde ich ...« Sie hielt inne, weil sie nicht die richtigen Worte fand.

»Ohne einen Penny aus dem Haus gejagt?« Er lächelte unsicher und sah zur Seite – vielleicht, um sein neuerliches Erröten zu verbergen. Sein Adamsapfel wirkte so zart und verletzlich. Nach einer Weile sah er Joyce wieder an. »Wie hältst du all diese Einschränkungen aus?«

Keiner der Touristen, denen sie begegnet war, hatte sie so direkt darauf angesprochen. Aber ihr war klar, dass sich das alle fragten – warum blieb sie hier? Wie konnte sie das ertragen?

»Es gefällt mir hier«, entgegnete sie ausweichend. Weshalb gab sie diesem Fremden überhaupt eine Antwort? »Ich warte auf meinen Mann.«

»Wie lange ist er weg?«

Das war zu viel. Sie drehte den Kopf weg. »Ich gehe jetzt besser«, sagte sie leise.

Es herrschte Schweigen. Beide starrten auf den Boden. Die Sonne stand schon hoch am Himmel, und die meisten Leute machten Siesta, um der schlimmsten Mittagshitze zu entgehen. Der gelbe Staub waberte um sie herum und saugte die letzte Feuchtigkeit aus der Luft. Joyce schloss die Augen – die Lust auf ein Ingwerbier schnürte ihr fast die Kehle ab.

»Meiner Tante gehört die Bäckerei«, erklärte Alex unvermittelt. »Vielleicht, wenn du mal in der Stadt bist ...«

»Ich kann nicht«, fiel ihm Joyce ins Wort.

Sie ging weg.

3

Als Joyce nach Hause kam, war Dimitra noch nicht da. Petros erhob sich gerade von seiner Siesta. Joyce freute sich – sie liebte die Momente, die sie allein mit ihrem Schwiegervater verbringen konnte. Er war wie ihr eigener Vater nicht sehr gesprächig, aber nicht weil er von der Welt nichts wissen wollte, sondern weil er lieber den Beobachter spielte. Er saß gern etwas abseits, hörte den Gesprächen zu und dachte über das Gesagte nach, dann überraschte er alle mit einem markigen Kommentar und seinen Ansichten über die Menschen in seiner Umgebung. »Stille Wasser sind tief«, sagte er zum Beispiel über eine unauffällige, ruhige Frau. Nachdem er einmal einem Kind zugehört hatte, das irgendwelche Beleidigungen und Beschimpfungen hervorsprudelte, meinte er: »Nur von Narren und Kindern erfährt man die Wahrheit.« Oft musste Joyce lachen, wenn er sich über den Geiz einiger Nachbarn, die Korruptheit der Politiker oder die kleinen Schwächen seiner Frau mokierte. Oberflächlich betrachtet, erschien er in sich gekehrt und bescheiden, als ob ihm im Leben nichts anderes beschieden wäre, als ein Arbeitspferd zu sein, aber im Grunde war er erstaunlich scharfsinnig und schalkhaft. Und er war liebenswürdig – viel freundlicher als ihr Vater.

»Koroulamou«, sagte er – beide Schwiegereltern nannten Joyce mittlerweile »mein kleines Mädchen« –, »mach mir

einen Kaffee. Mein Kopf fühlt sich heute wie ein Stück Holz an.« Der schmächtige Mann ließ sich auf einen Stuhl am Tisch nieder und gähnte; seine wenigen verfärbten, schiefen Zähne waren zu sehen. »Wo ist deine Schwiegermutter?«

»Ich dachte, sie ist zu Hause, *Petheros*. Wir müssen uns in der Stadt verpasst haben.« Sie mied seinen Blick, öffnete die Kaffeedose und schüttete ein paar Bohnen in die Mühle, einen glänzenden Messingzylinder, der an eine Pfeffermühle erinnerte. Sie drehte den Griff im Kreis; Petros mochte es, wenn der Kaffee fein wie Puder gemahlen war.

Petros musterte Joyce forschend. Er war klein und dürr, eingeschrumpft wie ein getrockneter Pilz. Das graue Haar war unbeholfen geschnitten und büschelig, und die braunen Augen lagen tief wie kleine Kieselsteine in seinem fleckigen Gesicht, aber sie sahen alles. Es entging ihm keineswegs, dass Joyce durcheinander und unruhig war. Seine Miene wurde weicher, aber er stellte keine Fragen – das war seine Art.

»Morgen fahren wir nach Ayiassos, um zu feiern«, sagte er. »Um all den Kummer und die Sorgen zu vergessen und auf das Wohl der Heiligen Jungfrau zu trinken, ja?«

Joyce nickte. Seine Versuche, sie aufzuheitern, rührten sie. Sie liebte dieses Fest, bei dem sie beobachten konnte, wie ihre Schwiegereltern wieder jung wurden und unbekümmert und fröhlich feierten. Und es war die einzige Gelegenheit, zu der man ihr erlaubte, Ifestia zu verlassen.

Dimitra kam aufgeregt durch die Hintertür herein. Sie betrat ein Haus nie durch dieselbe Tür, durch die sie hinausgegangen war, und sie ließ auch nicht zu, dass Petros oder Joyce das machten, weil das die bösen Geister dazu veranlassen könnte, ihnen zu folgen und sich im Haus auszuruhen.

»Wo warst du?«, fragte sie und schlug Joyce so fest auf den Arm, dass sie taumelte. »Ich hab dir doch gesagt, dass wir uns an der Kirche treffen!«

»Entschuldigung, Mama.« Joyce rieb sich den Arm. »Das habe ich vergessen. Mir war so heiß, dass ich nicht länger warten konnte. Ich mache *Petheros* einen Kaffee. Möchtest du auch einen?«

»Nein, nein. Wenn wir uns diesen Luxus leisten, haben wir für morgen nicht mehr genug.« Dimitra sah Joyce forschend ins Gesicht, genau wie es Petros zuvor getan hatte. Dann wurde auch ihr Blick milder. »Du vermisst heute deinen Mann, stimmt's, Kleines? Komm, stell den Kaffee weg.« Sie zog Joyce zu sich und setzte sich auf einen der anderen Holzstühle. Sie nahm Joyce auf ihren breiten Schoß, wiegte sie wie ein Kind, strich ihr sanft das Haar aus dem Gesicht und drückte ihren Kopf an ihre Schulter. »Uns fehlt unser Nikos auch, nicht wahr, alter Mann?«

Petros grunzte und zündete sich seine Pfeife an.

»Ich habe gehofft und gebetet, dass er zu dem Fest zurück sein möge«, fuhr Dimitra fort und wiegte Joyce weiter. »Jeder gute Grieche muss diesen Tag mit seiner Familie verbringen, eine Pilgerreise in sein Heimatdorf machen. Warum respektiert Nikos das nicht? Die Witwe Eskenazi, Mutter Halaris – alle Frauen, mit denen ich heute gesprochen habe, erwarten ihre Enkel und Kinder. Aber mein Sohn, mein einziger Sohn, hält es für angebracht ...«

»Das reicht, Dimitra«, unterbrach Petros sie gelassen. Rauch kräuselte sich um sein Gesicht. »Du weißt, dass er heimkommen würde, wenn er könnte. Jetzt lass Joyce gehen. Ich möchte meinen Kaffee.«

Dimitra schob Joyce von ihrem Schoß und tätschelte sie noch einmal. Joyce gab Kaffeepulver, Zucker und Wasser aus dem Keramikkrug in die *Briki,* ein kleines Messinggefäß, das die Form einer Tasse und einen langen Griff hatte. Sie kauerte sich neben die Kochstelle, in der Petros ein kleines Feuer entfacht hatte, und hielt die *Briki* über die Flammen. Sie rührte den Kaffesud, bis er aufkochte.

Dimitra verschränkte die Arme und funkelte sie düster an. »Ich sage nur so viel: Es ist ein Glück, dass Nikos dich so sehr liebt, *Pedhi mou.* Bevor er dich kennen gelernt hat, schrieb er uns so selten, dass wir nie wussten, ob er überhaupt noch am Leben ist.« Sie seufzte, und ihr großer Busen wogte. »Ich wünschte nur, er müsste nicht immer so lange weg.«

Nikos war beim ersten Mal fünf Monate auf See, sechs Monate beim zweiten Mal, dann viereinhalb – in den ersten siebzehn Monaten ihrer Ehe hatten Joyce und er nur ganze sechs Wochen zusammen verbracht. Jedes Mal, wenn er abgereist war, fehlte er ihr mehr; sie fühlte sich erneut fremd und allein und fürchtete, irgendwann die Nachricht zu bekommen, dass sein Schiff gesunken oder er von einer Welle über Bord gespült worden war. Aber im Laufe der Wochen gewöhnte sie sich allmählich an das Leben ohne ihn in diesem Haus; sie machte seine Arbeit und nahm seinen Platz ein. Sie redete sich ein, dass seine Abwesenheit ihre Liebe nur noch verstärken würde. Von allen Frauen der Welt hatte er ausgerechnet sie erwählt, oder etwa nicht? Er hatte sie nach Hause gebracht wie einen Hauptgewinn, den er seiner Familie zeigen wollte, sie der Obhut seiner Eltern überlassen, damit sie beschützt und versorgt wurde und auf seine

Rückkehr warten konnte. Sie sonnte sich in diesem Wissen, fühlte sich erhaben und nahm die Zuneigung seiner Eltern als ihr Recht hin, nachdem sie sich an ihre raue Schale gewöhnt hatte. Sie genoss sogar die Arbeit – das Pflanzen, das Jäten, den Verkauf der Ware –, denn alles, was sie tat, wurde durch ihren erotischen Status einer wartenden Frau erhöht. Wenn sie sich nachts ans Fenster lehnte, um die Sterne am Himmel zu betrachten, und die Einsamkeit wie ein ruderloses Boot in ihrem Inneren wütete, konnte sie nur an Nikos' zärtliche Hände, an die gemurmelten leidenschaftlichen Worte und an die Hingabe bei seiner Rückkehr denken, und dann fühlte sie, dass sie die strahlende Romanze erlebte, die sie sich immer gewünscht hatte.

Wenn er heimkam, herrschte festliche Stimmung im Haus. Er begrüßte Joyce mit Jubelschreien, hob sie hoch und wirbelte sie herum, bis ihr schwindelig wurde, danach umarmte und küsste er seine Mutter fast genauso liebevoll. Sie setzten sich zu einem Festmahl und tranken – Dimitra hatte schon Tage vorher mit dem Kochen und den Vorbereitungen begonnen –, und Nikos erzählte seine Seemannsgeschichten, während seine Eltern an seinen Lippen hingen und Joyce sich anstrengte, um alles zu verstehen. Er brachte Geschenke mit: kantige, grobe Holzfiguren aus Afrika, bunte Baumwollstoffe aus Indien, Nougat und Zuckermandeln aus Frankreich. Er führte Joyce aus, um vor seinen Freunden mit ihr anzugeben, forderte sie auf, ihr unbeholfenes Griechisch zu üben, und alle lachten anerkennend. »Ist sie nicht wunderschön, meine Amerikanerin?«, fragte er dann. »Seht ihr dieses Haar? Es leuchtet wie die Sonne.«

Einmal borgte er sich ein Fischerboot aus und ruderte Joyce zum Baden und für ein Picknick zu einer winzigen Nachbarinsel; seine Muskeln spielten unter der gebräunten

Haut, wenn er die Ruderblätter durchs Wasser zog. Die Insel bestand nur aus Strand und Felsen und war bis auf ein paar Ziegen unbewohnt. Sie schwammen nackt, liebten sich vor den Augen der Ziegen, tranken Wein und kicherten. Nikos alberte herum, liebkoste sie, schützte sie umsichtig vor den scharfen Korallen, die die Insel umgaben. Sie strich ihm mit den Händen über den Rücken und die festen Pobacken, drückte ihre Lippen auf sein schönes Gesicht und die glänzende Brust und flüsterte leise vor sich hin: »Das alles ist meins.«

Ein anderes Mal machten sie einen Ausritt auf einen Berg – nur sie beide mit den Ponys und den Seemöwen. Auf dem Gipfel stand ein verlassenes Kloster aus dem fünfzehnten Jahrhundert, dessen dicke Mauern noch immer aufrecht standen. »Lass uns reingehen«, schlug Joyce vor und deutete auf das Tor. – »Nein«, sagte Nikos. »Geister.« Er wurde aschfahl, zerrte Joyce weg und sah sie betreten an. Sie konnten sich noch immer nicht richtig austauschen – Joyces Griechisch war primitiv, Nikos' Englisch noch schlimmer, aber das Entsetzen in seinem Gesicht sprach Bände. »Schon gut, Liebster«, sagte sie sanft. »Macht nichts.« Später fand sie heraus, dass die Nazis das Kloster als Gefängnis und Folterstätte benutzt hatten, und Nikos' Aberglaube rührte sie noch mehr an. Es gefiel ihr, dass er den Glauben der Alten übernommen hatte; darin unterschied er sich sehr von ihren Eltern, die sich dem kalten Realismus verschrieben hatten und eigensinnig die Religion und ihre eigene Geschichte ignorierten. Ihr gefiel auch, dass Nikos durch seine Ängste so verletzlich wurde. Verletzlich und so empfindsam, wie es nur die Furchtsamen sein können.

Jedes Mal, wenn Nikos heimkam, war er noch leidenschaftlicher und ausschweifender in der Liebe. Er schien ihren Körper und ihre Klugheit regelrecht zu verehren und triumphierte immer stolz, wenn sie zögerlich ein griechisches Wort aussprach. Joyce ging wie auf Wolken, angesichts seiner Verehrung und Dimitras Hochstimmung; ihr war, als wären ihr Flügel gewachsen und als würde sie in schwindelnde Höhen aufsteigen – so hatte sie sich in Florida niemals gefühlt. Wenn Nikos bei ihr war, brauchte sie keine andere Gesellschaft; sie wollte ihn ganz für sich alleine haben, seine seidenweiche Haut spüren und seine melodiöse Stimme hören, die ihr von verwegener Lust und Sehnsucht erzählte. Und wenn er wieder weg war, erhielten seine Briefe, die er mit Hilfe seiner in der Schrift besser geschulten Schiffskameraden schrieb, ihr Verlangen wach und beherrschten ihre Sinne.

Auf diese Weise wuchs nicht nur ihre Liebe zu Nikos, sondern auch die zu seiner Mutter und Familie, zu seinem Haus, seinem Dorf. Seiner Lebensart. Hier hatte sie ihren Platz. Einen Platz und eine Aufgabe, die sie zu Hause nie gehabt hatte.

Nachdem Joyce und ihr Schwiegervater an diesem Abend gegessen hatten – wie immer in den letzten Tagen nur Kartoffeln und Wassermelone –, packten sie ihre Sachen für das Fest. Beim Morgengrauen würden sie die Fähre nach Lesbos besteigen und dort mit einem Bus oder einem anderen Fahrzeug den Berg hinauf in die Stadt Ayiassos fahren. Es war wie jedes Jahr vorgesehen, dass sie in der Kirche übernachteten und nicht die Gastfreundschaft von Petros' Verwandten ausnützten. Dimitra behauptete, dass die Jungfrau Maria in ihren Träumen erscheinen würde, wenn sie in der Kirche schliefen. Außerdem mochte sie die Familie ihres

Mannes nicht. »In der Kirche lächelt mir die Heilige Jungfrau zu und erhört meine Gebete«, machte sie Petros jedes Jahr klar. »Wenn ich im Haus deines verfluchten Bruders schlafe, quälen mich Träume von alten Hexen und Dämonen.« Also rollten sie ihre Schlafmatten zusammen, die sie sich selbst aus zusammengenähten Laken gemacht und mit Stroh und Lumpen gestopft hatten, nahmen Kleider zum Wechseln mit, damit sie nicht stanken, und Geld – Geld, das sie das ganze Jahr über gespart hatten, um es für auf Spießen gebratenes Lammfleisch und *Kalamaria,* für saftigen Hammel und würzige Würste, für süßes *Baklava* und vor allem für *Retsina,* den Fasswein auszugeben, der nach dem Vulkangestein, auf dem er wuchs, und dem Harz der umliegenden Wälder schmeckte.

Am nächsten Morgen standen sie bei Sonnenaufgang auf, bevor die Hitze die Bewegungen so mühsam machte wie das Gehen im Sand, und Dimitra kochte den Kaffee. Sie aßen Joghurt mit ein wenig Honig – Ambrosia, die Speise der Götter – und begrüßten die alte Witwe, die im Haus nach dem Rechten sehen und die Tiere versorgen würde, solange sie weg waren, dann gingen sie hinunter nach Kastron, um die erste Fähre zu nehmen. Sie reisten in der Bauernklasse, wie Joyce das im Stillen nannte, hockten auf dem offenen Deck auf dem Boden und hatten ihren Proviant, die Schlafmatten, Zitronen für den Fall, dass einer von ihnen seekrank wurde, und ihre eigenen Wasserflaschen um sich herum aufgetürmt. Für ihre Notdurft stand ihnen nur eine verdreckte Toilettenschüssel zur Verfügung. Aber Joyce war glücklich. Sie war am Meer aufgewachsen und liebte das Wasser, die herzzerreißenden Schreie der Möwen und den salzigen Geschmack auf den Lippen.

Ihre erste Aufgabe war, Dimitra und Petros zu helfen, sich irgendwo niederzulassen. Sobald die Fähre ablegte und nichts mehr zu tun war, wurden sie unruhig, beklagten sich über die Unbequemlichkeit und ihre Gebrechen, als würden sie sonst nicht von morgens bis abends graben, pflügen, pflanzen und kochen. Joyce faltete Kleider zusammen und legte die Schlafmatten an die Reling, damit die beiden Alten weich sitzen und sich anlehnen konnten, dann ließ sie sie dösen.

Sie selbst sah sich die Leute um sie herum an. Heute hatte sie Glück, denn eine Zigeunerfamilie war mit ihnen an Deck – Zigeuner hatten Joyce schon immer fasziniert. Sie beobachtete sie verstohlen. Der Vater hatte einen riesigen Bauch, einen schwarzen, langen Schnäuzer und dicke Beine, die in engen Hosen steckten. Seine Frau saß neben ihm, ihr bunter gewebter Rock war um sie ausgebreitet, und ihr Gesicht war glatt und reglos. Fünf Mädchen scharten sich um sie und spähten mit schwarzen Augen zu Joyce. Die älteste Tochter, ein hübscher Teenager, erwiderte arrogant ihren Blick. Zuerst staunte Joyce am meisten über ihre Kleidung – so leuchtende Stoffe hatte sie noch nie gesehen. Die Mädchen und die Mutter hatten lange, schwarze Haare unter den grell-gemusterten Kopftüchern, an deren Säumen winzige goldene Münzen schimmerten. Größere Münzen baumelten von ihren Ohrläppchen, an ihren bestickten Krägen und den Rocksäumen. Sogar der Vater mit seiner kunstvoll bestickten Weste, der breiten Schärpe, dem großen Hemdkragen und den weiten Ärmeln sah großartig aus.

Zunächst fiel Joyce nur das auf, doch als die Reise andauerte und die Sonne hoch und blendend am Himmel stand, grunzte der Vater etwas, und alle Kinder sowie die Mutter drängten sich wie Kätzchen an seinen dicken Bauch und schliefen. Joyce war verblüfft über diese öffentliche Zurschaustellung von intimem Familienleben. Ihre Eltern hätten sich im Beisein anderer nicht einmal an den Händen gehalten. Ihre Mutter hatte sie nur hin und wieder in den Arm genommen, als sie noch ein kleines Kind gewesen war, aber auch diese Zärtlichkeiten hatten abrupt geendet, als Joyce das Alter der Pubertät erreicht hatte. Ihr Vater berührte gar niemanden, auch nicht seine Söhne.

Joyce drehte den Kopf zu ihren Schwiegereltern: zwei abgearbeitete, von der Sonne ausgedörrte Bauersleute, die in einer Ecke kauerten und sich ausruhten. Dimitras Kinn war auf den üppigen Busen gesunken, ein grauer Damenbart überschattete ihre faltige Oberlippe, die dicken Arme hatte sie über ihrem gerundeten Bauch gefaltet. Ihr runzliges Gesicht wirkte verschlossen, maskulin – jede Schönheit, die ihr einmal zu Eigen gewesen sein mochte, war dem harten Leben und ihrer eigenen Halsstarrigkeit zum Opfer gefallen. Petros sah zerbrechlich neben ihr aus, ein kleiner alter Mann in kleinen alten Klamotten. Er schlief auch, sein Gesicht war grau, der verbeulte Hut schützte ihn vor der Sonne. Dies sind jetzt meine Eltern, sagte sich Joyce. Eltern, die mich aufgenommen haben und denen ich allmählich ans Herz gewachsen bin. Sie haben keine Angst, mich in die Arme zu nehmen, wenn ich weine, sie berühren mich, auch wenn diese Berührungen manchmal blaue Flecke hinterlassen. Trotzdem wurde ihr die Kehle eng vor Neid, wenn sie die Zigeuner betrachtete.

Die Überfahrt dauerte lang, und Joyce schlenderte über das Deck, stieg über die schlafenden Leute und wurde von Kindern angerempelt, die sich jagten und sie provozierend angrinsten. Sie beugte sich über die Reling, schaute ins leuchtend blaue Wasser, das so klar war, dass man den Sand auf dem Grund erkennen konnte. Die Sonne glitzerte auf den Wellen, und Joyce musste die Augen zusammenkneifen, um nicht geblendet zu werden. Vor langer Zeit, als sie noch die andere Joyce gewesen war, hätte sie eine Sonnenbrille aufgesetzt. Sie hatte sie bei ihrer Ankunft in Griechenland aufgehabt, aber Nikos meinte, sie würde billig damit aussehen. Sie richtete den Blick auf den Horizont. Ifestia verschwand allmählich im gleißenden Licht. Die Berge sahen aus dieser Entfernung aus wie gelbe Sandhaufen, die von einer gigantischen Hand aufgetürmt worden waren. Die Küste war eine felsige Linie, die gelegentlich von einem weißen Strand unterbrochen wurde. Die Häuser von Kastron sprenkelten wie ausgebleichte Knochensplitter den Hang bis zum Meer. Drei ganze Tage würde sie von der Insel weg sein. Das bedeutete ihr sehr viel, aber für jemanden wie den englischen Touristen, den sie getroffen hatte, oder die Soldaten, denen sie täglich begegnete, wäre das nichts. Sie konnten fahren, wohin sie wollten. Sie mussten nicht auf die Feste warten. Dieser Gedanke machte sie plötzlich rastlos. Wie in der Anfangszeit in Dimitras Haus verspürte sie den brennenden Wunsch, den groben Bäuerinnenrock auszuziehen und zu rennen – weit, weit weg, ganz allein.

Von Mytilene, dem Hafen von Lesbos, aus fuhren sie in die blühende, von Bäumen beschattete Stadt Ayiassos unter dem Gipfel des Olymbos. Der Bauer, der sie mitnahm, ließ Dimitra vorn im Führerhäuschen sitzen, Petros und Joyce teilten sich die Ladefläche des Lieferwagens mit ein paar verdreckten Hühnern. Bald gelangten sie in ein grünes, bewaldetes Tal, wie es auf Ifestia keines gab. Die Schatten der belaubten Äste huschten über Joyces bloße Arme und Beine wie kühle, federleichte Insekten. Sie seufzte vor Erleichterung. Sie war nicht aufgeregt wie früher, wenn sie zu Hause auf eine Party ging – hier gab es keine Jungs, die sie treffen könnte, und sie war nicht frei, um irgendwelche Romanzen anzufangen oder zu verhindern –, aber dennoch keimte eine leise, unbestimmte Hoffnung in ihr auf. Sie wusste, dass sie am Ende des Festes erschöpft sein würde, steif von den Nächten auf dem Boden in der Kirche und schmutzig wegen der mangelnden Waschgelegenheiten. Aber jetzt lag alles noch vor ihr, und sie war glücklich. Sie würde ihre Adern mit Wein füllen und ihre Sehnsucht nach Nikos, ihre Zweifel und ihre glühenden, verbotenen Wünsche ertränken.

Nikos war vor sieben Monaten zum letzten Mal heimgekommen. Er tanzte mit leicht schwankenden Schritten ins Haus, den Seesack über der Schulter: Der Sohn und Ehemann kehrte sicher zurück von den Strapazen auf See. »Mama, was zu essen!«, schrie er. »Ich bin am Verhungern. *Papas,* gib mir ein bisschen Wein. Ich möchte feiern – ich habe große Stürme überlebt! Ich möchte so viel trinken, dass ich heute Nacht Harz pinkle!« Er wirbelte herum, um Joyce in seine Arme zu reißen und sie leidenschaftlich zu küssen. »Gott, wie habe ich dich vermisst!«

Sie sah ihn lachend an, war aber vollkommen durcheinander. Mittlerweile konnte sie gut genug Griechisch, um jedes Wort und nicht nur den Kern seiner Botschaften zu verstehen. Das ließ ihn anders erscheinen, fremd.

Nikos hatte seine Ankunft mit einem Brief angekündigt,

und Dimitra hatte seit drei Tagen für ihn gekocht. Sie hatte eines ihrer wenigen Hühner geschlachtet, ausgenommen und gebraten, eine Suppe, *Pastitsio* und gefüllte Paprika zubereitet. Sie hatte den *Feta* ausgepackt, Weinblätter mit Reis gefüllt und in Essig eingelegt, hauchdünnen Blätterteig ausgerollt und *Baklava* gebacken. Sie hatte Sesamsamen geröstet und im Mörser mit Honig und Nüssen zu einem köstlichen Konfekt gestoßen. Sie aßen nie so gute Sachen, wenn Nikos nicht zu Hause war.

Er verschlang alles mit Genuss, machte in Pidgin-Englisch mit Joyce Witze über das schreckliche Essen in Amerika. »Barbecue, weißt du noch?«, sagte er und zwinkerte ihr zu. Er lachte und küsste sie auf die Wange. Ihm war noch nicht klar, wie viel Griechisch sie während seiner Abwesenheit gelernt hatte.

Joyce sah sich um: Petros betrachtete voller Freude seinen Sohn; Dimitra hing an seinen Lippen. Alle drei kamen ihr fremd vor.

Nach dem Abendessen stand Joyce schnell auf, um das Geschirr zu spülen, während Nikos den Eltern von seinen Heldentaten auf See erzählte. Sie wollte sich ein wenig von ihm entfernen, ihn nicht ansehen und diese neue Verwirrung, das Gefühl der Entfremdung, unter Kontrolle bringen. Sie ging mit einem Korb voller Teller zur Wasserpumpe hinaus. Es war kalt draußen – der Winter in der nördlichen Ägäis brachte Regen, Schnee und unerwartet frostige Winde. Sie hockte sich auf den flachen Stein neben der Pumpe, schrubbte mit tauben Fingern das Geschirr und ein Zweifel, so eisig wie das Wasser, schlich sich in ihre Brust. Was war los mit ihr? Immer, wenn Nikos nach Hause kam, brauchte sie etwa eine Stunde, um ihre Verlegenheit und Scheu zu überwinden und sich wieder an ihn zu gewöhnen.

Warum war es diesmal so viel schlimmer? Nur weil sie ihn jetzt besser verstand, war er kein anderer Mensch. Er war nach wie vor Nikos, ihr Liebster! Sie musste sich nur umstellen.

Als Nikos an diesem Abend die Leiter zu ihrem Schlafzimmer hinaufstieg, war er betrunken. Er setzte sich neben sie aufs Bett, krumm und gebeugt wie ein alter Mann. Er zog die Decke nicht zurück, um sie anzusehen wie früher. Er ließ den Kopf hängen. »Ich bin so müde«, stöhnte er. »Ich habe so hart gearbeitet. Du hast keine Ahnung, wie ich gelitten habe. Es ist ein schweres, einsames Leben auf See. Tröste mich, Frau, es war eine lange, einsame Zeit.«

Joyce war empört. »Und was ist mit mir?«, fragte sie in perfektem Griechisch. »Was glaubst du, wie es für mich hier ganz allein mit deinen Eltern ist?«

Er sah sie aus trüben Augen an, was sie noch mehr aufbrachte. »Was?«, sagte er.

»Du denkst nie an mich«, fuhr sie fort. »Du erkundigst dich nie, wie es mir ergangen ist. Du lässt mich hier monatelang allein. Du bist so lange weg, dass ich das Gefühl habe, ich kenne dich gar nicht mehr. Dann kommst du zurück, zerfließt in Selbstmitleid und betrinkst dich. Wie kannst du nur so egoistisch sein?«

Er starrte sie wie vom Donner gerührt an. »Was?«, sagte er noch einmal.

Wütend zischte sie: »Du denkst keine Minute an jemand anderen als an dich, hab ich Recht? Du bist wie ein kleiner Junge!«

Er erhob sich bebend und funkelte sie zornig an. »Wie

kannst du es wagen, so mit mir zu sprechen?«, brüllte er und taumelte aus dem Zimmer.

Joyce wagte sich am nächsten Morgen nicht in Nikos' Nähe. Ihr erster Streit, und sie spürte die Bitterkeit wie eine Narbe im Gesicht. Sie blitzte ihn an und wartete auf eine Entschuldigung. Fast fünf Monate lang hatte sie sich nach seinen Zärtlichkeiten, seiner Liebe gesehnt, aber er war betrunken und triefend vor Selbstmitleid zu ihr gekommen. Sie war außer sich.

Dimitra war ebenfalls verärgert. »Was machst du hier?«, bellte sie Nikos an, als sie ihn unten auf den türkischen Kissen schlafend vorfand. »Du lässt die arme kleine Joyce ein halbes Jahr allein, und dann legst du dich nicht einmal zu ihr ins Bett, wenn du heimkommst? Was bist du nur für ein Ehemann?«

Nikos sah sie finster an. »Sie hat ohne Respekt zu mir gesprochen, Mama. Ich komme nach Monaten auf See nach Hause und muss erkennen, dass sie nur Griechisch gelernt hat, um mich wie einen Bettler zu behandeln.« Er spuckte aus und kreuzte die muskulösen Arme vor der Brust. »Eine Frau darf nicht so mit ihrem Mann umspringen.«

»Sie hat auf dich gewartet«, erklärte Dimitra ruhig; ihre Stimme war leise mit einem tadelnden Unterton. »Sie hat nie einen anderen Mann angesehen. Du kannst dich wirklich nicht beklagen.«

Joyce stand in einer dunklen Ecke und hörte alles mit an.

»Sie hat mich an der Nase herumgeführt!«, rief Nikos aus. »Sie hat mir zugehört und so getan, als würde sie nichts verstehen, dann redete sie mit mir wie mit einem Wurm. Willst du, dass ich mit einer Frau verheiratet bin, die keinen Respekt vor mir hat?« Er fuchtelte wütend mit den Armen herum. »Du sprichst mit *Papas* niemals so!«

Dimitra seufzte. »Sie ist ein gutes Mädchen«, sagte sie, »aber sie wurde nicht wie eine Griechin erzogen, das stimmt. Vielleicht hat sie nicht gelernt, ihren Mann zu ehren.«

»Ganz richtig!«, sagte Nikos und reckte triumphierend das Kinn. »Du musst ihr das beibringen, Mama, das ist deine Aufgabe. Sag ihr, dass es bei uns Griechen so ist, los!«

Dimitra seufzte erneut, dann gehorchte sie ihrem Sohn und drehte sich wie ein alter Esel, ein dressierter Hund, zu Joyce um. »Ja, *Pedhi mou*«, sagte sie, »was Nikos sagt, ist wahr. Es ist Brauch bei uns, Gesetz. Der Mann ist der Vorstand eines Haushalts, und wir müssen ihm Respekt erweisen.«

Joyce verschlug es die Sprache. Dimitra wandte sich gegen sie! Aber Joyce war nicht umsonst mit zwei tyrannischen Brüdern aufgewachsen. »Wenn er meinen Respekt haben will, muss er ihn sich verdienen«, erwiderte sie eisig.

»Siehst du!«, platzte Nikos heraus. »Jetzt hast du selbst gehört, wie sie mit mir spricht!«

Dimitra streckte ihm flehend die Hände entgegen. »Ich mach das«, sagte sie. »Überlass das mir.«

Dann tat Dimitra etwas, was Joyce niemals verstehen würde. Sie ging auf sie zu, holte aus und versetzte ihr eine schallende Ohrfeige. Joyce fiel. Für einen Moment hörte sie nichts mehr. Ihr Kopf dröhnte, und sie war wie betäubt durch den Schock.

»*Mannamou,* schlag nicht meine Frau!«, schrie Nikos, der genauso geschockt wie Joyce war. Er beugte sich über sie, seine Augen schwammen in Tränen. »Meine kleine Joyce«, wimmerte er und zog sie auf die Füße. »Vergib uns. Wir Bauern sind rau und grob.« Er sank auf die Knie und klammerte sich an ihre Schenkel. »Verzeih uns, verzeih mir. Ich liebe dich, meine kleine Joyce, ich liebe dich.«

Joyce schaute auf seine Hände. Sie war noch seine Geliebte, er gehörte immer noch ihr. Sie warf Dimitra einen frohlockenden Blick zu.

»Komm«, sagte Nikos und erhob sich. »Komm, ich werde dir zeigen, wie sehr ich dich liebe.« Und er trug sie hinauf ins Bett.

Joyce knöpfte sich am selben Nachmittag Dimitra vor. Die beiden Frauen kauerten neben der Wasserpumpe und spülten das Mittagsgeschirr. Ihre Köpfe waren wegen der Kälte in dicke Wollschals gewickelt. Petros und Nikos lagen bereits in ihren Betten und machten Siesta.

»Du und mein Sohn, habt ihr euch versöhnt?«, wollte Dimitra wissen. Sie gluckste und schürzte den faltigen Mund. »Euer erster Streit. Es ist wie eine Taufe.«

»Ja, aber das haben wir nicht dir zu verdanken«, entgegnete Joyce mürrisch.

»Oh, mach nicht so einen Wirbel. Eine kleine Zänkerei, das ist nichts in einer Ehe.«

»Darum geht es nicht – es geht um dich.« Joyce funkelte sie an. »Wenn du mich noch einmal so schlägst, Mama, dann gehe ich.«

»Und wohin willst du gehen?«, erkundigte sich Dimitra spöttisch. Sie stand auf und verschränkte die Arme vor dem Busen. »Dies hier ist jetzt dein Heim. Niemand sonst will dich haben.«

»Das stimmt nicht!« Joyce sprang auf und sah ihr ins Gesicht. »Ich habe meine eigene Familie. Ich werde zu ihr zurückgehen.«

»Sie haben dich vergessen. Du selbst hast mir erzählt, dass sie dir nicht geschrieben haben, seit du mit meinem Sohn durchgebrannt bist. Sie wollen dich nicht mehr.«

»Das ist mir egal. Ich gehe in jedem Fall. Nikos und ich, wir werden uns ein eigenes Heim suchen – irgendwo weit weg von hier.«

»Dann hast du keinen Familiensinn! Du bist nichts anderes als eine verwöhnte Amerikanerin!«, herrschte Dimitra sie an und stieß mit dem Zeigefinger gegen Joyces Arm. »Du glaubst, in einer Ehe geht es nur um Liebesbriefe und das Herumtollen im Bett? Das ist nichts, nichts! Die erste kleine Auseinandersetzung mit deiner Schwiegermutter, und du willst weglaufen! Ich habe dich für klüger gehalten, ich dachte, du hättest verstanden. Ich dachte, du liebst meinen Sohn!«

»Ich liebe ihn. Aber du hast mich geschlagen, Mama. Man schlägt nicht die Menschen, die man gern hat.«

Dimitra lachte und lachte. »Ihr Amerikaner! Wie kommt ihr auf solche Ideen? Ihr seid alle Babys.« Dann trat sie vor, und ihre dunklen Augen wurden ganz ernst. »Du kannst nicht von hier weggehen. Du gehörst uns, du gehörst mir.«

»Ich gehöre dir nicht. Ich gehöre niemandem«, gab Joyce zurück – dies war eines der wenigen Dinge, die sie in Amerika gelernt hatte.

Aber für Dimitra waren das nur leere Worte. »Du bist jetzt meine Tochter«, sagte sie. »Du bist meine Familie ... Du musst verstehen.« Und zu Joyces Überraschung begann Dimitra zu schluchzen. Joyce hatte sie noch nie weinen sehen. Sie hatte immer gedacht, dass diese harte, zähe

Frau innerlich ausgetrocknet war wie ein alter Feigenbaum.

»Mama, nicht.« Joyce trat vor und nahm Dimitra in die Arme – ein weiches Bündel aus Kleidern und Kummer. »Ich liebe dich, Mama.«

Und Joyce blieb. Wegen Nikos. Wegen der Familie. Wegen Dimitra.

4

Der Bauer setzte Joyce und ihre Schwiegereltern am Stadtrand von Ayiassos ab; die Straßen waren zu schmal für ein Auto. Sie bedankten sich bei ihm, schulterten ihre Schlafmatten und gingen zur Kirche, um den gewohnten Winkel für sich zu beanspruchen. Jetzt am Nachmittag, da es kühler wurde, waren eine Menge Leute auf den Straßen; das Kopfsteinpflaster war kaum zu sehen unter den vielen Füßen, und der Trubel verwirrte Joyce. Sie war an die Stille gewöhnt und hörte oft einen ganzen Tag nichts anderes als die Glocken der Schafe und das Bellen eines Hundes. Sie hielt sich dicht an Dimitra und Petros, um sie, aber auch sich selbst zu schützen. Sie starrte benommen in die vielen Gesichter und auf die Buden in den Straßen, in denen billige Keramik, Schals, Teppiche, Ikonen und Lebensmittel feilgeboten wurden.

Die Kirche war groß, viel größer als die von Kastron, und unter den Arkaden drängten sich schon die Menschen mit ihren Schlafmatten. Petros ging zuversichtlich voran zu seinem angestammten Platz hinter einem Brunnen, wo nachts das Plätschern des Wassers das Stimmengemurmel und Schnarchen der Fremden übertönen würde. Das Fleckchen war noch frei – es »gehörte« Petros seit über dreißig Jahren, und niemand machte ihm seinen Anspruch streitig. Sie rollten ihre Matten aus und ließen sich zum Ausruhen nieder. Doch Joyce wollte nicht schlafen. Ihre Verwirrung wich rasch einer gewissen Erregung. Sie wollte hinaus und durch die Straßen schlendern, Sachen kaufen, essen und trinken, mit fremden Menschen den Tag verplaudern.

Endlich waren Dimitra und Petros bereit. Da dies der Tag war, an dem sich die Familien vereinten, mussten sie zuallererst Sophokles, Petros' ältesten Bruder, besuchen, um mit ihm zu essen und sich seine alljährlichen Prahlereien anzuhören. Joyce freute sich darauf. Die Familie war groß, es gab eine Menge zu essen, Sophokles benahm sich wie ein Hanswurst. Sie hakte sich rechts und links bei ihren Schwiegereltern ein, als sie loszogen, und ihr Herz hüpfte vor Freude.

Sophokles lebte am Rand von Ayiassos in einem modernen Betonhaus; es war viel größer als die alten Steinhäuser im Dorf und natürlich wesentlich vornehmer. Die verputzten Wände waren vor dem Fest frisch getüncht worden, die roten Ziegeln auf dem Dach nagelneu. Das Haus selbst war zwei Stockwerke hoch und mit Teppichen, einer Toilette mit fließendem Wasser und sogar Strom ausgestattet. Dennoch erschien es Joyce nackt so ganz ohne die Risse und das Moos der alten Häuser, glatt und charakterlos wie das Lächeln eines Arztes.

Sophokles war nicht nur der reichste der vier Brüder, sondern auch der bei weitem größte und dickste. Schwitzend und wichtigtuerisch kam er auf sie zu und hieß Petros und seine kleine Familie mit einem Grinsen auf dem runden Gesicht und voll tönender Stimme willkommen. »*Yassou,* mein Bruder!«, donnerte er und breitete die fetten Arme aus, um Petros an seinen Bauch zu drücken. »Komm, iss mit uns das Ei!«, setzte er mit einem stolzen Lachen und einem Augenzwinkern hinzu – eine Anspielung auf die griechische Redensart über die Armen: »Koch ein Ei, wir sind zu neunt.« Er watschelte ihnen voraus über den grell blauen Teppich in den hinteren Teil des Hauses. Dort befand sich ein hübscher, von zwei Platanen überschatteter Hof mit Weinlaube. Malvenfarbige Hibiskusblüten bildeten zusammen mit gelben und roten Impatients, die aus großen weißen Trögen nach oben rankten, einen eindrucksvollen Kontrast zu den schneeweißen Mauern. Dunkelrote Trauben hingen an den Weinstöcken. In der Mitte des Hofes stand ein langer, mit Käse, Lammfleisch, Gebäck, Obst und Wein beladener Tisch. Der Duft nach Geißblatt, Jasmin und Kaffee lag in der Luft.

Der Hof war voller Menschen. Wenn hier nicht hauptsächlich alte Leute versammelt gewesen wären, hätte man meinen können, die Familie feiere eine Hochzeit. Die Männer trugen ihre besten Jacken und die weißesten Hemden, ihre Gesichter waren hager von der Arbeit und zerfurcht nach den Erlebnissen des Krieges. Die Frauen wirkten streng in ihren dunklen, weiten Kleidern und klobigen Schuhen – wie ein Regiment griesgrämiger Kindermädchen. Joyce wurde mit viel Geschrei begrüßt und mit verwitterten Händen in die Menge gezerrt, getätschelt und gestreichelt wie ein niedliches Haustier. »Seht sie euch an«, kreischte ein alter Mann, »reif wie ein Granatapfel.« Seine Hand strich über ihren Schenkel.

»Lass das, Großvater«, sagte sie nachsichtig und schob seine Hand weg.

Sophokles war Kaufmann und »ein Amerikaner«, wie die Griechen die Emigranten nannten, die in die Vereinigten Staaten übersiedelt waren, um dort Geld zu machen. Nach vierzig Jahren in Brooklyn – zuerst als Angestellter in einem Lebensmittelgeschäft und dann als Besitzer etlicher Läden –, war er als wohlhabendstes Mitglied der Familie nach Griechenland zurückgekommen. Er war stolz auf das, was er erreicht hatte, und seit seiner Rückkehr war die Familie verpflichtet, sich zu Beginn des Festes um ihn zu scharen, während er auf einem großen Stuhl thronte und sich selbst rühmte, weil er so viel Geld verdient hatte, und mit seinen Söhnen, die noch in New York lebten, und der Mitgift seiner Töchter prahlte. Die Männer saßen auf den Bänken am Tisch oder auf Stühlen, die im Hof aufgereiht waren, stießen sich gegenseitig an und kicherten wie Kinder in der Kirche. Die Frauen blieben stehen und warteten darauf, noch mehr Essen aus der Küche holen zu können.

»Mein Christos fängt im nächsten Monat sein Studium an der Universität an«, verkündete Sophokles feierlich. Sein kahler Schädel mit den Pausbacken sah aus wie ein riesengroßes Ei, auf das man ein winziges Gesicht gemalt hatte. »Er geht auf die Columbia University, das ist die berühmteste in ganz Amerika. Ein Hoch auf Christos!« Er erhob sein *Ouzo*-Glas, und sein Doppelkinn zitterte in freudiger Erwartung.

»Welcher Sohn ist das, der Grieche oder der Yankee?«, rief ein jüngerer Bruder und kicherte schrill. Das war ein alter Witz. Jedes Jahr neckten die Brüder Sophokles mit seiner »anderen Familie«, der amerikanischen Frau und den Kindern, die, wie Sophokles steif und fest behauptete, gar nicht existierten. Diese Andeutungen machten ihn jedes Mal wütend.

»Onanist!«, brüllte Sophokles. »Deine Eier sollen auf die Größe von Erdnüssen zusammenschrumpfen!«

»Dann wären sie immer noch doppelt so groß wie deine«, erwiderte der Bruder.

Sophokles hievte sich auf die Füße – sein Gesicht war

knallrot angelaufen –, und Petros legte beschwichtigend die Hand auf seinen Arm. »Tanz für uns, Bruder«, sagte er. »Wir trinken auf deinen Sohn, dann tanzt du für uns.«

»Ja, Sophokles, tanz!«, grölten die anderen und machten in der Mitte des Hofes Platz. »Tanz, und nachher leisten wir dir Gesellschaft.«

Dies war für Joyce der schönste Moment. Bei ihren beiden früheren Besuchen in diesem Haus hatte Sophokles allein *Zeibekiko* getanzt, um sein Glück zu feiern; dieser Tanz sollte anmutig und würdevoll sein, aber Sophokles sah dabei aus wie ein Rhinozeros, das über Glasscherben schlich.

Wie immer ließ er sich von Petros überreden, stürzte seinen *Ouzo* hinunter und schleppte sich ins Zentrum des Hofes. Jemand holte eine *Busuki* hervor, ein dickbäuchiges, mandolinenartiges Instrument, und spielte die rhythmische, eindringliche Melodie, die Männer zum Tanzen verführte. Sophokles breitete bedächtig die dicken Arme aus, richtete den Blick auf den Boden und beugte die Knie.

»Der heilige Nikolos bewahre uns«, meldete sich sein jüngerer Bruder wieder lautstark zu Wort. »Atlantis geht unter.«

Ohne ihn zu beachten, machte Sophokles ein paar wacklige Schritte nach links. Er blieb stehen, schwankte ein bisschen, dann taumelte er nach rechts, die Arme noch immer ausgestreckt. Seine Beine stampften auf, der Bauch und die Wangen wabbelten wie Pudding. Er schloss mit einer seligen Miene die Augen und pflügte durch die Menge. Unter lautem Johlen und Grölen schlossen sich ihm andere Männer an, und bald tanzten sie in einer Reihe, die Arme um die Schultern des linken und rechten Nachbarn gelegt, durch den Hof.

Petros saß etwas abseits und beobachtete amüsiert seine

Verwandten. Er rauchte, aß ein paar Bissen, sagte kaum ein Wort. Joyce sah ihn liebevoll an. Für sie war Petros der Nobelste aller Anwesenden.

Die anderen Frauen scheuchten Joyce auf, damit sie ihnen beim Servieren half, während die Männer tranken, tanzten und sich umarmten. Als sich Joyce durch die Menge drängte, um der Gastgeberin eine Schüssel abzunehmen oder einen Krug mit dem süßen Bergwasser, das der Stolz der Griechen war, aufzufüllen, beäugten die anderen Frauen – die Großmütter, die Tanten mittleren Alters, die unverheirateten Cousinen – unverhohlen ihren Bauch und erkundigten sich, ob sie guter Hoffnung war. Sie verabscheute das. Im letzten Jahr hatte sie die gleiche Prozedur durchgemacht. Noch immer keine Kinder? Und wie lange war Nikos diesmal weg? Sie tauschten mitleidige Blicke. Es war offensichtlich, was sie dachten: Joyce versagte als Ehefrau. Sie konnte ihren Mann nicht an ihrer Seite halten. Sie hatte sich den schönsten Jungen der Familie geangelt und trieb ihn aus dem Haus. Sie erwies sich nicht einmal als richtige Frau, denn sie brachte keine Kinder auf die Welt. Doch Joyce war sich bewusst, dass sie mit Kindern für immer und ewig hier bleiben müsste. Ohne Kinder hatte sie noch eine Wahl.

»Du könntest genauso gut eine Seemannswitwe sein, wenn dein Mann so oft und so lange weg ist«, sagte eine von Petros' Schwägerinnen. »Auf unserer Insel ist es Brauch, dass die Witwe eines Seemanns nie wieder heiratet, egal wie jung sie ist. Sie darf nicht tanzen oder einen anderen Mann jemals ansehen.« Die Frau musterte sie spöttisch. Joyce wandte sich ab. Wenn sie zu Hause gewesen wäre, hätte sie sich dagegen gewehrt und eine bissige Bemerkung gemacht. Aber hier, ohne gefestigte Stellung in der Familie wagte sie das nicht, und es war fraglich, ob Petros und Dimitra ihr bei einem Streit volle Unterstützung gegeben hätten.

Im Grunde war Dimitra die wirkliche Außenseiterin bei dieser Feier. Die Brüder warfen ihr vor, sie habe ihren kleinen Landbesitz benutzt, um Petros von seiner Heimat Lesbos, die, wie jeder wusste, eine viel bessere Insel war, wegzulocken, und ihn dazu verdammt, seinen Lebensunterhalt auf dem kargen Felsen Ifestia zusammenzukratzen. Sie alle waren ungeheuer stolz auf Lesbos und seine großartige Geschichte. Diese Insel war die Geburtsstätte von Sappho, der großen Dichterin, von Aesop und Arion sowie von dem moderneren Poeten Odysseus Elytis. Hier befanden sich die größten *Ouzo*-Destillerien, und die Alkoholiker-Rate war die höchste von ganz Griechenland. Im Zweiten Weltkrieg eroberten griechische Kommunisten Lesbos und erklärten es zur unabhängigen Republik, während die umliegenden Inseln von Italienern besetzt waren oder die Angriffe der Deutschen überstehen mussten. In späteren Kriegsjahren, als die Inflation die Drachme beinahe wertlos gemacht hatte, verwandelten sich die Inselbewohner, die eingeschworene Kommunisten gewesen waren, mühelos in Kapitalisten und boten den besten Wechselkurs an – die Insel zog das Geld an wie ein Schweinekotelett die Fliegen. Petros hätte nach Ansicht seiner Brüder auf Lesbos bleiben und wie sie selbst eine Frau aus dem Dorf heiraten sollen. »Ein Schuh von zu Hause ist der beste, auch wenn er geflickt ist«, sagten sie immer.

Die Frauen der Brüder dachten genauso. Sie rümpften die Nase über Dimitras Überheblichkeit, wenn sie von ihrem Sohn sprach, und nahmen ihr übel, dass er schöner war als ihre eigenen Kinder. Zudem empfanden sie es als

Affront, dass Dimitra nicht bereit war, sich zu unterwerfen. Doch sie fürchteten sich auch vor ihr, weil sie glaubten, sie hätte die Gabe, Verwünschungen über andere auszusprechen. Irgendeine Macht schien ihren breiten Schultern und ihrer faltigen Stirn gegeben zu sein. Ihre schwarzen Augen konnten direkt durch einen hindurchsehen – die Frauen sagten, sie hätte das heidnische Hexenblut ihrer türkischen Mutter in sich. Deshalb hießen die Männer sie mit vorsichtiger Höflichkeit willkommen, die Frauen zeigten Ehrerbietung, aber so gut wie keine Herzlichkeit. Jahrelang hatte sich Dimitra über all das erbost, aber mit dem Alter hatte sie gelernt, diesen Status zu genießen. Sie saß im Hof, ließ sich von den jüngeren Frauen bedienen und blitzte ihre Schwägerinnen mit herausfordernder Arroganz an.

»Sie haben mich von Anfang an gehasst, die alten Nebelkrähen«, flüsterte sie Joyce zu. »Ich bin für sie genau so eine Ausländerin wie du. Kannst du verstehen, warum sie mir üble Träume verursachen? Sie bilden sich ein, sie wären besser als wir, *Koroulamou*. Aber sie sind nicht halb so viel wert.« Sie spuckte aus, um den bösen Blick von sich abzuwenden.

Nach etlichen Stunden, in denen Joyce den Männern aufgewartet, ihre grapschenden Hände abgewehrt und ihre Angebote, ihr die unzähligen Arten der Liebe zu zeigen, ausgeschlagen hatte, wurde sie schließlich entlassen. »Geh«, sagte Dimitra unvermittelt. »Sieh zu, dass du diesen schamlosen alten Böcken entkommst. Kauf dir was Schönes.« Sie drückte Joyce ein paar Drachmen in die Hand. »Und denk dran, dass wir uns heute Abend in Onkel Zotis' Taverne treffen. Als sich die Sonne langsam dem Horizont zuneigte und rosa-goldenes Licht verbreitete, durfte Joyce endlich losziehen.

Zunächst folgte Joyce dem Touristenstrom. Das tat sie, wann immer sich die Gelegenheit bot, und nahm wie ein hungriger Hund Witterung nach englischen Worten auf. Sie wollte nur lauschen, die geliebte, fließende Sprache hören. Sie fand keine Amerikaner – in diese Ecke von Griechenland verirrten sich selten amerikanische Urlauber –, aber es dauerte nicht lang, bis sie englische Stimmen hörte, und sie ging ihnen nach. Die Stimmen gehörten zu zwei Mädchen in schockierend kurzen Shorts und knappen T-Shirts, darunter trugen sie offensichtlich keine BHs. Kein Wunder, dass die Griechen die Touristinnen für Flittchen halten, dachte Joyce; sie selbst hatte seit zwei Jahren ihre Knie nicht mehr gezeigt. Sie sah an sich herunter und betrachtete das ausgebleichte blaue Kleid, das Dimitra ihr auf der alten Nähmaschine der Nachbarin genäht hatte, und kam sich plötzlich wie verkleidet vor. Eine Hülle aus gestärktem Baumwollstoff, ein formloser Sack, wie ihn die alten Frauen bevorzugten, versteckte die Figur eines jungen Mädchens, das sich danach sehnte zu tanzen.

Die englischen Mädchen waren ungefähr in ihrem Alter und unterhielten sich lebhaft, tranken aus einer Flasche *Retsina* und lachten über einen Scherz, den Joyce nicht mitbekommen hatte. Joyce ging eine Weile hinter den Touristinnen her, aber irgendwann genügte es ihr nicht mehr, sie nur zu belauschen. Sie schnappte ohnehin nur hin und wieder einen Satz auf und konnte dem Gespräch nicht ganz folgen. Als die beiden am Straßenrand stehen blieben und einen Reiseführer zu Rate zogen, sah sie ihre Chance.

»Kann ich euch helfen?«, fragte Joyce und trat auf sie zu.

Die Mädchen schauten auf. Ihre Mienen wirkten feindselig, und Joyce begriff sofort, dass ihnen eine Amerikanerin, die ihre Hilfe anbot, herablassend und lächerlich vorkommen musste.

»Nein, danke. Wir kommen gut allein zurecht«, erwiderte die eine – eine schlanke, kompakte Frau mit lockigem Haar und großer Nase.

»Ich meine – ich lebe hier«, erklärte Joyce hastig. Ich ...«, sie suchte wie eine Ausländerin nach den richtigen Worten, »... ich kenne mich hier aus.«

Die jungen Frauen starrten sie erstaunt an. Die fülligere von beiden – ein Mädchen mit dunklem Pagenkopf und rundem Gesicht – rief: »Oh, gut!«, und zeigte ein strahlendes Lächeln. Joyce erschrak. Sie hatte ganz vergessen, wie verschwenderisch Fremde mit ihrem Lächeln umgingen. Griechen lächelten sehr selten, und wenn sie es taten, dann waren sie meistens wütend.

»Gut«, wiederholte das mollige Mädchen, »dann kannst du uns sicher ein gutes Lokal mit Musik empfehlen.«

»Ich esse mit meiner Familie in der Taverne Pelopi. Dort gibt es Musik. *Santuri*. Möchtet ihr auch hinkommen?«

»Bist du sicher, dass wir nicht stören?«

»Das tut ihr bestimmt nicht. Es ist eine Ehre, mit Fremden an einem Tisch zu sitzen. Meine Schwiegereltern wären glücklich.«

Die Mädchen nickten begeistert. Sie nannten ihre Namen – Sarah und Nicola –, und sie kamen aus London. Sarah, die Dünnere, stellte Joyce die üblichen Fragen und wollte wissen, wie es Joyce nach Griechenland verschlagen hatte. Joyce antwortete mit geübter Unbefangenheit, erzählte ihre Geschichte so, wie sie sie Fremden immer erzählte und ohne die Dinge zu enthüllen, die wirklich wichtig waren.

Die drei Mädchen schlenderten gemächlich nebeneinander die Straße entlang, denn sie hatten noch Stunden Zeit bis zu Joyces Verabredung mit ihren Schwiegereltern. Es gab so viel zu sehen, und die Zeit verging schnell. Die alten Straßen und Häuser. Das mittelalterliche Kloster mit dem Glockenturm, der aussah wie die Spitze auf einer weiß glasierten Hochzeitstorte. Die vielen Heimkehrer und Touristen – meistens Griechen, die erhitzt und in Festtagsstimmung waren. Die Mädchen stöberten in den farbenprächtigen Verkaufsbuden, die die Straßen säumten: Elfenbeinanhänger in Form eines Stierhorns, ein Symbol der Jungfräulichkeit, hölzerne Ikonen von Heiligen, Engeln, der Jungfrau Maria und von Jesus Christus, Armbänder mit dem traditionellen Muster des Labyrinths, das den Verlauf des menschlichen Lebens darstellte. Überall sah man für Touristen hergestellte Keramikwaren, winzige Imitationen der antiken griechischen Vasen und Schalen, auf denen Athleten, Fischaugen und Herkules zu sehen waren. Die Mädchen hätten ein ganzes Dorf aus glasierter Keramik kaufen können – es war klein genug, um in eine Hand zu passen. Joyce betrachtete all das und erinnerte sich, dass sie im ersten Jahr nicht verstanden hatte, warum Nikos diese Dinge so verachtete. Jetzt erschienen sie ihr auch wie billiger Plunder, wie eine Lüge, die Griechenland darstellte, wie es nie existiert hatte, die nichts mit der strengen Hierarchie, die sie auf die unterste Stufe der Leiter verbannte, mit dem unbeugsamen Land oder der quälenden Einsamkeit einer Seemannsfrau zu tun hatte.

Joyce und die englischen Mädchen hatten die Flasche *Retsina* bald ausgetrunken und kauften eine neue, die von einer Hand zur anderen wanderte. Joyce trank gierig. Jeder Schluck brachte sie näher zu dem, was sie gewesen war, bevor sie Nikos kennen gelernt hatte: eine sorglose, impulsive Amerikanerin. »Ihr müsst uns nach dem Fest in Kastron besuchen«, sagte sie zu ihren neuen Freundinnen – der Wein machte sie überschwänglich und leutselig. »Setzt mit der Fähre über und seht euch an, wie die Bauern hier leben.«

Sie wagte es sogar, ein- oder zweimal den Blick eines Mannes zu erwidern.

Die Mädchen beschlossen, einige Souvenirs zu kaufen. Nicola suchte sich eine Talismankette mit blauen Glasperlen aus, auf die je ein Auge gemalt war. Joyce erklärte, dass die Griechen ihren Kindern, den Eseln und Hunden diese Ketten umhängten, um den bösen Blick des Neides von ihnen abzuwenden; Dimitra hatte ihr erzählt, dass sie Nikos sofort nach der Geburt mit diesen Ketten behängt hatte. Sarah kaufte ein paar Elfenbein-Armreifen, die wie Joyce mutmaßte, aus reinem Plastik waren, aber sie sahen hübsch an Sarahs gebräunten, dünnen Armen aus. Joyce hätte sich all das nicht leisten können, aber das spielte keine Rolle. Zu Hause hatte sie sich gern irgendwelche Sachen gekauft, aber hier erschien ihr das irgendwie anstößig. Außerdem würde Dimitra ihr nicht erlauben, mehr Schmuck als ein Kreuz an einer Kette zu tragen – alles andere hätte sie als liederlich angesehen –, aber Joyce konnte sich nicht überwinden, sich ein Kreuz um den Hals zu hängen. Sie begleitete Dimitra in die Kirche, betete dort sogar und küsste eine oder zwei Ikonen, aber ein Kreuz könnte sie niemals tragen.

Gerade als sich Joyce von der Verkaufsbude abwandte, entdeckte sie den englischen Jungen, der sie vor den Soldaten gerettet hatte. Er stand auf der Straße, sah sie an – sein Gesicht war gerötet, genau wie damals. Sie hatte ganz vergessen, wie groß er war, groß und hager. Er überragte die meisten Inselgriechen wie ein Schiffsmast.

»Joyce?«, sagte er. »Ich bin Alex, erinnerst du dich?« Er kam unsicher auf sie zu.

Joyce merkte, wie ihr das Blut ins Gesicht schoss – seine Verlegenheit sprang auf sie über. »Ja, natürlich erinnere ich mich«, gab sie hastig zurück. Sie drehte sich zu den englischen Mädchen um, die Alex neugierig beäugten. »Das sind Sarah und Nicola.« Sie deutete auf die beiden Engländerinnen. »Das ist Alexandros ... ich meine, Alex.«

Die drei Touristen begrüßten sich ohne große Begeisterung. Keiner von ihnen war nach Griechenland gekommen, um sich mit anderen Engländern abzugeben.

»Hier, möchtest du einen Schluck?«, fragte Nicola und hielt Alex die Weinflasche hin. »Wir trinken uns in Feiertagslaune.«

Er nahm die Flasche, trank und gab sie zurück. Er sah Joyce so intensiv an, dass sie sich innerlich krümmte.

Plötzlich dröhnte griechische Popmusik aus dem Lautsprecher, der über der Tür eines Ladens hing. Sie hielten sich die Ohren zu und gingen lachend weiter. Alex nutzte die Gelegenheit und beugte sich zu Joyce. »Hattest du neulich noch Schwierigkeiten, oder war alles in Ordnung?«, raunte er ihr ins Ohr.

Sie nickte und sah ihn scheu an. »Ja, alles bestens. Na ja, ich war noch ein bisschen zittrig. Nochmals danke, ich ...«

»Nein, bedanke dich nicht mehr. Es ist schon gut.«

»Joyce?«, warf Nicola ein. »Sarah und ich wollen etwas erledigen. Wir sehen uns in zwei Stunden in der Taverne, geht das?«

»Oh.« Das brachte Joyce aus der Fassung. Sie hegte den Verdacht, dass die Mädchen meinten, sie mit Alex allein lassen zu müssen, und sie hatte keine Möglichkeit, die Situation zu erklären, also blieb ihr nichts anderes übrig, als auf den Vorschlag einzugehen. Sie hoffte, dass die Mädchen wirklich in die Taverne kamen. Sie wollte die ganze Nacht Englisch sprechen und sich ins Gedächtnis rufen, wie es war, eine moderne, unbekümmerte junge Frau zu sein.

Es war kaum zu übersehen, wie froh Alex darüber war, dass sich die beiden Urlauberinnen aus dem Staub gemacht hatten. »Jetzt kann ich dir den Drink spendieren, den ich dir versprochen habe«, triumphierte er. »Dieser *Retsina* schmeckt gut. Wie wär's, wenn wir uns noch was davon holen?«

Joyce schaute sich um. Sie war daran gewöhnt, ständig unter Beobachtung zu stehen, aber dies war ein Fest und ihre Schwiegereltern hielten sich ganz woanders auf, tranken ihren eigenen Wein und amüsierten sich auf ihre Weise. Auf einmal erfasste Joyce ein Gefühl der Freiheit, das sie beinahe von den Füßen riss.

»Ja!«, sagte sie lachend. »Ja.«

Sie setzten sich in dem von Touristen übervölkerten Teil des alten Basars in eine Taverne im Freien – Joyce konnte ziemlich sicher sein, hier keinem Bekannten zu begegnen, denn ihre Verwandten mieden die großen Menschenmassen. Mitten auf einem kleinen Platz standen Tische mit Kerzen. Das Dach war der Himmel, der jetzt bei Sonnenuntergang tiefblau leuchtete, die Blumen in den Pflanzkübeln bildeten die Wände, und es wehte eine laue Abendbrise. Ein Stehgeiger spielte den Pärchen an den Tischen Ständchen und brachte die anderen Touristen gegen sich auf.

Alex bestellte einen Krug Landwein vom Fass und *Tzaziki*. Joyce hatte Hunger, da sie auf der Fähre nur Brot und Oliven und bei Sophokles gar nichts gegessen hatte, weil sie zu sehr mit Servieren beschäftigt gewesen war. Jetzt löffelte sie gierig den Joghurt mit Gurken. Der Wein brannte herrlich und stieg ihr sofort zu Kopf. Sie fühlte sich, als würde sie ein Stück über ihrem Stuhl schweben.

»Hast du dich entschieden, ob du meine Frage beantworten willst?«, erkundigte sich Alex.

»Welche Frage?«

»Weißt du das nicht mehr? Ich wollte wissen, warum du hier lebst.«

Sie sah zur Seite. Ihr mageres, glattes Gesicht wirkte ein wenig spitz – die Kinnlinie war kantig, die Nase lang und schmal. Sie hatte all die Ratschläge aus den Frauen-Zeitschriften vergessen und ihre Augenbrauen wachsen lassen; sie bildeten jetzt dicke Bögen über den grünen Augen und verliehen ihren katzenhaften Zügen eine Spur von Grimmigkeit. Ihr gerades Haar trug sie heute offen, und es reichte ihr bis zu den kleinen, spitzen Brüsten.

Joyce wandte sich ab, weil sie glaubte, nicht antworten zu wollen, aber sie hatte nicht mit der berauschenden Wirkung des Weins und der Aufmerksamkeit gerechnet, die Alex ihr schenkte. Die Worte sprudelten ihr nur so über die Lippen. Sie erzählte ihre Geschichte und begann mit der Begegnung im Supermarkt, wie sie es immer tat, wenn sie mit Touristen darüber redete. Normalerweise stellte sie das alles wie eine große Romanze dar, das war der Mythos, den sie wie ein schützendes Netz um sich gewoben hatte. Aber sie hatte das Gefühl, dass dieses Netz bei Alex nicht standhalten würde, deshalb erzählte sie ausführlich von Nikos' Seereisen und ihrem Leben mit Dimitra und Petros. Sie verschwieg nur, wie sehr sie Nikos vermisste, was ihre Finger in den Nächten taten, welche Träume die Soldaten in ihr weckten und wie schwer es war durchzuhalten.

Alex winkte dem Kellner und bestellte mehr Wein. »Wie lange ist dein Mann dieses Mal weg?«, wollte er wissen.

»Sieben Monate.« Joyce war verlegen.

»Sieben Monate?« Alex war richtig aufgebracht. »Wie kann er dich so lange allein lassen?«

Joyce starrte auf die Tischplatte. »Er kann es sich nicht aussuchen. Sie bieten ihm diese Aufträge an, und er muss annehmen, wenn er seinen Job behalten will. Er schickt uns jeden Monat Geld. Viele griechische Männer machen es wie er.« Sie hob den Blick. »Es ist eine Tradition.«

Alex schien seine Zweifel zu haben, doch er ging nicht weiter darauf ein und füllte stattdessen ihre Gläser auf. »Als du ihn geheiratet hast, warst du erst achtzehn; ich nehme an, das heißt, dass du nie auf einem College warst, stimmt's?«

Joyce zuckte mit den Achseln. »Ja. Aber ich hätte sowieso keines besucht. Ich war eine katastrophale Schülerin.« Sie lachte über Alex' Gesichtsausdruck: Er riss die blauen Augen weit auf und presste den Mund missbilligend zusammen. »Mach dir nichts draus. Ich bin eine komplette Niete, das weiß ich«, fügte sie hinzu, dann wurde sie plötzlich ernst. Der Klang dieser Worte gefiel ihr nicht. Es war ihr nie daran gelegen gewesen, als Dummchen dazustehen. Sie verbitterte allmählich, wurde mürrisch wie eine alte Frau. »Ich lese gern«, fuhr sie leise fort, um sich selbst ein wenig aufzuwerten. »Ich habe viele Nächte damit verbracht, die griechische Schrift lesen zu lernen – mit Schulbüchern für Kinder und mit Zeitungen.«

Die Erwähnung von Zeitungen rüttelte Alex auf. »Ist es nicht eine aufregende Zeit hier in Griechenland?«, rief er aus und beugte sich unvermittelt zu ihr. »Wohin ich auch gehe, überall begegne ich Leuten, die gerade aus dem Gefängnis entlassen wurden. Sie waren dort, weil sie gegen die Junta protestiert haben. Es ist, als würde das ganze Land eine große Party feiern.«

Joyce lächelte über seine Begeisterung. »Ja«, stimmte sie ihm zu.

»Was? Das klingt so zögerlich. Sind nicht alle in deinem Dorf glücklich, dass das Militär nicht mehr an der Macht ist?«

»Natürlich sind sie das.« Sie schwieg eine Weile. »Aber nach allem, was sie durchgemacht haben, fällt es ihnen schwer, auf irgendeine Regierung zu bauen. Sie vertrauen niemandem, der Macht hat, und haben Angst vor Fanatikern. Auf alle Fälle wollen die meisten Leute in meinem Dorf, dass die Sozialisten gewinnen und nicht Karamanlis.«

Sie erzählte Alex von Markos Elytis, dem Schullehrer, der ihr Bücher zum Griechisch-Lernen geliehen hatte. Er war der einzige Lehrer auf der Insel, der für alle Kinder gleichzeitig verantwortlich war und alle Klassen in einem Raum unterrichtete, und ein engagierter, aber vollkommen verarmter Mann, der während der Militär-Junta seinen Beruf kaum ausüben konnte. Er stand unter dem Verdacht, ein Dissident zu sein, und wurde ständig beobachtet, überprüft und von der Polizei schikaniert. Jahrelang war es ihm gelungen, sich von jeder Anschuldigung, die ihm vorgeworfen wurde, frei zu sprechen – dass er Kommunist sei, ein Sympathisant der Amerikaner, ein Sozialist, jemand, der die Moral der Kinder verdarb, ein Atheist –, aber das alles ging auf Kosten seiner Nerven und seiner Brieftasche. Eines Tages machte er allerdings einen fatalen Fehler: Er tadelte ein Kind, weil es eine faschistische Meinung äußerte. Das Kind hatte sich bei seinen Eltern über ihn beschwert, und die Eltern hatten ihn bei der Polizei denunziert und behauptet, er wäre Kommunist. Sie zerrten ihn auf die Wache, verprügelten ihn und verhängten ein Berufsverbot. Er und seine Familie – seine Frau, seine Kinder und sogar sein verwitweter

Vater – mussten Ifestia, die Insel, auf der sie geboren waren, und das einzige Zuhause, das sie jemals gekannt hatten, verlassen.

»Danach wagte niemand mehr in Kastron, auch nur noch ein Wort über Politik zu verlieren, aus Angst, ihm könnte dasselbe passieren«, sagte Joyce leise. »Selbst in unserem Haus hatten wir Angst, frei zu reden, wenn Gäste da waren.«

»Aber was ist jetzt? Ist es immer noch so?«

Joyce legte die Gabel weg und lehnte sich zurück. »O nein, seit es die Junta nicht mehr gibt, haben sie die Scheu überwunden. Man kann einen Griechen nie lange davon abhalten, seine Meinung zu sagen.«

Joyce hatte keine Ahnung, aber sie hätte mit Alex nicht verführerischer sprechen können, auch wenn sie ihm Liebesschwüre oder ihre geheimsten Wünsche ins Ohr geflüstert hätte. Er war von der Politik regelrecht besessen, speziell von der griechischen Politik. Er studierte Politikwissenschaften und hatte sich auf Griechenland spezialisiert. Er wollte, dass Joyce ihm von allen politischen Vorgängen auf Ifestia, in ihrem Dorf und in ihrer Familie berichtete. Und das konnte sie, denn sie hatte zwei Jahre lang jeden Abend da gesessen und zugehört, wie sich Dimitra und Petros über die Kriege, die sie überlebt hatten, über den Beginn der Militärdiktatur, ihre Tyrannei und ihren Niedergang unterhalten hatten.

Alex war fasziniert von Griechenland. Von dem heißen, trockenen Vaterland seiner Mutter, den silbrigen Olivenbäumen, den Feigen und dunklen Zypressen; den unbeugsamen Menschen und ihrer Leidenschaft für Geld und Freiheit; den Geschichten über den Heroismus gegen die Deutschen und die politischen Gefangenen während der

Militärdiktatur. Er hatte seit seinem dreizehnten Lebensjahr jeden Sommer in Griechenland verbracht, und bei seinem letzten Aufenthalt in Athen hatte er den Niedergang der Diktatur miterlebt, und danach waren ihm seine Freunde in England oberflächlich und nichtssagend erschienen. Sie interessierten sich nicht einmal für Vietnam und machten sich mehr Gedanken über Sex und ihre eigenen Ambitionen als über die Ereignisse in der Welt. In London fehlten ihm die politischen Diskussionen beim *Ouzo* in den Tavernen, die Helden, die er kennen gelernt hatte, die endlich aus den Gefängnissen freigelassen und von den Dorfbewohnern begeistert empfangen wurden, die Studenten, die ihr Leben auf Demonstrationen gegen die Diktatur riskiert hatten. Deshalb war er zurückgekommen und suchte nach einem Ziel und nach Abenteuern. Nach Revolution und vielleicht sogar nach einer Zukunft.

Aber er hatte nicht damit gerechnet, ein Mädchen in Not zu finden. Oder damit, dachte er ironisch, dass er wie Odysseus' unglückliche Rivalen einer einsamen Penelope verfiel.

Joyce redete mehr als seit Jahren. Ihre Kehle war ganz rau von den vielen Worten. Sie war unvorsichtig, töricht, lachte zu laut und erzählte zu viel. Sie und Nikos hatten keine Worte gehabt, und als sie sich verständigen konnten, hatte das, was sie sagten, nur Ärger verursacht. Bei Alex hatte sie das Gefühl, Bedeutendes von sich zu geben. Sie fühlte sich leicht wie eine Wolke, als hätte sie Flügel.

In ihrem Rausch wollte sie ihn in die Taverne ihres Onkels einladen. Sie wünschte sich, ihren neuen Freund an ihrer Seite zu haben und ihn Dimitra und Petros zu zeigen –

der Gedanke an die beiden erfüllte sie plötzlich mit Schwindel erregender Liebe. Aber sie ahnte, dass eine solche Einladung nicht klug wäre. Die beiden englischen Mädchen wären willkommen, das wusste sie, aber ein Junge ... das war gefährlich. Außerdem würde sie ihn durch eine solche Handlungsweise in Sicherheit wiegen. Und insgeheim wollte sie nicht, dass er das Gefühl hatte, Eindruck auf Joyce gemacht zu haben, auch wenn sie sich das selbst nicht eingestand.

»Ich muss gehen«, sagte sie, als er anbot, noch einen Krug Wein zu bestellen. »Ich bin mit meiner Familie zum Essen verabredet.«

Alex schwieg, doch sie sah seinem Gesicht an, dass er eingeladen werden wollte. Dieser komische Junge konnte nichts verbergen; sein Gesicht war durchsichtig wie geschliffenes Glas. Nikos' Gesicht hingegen war eine Maske, eine atemberaubend schöne Maske. Ist das bei gut aussehenden Menschen immer so?, fragte sich Joyce. Kann man ihre Mienen nie richtig deuten?

Alex war ein Gentleman und machte keinerlei Andeutungen, er bezahlte nur und stand auf. Er ging um den Tisch zu ihr und hielt ihren Stuhl fest, während sie sich erhob – als ob sie zerbrechlich oder schwach wäre, nicht so stark wie ein Bauernjunge. Sie kicherte und schwankte – der Wein hatte ihre Knie weich gemacht –, und auf einmal spürte sie seine Arme an ihrer Taille. Sie lehnte sich an ihn, nur für einen Moment, gerade lange genug, um die scharfe Kante an seiner Schulter und die Härte seines Körpers zu fühlen und den beißenden Geruch seines Schweißes wahrzunehmen.

Für ihn war dieser Augenblick entscheidend. Die Taille unter dem schlichten Kleid war fest – Joyce war geschmeidig, wohlgeformt und stark. Ihr Haar roch nach Lavendel und Staub, ihr Atem war mit dem Harzaroma des *Retsina* und etwas undefinierbar Süßem durchsetzt. Er konnte sich nicht zurückhalten. Seine langen Arme umschlangen sie, er presste sie an sich und drückte seine Lippen auf ihre Stirn.

Sie wich taumelnd zurück, schüttelte den Kopf und führte ihn mit unsicheren Schritten zur Straße.

Auf dem Weg zu dem Treffen mit ihren Schwiegereltern ernüchterte Joyce ein wenig, und ihr wurde klar, dass sie Alex auf keinen Fall zu dem Essen bitten konnte. Es hätte schon katastrophale Folgen, wenn sie das Lokal nur gemeinsam mit ihm betreten würde. Im Jahr 1975 wurden Frauen, die ihre Männer betrogen, noch vor Gericht gebracht; ein Seitensprung galt als kriminelles Vergehen. Oder die Männer verübten Selbstjustiz und verprügelten die Untreue mit Billigung der Öffentlichkeit. Joyce wusste, dass man sie aus dem Haus jagen oder ihr noch Schlimmeres antun würde, wenn sie sich mit Alex blicken ließ. Sie würde ohne einen Penny auf der Straße sitzen, Nikos nie wiedersehen und wäre gezwungen, ihre stumpfsinnige Familie in Florida um Hilfe anzuflehen. Und ihr würde kein Mensch Glauben schenken, wenn sie beteuerte: Ihr verdächtigt mich zu Unrecht, Alex ist nur ein Bekannter.

»Alex«, sagte sie und blieb stehen, um zu ihm aufzusehen. »Wir sagen uns lieber hier schon Lebewohl. Ich darf auf keinen Fall riskieren, dass uns irgendjemand zusammen sieht.«

»Ich verstehe«, erwiderte er, verzog aber gequält das Gesicht. Er trat nah zu ihr – die Menschenmenge teilte sich, um an ihnen vorbeizukommen – und legte die Hände auf ihre von der Arbeit sehnigen Arme. Sie erschauerte bei der Berührung. »Ist dir kalt?«, fragte er.

Sie schüttelte den Kopf, war jedoch nicht im Stande, sich aus seinem Griff zu lösen. Er trat noch näher, ein klein wenig näher, und sie begann zu zittern. Es war, als würde etwas in ihrem Inneren zerbrechen.

Er zog sie sanft an sich und nahm sie noch einmal ganz vorsichtig und behutsam in die Arme. Eine Umarmung, nichts weiter, aber sie drückte sich an ihn, legte den Kopf an seine Schulter, und sog den Geruch seines verschwitzten T-Shirts tief ein. Seine Arme umfassten sie stärker, bis sie fest aneinander geschmiegt waren.

Sie standen eine ganze Weile so da. Keiner von beiden brachte es fertig zurückzuweichen. Joyce redete sich ein, dass dies eine vollkommen unschuldige Geste sei, nichts mehr als eine tröstliche Berührung. Alex vergrub sein Gesicht in ihrem Haar.

»Ich muss dich wiedersehen«, murmelte er schließlich. »Ich kann dich nicht einfach so gehen lassen.«

Joyce schüttelte den Kopf an seiner Brust. »Pst«, hauchte sie und schob ihn mit größter Anstrengung von sich. Es war, als würde man feuchte Haut von einem Eisstück wegreißen. Ihr Zittern hatte nicht nachgelassen, aber ihre Stimme war ruhig.

»Ich muss gehen, ich bin spät dran«, sagte sie und lief los.

Die Taverne war voll und verräuchert. An den langen, mit Tüchern gedeckten Tischen drängten sich die Menschen. Noch mehr Verwandte von Petros waren angekommen, auch ein paar Mädchen in Joyces Alter. Alle waren verheiratet, einige schwanger. Die jüngeren Männer, die Urlaub vom Militär oder der Seefahrt hatten, waren angeheitert, sie grölten, lachten und hoben mit lärmenden Trinksprüchen ihre Gläser. Petros erzählte einem seiner älteren Brüder mit verschmitztem Gesicht eine Geschichte. Dimitra winkte Joyce zu sich und quetschte sie zwischen sich und eine andere alte Frau, dann löffelte sie *Rizi,* Spinat und Lammfleisch auf einen Teller für ihre Schwiegertochter.

»Hattest du Spaß heute?«, überschrie sie den Radau.

Joyce nickte und sah in die Runde. Sie war noch ganz benommen. Sie hatte sich so sehr auf dieses Festmahl gefreut, aber jetzt nahm sie alles wie durch einen Nebel wahr – den Krach, das viele Essen ... Sie konnte an nichts anderes als an Alex denken. Am liebsten hätte sie ihn aus der Stadt zu einem stillen Plätzchen im Wald geführt. Ihn auf das weiche Bett aus Piniennadeln gezogen und sich ihm geöffnet, wie sie es einst für Nikos getan hatte. Liebe, ihr Ehegelübde, ihr Glaube an die Treue – das alles verblasste zur Bedeutungslosigkeit verglichen mit dieser unerwarteten Sehnsucht. Sie hörte nicht, was die Leute zu ihr sagten, sah nichts anderes als Kerzenflammen, rote, brüllende Gesichter und mit Fett verschmierte Münder. Sie schnupperte verstohlen an ihrem Kleid, am Ärmel, um zu sehen, ob sein Geruch noch an ihr haftete. Aber sie roch nur den Rauch von den brennenden Kerzen, das Aroma des gebratenen Fleisches und die billigen Parfüms der anderen Frauen.

Ihr fielen die englischen Mädchen wieder ein. Sie hob den Kopf, um in der Menge nach ihnen zu suchen. Wahrscheinlich hatte sie sie verpasst, weil sie so spät hergekommen war. Schlechtes Gewissen regte sich, weil sie die beiden enttäuscht und die Chance verpasst hatte, ein bisschen Gesellschaft zu haben, aber sie verdrängte diese Gedanken rasch. In Wahrheit fühlte sie sich neben diesen Mädchen alt. Sie waren zwar nicht jünger als sie oder besser ausgebildet, aber sie erschienen ihr trotzdem wie Kinder. Sie betrachtete ihre abgearbeiteten Hände, die eingerissenen Fingernägel, die Bräune auf ihren Armen und hatte das Gefühl, in einer ganz anderen Welt als diese Mädchen zu leben oder als die Person, die sie selbst einmal gewesen war.

Aber was war ich früher?, überlegte sie. Ein jüdisch-amerikanisches Mädchen aus einer Vorstadt von Miami? Ja. Geboren 1955 in der Sicherheit der Nachkriegszeit und aufgewachsen in der Epoche der Lockenwickler und Fernsehserien? Auch das. Aber war das alles?

Ihre Mutter war Grundschullehrerin gewesen, bis sie selbst Kinder bekommen hatte; ihr Vater hatte sein ganzes Leben lang als Geschäftsführer sein Geld verdient. Sie selbst betrachteten sich als Mitglieder der Mittelklasse, aber sie waren arm genug, um Bezugsscheine von der Wohlfahrt anzufordern. Im Vergleich zu Dimitra und Petros waren sie nicht arm, aber nach amerikanischen Maßstäben durchaus. Eine Spülmaschine, eine Waschmaschine, ein Basketball-Korbring über der Garage – das hatten sie alles gehabt und als selbstverständlich hingenommen. Dennoch war Joyce in ärmlichen Verhältnissen groß geworden. Mit abgenutzten Möbeln, die nie ersetzt wurden, mit rauem, dünnem Toilettenpapier aus Sonderangeboten des Discount-Marktes, mit selbstgenähter Kleidung aus billigen, steifen Baumwollstoffen, mit Autos, die immer kaputt waren.

Joyce schüttelte den Kopf – nicht wegen der Abneigung, die sie ihrem alten Leben gegenüber empfand, sondern wegen etwas anderem, was sie nur als Leere definieren konnte. Als etwas Fehlendes. Die Zuneigung, die sie nicht bekommen hatte, wenn sie bei ihrer Mutter Zuflucht gesucht hatte. Die magelnde Gesprächsbereitschaft ihres Vaters, wenn sie mit ihm hatte reden wollen. Und wenn sie Schutz von ihren Brüdern erwartet hatte, war sie immer zur Zielscheibe ihrer Angriffe geworden. Die Turbulenzen der sechziger und siebziger Jahre waren an ihr vorbeigegangen. In den späten Sechzigern war sie ein Teenager gewesen – zu jung, um die Vorgänge zur Kenntnis zu nehmen – und eine junge Frau Anfang der Siebziger, aber sie lebte in Florida, an der falschen Küste. Bürgerrechte, Vietnam, Hippies – sie hatte das alles in Schwarz-Weiß in ihrem Wohnzimmer verfolgt, dann den Fernseher ausgeschaltet und alles vergessen, als wäre es nichts weiter gewesen als eine Sitcom. Jetzt dachte sie, dass sie ihr Dasein in einem luftleeren Raum gefristet hatte und weder Teil ihrer Familie noch ihrer Zeit gewesen war. Sie hatte nirgendwohin gehört.

Als Kinder waren Joyce und ihre Brüder ziemlich wild gewesen. Sie rasten in den heißen Straßen von Florida mit ihren Fahrrädern herum, warfen Steine auf die Papageien in den Bäumen oder lieferten sich selbst Schlachten mit Steinen. Die meiste Zeit trugen sie Shorts oder Badesachen, rannten durch Sprinkleranlagen, tobten am Strand herum. Joyces Brüder gründeten ständig irgendwelche Clubs, die nur eines zum Ziel hatten: Sie wollten, dass sich die Mädchen und die unbeliebten Jungs wie Ausgestoßene fühlten. Sie versteckten Puppen und zertrümmerten Spielsachen. Einmal, als Joyce zwölf Jahre alt war, fesselte Ben sie an einen Baum, spritzte sie mit dem Gartenschlauch nass, dann riss er ihr die Kleider vom Leib und ließ sie nackt dort stehen. Ihre gerade knospenden Brüste und der erste Flaum von Schamhaaren waren den Blicken aller ausgesetzt. Später kam Ben mit vier anderen Jungs zurück, die sie verhöhnten und angrapschten. Aber sie schrie kein einziges Mal und petzte auch nicht.

Ihre Mutter dachte nur an Geld und Essen. Sie beschwerte sich darüber, dass ihre Kinder kein Interesse an der

Schule hatten und ihre Söhne nicht lesen wollten, aber sie unternahm wenig, um daran etwas zu ändern. Sie brachte für Joyce Bücher mit nach Hause, aber sie wählte sie nicht sorgfältig aus. Die Geschichte der Eisenbahn und Tarzan, lustige Romane, *Jane Eyre* und Dickens. Joyce las langsam, suchte sich die leichteste Lektüre aus oder passte gar nicht richtig auf, was sie las. Manchmal war sie von einem Roman gefesselt, dann verschwand sie für ein paar Tage in ihrem Zimmer. Zu anderen Zeiten warf sie die Bücher beiseite, um sich die Fußnägel zu lackieren.

Tag für Tag hockte ihre Mutter im Garten, wurde fetter und fetter und ließ sich von der Sonne die Haut gerben. Sie rechnete aus, wie weit sie mit dem Haushaltsgeld kam, durchforstete die Zeitungen und Postwurfsendungen nach Schnäppchen, eine Zigarette im Mund und Chips und Cola-Dosen auf dem Tisch. »Im A & P gibt's Sonderangebote«, sagte sie beispielsweise zu Joyce. »Küchenkrepp und Schokochips. Lauf hin und hol was, Schätzchen.«

Ihr Vater lümmelte in einem Liegestuhl, sah zu, wie die Jungs Basketball spielten, und warf Joyce hin und wieder einen unbeteiligten Blick zu. Er hatte keine Freunde, wurde mit jedem Tag geistesabwesender und grauer wie ein Poster, das in der Sonne verblasste. Joyce besuchte ihn ab und zu in seinem Laden, um ein verbilligtes Paar Schuhe zu kaufen, und bekam mit, dass er die Verkäufer ganz schön herumscheuchte. Aber alles, was er sagte, und jede Bewegung wirkte entsetzlich müde und traurig, als würde es ihn schon anstrengen, Atem zu holen.

»Was stimmt nicht mit Dad?«, fragte sie einmal ihr Mutter.

»Er hat nichts. Er langweilt sich nur«, lautete die Antwort. »Vielleicht ist es sein Kreislauf.«

»Er sollte zum Arzt gehen.«

»Er war dort. Sie haben ihm gesagt, er hätte ein schlechtes Herz, aber was wissen die schon?« Ihre Mutter zuckte mit den Schultern. »So ist das eben, wenn man alt wird.«

Die gesamte Familie war wie erstarrt. Keine Leidenschaften, keine Träume, keine Ambitionen. Die Passivität hatte sie ausgesaugt – sie alle, auch ihre Brüder – und sie zu oberflächlichen, gleichgültigen Menschen gemacht. Sie steckten in ihrer trügerischen Behaglichkeit fest wie Laternenpfähle im Beton.

Joyce hatte sich bemüht, sich irgendwelche Ziele zu stecken und gegen das Phlegma ihrer Familie anzukämpfen. Eine Weile zog sie in Erwägung, Schauspielerin zu werden, aber ihre Pläne entglitten ihr immer wieder und wurden zu romantischen Fantasien. Da es niemanden gab, der sie zurechtwies oder ermutigte, vernachlässigte sie ihre Hausaufgaben und schaffte gerade noch ihren Highschool-Abschluss. Vermied es, sich einen Job zu suchen. Lackierte ihre Nägel.

Und wartete unbewusst auf jemanden, der sie aus der Abgestumpftheit rettete.

Joyce schaute sich in der Taverne um. Keine der Frauen hier hatte jemals die kleinen Freiheiten erlebt, mit denen sie selbst aufgewachsen war. Keine einzige hatte jemals die Wahl gehabt, etwas aus ihrem Leben zu machen, zu überlegen, wie sie die Stunden und Tage verbringen könnte. Sie durften nicht einmal allein auf die Straße gehen, sich auf ein Fahrrad schwingen oder irgendwohin fahren, um sich etwas Neues anzusehen. Joyce hatte in ihrem früheren Leben diese Freiheiten gehabt, aber was hatte sie daraus gemacht? Was hatte ihre Familie daraus gemacht? Sie schikanierten andere und spielten Football, sahen fern, zählten

Geld und kauften billigen Tand, den niemand brauchte. Sie litten keinen Hunger, lebten nicht in einer Diktatur, wurden nicht von Kriegen heimgesucht, und sie vergeudeten all das Gute.

So war ich auch, sagte sich Joyce schonungslos. Joyce Amelia Perlman, ein amerikanisches Mädchen, dem die Freiheit so wenig bedeutete, dass sie sie gegen einen Kuss eintauschte.

Dimitra lehnte an Joyces Arm und schlief. Ihr schwerer Körper brachte Joyce in der verrauchten Luft zum Schwitzen. Die Leute hatten genug gegessen, pafften jetzt Zigaretten und Pfeifen. Der scharfe Tabak brannte Joyce in den Augen. Sie gähnte und streckte die Hand nach dem Wasserglas aus. Ihr Kopf schmerzte von dem vielen Wein, den sie getrunken hatte, und sie wollte sich nur noch hinlegen und schlafen. Ihre Sehnsucht nach Alex war bereits Selbstvorwürfen und dem Bedürfnis nach Ruhe gewichen. Sie war seit dem Morgengrauen auf den Beinen, hatte keine Siesta gemacht, und jetzt war es schon zwei Uhr nachts. Auf einmal wünschte sie sich ihr altes Leben zurück, ein Dasein ohne gefährliche Begierden. Sie wollte mit Petros über Marktpreise diskutieren, mit Dimitra scherzen und Gemüse anpflanzen. Auf Nikos warten.

»Hallo, Joyce?«

Die englischen Mädchen standen neben ihr und machten betretene Gesichter. Ihre Augen glitzerten, und sie hatten ein wenig Schlagseite – sie waren betrunken wie alle anderen, trotzdem schienen sie sich ein bisschen zu schämen. »Entschuldigung, dass wir so spät kommen«, sagten sie kichernd. »Wir sind aufgehalten worden.«

Joyce freute sich. Sie war wieder hellwach, stand auf und schreckte damit Dimitra auf, die sich verwirrt umsah. Joyce bat die Leute, die auf ihrer Bank saßen, ein wenig mehr zusammenzurücken, damit sich die Mädchen neben sie setzen konnten. »Ich dachte schon, ich hätte euch verpasst«, sagte sie. »Es freut mich, dass ihr noch gekommen seid.«

Sie stellte ihnen Dimitra, Petros, seine Brüder und ihre Frauen vor. Sie alle hießen die beiden freudig willkommen und häuften Speisen und Getränke vor ihnen auf.

»Wir können nicht mehr«, protestierten sie auf Englisch. »Wir sind satt bis oben hin.«

»Ihr müsst was essen«, flüsterte Joyce eindringlich, »sonst beleidigt ihr meine Familie.«

Dimitra musterte die Mädchen belustigt. Sie beugte sich zu Joyce und raunte in Griechisch: »Das Mädchen mit der großen Nase ist wie eine Vogelscheuche! Aber die andere ist hübsch – sie sieht aus wie ein anständiges griechisches Mädchen.«

»Ich finde sie beide hübsch«, entgegnete Joyce, um die Dürre zu verteidigen.

»Die mit der großen Nase sieht aus wie eine Jüdin«, behauptete Dimitra und schnaubte verächtlich.

Joyce starrte Dimitra schockiert an. Sie hatte noch nie eine solche Bemerkung aus ihrem Mund gehört. Gott sei Dank verstanden die Engländerinnen kein Griechisch! Joyce senkte den Blick. Sie wünschte sich so sehr, nicht schlecht über Dimitra denken zu müssen. Sie hasste es, wenn Enttäuschungen oder Ärger aufkamen wie damals, als Dimitra sie geschlagen hatte. Sie wollte nichts Schreckliches zwischen sich und Dimitra kommen lassen, keine Schuldgefühle, keine Unehrlichkeit, weil sich Dimitra so sehr wie möglich von ihrer eigenen Mutter unterscheiden sollte.

Dennoch trennten sie ihre Geheimnisse schon jetzt von Dimitra. Ihre Sehnsüchte, ihre jüdische Religion. Und jetzt auch noch Alex.

Die Musikanten spielten auf und bewahrten Joyce davor, etwas auf Dimitras Bemerkung zu erwidern. Einer blies Klarinette, einer saß an der Trommel, der Dritte spielte Violine und der Letzte die *Santuri* – eine Art Hackbrett, das der Musikant mit kleinen, weichen Hämmerchen bearbeitete. Sie begannen ihre rhythmische Melodie, die immer schneller und aufregender wurde. Die Männer sprangen auf, schoben die Tische beiseite und tanzten. Diesmal waren sie ernst bei der Sache und wollten unbedingt den Tanzstil des jeweiligen Dorfes zeigen. Sie stampften mit würdiger Eleganz mit den Füßen auf und gingen in die Knie, hatten die Köpfe hoch erhoben und hielten sich ganz gerade. Einige hatten ein Tuch in der Hand, das der Partner am anderen Ende festhielt – diesen Tanz nannte man *Tsamiko*. Andere schnippten mit den Fingern, während sie sich drehten und langsam im Kreise schritten. Sophokles war diesmal sitzen geblieben; er war zu beschäftigt damit, die Reste aufzuessen, um sich für den Tanz zu interessieren. Die Frauen sahen zu und klatschten in die Hände.

Das würde Nikos gefallen, dachte Joyce. Er würde seine muskulösen Beine in die Höhe werfen, der Menge seinen strammen Po zuwenden, seinen schönen Kopf stolz hochhalten, genau wie er es in Florida gemacht hatte, um meine Brüder in Verlegenheit zu bringen. Nikos würde die Bewunderung genießen.

»Tanzen die Frauen nicht?«, schrie Sarah Joyce ins Ohr.

Joyce schüttelte den Kopf. »Gewöhnlich nicht. Nur manchmal. Eigentlich ist es Männersache.«

»Alles hier ist Männersache«, meinte Sarah. »Es ist verdammt archaisch.«

Joyce wollte protestieren und sagen: Das stimmt ja gar nicht. Aber sie schwieg.

5

Das Fest dauerte noch weitere zwei Tage. Die Menschenmassen kamen und gingen, die Zahl der Touristen wurde kleiner, aber die Ausdauernden und die Ortsansässigen hielten durch. Petros, der gewöhnlich nicht mehr als einen oder zwei *Ouzos* am Tag trank, war vom Alkohol nahezu betäubt. Dimitra hatte nach der ersten Nacht genug vom Wein, aber sie war sehr mit den Verwandten ihres Mannes beschäftigt, musterte mit widerwilliger Bewunderung die Pferde, mit denen sie handelten, und die Decken, die die Frauen gewoben hatten. Joyce war mehr sich selbst überlassen als während des ganzen Jahres. Deshalb wanderte sie durch die Stadt und suchte nach Alex.

Sie tat natürlich so, als würde sie nicht nach ihm Ausschau halten, und machte sich selbst vor, nur wie früher auf Touristen Jagd zu machen, mit denen sie sich anfreunden konnte. Aber wenn sie jemanden auftrieb, dann hatte sie keine Lust, ein Gespräch anzufangen. In den letzten beiden Jahren hatte sie die Straßen von Ayiassos durchstreift und Leute gesucht, die sich ihre Geschichten anhörten, weil sie ihre Einsamkeit in der Gesellschaft Fremder vertreiben wollte. Diesmal war ihr nicht danach zu Mute, stattdessen wanderte sie auf und ab und hoffte, Alex' hoch aufragende Gestalt in der Menge zu entdecken. Die Stadt war ziemlich klein. Wenn er noch hier war, musste sie ihn irgendwann finden. Oder er würde sie finden.

Die Suche dauerte nur einen Morgen. Sie sah ihn zuerst, das machte die Sache schwierig. Als verheiratete Frau konnte sie ihrer Ansicht nach zwar reagieren, wenn er sie ansprach, aber sie durfte nicht auf ihn zugehen. Seine Freundschaft anzunehmen, könnte man als unschuldig bezeichnen, sie aber herauszufordern wäre schlichtweg verwerflich.

Sie betrachtete ihn eine Weile unbemerkt. Er unterhielt sich – offenbar über Politik – mit zwei jungen Griechen in einem *Kaphenion* im Freien. Die Männer waren erregt, beugten sich über den runden Metalltisch und fuchtelten mit den Händen durch die Luft. Alex' Gesicht war bewegt und ernst, seine Augen unter dem ungleichmäßig geschnittenen, blonden Haar fixierten sein Gegenüber, die Nase war rot von der Sonne. Er trug ein weites, cremefarbenes Baumwollhemd und eine bauschige weiße Hose und wirkte überraschend gelöst. Er sieht glücklich aus, dachte Joyce, so, als ob er sich hier wie zu Hause fühlt.

Sie trat näher. »Wir Briten haben nicht das Recht, uns in die Angelegenheiten auf Zypern einzumischen«, hörte sie ihn sagen. Ihr fiel auf, dass sein Griechisch gepflegt war wie das eines gebildeten Atheners. Ihre Aussprache musste ihm grob, ungehobelt vorkommen.

Sie wusste nicht, was sie als Nächstes tun sollte. Sie konnte nicht hier, in einer Domäne der Männer, auf ihn zugehen. Frauen gingen nicht in ein *Kaphenion,* in der lauter Männer saßen, und schon gar nicht marschierten sie direkt auf einen Mann zu. Sie schaute sich unsicher um. Wenn sie sich davonmachte, würde sie ihn aus den Augen verlieren, aber sie konnte ihm auch nicht gut den ganzen Tag auf den Fersen bleiben. Schließlich entschied sie, sich in den Laden in der Nähe zurückzuziehen, und mit etwas Glück stand Alex irgendwann einmal auf, dann konnte sie sich bemerkbar machen.

In dem Laden wurde Kleidung verkauft, moderne, hübsche Kleidung, nicht diese sackartigen Klamotten, die Dimitra ihr gab. Joyce hatte Lust, etwas anzuprobieren. Sie suchte sich eine Jeans und ein pinkfarbenes T-Shirt aus und fragte, ob sie die Sachen mit in die Umkleidekabine nehmen dürfte. Sie zog sie an und baute sich vor dem Spiegel auf.

Sie sah richtig schick aus, stellte sie verwirrt fest. Enge Jeans, Sandalen, ein knappes Shirt; ein hübsches, flottes Mädchen mit einer von der Sonne ausgebleichten Haarmähne. Sie wäre nie auf die Idee gekommen, dass sie in Wirklichkeit so amerikanisch war – wenn sie jetzt noch einen Kaugummi im Mund hätte, würde sie genauso aussehen wie die platinblonden Kassiererinnen im Supermarkt in Florida, ihr fehlte nur noch der silberne Lidschatten. Sie wirkte verwegen, fast gefährlich.

Sie grinste bei diesem Gedanken und schwenkte ein Bein – zum ersten Mal seit Jahren hatte sie keinen Rock an. Sie hatte Dimitras unförmige Kleider akzeptiert, weil sie sich anpassen und wie eine Griechin erscheinen wollte. Aber diese Jeans reizte sie dazu, Luftsprünge zu machen, loszurennen und Purzelbäume zu schlagen. Beleidigungen hinauszuschreien. Zum ersten Mal seit langem fühlte sie sich nicht eingeengt und hätte am liebsten den ganzen Strand entlang Rad geschlagen.

In diesem Augenblick hörte sie Männerstimmen auf der Straße und lief zur Tür, um nachzusehen. Alex schüttelte den beiden Griechen die Hände und verabschiedete sich von ihnen. Als er sich umdrehte, entdeckte er sie sofort.

»Joyce! Ich hätte dich fast nicht erkannt«, stammelte er.

»Ich weiß.« Sie zuckte mit den Schultern und deutete auf die Jeans. »Ich wollte das hier nur mal anprobieren. Ich habe seit Ewigkeiten keine Hose mehr angehabt.«

»Du siehst toll aus. Aber ... so ganz anders.« Er war beinahe sprachlos. Sie merkte, dass sie das Bild, das er sich von ihr gemacht hatte, erschütterte.

»Ich sehe aus wie eine amerikanische Touristin, stimmt's?«

»Na ja ... irgendwie modern.«

Sie lachte. »Du meinst, nicht wie eine Bäuerin? Ich gehe lieber wieder hinein und ziehe mich um, sonst muss ich die Klamotten bezahlen.«

»Ich kaufe sie dir«, bot er hastig an. »Trag sie heute, solange du hier bist. Wir verschwinden aus der Stadt und wandern durch den Wald auf den Berg.«

O Gott. Joyce wünschte sich das so sehr, dass sie kein Wort herausbrachte. Eine Wanderung in Jeans! Das erschien so normal.

Doch selbstverständlich machte sie ihm klar, dass sie ein solches Geschenk genauso wenig annehmen konnte wie die Einladung.

»Doch, du kannst«, beharrte Alex. »Ich wette, du musst erst abends wieder bei deinen Schwiegereltern sein. Hab ich Recht?«

Sie nickte. Ihr war klar, dass sie im Grunde schon nachgegeben hatte, und er wusste das auch.

Er bezahlte die Jeans, sie das Shirt. Danach hatte sie kein Geld mehr, aber sie wollte sowieso nichts anderes. Dann kaufte Alex Oliven, Trauben, den saftigsten *Feta,* den sie finden konnten, Brot, Wasser und Wein, und sie machten sich auf den Weg.

Sie gingen durch Olivenhaine, die wie blassgrüne Teiche

die Stadt umgaben. An den Bäumen hingen zu dieser Jahreszeit viele Oliven, die Stämme waren dunkel und knorrig, die Blätter silbrig-grün. Alex war so groß, dass er sich unter den Ästen bücken musste, aber sie waren beide dankbar für den Schatten. Die gnadenlose Sonne stand schon hoch am klaren Himmel. Alex trug den Proviant in seinem Rucksack, auch den Wein, den er in Joyces Kleid gewickelt hatte, sodass sie ihre Hände frei hatte. Sie schwang sie an der Seite vor und zurück, während sie ging. Der Berg Olymbos war über neunhundert Meter hoch, der Anstieg steil und schwierig. Joyce war es unerträglich heiß unter der neuen Jeans.

Bald wichen die Ölbäume struppigen immergrünen Eichen und verkümmerten Pinien, die einen süßen, würzigen Duft verbreiteten, der an ihrer Haut haften blieb wie Öl. Sie atmeten schwer, während sie kletterten. Die Luft war schwer vom Harz, Staub und der Stille des Waldes.

Eine ganze Zeit sagte keiner von beiden etwas, aber das Schweigen wirkte keineswegs peinlich. Es war das erwartungsvolle Schweigen zweier Menschen, die sich zu viel zu sagen hatten. Gelegentlich fasste Alex nach Joyces Hand. Aber sie wich seiner Berührung jedes Mal aus.

»Danke, dass du mitgekommen bist«, sagte er unsicher. »Ich weiß, dass es riskant für dich ist.«

Joyce richtete den Blick auf den Boden, auf die dicke Schicht aus braunen und dunkelgrünen Piniennadeln, unter der die Erde rostrot war. Was, zum Teufel, machte sie hier?

»Vielleicht ist dies die einzige Gelegenheit für mich, so etwas zu tun«, sagte sie. »Die allereinzige.«

»Das kannst du nicht mit Bestimmtheit sagen«, entgegnete Alex.

»Aber ich bin in der ganzen Zeit, die ich in Griechenland

lebe, nie mit irgendjemandem einfach so weggegangen.« Sie redete schnell. Sie wollte ihm klar machen, dass sie eine treue, gute Ehefrau war.

»Joyce.« Alex blieb keuchend stehen. Sie hatten den Wald hinter sich und bekamen jetzt die volle Sonne ab. Ein Ziegenpfad führte im Zickzack auf den mit Gestrüpp bewachsenen Berg. Alex' Gesicht war feuerrot, sein raues Hemd schweißdurchtränkt. »Joyce, worüber machst du dir Gedanken? Dass ich dich nicht respektiere? Ich bin kein Grieche, zumindest nicht in dieser Hinsicht. Ich denke nicht so.« Er biss die Zähne fest aufeinander. Er wollte nicht zu schnell vorpreschen, sie nicht erschrecken. Er hatte nicht die geringste Ahnung, was er ihr bedeutete, er wusste nur, dass er ihr eine kleine Flucht ermöglichte.

Joyce sah zu ihm auf und blinzelte in der grellen Sonne. Es war fast Nachmittag, und der Himmel leuchtete nahezu weiß. »Ich habe Angst«, bekannte sie leise. »Wenn uns jemand sieht ...«

»Ich weiß.« Er nahm ihre Hand. Diesmal zog sie sie nicht zurück. »Hier sind wir sicher, sieh nur.« Er beschrieb mit dem freien Arm einen weiten Bogen. Sie waren mutterseelenallein, das bewaldete Tal erstreckte sich weit unter ihnen, Ayiassos war von den Bäumen verdeckt. Außer den Feigen- und Olivenbäumen, den struppigen Eichen und Pinien hatten sie hier oben keine Gesellschaft. In der Ferne war eine Ziegenglocke zu hören. Sogar die Vögel hatten sich zurückgezogen und irgendwo Schutz vor der glühenden Sonne gesucht.

»Lass uns weitergehen, bevor wir ganz verbrutzeln.« Alex gab ihr ihre Hand zurück wie ein Geschenk. Sie gingen hintereinander den schmalen Pfad entlang.

Schließlich fanden sie eine alte Steinmauer, an die sie

sich lehnen konnten, und eine Quelle, aus der ein Bächlein sprudelte und bergab floss. Daneben stand ein gekrümmter Feigenbaum, und die großen Blätter spendeten ein wenig Schatten. Joyce pflückte zwei schon reife blaue Früchte ab, schälte eine und reichte sie Alex. Eine Eidechse lag reglos wie ein Stein auf der Mauer.

Sie saßen nebeneinander, aßen genüsslich die klebrig-süßen Feigen. Dann tranken sie Wasser aus der Flasche und ließen es über Kinn und Brust laufen. Joyce schüttete sich etwas davon in die Handfläche und benetzte ihre Stirn. Ihr dünnes neues T-Shirt war nass und klebte an ihren Brüsten wie ein Kuss.

»Hast du schon Hunger?«, erkundigte sich Alex, um sich abzulenken.

»Nein. Mir ist zu heiß. Lass uns noch ein wenig warten.«

Er stimmte ihr zu, und sie lehnten sich zurück, um sich an der Aussicht zu erfreuen. Unterhalb von ihnen, jenseits der dürren Grasflächen, der roten Erde und des grünen Tals sahen sie einen weißen Strandstreifen, der mit dem Meer verschmolz, und nicht weit weg war die türkische Küste. Alles waberte wie eine Fata Morgana in der Hitze. Dunstige, verschiedenfarbige Streifen schimmerten und bebten. Die türkische Küste war gelb, das Land dahinter dunkler und rötlich braun. Selbst das Meer war unterschiedlich gefärbt: türkis um die Insel und faszinierend tiefblau in der Ferne. Mit einem Mal wünschte sich Joyce, sie wären bergab statt bergauf gegangen. Wenn sie schon so leichtsinnig und amerikanisch handelte, dann hätte sie genauso gut mit Alex im Meer schwimmen können.

»Ich wollte, ich könnte für immer hier leben«, sagte Alex unvermittelt. »Ich liebe dies alles.« Seine Stimme klang sehr warm und gefühlvoll. »Ich liebe Griechenland.«

Joyce wandte sich lächelnd ab. Sie war gerührt, aber auch belustigt. Er liebte Griechenland wie fast alle Besucher. Er wollte hier leben, weil er von der Aussicht, den Farben, dem hellen, verführerischen Licht begeistert war. Und vielleicht wegen der Diskussionen, die er mit den Männern in den Kneipen führen konnte. Aber das eigentliche Leben bestand nicht aus diesen Dingen, das wusste sie nur zu gut. Das felsige Land und die kargen Ernten bestimmten das Dasein ebenso wie die Launen des Wetters, das Vegetation hervorbringen und zerstören konnte. Und die größte Rolle spielten die Menschen und das, was sie einem antaten.

»Ja, das Land ist wunderschön«, sagte sie nur, aber dann gab sie nach und setzte hinzu: »Aber es ist ein hartes Leben hier.«

Alex warf ihr einen Blick zu. »Wieso?« Sein Eifer war geweckt wie in der Taverne. Joyces Herz zog sich zusammen. Niemand, kein einziger Mensch hatte sich bisher für das interessiert, was sie zu sagen hatte.

»Warum ist es hart?«, wiederholte er.

»Na ja, es ist ein schweres Leben für meine Schwiegereltern«, antwortete sie und wich damit seiner eigentlichen Frage aus. »Sie besitzen nichts außer einem trockenen Stückchen Land, ein paar Ziegen und Schafen und einer Kuh. Nur weil meine Schwiegermutter das Pech hatte, im westlichen Teil von Ifestia geboren zu sein. Wenn sie auf der anderen Seite der Insel Land hätte, wäre alles ganz anders. Der Boden dort ist fruchtbar – gutes Agrarland. Es gibt Wassertümpel, und man kann Getreide anbauen, aber wir müssen unseren Lebensunterhalt auf Steinen und Felsen verdienen.«

»Können sich deine Schwiegereltern nicht woanders ansiedeln?«

Joyce schüttelte den Kopf. »Mein Schwiegervater hat, seit er verheiratet ist, nur gespart, um sich ein Stück Land auf der Ostseite zu kaufen, aber er hat nie genügend Geld zusammenbekommen. Mein ...« Sie zögerte den Bruchteil einer Sekunde. »... mein Mann schickt Geld, aber jedes Mal, wenn Petros davon eine Kuh oder mehr Schafe oder eine Maschine für die Sesamernte kaufen will, tritt irgendeine Katastrophe ein. Die Kuh stirbt, die Schafe werden krank, ein Gerät geht kaputt. Er glaubt, dass ein Fluch auf ihm lastet.«

Sie sah Alex an. Das Haar hing ihm wirr in die feuchte Stirn, seine Augen wirkten dunkel und tiefsinnig im Schatten der Feige. »Das meine ich mit ›hart‹. Wenn man ständig wie wir am Abgrund lebt, dann genügt ein winziger Schicksalsschlag, und alles ist aus.«

»Was ist sonst noch hart?« Alex drehte sich ihr zu und kniete sich hin wie ein Bittsteller. Er war derart gespannt auf das, was sie ihm zu erzählen hatte, dass er seine Haltung gar nicht beachtete, aber ihr fiel sie auf.

Sie starrte auf ihren Schoß, auf die Schenkel, die in der ungewohnten engen Jeans steckten. Der blaue Stoff klebte an ihrer Haut. Seine Frage weckte eine tiefe Sehnsucht in ihr. Sie wünschte sich so sehr, ihm anvertrauen zu können, wie sie sich anstrengen musste, um die Freiheit zu vergessen, die sie aufgegeben hatte für ... wofür? Für die Liebe? Für Leidenschaft? Für die Möglichkeit, gebraucht zu werden? Sie wollte ihm gestehen, wie sehr sie, auch wenn sie Nikos verzweifelt vermisste, andere Männer begehrte. Aber sie schämte sich.

»Es sind nur die strengen Regeln, denke ich«, war alles, was sie dazu sagte. »Meine Schwiegereltern lieben mich. Aber sie sind raubeinig, und ... du weißt ja, wie eingeschränkt die griechischen Frauen sind.«

Alex streckte die Hand nach ihrer aus, aber sie entzog sich ihm. Sie wollte kein Mitleid.

Nach kurzem Schweigen setzte er sich wieder bequemer hin. Ihm lagen eine Unmenge von Fragen auf dem Herzen, aber er spürte, dass sich ihre Stimmung verändert hatte, und war klug genug, den Mund zu halten. Er nahm eine Flasche Demestica aus dem Rucksack und öffnete sie mit dem Korkenzieher an seinem Taschenmesser. Dann breitete er eine Serviette aus, schnitt ein paar Stücke vom *Feta* und einer Gurke ab, legte ein paar Oliven und eine dicke Scheibe Brot dazu und hob die Serviette mit allem auf Joyces Schoß.

Nachdem sie sich ein wenig ausgeruht und abgekühlt hatte, meldete sich tatsächlich der Hunger, und sie aß. Die öligen Oliven und der salzige Käse waren wie eine Belohnung nach der langen Wanderung. Der Wein benebelte ihr Gehirn, betäubte ihre Ängste, und sie ließ ihre Gedanken träge flattern wie Schmetterlinge im Wind.

Sie aßen schweigend, und danach bat Joyce Alex, ihr von seiner Familie und seinem Zuhause zu erzählen. Sie wollte ihn von sich und ihren Belangen ablenken und war zudem neugierig. Sie interessierte sich für seinen Hintergrund und suchte nach einer Erklärung für seine Zugänglichkeit. Joyce hatte keine Erfahrung mit den Privilegierten. Alex' Höflichkeit, seine Bildung – sie hatte keine Ahnung, dass dies alles Produkte einer Erziehung in teuren Schulen und in einem Elternhaus waren, in dem ihm mit jedem geäußerten Wort diese Werte eingehämmert worden waren. Sie wusste lediglich, dass sie sein Verhalten erholsam und seine Aufmerksamkeit sehr schmeichelhaft fand.

Er kam ihrem Wunsch nach. »Möchtest du hören, wie sich meine Eltern kennen gelernt haben? Sie haben mir diese Geschichte immer wieder gern erzählt«, sagte er und lehnte sich entspannt an die Mauer. »Es war im Jahr 1950 kurz nach Ende des Bürgerkrieges, als Griechenland von den Amerikanern sozusagen herumgeschubst wurde.« Er wandte den Blick von Joyce ab, um keinen anklagenden Eindruck zu machen. »Mein Vater hatte gerade seinen Abschluss in Cambridge gemacht und war kurz davor, eine Berufslaufbahn als Literaturlehrer anzufangen. Er fuhr nach Thessaloniki, um Ferien zu machen, und erholte sich auf der Fahrt auf einigen Inseln. Er begegnete meiner Mutter in einem Museum. Sie fingen eine Unterhaltung über Malerei an. Er sprach das Altgriechisch, das er in Cambridge gelernt hatte, und klang wie Chaucer, sie benutzte ihr Schulenglisch und klang wie eine Dreijährige. Sie lachten darüber und trafen sich wieder. Bald sahen sie sich jeden Tag. Sie erzählte ihm, dass sie sich auf die Reise begeben hatte, um noch ein wenig von der Kultur und der Welt zu sehen, ehe ihre Eltern sie zurück nach Ifestia brachten und mit einem Ladenbesitzer verheirateten, den sie für sie ausgesucht hatten. Mein Vater blieb so lange wie sie, und als er wieder in England war, schrieb er sofort einen Brief und machte ihr einen Heiratsantrag. Sie nahm den Antrag an und löste die Verlobung mit dem Ladenbesitzer. Ein paar Monate lang schrieben sich meine Eltern viele Briefe, dann fuhr meine Mutter mit dem Schiff nach England; sie heiratete meinen Vater und ist bis heute bei ihm geblieben.«

»Das war eine fast so übereilte Heirat wie meine«, sagte Joyce. »Woher hatte deine Mutter den Mut, so was zu tun?«

Alex musterte sie neugierig – genau diese Frage würde er ihr gern stellen. »Na ja, ich nehme an, sie liebte ihn. Aber sie hat auch ihre Chance erkannt, einem Leben, wie es meine Tante führt, der Unterdrückung durch die Rechten, der

Armut und dem schmierigen alten Ladenbesitzer zu entkommen.«

»Hat sie Ifestia und die alten Traditionen nie vermisst?«

»Nein.« Alex rutschte hin und her – plötzlich erschien ihm der Boden steinig und hart. »Sie ist nie hierher zurückgekommen, nicht einmal mit mir. Sie hat mir Briefe an die Verwandten mitgegeben und mich losgeschickt, damit ich sie kennen lerne, aber sie selbst wollte nie auf die Insel. Sie sagt, sie hasst das alles.«

Meine Mutter ist das genaue Gegenteil von dir, hätte er am liebsten hinzugefügt. Sie hat das Alte für das Neue verlassen. Du hast das Neue für das Alte verlassen.

»Ich glaube, das kann ich verstehen«, meinte Joyce nachdenklich. »Ich empfinde dasselbe für Florida. Ich möchte auch nie wieder hin.«

»Nicht einmal, um deine Familie zu sehen?«

Joyce spuckte einen Olivenkern so weit, dass sie beide staunten. »Besonders nicht, um meine Familie zu sehen. Ich könnte es nicht ertragen, zu ihnen zurückzukehren. Sie sind wie Schlamm-Menschen.«

»Schlamm-Menschen?« Alex lachte über den Ausdruck.

»Ich meine ... sie stecken fest, als würden sie im Schlamm leben. Nein, das ist nicht die richtige Beschreibung. Sie tun nichts, sie reden nichts, sie denken nicht einmal etwas. Sie sind Schlamm-Menschen.«

Alex sah sie überrascht an. Das meint sie nicht ernst, dachte er. Niemand ist so. »Wie sind sie, diese Schlamm-Menschen?«, fragte er leise.

Joyce zuckte mit den Schultern. »Hier habe ich das Gefühl, wichtig zu sein«, sagte sie. »Meine Schwiegereltern brauchen mich für die Arbeit, für die Zukunft. Zu Hause habe ich mich nie so gefühlt.« Sie erwiderte seinen Blick.

Sie wollte nicht mehr von sich preisgeben und eingestehen, dass sie sich trotz der Einschränkungen des Landlebens, der achtlosen Stöße, die ihr Dimitra versetzte, der seltenen Besuche von Nikos hier mehr geliebt fühlte als jemals zuvor.

»Hier kommt mir alles so ehrlich und aufrichtig vor«, fügte sie hinzu. »Sogar die Probleme sind ehrlich.«

»Auch die Einsamkeit?«

Joyce blitzte ihn an. »Wer sagt, dass ich einsam bin?« Sie zog die Knie an die Brust, als wollte sie sich schützen. »Ich habe zu viel zu tun, um mich einsam zu fühlen. Außerdem habe ich Freunde.«

Alex betrachtete die trockene, rissige, ausgelaugte Erde. »So wie du lebst, musst du einsam sein. Ich möchte meine Nase nicht in deine Angelegenheiten stecken ... aber das ist doch offensichtlich.«

Sein Tonfall war so freundlich, so vernünftig, dass Joyce beinahe Tränen in die Augen traten. Sie drehte das Gesicht weg. Noch schlimmer als sein Mitleid war Selbstmitleid.

Er legte leicht die Hand auf ihre Schulter. »Ich wollte dich nicht aus der Fassung bringen.«

Sie schüttelte den Kopf und legte ihn auf die Knie, die Haare hingen über ihre Beine. Ihre Haut schien zu leuchten, und ein verführerischer Duft ging von ihr aus.

Alex beugte sich zu ihr und legte die Arme um sie. »Ich will dich«, sagte er heiser. »Ich will dich so sehr, dass ich umkomme. Sag nur Ja oder Nein. Ich verschwinde sofort, wenn du es sagst.« Er wiegte sie zärtlich hin und her. In seinem Kopf drehte sich alles; schuld daran waren der Wein, die Hitze und seine brennende, wilde Begierde.

Joyce versuchte es. Sie bemühte sich, gegen seine Zuwendung und gegen die Worte, die ihre eigenen Sehnsüchte durchdrangen, anzukämpfen. Aber hatte sie überhaupt eine

Chance? Sie war ein ganz normales Mädchen, das von Ängsten und Bedürfnissen, von den Umständen, in die Lügen und Träume sie getrieben hatten, gefangen gehalten wurde. Zu lange hatte sie ihre geheimsten Wünsche mit Arbeit und Pflichtgefühl zugeschüttet, die Rolle der Schwiegertochter und Ehefrau gespielt, während sie in Wirklichkeit so viel mehr wollte. Zu lange hatte sie sich versteckt wie die Eidechse zwischen den Mauersteinen.

Der erste Kuss war glühend und hungrig, als wollten sie sich gegenseitig verschlingen. Alex presste sie an sich, riss ihr das T-Shirt vom Leib und drückte die Lippen auf ihre Brüste. Er konnte seinen Hunger nach ihr nicht bezähmen. Er hielt nur lange genug mit seinen leidenschaftlichen Liebkosungen inne, um sein Hemd auszubreiten, damit ihr die Steine und Ameisen nichts anhaben konnten.

»Gott, du bist so schön«, stöhnte er, dann fiel er wieder über sie her, zog ihr hastig die Jeans aus. Sie schnappte nach Luft. Sein Körper war schwer, viel schwerer als der von Nikos. Sie war überwältigt, seine Lust stachelte ihre noch mehr an, und all die einsamen Nächte und die Träume von Soldaten und die Scham waren vergessen. Er erforschte jeden Zentimeter von ihr; sein Mund, seine Hände ließen nichts unberührt. Als er in sie drang, schrie sie so laut, dass ihre Stimme vom Berg widerhallte. Sie konnte nicht genug bekommen und flehte um mehr und mehr, bis sie wund, nass und in Schweiß gebadet war. Dann lagen sie keuchend unter freiem Himmel und wurden sich bewusst, dass sich der Tag dem Abend zuneigte.

Erst jetzt keimte Angst in Joyce auf. Nicht nur die Angst vor dem, was sie getan hatte, sondern auch vor den Folgen. Sie hatte kein Verhütungsmittel benutzt. Sie roch bestimmt nach Sex, aber sie hatte kein Wasser, um sich richtig zu waschen. Ihre Lippen waren geschwollen und rot. Wie konnte sie all das verbergen?

»O Gott, es ist schrecklich«, war das Erste, was sie von sich gab.

»Sag das nicht.« Alex kniete sich neben sie. Seine spärlich behaarte Brust war flach und breit. Sein Penis glänzte und war schon wieder erigiert. Plötzlich schämte er sich und fasste nach seiner Hose, um sich zu bedecken. »Ich kann nicht aufhören, dich zu begehren«, sagte er verlegen.

Sie lächelte matt. Sie legte einen Arm über die Augen, um sie gegen die untergehende Sonne abzuschirmen, und schüttelte den Kopf. »Ich meine es ernst, Alex. Sieh mich an. Wie kann ich vertuschen, was wir getan haben? Dimitra sieht alles. Ich schwöre dir, sie schnüffelt richtig an mir, wenn ich vom Markt heimkomme. Was haben wir getan?«

Sie stand auf und streifte ihre Kleidung über. »Zieh dich noch nicht an«, ächzte Alex und streckte die Arme nach ihr aus. Doch diesmal wich sie ihm aus. Er war ihr keine große Hilfe.

»Ich weiß!«, rief er plötzlich. »Wir gehen schwimmen. Das wäscht meine Spuren von dir.« Er grinste.

»Schwimmen!« Sie sah hinunter zum Meer. »Wir schaffen es nie rechtzeitig zum Strand. Es ist bestimmt schon fünf Uhr.«

»Wir halten ein Auto an. Komm.« Er stand auf und zog seine weite indische Hose und das staubige Hemd an. »Wir sehen aus wie Touristen, niemand wird dich erkennen. Keine Sorge, ich passe auf dich auf.«

Ihr fiel keine andere Lösung ein. Sie würde zu spät kommen und Dimitra warten lassen, aber das war immer noch besser, als ihr von der Liebe gezeichnet und in dieser Kleidung vor die Augen zu treten.

Als sie nach Ayiassos kamen, fanden sie rasch jemanden, der sie hinunter nach Polikhintos und weiter nach Vatera an den sieben Kilometer langen Strand brachte. Wegen des Festes herrschte viel Verkehr, und die Menschen waren in großzügiger, leutseliger Stimmung. Ein Kaufmann las sie auf, und Alex plauderte auf Griechisch mit ihm. Er erklärte, dass er und seine Frau Flitterwochen auf Lesbos machten. Joyce betrachtete ihren Ehering, das verkratzte Gold funkelte, als wollte es ihr eine Rüge erteilen. Wie leicht ihm die Lügen über die Lippen kommen, dachte sie. Wie schnell ich mich zu einem Betrug habe verführen lassen. Sollte es ab jetzt immer so sein?

»Warum sind wir so weit gefahren?«, fragte Joyce, als der Fahrer sie abgesetzt hatte. »Warum nicht Mytilene? Wir werden Ewigkeiten brauchen, um in die Stadt zurückzukommen.«

Joyce, hast du einen Badeanzug dabei?«, gab Alex zurück.

Sie starrte ihn an, dann begriff sie. Sie mussten nackt schwimmen, und das konnten sie auf keinen Fall am Stadt-Strand.

»Komm«, drängte er sie sanft. »Hier gibt es genügend menschenleere Plätze.«

»Danke«, flüsterte sie. »Tut mir Leid, dass ich so kratzbürstig war.«

»Ist schon gut.«

Er nahm ihre Hand, und sie gingen über den feinen Sand, bis sie an eine Stelle gelangten, wo sie ganz allein waren. Diesmal benahmen sie sich wie Liebende, auch wenn es sich noch fremd anfühlte, den anderen an der Hand zu halten.

Es war nicht schwierig, ein menschenleeres Fleckchen zu

finden. Fast die ganze Insel feierte, und sie sahen nur eine skandinavische Familie, die auch nackt badete. Aber diese Leute waren so weit weg, dass Joyce nicht erkennen konnte, ob die Kinder Mädchen oder Jungs waren. Alex half Joyce, die Kleider auszuziehen, zog ihr das Shirt vorsichtig, als ob sie zerbrechlich wäre, über den Kopf, knöpfte ihr die Jeans auf und ging in die Hocke, um sie ihr herunterzustreifen. Er roch den Schweiß und die Liebe – salzig, schwer und unerträglich verführerisch. Am liebsten hätte er sie auf den Sand gelegt, seine Hände auf ihre festen Pobacken gelegt und sie noch einmal genommen, aber er hielt sich zurück. Er merkte, dass sie mit den Gedanken ganz woanders war.

Sie schwammen zügig ein Stück, wirklich nur, um sich zu säubern, nicht um Spaß zu haben. Alex wünschte, er könnte zu dem kleinen Felsen schwimmen, der einige Meter vom Strand entfernt war, und mit Joyce im Wasser herumtollen, wie es junge Menschen taten, aber dies war eher eine rituelle Waschung als ein Freizeitvergnügen. Joyce spähte immer wieder zur Sonne und versuchte einzuschätzen, wie spät es war.

Die warme Luft trocknete sie schnell. Joyce streifte ihr weites Kleid über, das mittlerweile ganz verknittert war und Ölflecken von den Oliven hatte. Sie faltete die Jeans und das T-Shirt zusammen und sah sich mit gerunzelter Stirn um.

»Wonach suchst du?«, wollte Alex wissen, als er den Rucksack schulterte.

»Nach einem Platz, an dem ich das hier deponieren kann.«

»Deine Sachen?« Er war entsetzt. »Du willst sie einfach hier lassen?«

»Ja.« Sie zuckte mit den Achseln. »Ich kann sie nicht mit nach Hause nehmen.«

»Ich nehme sie.« Er streckte die Hand aus.

»Wozu – als Souvenir?«

Das klang höhnisch, und Alex zuckte zusammen. »Für den Fall, dass du sie jemals wiederhaben willst, dachte ich eigentlich.«

»Dass ich sie wiederhaben will? Ja, das ist wirklich sehr wahrscheinlich«, versetzte Joyce bitter und marschierte los.

Alex holte sie ein. Er nahm ihr die Kleidung ab, die sie ihm ohne weiteres überließ, und stopfte sie in seinen Rucksack. Er war verletzt und wusste nicht, ob Angst oder Reue der Ursprung ihrer Feindseligkeit war.

»Es wird ein nächstes Mal geben«, sagte er, aber es war eher eine Frage als eine Behauptung. »Morgen zum Beispiel. Wir haben noch einen Tag.«

Joyce brachte kein Wort heraus. Ihre Welt war in Trümmern. Verstand er das nicht?

Alex verspürte den verrückten Drang, sie zu bitten, mit ihm durchzubrennen, nie wieder zu ihrem abwesenden, gleichgültigen Ehemann und diesem ärmlichen Dasein zurückzukehren. Aber er wusste, dass sie schon einmal in ihrem Leben eine ähnlich leichtsinnige Entscheidung getroffen und seither einen hohen Preis dafür bezahlt hatte. Er durfte sie nicht bitten, dasselbe noch einmal zu tun. Noch nicht.

Als Joyce in die Taverne stürmte – ihr Haar klebrig vom Salzwasser, das Kleid schmutzig und verknittert – war sie zwei Stunden zu spät. Alex und sie hatten eine Stunde gebraucht, um vom Strand in die Stadt zu trampen, und als endlich ein Wagen hielt, blockierte eine Schafherde zwanzig Minuten lang die Straße. Alex unterhielt sich tapfer mit dem Fahrer, Joyce schwieg. Ihre Nackenmuskeln waren angespannt, und ihre Schläfen pochten. Was sollte sie Dimitra sagen? Was konnte sie tun, wenn sie ihr auf die Schliche kam? Sie hielt die ganze Zeit Alex' Hand, aber ihr war nicht bewusst, wie fest sie sie drückte.

Sie hatte gehofft, erst in die Kirche laufen zu können, um sich mit ihrem Kamm durch die Haare zu fahren, bevor sie vor ihre Schwiegereltern trat, aber das stellte sich als unmöglich heraus. Als sie in Ayiassos ankamen, konnte sie sich nur noch hastig von Alex verabschieden, ihm versprechen, dass sie ihn am nächsten Morgen vor dem Kleiderladen treffen würde, und zur Taverne laufen. Sie hatte sich entschieden, Dimitra zu erzählen, dass sie in der Sonne eingeschlafen und schwitzend, zerzaust und mit einem benommenen Gefühl aufgewacht war. Ihr fiel keine andere Notlüge ein.

Dimitra stieß einen Schrei aus, als sie Joyce sah, sprang auf und machte ein großes Getöse. Sie starrte Joyces gerötete Wangen und die angeschwollenen Lippen an und betastete das strähnige Haar, sagte jedoch nur: »Gott sei Dank, du bist gesund. Ich habe mir solche Sorgen gemacht.«

»Es ist alles in Ordnung, Mama. Ich bin eingeschlafen – der viele Wein gestern und heute! Dann wanderte der Schatten weiter, und ich lag stundenlang in der prallen Sonne, ohne es zu merken. Ich fühle mich nicht gut, ich brauche Wasser.«

Dimitra goss Wasser in ein großes Glas ein und sah zu, wie Joyce trank. Sie machte keine Bemerkung über die Salzkruste auf Joyces Armen und den unverkennbaren Geruch nach Meer – das war ganz und gar kein Schweißgeruch.

Dimitra und Petros brachten Joyce früh zur Kirche, sie

stützten sie, während sie taumelte, spielte, einen Sonnenstich zu haben, und gleichzeitig unendlich froh über die Fürsorge der Schwiegereltern war. Sie legten sie auf ihre Schlafmatte, unterhielten sich leise und schliefen beide voller Sorgen ein.

Doch am nächsten Morgen war Dimitra fürchterlich zornig. »Steh auf!«, brüllte sie Joyce an, die verschlafen auf die Füße kam. »Jetzt will ich die Wahrheit hören. Wo bist du gestern gewesen?«

Joyce blinzelte, aber sie konnte es sich nicht leisten, sich einschüchtern zu lassen. Gewöhnlich ließ sie Dimitras Wutanfälle unterwürfig über sich ergehen und zog es vor, klein beizugeben, statt das Haus in einen Kriegsschauplatz zu verwandeln. Das war ihr nie schwer gefallen, weil sie nichts zu verbergen hatte und deshalb ruhig bleiben konnte. Aber jetzt war alles anders geworden. Sie hatte eine Verfehlung begangen, und ihr schlechtes Gewissen machte sie trotzig.

»Das habe ich dir doch schon gesagt«, antwortete sie störrisch.

Dimitra schnappte nach Luft, sagte aber nichts. Sie trat lediglich einen Schritt vor und hob ihren dicken Arm, um Joyce ins Gesicht zu schlagen. Joyce tat etwas, was sie schon beim ersten Mal hätte machen sollen – sie packte Dimitras Handgelenk und verhinderte den Hieb. »Ich habe dich gewarnt: Schlag mich nie wieder!«, zischte sie. »Ich bin kein Hund!«

Dimitras Arm wurde schlaff, und sie wich zurück, als wäre sie diejenige, die geschlagen wurde. Sie fixierte Joyces Gesicht.

Joyce ließ sie mit einem Gefühl des Triumphes los.

Und dann bereitete Dimitra ihr eine Überraschung. Ihre tief liegenden Augen füllten sich mit Tränen. »Du hast Recht, meine Tochter«, sagte sie. »Schläge sind keine Lösung.« Sie breitete die Arme aus. »Vergib mir mein Misstrauen, *Koroulamou*«, sagte sie mit brüchiger Stimme. »Verzeih deiner alten Schwiegermutter. Ich will dich nur nicht verlieren.«

Dimitra liebte zu gewaltsam, weil sie zu spät in ihrem Leben lieben gelernt hatte. Sie war ein Kind des Krieges, deshalb war ihr die Liebe – für ihre Eltern, ihre Schwestern, ihre Mitmenschen – entrissen oder aus ihr herausgeprügelt worden. Wenn sie mit der Gabe, wie andere Kinder weinen zu können, geboren war, mit einer Empfindsamkeit, die sich der Liebe beugte, dann konnte sie sich nicht mehr daran erinnern. Der Krieg hatte sie gelehrt, dass Liebe verletzbar war wie der Bauch einer Schlange, wertlos machte.

Dimitra kam 1911 auf die Welt, im letzten Jahr der türkischen Herrschaft über Ifestia. Sie wuchs mit Geschichten von Türken auf, die griechische Frauen versklavten, und von Griechen, die türkische Männer meuchelten. Ihre griechische Großmutter erzählte ihr, dass sie sich in ihrer Jugend wie eine alte Frau kleiden musste, um nicht entführt und in einen türkischen Harem gebracht zu werden. Petros sagte, dass die Griechen und Türken auf Lesbos, seiner Heimatinsel, bis 1923 und zu den anatolischen Massakern gut miteinander ausgekommen waren, aber auf Ifestia war das anders. Vielleicht war der karge Boden daran schuld oder die Tatsache, dass sich das Blut von Feinden in ihren Adern mischte, jedenfalls waren die Bewohner von Ifestia keine friedvollen Menschen.

»Ihr Amerikaner wisst nichts vom Krieg«, sagte Dimitra oft zu Joyce, wenn sie die Ziegen molken oder das Öl aus den Sesam-Samen pressten. »Ihr lasst eure Bomben auf andere Menschen fallen, die so weit weg sind, dass sie aussehen wie Spielzeug, und ihr sitzt sicher und bequem vor euren Fernsehapparaten. Ich weiß das, dein Onkel Sophokles hat es mir erzählt. Für uns, Kleines, war der Krieg etwas ganz anderes.«

Als Dimitra zwölf Jahre alt wurde, hatte sie drei große Kriege und etliche kleinere erlebt: die Balkankriege, die Ifestia und andere Gebiete dem türkischen Reich entrissen, den Ersten Weltkrieg, nach dem das Land zwischen dem König und dem Ministerpräsidenten Venizelos aufgespaltet wurde, die anatolischen Feldzüge, die in einem Massaker und einer vernichtenden Niederlage für die Griechen endeten. Das darauf folgende Friedensabkommen von Lausanne legte den Austausch religiöser Minderheiten fest: 390 000 muslimische Griechen wurden gezwungen, in die Türkei überzusiedeln, und eineinhalb Millionen christliche Türken kamen nach Griechenland – jeder einzelne auf beiden Seiten war unwillkommen und wurde verschmäht. Endlose Kämpfe zwischen Monarchisten und Demokraten, Islamisten und Christen, Griechen und Türken beutelten das Land. Noch ehe Dimitra zur jungen Frau heranwuchs, wurde sie hart, unabhängig und so gnadenlos wie die Soldaten, die ihre Mutter vergewaltigt und ihre männlichen Verwandten umgebracht hatten. Sie verstand nichts von der Liebe, bis sie selbst Mutter wurde.

Während ihrer Kindheit imitierten Dimitra und ihre Altersgenossen auf den Straßen den Krieg. Sie wollten für ihre Väter gewinnen, die Mörder ihrer Onkel und die Vergewaltiger ihrer Mütter töten. Also machten sie das nach, was sie sahen, übten für die Zeit, in der sie an der Reihe sein würden. Sie bildeten Banden und bewarfen sich mit scharfkantigen Steinen oder Schneebällen, in die sie hartes Eis gepackt hatten. Sie schlugen und stachen mit Stöcken aufeinander ein, die sie angespitzt hatten, um dem Gegner so viel Schmerzen wie möglich zuzufügen. Die Kriege hatten ihnen nicht beigebracht, sich zusammenzutun, sie hatten nur gelernt zu kämpfen. Dimitra stach einem Jungen ein Auge aus. Ihre Schwestern vergossen das Blut eines zweijährigen Kindes, das sie gefangen genommen und gefoltert hatten, wie sie es bei den Soldaten gesehen hatten, die ihre Eltern in ihre Gewalt gebracht hatten.

Witwen rotteten sich wie Krähenschwärme in den Kirchen zusammen. Das Geheule der Klageweiber wurde zum ständigen Hintergrundgeräusch wie das Rauschen des Meeres, dessen Wellen gegen die Felsen von Ifestia schlugen.

Als Älteste von etlichen Töchtern wurde Dimitra zum Schrecken der Familie. Sie bildete mit ihren vier Schwestern eine Bande, die kleine Jungs terrorisierte und für die Seite König Konstantins kämpfte. Sie wurde von anderen Kindern wegen ihrer monarchistischen Einstellung immer und immer wieder verprügelt, aber das zeigte keinerlei Wirkung. Ihre Mutter war Türkin, ihr Vater Grieche, und innerhalb der Familie herrschte derselbe Zwist wie im ganzen Land. Die Eltern waren so sehr mit ihren eigenen Grabenkämpfen beschäftigt, dass sie kaum einen Gedanken an die Erziehung der Töchter verschwendeten. Sie kratzten sich mühsam den Lebensunterhalt aus dem steinigen Boden und versuchten, für die Mitgift der Mädchen zu sparen. Sie verfluchten das Schicksal, weil es ihnen keine Söhne geschenkt hatte, aber sie achteten nicht auf das Benehmen oder die Ausbildung ihrer Töchter. Wie ihre Mutter und deren Mutter zuvor lernte keines der Mädchen richtig Lesen und Schreiben.

Als Dimitra elf Jahre alt war, starb ihr Vater an der Verwundung, die er sich während des anatolischen Fiaskos zugezogen hatte, und nach seinem Tod war die Familie ärmer als zuvor. Die Mädchen brachten das ganze Dorf gegen sich auf, weil sie alles nach Nahrungsmitteln durchstöberten, Gemüse aus den Gärten und Früchte von den Feldern stahlen. Einige Nachbarn halfen ihnen aus, andere verweigerten ihre Unterstützung – noch heute, fünfunddreißig Jahre später, wechselte Dimitra mit diesen kein einziges Wort. Sie und ihre Schwestern taten, was sie konnten, um zu überleben, aber in den Augen der anderen Dorfbewohner waren sie nicht besser als eine Horde Zigeuner.

»Ich schäme mich nicht deswegen, *Koroulamou*«, sagte sie einmal zu Joyce. »Ich habe nichts Falsches getan und meine Schwestern auch nicht. Wir mussten irgendwie überleben. Nikos, möge Gott ihn beschützen, hat mir erzählt, dass die Menschen in eurem Land, in dem satten Amerika, ein Viertel der Lebensmittel, die sie produzieren, wegwerfen. Ein Viertel! Ich sehe dich an, mein Kleines, geschmeidig und weich wie ein Kätzchen, und ich erkenne, dass du keine Ahnung hast, was es heißt, für sein Leben zu kämpfen.«

»Bei uns hungern auch Menschen«, widersprach Joyce, doch Dimitra hörte ihr gar nicht zu.

Mit sechzehn Jahren war Dimitra eine leidenschaftliche Kriegerin – ihre Haut war dunkel, die Augen funkelten schwarz, ihre Glieder waren behände und kräftig. Sie fühlte sich stark genug, um jeden Mann zu töten, Griechen oder Türken, der auch nur einen kurzen Blick auf ihren nackten Körper werfen oder ihr gar die Jungfräulichkeit rauben würde. Sie hatte miterlebt, wie Soldaten in ihr Haus stürmten, als ihr Vater im Krieg war, die Röcke ihrer Mutter hochhoben und sie ins Gesicht schlugen, bis sie zu verletzt war, um sich zu wehren. Sie hatte das Getuschel der Frauen über die Rohheit ihrer Männer gehört, die sie nachts ohne jede Zärtlichkeit nahmen, ob die Frauen das wollten oder nicht. Wieso sollte sie eine solche Demütigung über sich ergehen lassen? Sie war eine Anführerin! Sie hatte ihre Schwestern, ihre Bande, ihr eigenes Reich. Wenn Männer sie ansahen, spuckte sie aus. Sie hielten sie für verhext.

Dann trat Petros in Erscheinung – winzig, aber schön wie ein Elf, ein Mann aus Lesbos, der Ifestia einen Besuch abstattete. Sein Gesichtchen passte in ihre Hand. Er war still, hatte jedoch erstaunlich viel Geist und Witz, und, was noch besser war, er stammte aus einer wohlhabenden Familie von Kaufleuten. Das ist eine Partie für mich, entschied sie. Wenn er versucht, mich gegen meinen Willen zu nehmen, kann ich ihn zerquetschen wie eine Fliege. Sie war erst sechzehn, aber sie wusste bereits sehr genau, dass sie ihn mit blitzenden Zähnen und glutvollen Blicken betören konnte. Mit ihren kraftvollen Schultern und der schimmernden Haut. Mit ihren wogenden Brüsten. Nach nicht einmal einem Monat machte er ihr einen Antrag, zappelte wie ein Fisch im Netz und wusste selbst, dass seine Eltern fuchsteufelswild sein würden über das karge Stückchen Land, das Dimitras einzige Mitgift war, aber er entschloss sich dennoch, bei ihrer Familie auf Ifestia zu bleiben, statt zu seiner eigenen zurückzukehren.

»Wir haben uns ein paar Meter vom Haus meiner armen Mutter selbst ein Heim gebaut«, erzählte Dimitra Joyce. »Die alte Dame lebte nur noch in der Vergangenheit, stritt nach wie vor mit meinem Vater und schrie die Soldaten an, die sie angriffen und in ihrem Dorf plünderten. ›Die Türken haben den Frauen die Haare ausgerissen‹, behauptete sie in ihrem Delirium. ›Sie haben deiner schwangeren Tante den Bauch aufgeschlitzt, deinem Onkel die Genitalien abgeschnitten.‹ So was machen alle Soldaten, Türken oder Deutsche. Italiener oder Griechen. Anatolier oder Amerikaner. Deshalb, meine kleine Joyce, darfst du ihnen niemals in die Augen schauen.«

Wie sich herausstellte, war Petros für einen Elf ziemlich kräftig. Er und Dimitra schleppten Steine und mischten den Mörtel für den Hausbau ganz allein. Die beiden schufteten wie Maulesel.

Als Dimitras Mutter starb, erbten sie zu der Mitgift noch einen weiteren Streifen Land und vier türkische Kissen. Und als alle Schwestern bis auf Natalia verheiratet waren, tauschten sie das Geld, das Petros mit in die Ehe gebracht hatte, gegen deren Äcker, bis ihnen die ganze kleine Farm gehörte. 1936, als General Metaxas die Macht über das Land an sich riss, waren Dimitra und Petros froh, auf Ifestia zu leben – weit weg von Athen und den Unruhen dort. Metaxas sperrte jeden ein, der seine Ansichten nicht teilte, verbot Vereine und Verbände, zensierte Zeitungen und terrorisierte das Volk mit der Geheimpolizei. Aber Petros und Dimitra hackten in ihrem kargen Boden, pflanzten Spinat und grüne Bohnen, Linsen und Blumenkohl, Erbsen, Rote Bete und ihren größten Stolz, den Sesam. Während Professoren und Schullehrer ins Gefängnis geworfen wurden, sahen sie zu, wie ihre Sesampflanzen majestätisch groß wurden, einige Stämme höher als zwei Meter fünfzig, wie die zarten, glockenförmigen rosa Blüten an ihren Stielen bebten. Als der Faschismus das ganze Land in die Knie zwang, pflückten sie die Sesamkapseln, öffneten sie und sammelten die Tausende von winzigen Samen – ihr Öl, ihr Gold.

»Im Nachhinein erscheint mir die Tyrannei von Metaxas wie eine friedliche Zeit«, sagte Dimitra oft. »Es war die Zeit, in der wir unseren Garten und die Felder anbauten, auf denen du heute arbeitest, Kleines. Du fragst dich vielleicht, wieso ich so nett über einen Diktator urteile. Nach den Nazis und den Italienern, nach dem Bürgerkrieg ist es schwer, einen Anführer zu hassen, der Griechenland zumindest vereinen wollte.«

Ihr Leben war damals gut bis auf eine Sache. Dimitra wurde bald dreißig, und sie hatte immer noch kein Kind. Sie wurde nicht schwanger, hauptsächlich weil – davon erzählte sie Joyce allerdings nichts – Petros nicht viel für die körperliche Liebe übrig hatte. Er schien allein in seiner Sesampflanzung glücklicher zu sein als mit einer Frau im Bett. Ihre Dominanz schien ihn einzuschüchtern. Sie musste ihn stundenlang becircen, bis er eine Erektion bekam, und wenn es ihr gelang, schnappte er erschrocken wie ein kleines Kind nach Luft. Sie fand das grässlich. »Ich hatte Recht, dass ich Jungfrau bleiben wollte«, sagte sie sich. Es war für sie eine echte Strapaze, öfter als einmal im Monat mit ihrem Mann zu verkehren.

Aber ihre Kinderlosigkeit sah sie als große Schande an. Ihre Schwiegereltern, Petros' hochnäsige Verwandtschaft, sogar ihre eigenen Schwestern schauten auf sie herab und tuschelten, dass sie für ihre Arroganz bestraft würde, dass ein Fluch auf ihr lastete. Sie war nicht mehr die Anführerin, sondern ein Niemand.

1941, als Dimitra ihren dreißigsten Geburtstag feierte und immer noch nicht Mutter war, maschierten die Deutschen in Griechenland ein, und die Achsenmächte besetzten das

Land drei lange Jahre. Die Griechen starben in dieser Zeit zu Tausenden an Hunger, die Importe waren wegen des Krieges blockiert, ihre eigenen Lebensmittel wurden von den Soldaten beschlagnahmt. Jede Region von Athen bis zu den entlegensten Inseln litt. Nahrungsmittel konnten nicht mehr von Insel zu Insel verschifft oder von Stadt zu Stadt transportiert werden. Dörfer wurden zu Festungen. Die hungernden und geschundenen Frauen um Dimitra fingen an, für die Widerstandsbewegung tätig zu werden, und unternahmen alles Menschenmögliche, um Griechen und Briten bei der Flucht vor den Nazis zu helfen. Eines Tages nahm Dimitra am Begräbnis ihres drei Monate alten Neffen Kostas teil, der verhungert war, weil er nicht genug Milch bekommen hatte. Sie stand neben ihrer weinenden, ausgemergelten Schwester und betrachtete den toten Säugling, den kleinen, knochigen Kopf und den verschrumpelten Körper; in diesem Augenblick entschloss sie sich, ebenfalls für den Widerstand zu arbeiten.

Wie viele Griechen in ihrem Alter erzählte Dimitra sehr gern von den Tagen in der Widerstandsbewegung. Im Rückblick war es eine romantische, heroische Zeit, in der die Griechen endlich versuchten, ihre Zerrissenheit zu überwinden und sich gegen den gemeinsamen Feind zu vereinen. Frauen brachen aus ihren traditionellen Rollen aus, griffen zu den Waffen, fütterten die Hungernden und widersetzten sich den Befehlen der Nazis. Mädchen, denen nicht erlaubt war, auf der Straße mit Männern zu sprechen, schwangen Gewehre. Frauen, die weder lesen noch schreiben konnten, setzten ihr Leben aufs Spiel, indem sie antifaschistische Schriften verteilten.

»Wir hungerten«, erklärte Dimitra ihrer Schwiegertochter. »Diese dreckigen Deutschen und auch die Italiener –

nahmen uns alle Nahrungsmittel weg. Unser Getreide, unseren Sesam, unsere Ziegen – alles war weg, alles, wofür wir so hart gearbeitet hatten. Wir hatten weder Kaffee noch Tabak, fast keine Milch oder Käse. Wir lebten von dem wenigen Gemüse, das sie uns nicht gestohlen hatten, und von den Pflanzen und Tieren, die in der Wildnis vorkamen. Sogar Fisch war rar, weil uns die Soldaten unsere Boote weggenommen hatten.

Ich werde nie vergessen, wie die alten Leute und Kinder vor unseren Augen immer weniger wurden, *Koroulamou*. Sie verdörrten wie Trauben in der Sonne, wurden immer schrumpliger und starben. Meine Schwestern, ich und einige andere Frauen aus dem Dorf kochten Suppe für die Ärmsten. Wir verwendeten Bohnen und alles, was wir sonst noch auftreiben konnten. Kräuter von den Wiesen, wilden Spinat, Zwiebeln, wenn wir welche fanden, und Löwenzahn. Sogar Schnecken. Ich sehe immer noch die Kinder vor mir, wie sie uns ansahen, als wir sie fütterten. Ihre Augen waren tief eingesunken und trüb – sie drückten nur Verzweiflung aus.« Dimitra, die immer mit etwas beschäftigt war – Paprika schneiden oder Wäsche waschen beispielsweise –, seufzte an dieser Stelle immer und schüttelte den Kopf. »Aber den Hungernden zu essen zu geben war ein Verbrechen, *Pedhi mou,* und wurde mit dem Tode bestraft. Die Nazis erwischten meine jüngste Schwester, Natalia. Sie war gerade mal sechzehn. Sie vergewaltigten sie. Sie gaben ihr Spülwasser zu trinken. Sie ließen sie verhungern.«

Die kleine Natalia. Ihr Haar war heller als das der anderen – fast so blond wie das von Joyce. Ihre Augen hatten die Farbe von Wasser im Schatten der Felsen. Sie machte immer die Botengänge für ihre vier großen Schwestern. Die sanftmütige und fügsame Natalia wurde von allen, besonders von Dimitra, herumgeschickt; sie musste, seit sie laufen konnte, alles Mögliche für die Schwestern holen oder wegtragen. Diesmal brachte sie im Auftrag ihrer Schwestern der Witwe Konstantinou einen Topf mit Bohnen. Sie begriff kaum, was der Krieg zu bedeuten hatte, wer auf wessen Seite stand und warum, aber sie besaß Energie und Stärke, die ihr niemand zugetraut hätte. Die Nazis schlugen sie und verweigerten ihr Nahrungsmittel: Wer hat dir diese Bohnen gegeben, Hurenbrut? Wer hat dir gesagt, dass du den Feind füttern sollst? Sie beschimpften sie mit Ausdrücken, die ihre unschuldigen Ohren noch nie gehört hatten. Und trotzdem kamen ihr die Namen der Schwestern bis zu ihrem Tod nicht über die Lippen.

»Was sind das für Männer, die es fertig bringen, ein verhungerndes Kind zu vergewaltigen?«, sagte Dimitra zu Joyce. »Was müssen das für Menschen sein, die ein Mädchen foltern, das nur noch Haut und Knochen ist? Das seine starken, jungen Zähne verloren und kein Leben mehr in den Augen hat? Ich habe sie durch die Gitterstäbe ihres Käfigs gesehen. Sie sah aus wie ein Sack voll Knochen.«

Dimitra erzählte Joyce diese Geschichten immer und immer wieder, und Joyce wurde nie müde, sie sich anzuhören. Ihre Eltern hatten nie ums nackte Überleben gekämpft oder Entbehrungen gelitten. Ihr Vater war zu jung gewesen, um im Zweiten Weltkrieg zu kämpfen, und er wurde nie zum Korea-Krieg einberufen. Ihre Brüder waren untauglich für Vietnam: Ben hatte Plattfüße, Joey war asthmatisch. Der Krieg war für Joyce immer weit entfernt und etwas Fremdes gewesen, nicht anderes als Fotos in den Zeitungen und unklare Bilder im Fernsehen. Nur der Holocaust hatte Entrüstung in ihrem Hause hervorgerufen, und auch das waren

Geschehnisse, die weit, weit weg vorgekommen waren. Ihre Familie lebte seit mehr als hundert Jahren in Amerika – das Abschlachten von Juden war eine Tragödie, die den Verwandten anderer Leute passierte, nicht ihren eigenen. Von ihren Eltern hatte sie gelernt, die Nachkriegszeit als sanft und milde zu betrachten – niemandem, der es nicht verdient hatte, geschah etwas Schlimmes. Es passierte überhaupt nicht viel.

»Dennoch wehrten wir uns, so gut wir konnten, die Mädchen aus unserem Dorf und sogar die Kinder«, fuhr Dimitra fort. »Ein paar von uns strickten Socken und kochten. Wir schmuggelten dann das Essen zu den Gefangenen, obwohl uns die Nazis angedroht hatten, uns zu töten. Aber ein paar von uns taten noch mehr. Hast du jemals etwas von Lela Karajanni gehört? Sie war Mutter von sieben Kindern, als die Deutschen in Athen einmarschierten. Sie und ihre älteren Kinder organisierten die Flucht von hundertfünfzig Griechen und alliierten Soldaten, bevor die Nazis sie verhafteten. Sie erschossen sie drei Jahre später, obwohl sie Mutter war. Man stellte sie mit siebzig anderen an die Wand. Doch die Nazis konnten uns nicht alle erwischen. Es gab viele wie Lela. Frauen, die so mutig waren wie jeder Kriegsheld.«

Ja, Dimitra liebte es, über den Widerstand zu sprechen, aber der Bürgerkrieg, der auf die Nazi-Tyrannei folgte, war eine ganz andere Sache. Im Weltkrieg hatten die Griechen einen gemeinsamen Feind, im Bürgerkrieg oder dem *Andartiko,* wie die Griechen ihn nannten, waren sie selbst der Feind. Gegen Ende der Kämpfe, die mit einer kurzen Unterbrechung von 1944 bis 1949 dauerten, starben sechshunderttausend Griechen durch die Hand von Landsleuten, und eineinhalb Millionen wurden heimatlos. Wie die meisten anderen schwieg Dimitra über diese Zeit. Sie war zu beschämt.

Dimitra musste sechsunddreißig Jahre alt werden, bis sie mitten im *Andartiko* ein Kind auf die Welt brachte. Zwanzig Jahre hatte sie Petros im Dunkeln verführt, das zu tun, was beide nicht mochten, aber endlich wurde Nikos, ein Sohn, geboren, und Dimitra hatte das Gefühl, eine vollwertige Frau zu sein. Als sie das Gesicht des Neugeborenen betrachtete, wurde ihr bewusst, dass es Schönheit auch im Krieg und Hoffnung inmitten der Schrecknisse geben konnte. Sie nahm sich vor, von ihrem Sohn strikten Gehorsam zu verlangen. Sie selbst kannte nur zu gut die berauschende Aufregung, die der Trotz hervorbrachte, das packende Gefühl, wenn man sich der elterlichen Autorität widersetzte. Sie war fest entschlossen, solche Tendenzen im Keim zu ersticken und die Glut auszutreten, bevor ein Funke der Rebellion aufflammen und sie verbrennen konnte.

Natürlich wurde nichts aus ihrem Vorhaben. Als Dimitra diese Pläne schmiedete, wusste sie noch nichts über die verzehrende Liebe, die ein Sohn in der Mutter entfacht. Sobald seine kleinen, kräftigen Lippen an ihren Brüsten saugten, war es um sie geschehen. Ihr hartes, herrschsüchtiges Herz schmolz dahin. Sie verlor jeden Willen, ihm etwas abzuschlagen, und hatte nicht die Kraft, seinen Ärger auf sich zu ziehen. Er brauchte sich nur von ihr abzuwenden und zu schmollen, und sie gab nach, war ihm zu Diensten und verwöhnte ihn.

Sie verhätschelte ihren lang ersehnten Sohn, und er wurde mit jedem Monat hübscher. Ein Wunder ist geschehen, dachte sie oft; Petros' zarte, schwächliche Erscheinung hatte sich irgendwie mit ihren eigenen verwegen-zornigen Zügen vermischt, und das Ergebnis war der schönste Junge des Dorfes. Mädchen schwirrten um Nikos herum. Mütter beäugten ihn voller Neid. Dimitra musste sicherstellen, dass er sein ganzes Leben lang vor dem bösen Blick geschützt war. Sie spuckte ihn dreimal an, wenn jemand ihm ein Kompliment machte. Sie behängte ihn mit Talismanen: Amulette hingen an seiner Brust, am Rücken und über seinem Bett, Perlen, Kräuter und Heiligenbilder aus Papier steckten in den Säumen seiner Kleider. Sie stickte eine blaue Perle an jedes seiner Hemden und hängte eine weitere an die Tür, um übel wollende Geister fern zu halten. Als er sich grausam gleichgültig der Seefahrt verschrieb, brach er ihr das Herz, wie es kein Mann, kein Elternteil, kein Krieg jemals vermocht hatte. Das düstere Gefühl der Einsamkeit umschloss sie wie ein großer Oktopus. Sie hatte zugesehen, wie ihre Mutter vergewaltigt wurde, ihre Schwestern verhungerten, aber als Nikos ging, wollte sie zum ersten Mal sterben.

Doch Nikos tat ihr schließlich doch etwas Gutes an. Er machte ihr ein Geschenk. Er brachte ihr eine Tochter wie zum Austausch gegen sich selbst mit.

Joyce ahnte nichts davon, aber es war ein schwerer Kampf für Dimitra und Petros, sie aufzunehmen. Sie hatte keine Mitgift, und Familien wie die von Dimitra waren auf die Mitgift der Bräute ihrer Söhne angewiesen. An dem Abend, an dem Nikos nach Hause kam und diese dünne, blonde Amerikanerin ins Haus mitbrachte – ohne Vorwarnung, ohne große Hochzeitsfeier –, waren Dimitra und Petros verzweifelt. Wie sollten sie einen vierten Mund stopfen? Was sollten sie mit dieser Fremden anfangen, die sich vielleicht liederlich benahm, schlechte Manieren hatte und ihnen nichts als Schande bringen würde?

»Ist sie wenigstens noch Jungfrau gewesen?«, wollte Dimitra an diesem ersten Abend von Nikos wissen. »Diese Touristen-Schlampe, war sie noch unschuldig?«

Nikos ließ seine schiefen, weißen Zähne aufblitzen. »Ja, Mama, ja. Die letzte Jungfrau in Amerika!« Er lachte und war sehr zufrieden mit sich selbst. »Sie ist schön, nicht wahr? Sie ist ein gutes Mädchen, und sie liebt mich sehr. Pass für mich auf sie auf, und sie wird dich stolz machen.«

»Sie ist schwach und dürr«, maulte Dimitra. »Wahrscheinlich kann sie nicht einmal einen Eimer hochheben. Zum guten Schluss werde ich sie von hinten und vorne bedienen müssen.«

»Bring ihr bei, wie man arbeitet. Sie wird es lernen.« Nikos beugte sich vor und sah seiner Mutter tief in die Augen. »Mama, verwöhne sie nicht, wie du mich verwöhnt hast. Behandle sie nicht wie ein rohes Ei, sei streng mit ihr. Sie ist Amerikanerin und kennt keine Disziplin. Sie weiß nicht, was harte Arbeit ist, Mama, verstehst du? Sie kann kaum kochen! Zeig es ihr. Mach aus ihr eine gute Frau für mich, bis ich zurückkomme. Wenn ich meinen Dienst auf See quittiere, möchte ich zu Hause eine tüchtige Frau haben, eine gute Mutter für meine Kinder, kein faules Mädchen. Ich bitte dich, *Mannamou,* das für mich zu tun. Ich lege meine Zukunft in deine Hände.«

Dimitra hörte ihm erstaunt zu. Sie hatte bis dahin nicht gewusst, dass ihr Sohn so tiefgründig war, dass er überhaupt an seine Zukunft dachte. Er hat mir sein Glück anvertraut, flüsterte sie vor sich hin und war voller Stolz.

Sie ließ die Schläge, die sie ihrem Sohn hätte geben müssen, auf Joyce niederprasseln. Sie kapselte ihr Herz ab und wandte den Blick von Joyces Einsamkeit. Es ist für meinen Sohn, sagte sie sich, für sein zukünftiges Glück. Sie ließ Joyce schuften wie eine Dienstbotin, wie einen Esel ... wie ein Mädchen.

Joyce wusste natürlich nichts von Nikos' Instruktionen. Sie nahm Dimitra die strengen Regeln übel, aber sie waren immer noch besser als die Gleichgültigkeit ihrer eigenen Mutter. Sie erkannte, dass Dimitra im Grunde eine einsame Frau war, die sich genauso nach Nikos' Rückkehr sehnte wie sie selbst – das hatten sie beide gemeinsam, und daraus erwuchs eine stille Liebe zwischen ihnen.

Als also Dimitra in der Kirche die Arme für Joyce öffnete, zögerte Joyce keine Sekunde. Sie vergab Dimitra bereitwillig und gab sich erleichtert der Umarmung hin. Sie war erst zwanzig und brauchte noch eine Mutter.

Dimitra ließ sie schließlich los und schob sie von sich. »Petros«, sagte sie und stieß ihn, der noch schlafend auf seiner Matte lag, an. »Petros!«

Er öffnete die Augen, setzte sich auf und war sofort hellwach.

»Wir fahren heute nach Hause. Dieser Ort richtet bei uns allen nur Schaden an, die bösen Geister umschwirren uns. Komm, steh auf und roll deine Matte zusammen. Wir brechen sofort auf.«

Petros erhob keine Einwände. Er machte sich Sorgen um seine Kuh – sie gab kaum noch Milch und wurde allmählich alt. Und es ging ihm elend nach all dem Wein, der Anstrengung, mit seinen weltgewandten Cousins und seinen angeberischen älteren Brüdern Gespräche zu führen. Er wusste, dass sie alle über ihn und seine herrschsüchtige

Frau lachten, weil sie zu dumm waren, Dimitra zu verstehen. Es war ihm viel lieber, zu Hause zu sein, wo sie ihn ohne Ohrenzeugen zurechtweisen konnte.

»Aber ich möchte noch nicht weg!«, platzte es aus Joyce heraus. Alex wartete bestimmt schon auf sie. Sie hielt einen Moment inne und suchte nach Worten, die überzeugend klangen. »Du hast dir diesen Feiertag verdient, *Petheros*. Fahr noch nicht heim. Und Mama, wir beide haben unseren Einkaufsbummel noch nicht gemacht.«

Aber Dimitra ließ sich nicht von ihrem Entschluss abbringen – nichts, was Joyce vorbrachte, konnte sie umstimmen. So war es immer.

6

Sobald das Fest vorbei war, kehrte Kastron trotz der verdorbenen Mägen und der Katerstimmung rasch wieder zum normalen Leben zurück. Es gab so viel zu tun, dass sich niemand Trägheit leisten konnte, und gleich am ersten Morgen nach ihrer Heimkehr schickte Dimitra Joyce auf den Markt. Und Joyce war froh darüber. Sie war noch immer ganz benommen von der Begegnung mit Alex, von ihrem Betrug, deshalb brauchte sie die Arbeit. Ihr fiel nichts anderes ein, womit sie die Stunden ausfüllen konnte, die sich dahinschleppten, während sie sich bemühte, Alex zu vergessen.

Natürlich stellte es sich heraus, dass es unmöglich war, ihn zu vergessen. Allein der Versuch, ihn aus ihrem Gedächtnis zu löschen, verwurzelte die Gedanken an ihn nur noch fester in ihrem Bewusstsein. Es war, als würden ihr Gewissen und die Erinnerungen eine erbitterte Schlacht ausfechten. Sobald sie sich schwor, von ihm abzulassen, überlegte sie sofort, wie es ihr gelingen könnte, ihn wiederzusehen. Im selben Moment, in dem sie sich einredete, dass dieses Zwischenspiel nichts zu bedeuten hatte, blitzten Bilder von ihrem Liebesabenteuer vor ihrem geistigen Auge auf – seine Lippen auf ihrer Brust, seine kraftvollen Stöße – und sie sah alles wieder so lebhaft vor sich, dass sie stöhnte. Sie bildete sich ein, Alex würde sie beobachten. Hier war sie geistreich – bewunderte er das? Dort war sie freundlich – ob ihm das gefiel? Sie wählte mit einem Mal ihre Kleidung sorgfältiger aus, bürstete ihr Haar, bis es glänzte, um sich für seine unsichtbare Anwesenheit schön zu machen, während sie wild entschlossen war, ihn nie mehr zu sehen.

Schon bald gingen ihr all die Listen und Tricks der Untreuen durch den Kopf. Was ist schon ein kleiner Seitensprung?, sagte sie sich. Es wird nie wieder vorkommen, und kein Mensch wird je davon erfahren. Mit der Zeit wird die Erinnerung daran verblassen. Außerdem – wer sagte denn, dass Nikos nicht schon dasselbe getan hatte? Als er das letzte Mal zu Hause war und er und Joyce endlich eine Sprache hatten, mit der sie sich verständigen konnten, hatte er ihr seine Treue geschworen. »Sie bringen in den Häfen Huren auf unser Schiff«, hatte er erzählt, »aber das sind schmutzige Frauen, meine kleine Joyce. Sie haben alle möglichen Krankheiten. Als ich noch unverheiratet war, ja, da hatte ich manchmal eine Freundin. Aber jetzt habe ich dich, und ich achte und ehre dich. Ich werde dir immer treu sein.« Damals hatte sie es vorgezogen, ihm zu glauben; jetzt konnte sie nicht fassen, dass sie so einfältig gewesen war. Aber was spielte das noch für eine Rolle? Ein paar kleine Abenteuer konnten gar nicht so schwer wiegen, dass sie ihre Ehe zerstörten. Warum sollte sie auf eine Prostituierte eifersüchtig sein? Weshalb sollte er etwas von einem einmaligen Schäferstündchen erfahren? In ihrer Unaufrichtigkeit hatte Joyce zu einer bemerkenswert toleranten Einstellung gefunden.

Was, zum Teufel, erwartet Nikos überhaupt von mir, wenn er mich so lang allein lässt?, dachte sie.

Jetzt musste sie sich auf den Markt konzentrieren. Im Sommer war dreimal in der Woche morgens Markt auf dem

Dorfplatz, einer kleinen mit rissigen, unebenen Kopfsteinen gepflasterten Fläche, die von vier staubigen Platanen spärlich überschattet wurde. Auf einer Seite des Platzes wurden frische Lebensmittel feilgeboten, auf der anderen Waren wie Nylonsocken, Ballen grell bedruckter Baumwollstoffe, Plastikschuhe, hässliche Kleider und berüchtigt unzuverlässige Küchengeräte. An jedem Markttag drängten sich Esel und Maultiere, Leiterwagen und verbeulte Lieferautos auf den schmalen Dorfstraßen. Die Frachten wurden zu den transportablen Tischen gebracht, die in der Mitte des Platzes aufgestellt waren. Männer mit flachen Kappen und kleinen Bärtchen und Muskeln, dick wie Schiffstaue, luden ihre Waren ab, brachten die zerschlissenen Markisen an und arrangierten ihre Produkte so gefällig wie möglich. Fische wurden auf Eis gepackt und halbkreisförmig angeordnet – ein schuppiges Mosaik. Oliven, schwarze und grüne, glitzerten in Holzfässern. Rubinrote Kirschen, braune Maronen und grüne Trauben. Auberginen glänzten zwischen den Salatköpfen wie riesige amethystfarbene Tränen. Granatäpfel waren aufgeschnitten, sodass sie ihr rotes, saftiges Geheimnis enthüllten. Das gesponnene Gold des Honigs, die schneeweißen Käseblöcke, die Berge leuchtender Orangen ... Bald war die Luft voll von verlockenden Düften nach Zitrusfrüchten, Pfefferminze, Lorbeerblättern und Wein.

Dann ertönten die ersten Rufe der Marktschreier.

»Melonen, so süß wie die Mutterbrust!«

»Orangen, mit denen Sie Ihre Kinder verwöhnen können!«

»Heute Morgen frisch gepflückte Kirschen, saftig wie ein Kuss!«

Als Joyce mit Phoebus, der unwillig neben ihr hertrottete, auf dem Marktplatz eintraf, wurde sie von ihrer ersten und engsten Freundin aus dem Dorf begrüßt. Marina Benaki hatte ein Baby auf dem Arm und einen Korb in der anderen Hand. Sie war eine große, hellhaarige Frau von den Peloponnes und gebildeter als die meisten anderen Dorfbewohner. Zudem hatte sie ein loses Mundwerk. Ihre Haut war bis auf die roten Wangen blass, und sie war stark wie eine Statue. Sie hielt sich kerzengerade, hatte das Haar zu einem Zopf geflochten, und ihre große Gestalt wirkte träge und zugleich selbstbewusst. Ein Blick aus ihren durchdringenden grünen Augen genügte, um Unverschämtheiten anderer im Keim zu ersticken. Die alten Leute von Kastron beurteilten sie als unverfrorene, exotische Frau.

Joyce freundete sich in ihrem zweiten Jahr auf Ifestia mit ihr an. »Die Bauern auf dieser Insel sind so argwöhnisch wie Schweine in einem Schlachthaus«, sagte Marina bei ihrem ersten Zusammentreffen. »Ich bin für die so fremd wie du, und sie trauen mir genauso wenig über den Weg.« Sie musterte Joyce abschätzend. »Du sprichst gut Griechisch für eine Amerikanerin. Ich mag die Amerikaner. Mein Vater ist in deinem Land, er arbeitet in der Gastronomie. Wir werden zusammenhalten und all die alten Weiber dazu bringen, uns zu akzeptieren, ja?«

Joyce schüttelte ihr dankbar die Hand. Bis zu diesem Zeitpunkt hatte ihr niemand so offen die Freundschaft angeboten. »Gut«, sagte sie lachend, »einverstanden.«

Sie sahen sich fast jede Woche, und obwohl Marinas Baby zu einer Barriere zwischen ihnen geworden war, blieb Marina doch Joyces beste Freundin auf der Insel.

»Und, hast du ein paar Dummheiten in Ayiassos angestellt?«, erkundigte sich Marina augenzwinkernd. »Haben dich irgendwelche Fremde für eine Nacht entführt?« Sie lachte und hob ihr Baby höher, um es zu küssen, so entging ihr die Röte, die Joyces Wangen überzog.

Joyce drehte sich hastig weg, um Phoebus die Körbe abzunehmen. Was würde Marina von ihr denken, wenn sie etwas von Alex wüsste? Plötzlich verspürte Joyce den Drang, sich ihr anzuvertrauen, ihr von ihren Wünschen und der Rastlosigkeit zu erzählen, die Alex in ihr geweckt hatte – was für eine Erleichterung das wäre! Sie sehnte sich nach Trost, nach Beschwichtigung, nach jemandem, der ihr sagte, dass sie nichts ernsthaft Schlimmes gemacht hatte. Aber sie unterdrückte den Impuls. In einem Ort wie Kastron wäre es viel zu gefährlich, so etwas irgendjemandem zu offenbaren.

»Ich habe gehört, dass Nikos nicht zum Fest nach Hause gekommen ist«, fuhr Marina fort. Sie setzte das Baby auf ihre Hüfte und sah Joyce besorgt an. »Das muss deine Schwiegermutter ziemlich aufgeregt haben. Hat sie Theater gemacht?«

»Ja, ein bisschen.« Joyce legte das Gemüse auf den Tisch und vermied es, Marina anzuschauen. Sie wusste, dass die Freundin mit ihr fühlte, weil Nikos ständig weg war. »Er hat keinen Urlaub bekommen«, brachte Joyce heraus. »Er würde zu viel Geld verlieren. Dimitra versteht das, aber es tut ihr weh.«

»Es ist schrecklich, dass diese Schiffsgesellschaften die Familien nicht respektieren«, erwiderte Marina taktvoll. »Sie denken an nichts anderes als an ihren Profit, diese habgierigen *Malachi*. Sie würden ihre Mütter für einen Teller Suppe verkaufen, wenn sie einen Interessenten finden könnten.«

Sie schnalzte missbilligend mit der Zunge und ließ sich mit einem Ächzen auf einem umgedrehten Korb nieder. »Gott, er ist ganz schön schwer, mein kleiner Jannis. Mir kommt es vor, als würde ich den ganzen Tag einen Mehlsack mit mir herumschleppen, nur dass er auch noch zappelt.« Sie stellte das Kind auf ihre Knie und sah zu, wie es auf seinen dicken, krummen Beinchen schwankte, während es fröhlich krähte. »Sieh mal, wie stark er ist. Hast du so was schon mal gesehen? Er wird einmal ein richtiger Schläger, wenn er groß ist, so Gott will. Dann wird er *Papas* die Flötentöne beibringen.«

Joyce öffnete einen Leinsack mit Zwiebeln und rollte den Rand des Sacks ein Stück herunter. Vielleicht würde sie ganz anders fühlen, wenn sie selbst ein Kind hätte, aber die Schwärmereien der Mütter langweilten sie zu Tode.

»Aha!«, schrie jemand über den Marktplatz. »Meine hübsche Englischlehrerin baut wieder ihren Stand auf!« Stratis, der Fleischer, stolzierte auf sie zu, während Joyce und Marina einen Blick wechselten und die Augen verdrehten. »Zwei hübsche Damen, eine wie das Bild von der Heiligen Jungfrau mit dem Kind, die andere strahlend wie Lady Liberty. Dieser Anblick erwärmt das Herz eines Mannes, der gleich Schweine abstechen muss.« Stratis beugte sich trotz seines mächtigen Bauches vor und kniff mit seinem dicken Daumen und Zeigefinger in die Wange des Babys. »Mann, was für ein saftiges kleines Ding«, sagte er und schmatzte. »Ein Hauch Knoblauch, eine Prise Oregano ...«

»Stratis Farmakides, nimm deine Schlachterfinger von meinem Jannis!«, kreischte Marina und drückte das heulende Baby an sich.

Stratis kicherte. »Komm ohne diesen Hund, deinen Mann, zu mir, und ich mache alles wieder gut«, sagte er zwinkernd. »Kleine Amerikanerin«, wandte er sich an Joyce. »Ich möchte etwas ausprobieren. Brich mir nicht das Herz wie das letzte Mal, als du mich wie einen Trottel hast sitzen lassen. Sei freundlich, ich habe hart dafür gearbeitet.«

Er stopfte seine Hände in die Hosentaschen und spreizte die Beine auf dem Kopfsteinpflaster, als würde er einen Schlag erwarten. Dann sagte er laut und langsam: »Chow ah ooo.« Er strahlte erwartungsvoll.

Joyce runzelte die Stirn. »*Ciao?* Ist das wieder was Italienisches?«

»Nein! Bist du schwerhörig?«

»How – wie?«

»Ja! Ow.«

»Wie was?«

»Bah! Das ist nicht gut, ganz und gar nicht gut. Meine Zunge ist wie ein Holzhammer!« Stratis' glänzender Schädel wurde knallrot, als er die dicken Hände aus den Taschen nahm und wütend in der Luft herumfuchtelte. »Sie sollten bestimmen, dass in der ganzen Welt nur eine Sprache gesprochen wird, dann wäre all diese Mühe nicht nötig. Der Turm von Babel – daran seid nur ihr Frauen schuld!« Damit stürmte er davon, stampfte kräftig auf und schimpfte vor sich hin.

»Möge er sich eines Tages selbst die Eier abschneiden, dieser dreckige alte Bock«, sagte Marina seelenruhig und setzte sich das Baby, das sich wieder beruhigt hatte, auf den Schoß. Sie gähnte. »Ich kann nur eine Minute bleiben. Ich bin hier, um Eier zu holen, muss aber gleich wieder weg. Meine Schwiegermutter will, dass ich heute Wäsche wasche.«

»Ich gebe dir die frischesten«, sagte Joyce und bettete die Eier auf Stroh. »Ich muss auf die Witwe Halaris aufpassen«, setzte sie hinzu. »Ich habe sie neulich beim Eier-Stehlen erwischt.«

»Sie hat kein Geld. Ihr Sohn nimmt ihr alles weg. Steck ihr ein oder zwei Eier zu, wenn du kannst. Ich glaube, er lässt sie verhungern, damit er den Schmuck bekommt, den ihr ihre Eltern als Mitgift mitgegeben haben.«

Joyce nickte. Eines der Dinge, die ihr am Dorfleben so sehr gefielen, war die stillschweigende Solidarität unter den Frauen. Unter allen – abgesehen von den Selbstsüchtigsten – herrschte Einvernehmen, dass sie zusammenhalten und die Männer und das Gesetz, das sie zur Mittellosigkeit und Unterwürfigkeit verdammte, überlisten mussten. Lebensmittel wurden in aller Heimlichkeit an die Armen weitergegeben, alte Wäsche geflickt und ganz unten in Körbe gelegt, als hätte man sie dort vergessen, Kleider wurden aufgetrennt und für diejenigen, die sich nichts Neues leisten konnten, umgearbeitet. Selbst die eine oder andere Münze wechselte den Besitzer, weil sich jemand bei einem Handel angeblich verrechnete – alle Frauen bis auf die Nutten und Ehebrecherinnen kamen in den Genuss dieser heimlichen Wohltaten.

»Marina?«, fragte Joyce, die ein paar Zwiebeln wie eine gewundene Kette auf den Tisch drapierte, »hat sich viel in deinem Haus verändert, als du deinen Jannis bekommen hast?«

»O ja. Zumindest mit meinem Mann. Er konnte gar nicht genug für mich tun. Er ging sogar ganze sechs Wochen nicht mehr ins Bordell.« Sie schüttelte den Kopf und lächelte sarkastisch. »Aber das alte Weib hat nicht gerade viel geholfen. Sobald ich wieder auf den Beinen war, musste ich Wäsche waschen, bügeln, Zwiebeln schälen und all die schlimmen Arbeiten machen, obwohl ich den Kleinen gestillt habe. Ich bete jeden Abend, dass die Alte tot umfällt.«

Joyce lachte. Marina machte immer bissige Bemerkungen über ihre Schwiegermutter, aber Joyce hatte beobachtet, wie die beiden Arm in Arm am Strand spazieren gingen.

Marina war verglichen mit Joyces amerikanischen Freundinnen nicht sehr vertrauensselig, aber wenn sie jemanden in ihr Herz schauen ließ, dann übertrieb sie schamlos.

»Warum fragst du?«, wollte Marina wissen und beäugte Joyce verstohlen. »Hast du deiner Freundin Neuigkeiten zu erzählen?«

Joyce wurde rot. »Fang nicht auch noch damit an! Ich höre nichts anderes mehr. Baby, Baby, Baby. Ich bin keine Milchkuh.«

Aber sie war nicht deswegen verlegen. Die Erkenntnis, dass sie mit ihrem Betrug nicht nur Nikos, sondern auch ihre Familie, Freunde und deren Vertrauen missbraucht hatte, traf sie wie ein Keulenschlag – das ganze Dorfleben hing von der Standfestigkeit der Frauen ab.

Marina stand auf, hievte das Kind auf ihre Hüfte, legte vorsichtig sechs Eier in ihren Korb und drückte Joyce ein paar Drachmen in die Hand. »Ich muss gehen. Komm mich am Samstagabend besuchen, wenn *Kyria* Koliopoulos dich lässt. Wir machen einen Spaziergang am Meer.«

»Das wäre schön.« Joyce strich dem Kleinen über den Kopf. »Ich bringe dir was mit, wenn ich komme, kleiner Engel«, sagte sie zu ihm und sah Marina nach.

Wenn ich einmal ein Kind mit Nikos habe, sind die Versuchungen vielleicht nicht mehr so groß, dachte Joyce. Vielleicht ist es Zeit, meinen Anker an diesem Ort zu festigen, bevor mich ein unerwarteter Wind von hier fortreißt.

Joyce arbeitete den ganzen Vormittag auf dem Markt, scherzte mit den Frauen und Verkäuferinnen und wehrte die Soldaten ab, die die Frauen umschwärmten wie die Bienen. Sie fand es immer aufregend, ihre Schlagfertigkeit mit ihren Konkurrenten auf dem Markt zu messen. Es war ein Spiel für sie. Als sie merkte, dass Alexis, ein anderer Bauer, weniger Eier zu verkaufen hatte als sie, ging sie das Risiko ein, den Preis für ihre zu senken und einen ganzen Korb auf einmal anzubieten. »Ein Dutzend für den Preis von neun!«, rief sie kess.

»Macht euch nicht die Mühe. Ihre Eier sind so alt wie Methusalem. Damit könnt ihr nur die Löcher in euren Häusern verschmieren«, brüllte Alexis, aber Joyce wusste, dass ihm niemand glaubte. Sie musste eine Menge Scherze über sich ergehen lassen, weil sie eine »Yankee« war, aber sie hatte sich den Ruf erworben, gute Ware anzubieten und ehrlich zu handeln: beides war unabdinglich für das Zusammenleben im Dorf. Als *Kyria* Mylona ihr das Geld für ein Körbchen Eier überreichte, warf Joyce einen triumphierenden Blick auf Alexis.

»Das ist die Rache für den Sesam in der letzten Woche«, rief sie und zwinkerte ihm zu.

Petros hatte Joyce beigebracht, wie man die Waren verkaufte. Als sie erst kurz im Haus gewesen war, eine verwirrte Braut mit dem ängstlichen Blick eines Fohlens, hatte er sie mit auf den Markt genommen und ihr gesagt, dass sie neben ihm stehen bleiben und ihm zusehen sollte. Sie war sofort begeistert. Die würzigen Gerüche nach Käse und Orangen, Melonen und Anis. Die lebhaften Farben der Früchte, die funkelten wie große Juwelen. Das Geschrei und Gelächter der Verkäufer, die um die Kunden wetteiferten. Die jungen, strammen Soldaten, die über den Platz schlenderten und lüstern die Lippen spitzten. Joyce war von Anfang an von dieser Szenerie gefangen und wollte sofort an alldem teilhaben.

Sobald Joyce genug Griechisch verstand, gab ihr Petros

Anweisungen. »Wenn du feilschst, darfst du nie aufhören zu reden«, machte er ihr klar. »Lass ihnen niemals Zeit zum Nachdenken. Außerdem musst du immer ein bekümmertes Gesicht machen, damit sie glauben, du würdest Geld bei dem Handel verlieren. Und noch etwas, Kleines: Bring sie zum Lachen. Du bist jung und hübsch – setz das ein! Sei nicht schüchtern.« Petros zwinkerte ihr zu und kniff sie in die Wange. »Verdreh ihnen die Köpfe, *Koroulamou,* und sie kaufen dir blind alles ab. Sie werden nicht einmal mitbekommen, wie ihnen die Drachmen aus den Händen fliegen.«

Joyce lernte schnell. Sie prägte sich abends die Preise ein und merkte sich ein paar freche Sätze, die so eigenartig in ihrem amerikanischen Griechisch klangen, dass Dimitra weinte vor Lachen, und schon bald verkaufte sie die Sachen so gut, dass Petros ihr zutraute, allein auf den Markt zu gehen. Natürlich machte sie Fehler, aber sie hatte eindeutig Talent. Möglicherweise hat etwas auf mich abgefärbt, als ich jahrelang meiner Mutter beim Gutschein-Ausschneiden und Rechnen mit dem Haushaltsgeld zugesehen habe, dachte Joyce. Vielleicht bin ich doch zu etwas nütze.

Joyce stand schon fünf Stunden auf dem Markt, als die englischen Mädchen auftauchten. Sie entdeckte sie auf der anderen Seite des Platzes, als sie durch abgerissene Kohlblätter und zerknüllte Zeitungen wateten. Unter ihren großen Rucksäcken sahen sie verloren und wie Käfer aus. Drei anzüglich grinsende Soldaten waren hinter ihnen her.

»Sucht ihr nach mir?«, rief Joyce.

Die Mädchen liefen zu ihr und umarmten sie, als wären sie alte Freundinnen. »Wir dachten schon, wir würden dich nie finden.«

»Ihr hättet. Ihr müsst nur sagen *Amerikeedah*, und jeder schickt euch zu mir.« Sie wandte sich an die Soldaten. »Haut ab!«, brüllte sie auf Griechisch und hielt ihnen die Handflächen mit gespreizten Händen hin – die gröbste Geste, die es ihres Wissens in Griechenland gab. »Lasst meine Gäste in Frieden!« Die drei trollten sich beleidigt, und Sarah und Nicola lachten. »Wartet, bis ich zusammengepackt habe«, sagte Joyce. »Ihr kommt doch mit mir nach Hause?«

Weil die Engländerinnen ein Geschenk für Dimitra kaufen wollten, führte Joyce sie in die Straße mit den meisten kleinen Geschäften, die ihre Waren in blank geputzten Fenstern zur Schau stellten »Sie liebt türkische Geleefrüchte«, deutete Joyce an und schielte dabei verstohlen zur Bäckerei. Sie erinnerte sich an Alex' Tante und daran, dass er bei ihrem ersten Zusammentreffen gesagt hatte, sie könne ihn hier finden. Plötzlich brachte sie kein Wort mehr heraus.

»Okay, danke«, erwiderte Nicola und tätschelte den Esel. »Wir sind gleich zurück.«

Die Mädchen verschwanden in dem Süßigkeiten-Laden und ließen Joyce mit ihren furchtbaren Hoffnungen, gegen die sie schon den ganzen Tag angekämpft hatte, allein. Vielleicht hatte Alex geahnt, was passiert war, als er in Ayiassos vergeblich auf sie gewartet hatte. Vielleicht hielt er hier nach ihr Ausschau. Hör auf damit, schalt sie sich. Du hast dir geschworen, so was nicht zu machen. Sie duckte sich hinter Phoebus, für den Fall, dass Alex auf der Straße auftauchte, und versteckte den Kopf in einem der Körbe. In dieser unbequemen Haltung blieb sie stehen, bis die Mädchen zurückkamen.

»Wir sind so weit«, verkündeten sie fröhlich und winkten

mit den Päckchen. Joyce scheuchte sie rasch weiter. Prompt machte sich Enttäuschung in ihr breit, weil Alex sie heute nicht gefunden hatte.

Die Mädchen waren umsichtiger, als Joyce erwartet hätte, denn sie hatten nicht nur eine große Schachtel Türkish Delight – ein gelatineartiges, in Puderzucker gewälztes Konfekt – gekauft, sondern auch noch Wein und sogar Duftseife: lauter Kostbarkeiten für eine Bauernfamilie. Joyce wusste, dass das Dimitra für die beiden einnehmen würde, da sie sich selbst zwar niemals etwas kaufte, aber Geschenke mit kindlicher Gier entgegennahm. Joyce würde nichts davon bekommen, das war das Los einer Schwiegertochter.

Als sie an diesem Abend nach einem Besuch in der Kirche und einem Rundgang durch die Stadt nach Hause kamen, war Dimitra tatsächlich hellauf begeistert von den Geschenken. Sie stellte die Konfektschachtel auf ein Bord über dem Herd und bewunderte sie tagelang, ehe sie es über sich brachte, sie aufzumachen, und die Seife legte sie gar nicht aus der Hand – den ganzen Abend hielt sie sie fest und schnupperte daran. Petros öffnete den Wein, und die Engländerinnen tranken das meiste davon selbst, dabei wurden sie immer lustiger und lauter. Dimitra und Joyce setzten ihnen ein schlichtes Mahl vor: Es gab Ziegenkäse, Tomaten und in Öl gebratene Kartoffeln und zum Nachtisch Melone. Die Mädchen waren zufrieden damit. Sie spielten ein Spiel mit Dimitra, deuteten auf Gegenstände und hörten sich das griechische Wort dafür an, dann sagten sie das englische. Dimitra flirtete mit den beiden, als wären sie junge Männer, und kicherte über Dinge, die selbst Joyce nicht verstand. Das Spiel erinnerte sie an ihre ersten Tage mit Nikos, als sie unter dem Sternenhimmel gelegen hatten – damals hatte er sie mit dem Mond verglichen, und sie hatte von der Freiheit geträumt, die sie bis jetzt noch nicht kennen gelernt hatte.

Als sie an diesem Abend beim Essen saßen, fegte ein Unwetter über Ifestia hinweg. Sie hörten zuerst ein tiefes Grollen über dem Meer, es klang wie ferner Kanonendonner, aber bald war der Himmel hell von den Blitzen, und der Donner war ohrenbetäubend. Joyce musste an ihre fünfte Nacht in diesem Haus denken, als sie und Nikos gezwungen gewesen waren, im Regen auf dem Boden herumzukriechen und Sesamkapseln einzusammeln. In diesem Moment traf sie die Realität wie ein Schock: Wenn Nikos jemals etwas von Alex erfuhr, war sie am Ende. Es wäre eine Schande für ihn und seine Eltern; sie wäre für immer eine Ausgestoßene. Wie konnte sie auch nur hoffen, dass sie Alex jemals wiedersah? Wie konnte sie sich mit Vorwänden und Träumereien täuschen? Joyce ballte die Hände zu Fäusten. Ich werde nicht zulassen, dass Nikos jemals dahinterkommt, schwor sie sich. Ich werde Alex nie wiedersehen. Niemals.

Natürlich machten sich Dimitra und Petros in dieser Nacht Sorgen um die Sesam-Samen, aber obwohl der Regen kräftig und stetig auf die Dachziegeln prasselte, herrschte kaum Wind. Trotzdem lief Petros mit einer Laterne hinaus und blieb länger als eine Stunde auf dem Feld. Joyce wusste, dass er nach heruntergefallenen Kapseln suchte und durchweicht, frierend und mit kummervoll gerunzelter Stirn wieder ins Haus kommen würde. Wenn Joyce keine Gäste gehabt hätte, wäre sie mit ihm hinausgegangen.

Unwetter waren in diesem Haus immer Furcht einflößend. Sie bedeuteten, dass nicht nur die Pflanzen, die sich in dem sandigen Boden kaum aufrecht halten konnten, zerstört wurden, sondern dass auch Nikos auf dem Meer in Gefahr sein könnte. Wann immer ein solches Gewitter aufzog, zündete Dimitra eine Kerze an und betete in ihrem Schlafzimmer vor der Ikone des heiligen Nikolaus, dem Schutzpatron der Seeleute und Kinder. »Nikos wird in Sicherheit sein, so Gott will. Ich habe ihn nach seinem Schutzpatron benannt«, sagte sie oft zu Joyce, aber das hielt keine von beiden davon ab, sich um ihn zu sorgen. Zwei Jahre lang betete Joyce mit ihrer Schwiegermutter. Sie kniete vor dem Heiligen mit dem finsteren Blick, bekreuzigte sich, versprach Nikolaus das beste Öl und den süßesten Mais, wenn er nur die gierigen Wellen von ihrem Mann abwendete. Sie prostituierte sich vor dem gemalten Gesicht eines Christen, um Nikos vor Unheil zu bewahren. Selbst jetzt, da ihre Liebe zu Nikos fragil geworden und verwundet war, schauderte ihr bei dem Gedanken, dass er in die gefräßige schwarze See geschleudert werden könnte.

Aber an diesem Abend hatten sie Gäste, deshalb kletterte Dimitra allein die Treppe zum Schlafzimmer hinauf, um zu beten.

Für die Engländerinnen war das Unwetter ein großer Spaß. »Was für eine Erleichterung«, sagten sie immer wieder. »Diese unheimliche Hitze. Die Luft war so trocken, dass ich kaum atmen konnte.« Nachdem Dimitra gegangen war, schlugen sie vor, ins Freie zu laufen und sich nass regnen zu lassen.

»Das würde meine Schwiegermutter nicht gutheißen«. musste Joyce einwenden. »Nasse Kleidung sieht unanständig aus.«

Sobald Dimitra wieder in die Stube kam – sichtlich erleichtert, weil sie ihre Gebete auf den Weg gebracht hatte –, gesellte sie sich wieder zu ihren Besucherinnen. Sie nahm das blaue Tuch vom Kopf und zog die Schürze aus, dann machte sie es sich auf einem Stuhl bequem – sie sah plump und zufrieden aus wie eine brütende Henne. Sie vermied es, das Mädchen, von dem sie gesagt hatte, es würde wie eine Jüdin aussehen, direkt anzusprechen – nur Joyce schien das aufzufallen –, aber sie scherzte mit Nicola, streichelte ihre glatten Arme und kniff sie so oft in die Wangen, dass Nicola schon stutzig wurde.

»Keine Angst«, sagte Joyce lachend. »Griechische Frauen betatschen sich immer.«

»Aber das Kneifen tut weh«, beschwerte sich Nicola und rieb sich die geröteten Wangen. Dann lachte sie auch.

Joyce merkte, dass sich die Engländerinnen, während sie sich bemühten, Dimitra zu unterhalten, aufmerksam in der kleinen Kate umsahen und jede Einzelheit mit der Neugier von Touristen zur Kenntnis nahmen. Es war ein für diese Insel typisches Haus, quadratisch und geduckt, gebaut aus dicken, roh behauenen Steinen, die innen und außen so oft gekalkt und getüncht worden waren, dass die Wände wie weicher Joghurt aussahen. Die Vordertür war schmal, die Fenster niedrig, die Holzläden standen den ganzen Sommer über offen. Ein blau gestreifter Vorhang hing vor dem offenen Durchgang, und daneben und an jedes Fenster hatte Dimitra ein Glasauge und ein Kruzifix gehängt, um die bösen Geister fern zu halten.

Im unteren Stockwerk befand sich eigentlich nur ein Raum, aber durch einen Torbogen kam man in eine kleine Speisekammer, durch die man auf den Hof gelangen konnte. Dort scharrten die Hühner und Perlhühner in der trockenen Erde. Dimitra und Joyce kochten hauptsächlich draußen auf einem offenen Feuer, das in dem aus Lehm und Ziegeln gemauerten Ofen brannte. Der Brunnen und die Pumpe befanden sich mitten im Hof, dahinter das Nebengebäude und die Ställe für die Tiere.

Das Haus war spärlich möbliert. Ein rechteckiger Tisch aus dicken Holzbohlen, auf denen bei besonderen Gelegenheiten ein selbst gewebtes Tischtuch lag, solide Holzstühle, die türkischen Kissen von Dimitras Mutter, die in einer Ecke auf dem Holzboden lagen. Die niedrige Decke wurde von zwei Balken gehalten, an denen rote Paprika, Zwiebel- und Knoblauch-Schnüre und Sträuße aus getrockneten Kräutern hingen, die einen würzigen Duft nach Thymian und Oregano verbreiteten. In einem Winkel stand die Leiter, über die man in das obere Stockwerk gelangte, das nur die Hälfte der Decke einnahm. Dort befand sich Joyces Schlafkammer, die durch eine dünne Wand von der ihrer Schwiegereltern und einem Zugeständnis an die moderne Zeit, einem Schrank, abgetrennt war.

Die einzige Dekoration an den Wänden waren ein billiger Kalender, in dem die vielen griechischen Feiertage des Jahres markiert waren, ein auf Zinn gemaltes Bildnis der Heiligen Jungfrau und ein paar rissige Schwarz-Weiß-Fotografien, die Petros mit Nägeln festgemacht hatte. Über der Feuerstelle standen auf dem mit einem Spitzendeckchen verzierten Sims eine Öllampe, eine dicke Bienenwachskerze in einer Glasdose und einige Souvenirs, die Nikos mit nach Hause gebracht hatte. Neben der Feuerstelle hing der Familien-Altar, ein Holzrahmen mit Ikonen von der Heiligen Jungfrau und dem heiligen Dimitrios, einer Kerze und zwei Zinn-Tamata, die Joyce auf Dimitras Anweisung zweimal in der Woche polieren musste.

Als Joyce all das zum ersten Mal gesehen hatte, war es

ihr unwirklich erschienen. Die Kate war ihr wie ein Puppenhaus aus dem Märchen vorgekommen. Damals hatte sie die Nachteile noch nicht erkannt – dass man sich kaum zurückziehen konnte, dass die Tiere ein- und ausgingen, dass man erst alles nach Skorpionen absuchen musste, bevor man zu Bett ging, dass es keinen Strom gab. Dennoch hatte sie das Haus mit der Zeit lieben gelernt. Mittlerweile sehnte sie sich nur noch selten nach einem gewissen Luxus, den sie in ihrer Kindheit genossen hatte – nach einer Toilette auf dem Flur zum Beispiel oder einem Herd im Haus, der nicht mit Holz und Kohlen geheizt werden musste. Nach einer Nachttischlampe. Aber war das alles so wichtig? Wenn sie an zu Hause dachte, fiel ihr hauptsächlich ein, wie allein sie und wie träge ihre Familie gewesen war. Hier, in ihrem neuen Leben, war jeder Augenblick ausgefüllt. Jeder Muskel, den sie bewegen konnte, jede Aufgabe, die sie erledigte, jedes Wort, das sie äußerte – all das wurde so dankbar aufgenommen, dass sie das Gefühl hatte, nie ausreichend geben zu können.

Schließlich hatte Dimitra genug von den Engländerinnen und wollte zu Bett. Sie scheuchte die drei Mädchen die Leiter hinauf in Joyces Schlafzimmer, als wären sie Kinder. Joyce richtete sich mit einer Schlafmatte, die sie für das Fest auf Lesbos genäht hatte, ein Lager auf dem Boden her, aber Sarah und Nicola bestanden darauf, dass sie in ihrem Bett schlief und sie selbst sich auf dem Boden einrichteten. Joyce bewirtete zum ersten Mal Gäste, seit sie in Griechenland lebte. Sie wollte die ganze Nacht plaudern.

Nachdem sie die Kerosinlampe gelöscht hatte und es dunkel und heimelig war, wurden die Gespräche persönlicher. Die Mädchen drängten darauf, dass sie mehr von sich, von Nikos und ihrem eigenartig rückständigen Alltag hier erzählte. »Kommst du wirklich mit deiner Schwiegermutter gut aus?«, wollte Sarah irgendwann wissen. »Sie erscheint mir ziemlich herrschsüchtig.«

Joyce runzelte die Stirn. Es gefiel ihr nicht, wenn Fremde an Dimitra Kritik übten. »Das macht mir nichts aus«, antwortete sie. »Sie ist gar nicht so böse, wie es vielleicht den Anschein hat.«

»Aber du musst tagaus, tagein arbeiten, oder? Ich meine, hast du niemals ein bisschen Zeit für dich selbst? Um zu lesen oder irgendwas anderes zu machen?«

»Ich lese abends. Ich borge mir Bücher von der Schule aus. Aber ich arbeite gern. Es gefällt mir, das Land zu bestellen, auf den Markt zu gehen ...« Joyce verstummte. Sie war es leid, von sich zu reden. Das Vergnügen, ihre Geschichte zu erzählen und ihre Zuhörer mit einer geschönten Romanze zu erfreuen, war inzwischen getrübt. Stattdessen wollte sie etwas von der Außenwelt erfahren von dem Leben anderer Menschen. Sie dachte an Dimitras unselige Bemerkung über Sarah und wagte einen Vorstoß.

»Meine Schwiegermutter hat mich gefragt, ob ihr jüdisch seid«, sagte sie.

Sie spürte, dass sich Nicola und Sarah in der Dunkelheit ansahen. Es war finsterer im Zimmer als sonst, weil dicke Gewitterwolken die Sterne und den Mond verdeckten. Normalerweise war es in Joyces Kammer nie ganz dunkel, der tanzende griechische Himmel erhellte sie die ganze Nacht.

»Ja«, bestätigte Sarah schließlich. »Warum – spielt das eine Rolle?«

Joyce zögerte. Sie wünschte sich so sehr, diesen Fremden die Wahrheit zu sagen. Das Schönste an Hausgästen war, dass man sie zu Vertrauten machen konnte. Zu Zuhörern, denen man Klagen und Geheimnisse ins Ohr flüstern konnte. Aber sie musste die möglichen Folgen bedenken wie bei allem, was sie hier auf Ifestia tat. Geheimnisse waren hier so schwer zu bewahren, wie man Honig in einem Sieb halten konnte. Früher oder später würde etwas durchsickern, gleichgültig, worum es ging. Daran musste sie unbedingt denken, wenn es um Alex ging.

»Nein, ich bin nämlich auch Jüdin«, sagte sie, als die Mädchen schon fast eingedöst waren. »Aber hier weiß das niemand, also redet bitte nicht darüber.«

»Warum kannst du es ihnen nicht sagen? Sind sie so antisemitisch eingestellt?«, fragte Sarah entrüstet.

»Nein eigentlich nicht.« Joyce machte eine Pause und dachte an Dimitras hässliche Worte in der Taverne. »Diese Familie ist griechisch-orthodox, und ich hatte Angst, dass sie meine Ehe annullieren oder mich aus dem Haus jagen, wenn ich es ihnen verrate. Das wollte ich nicht riskieren. Es ist schon schlimm genug, Amerikanerin zu sein.«

»Aber deine Schwiegereltern waren im Krieg gegen die Nazis, oder nicht?«, erkundigte sich Nicola.

»Selbstverständlich! Mein Schwiegervater hat auf dem Festland gegen sie gekämpft, und Dimitra war in der Widerstandsbewegung.«

»Trotzdem können sie antisemitisch sein«, stellte Sarah klar. »Viele Leute, die gegen die Nazis gekämpft haben, hassen die Juden. Alle verabscheuen Eindringlinge.«

»Aber sie waren gegen den Faschismus«, versicherte Joyce rasch.

Sarah bewegte sich in ihrem Schlafsack und machte dabei ein Geräusch, das Joyce auf die Nerven ging. »Vielleicht. Aber die Nazis haben in Griechenland achtundsechzigtausend Juden massakriert, und das konnten sie nicht ohne die Hilfe von Griechen. Es mag einige Griechen gegeben haben, die Juden versteckt haben, aber fünfundachtzig Prozent der jüdischen Bevölkerung wurden umgebracht, und eine Menge Leute haben sich keinen Deut darum geschert. Stattdessen haben sie unseren Besitz an sich gebracht.« Sie schwieg, und Joyce spürte die Spannung vor der kommenden Frage. »Aber dein Mann weiß doch, dass du Jüdin bist, nicht?«

»Nein.«

»Warum nicht?«, warf Sarah erstaunt ein.

»Als ich herkam, konnte ich kein Griechisch und hatte nicht die Möglichkeit, etwas zu erklären.« Joyce wusste selbst, wie schwach dieser Vorwand klang. »Als ich mich verständlich machen konnte, erschien es mir zu spät.«

»Das ist nicht richtig«, gab Sarah schroff zurück. »Tut mir Leid, dass ich das so direkt sage, aber ich halte es für unmoralisch, dass du so tust, als wärst du nicht jüdisch.«

»Jedenfalls«, fügte Nicola etwas gemäßigter hinzu, »kannst du nie wirklich frei sein, wenn du so viel vor den Menschen, die du liebst, verbergen musst. Wenn du dein ganzes Leben etwas vorgibst, machst du dich zur Sklavin derer, die du täuschst. Du gibst ihnen eine Macht über dich, von der sie nicht einmal etwas wissen.«

»Ich weiß«, beteuerte Joyce und war nur allzu bereit, sich von dem Typ Mensch zu distanzieren, den Nicola beschrieb. »Ich würde nicht im Traum daran denken, so zu leben«, setzte sie hinzu und verfiel in erstauntes Schweigen wie jemand, der sich selbst gerade bei einer faustdicken Lüge ertappt hatte.

Sarah und Nicola verabschiedeten sich am folgenden Tag, weil sie ihre Reise fortsetzen wollten. Joyce fühlte sich wie eine Gastgeberin, deren Party zu früh zu Ende war. Sie wünschte, die Mädchen wären länger geblieben, denn die nächtliche Unterhaltung hatte sie in Unruhe versetzt. Jetzt hatte sie eine Unmenge von Fragen, die die griechischen Juden betrafen, und sie überlegte, wie sie ihre Täuschung überwinden konnte. Sie brauchte Rat. Sie wollte Vergebung, auch wegen Dingen, von denen niemand etwas wusste.

Sobald die Gäste weg waren, erledigte die Familie die drängendsten Arbeiten und bereitete die kommende Ernte vor. Joyce war so beschäftigt, dass Petros an ihrer Stelle auf den Markt gehen musste. Sie suchte im Hof und im Hühnerstall nach Eiern und kroch im stinkenden Stroh herum. Sie jätete Unkraut im Gemüsegarten und riss und zerrte mit ihren schwieligen, harten Händen an den Pflanzen. Sie schleppte Eimer mit Futter für den Esel, molk die Kuh und die Ziegen, bis ihre Daumen vor Schmerz brannten. Sie erhitzte Wasser für die Kochwäsche, schlug sie gegen einen Felsen und hängte sie zum Trocknen auf; dann bügelte sie sie mit einem alten Bügeleisen, das noch mit glühenden Kohlen gefüllt werden musste. Der Schweiß rann ihr über die Arme und die Brust, bis sie ganz nass war. Sie arbeitete wie ein Sohn an Petros' Seite, hackte auf den Feldern, sammelte die Sesamkapseln ein, reparierte das Dach. Dimitra half sie wie eine Tochter beim Kochen, Flicken und Saubermachen. Die Arbeit endete nie und raubte ihr jede Minute, jeden Gedanken. Aber ihr Körper hatte sich daran gewöhnt. Sie hatte gelernt, sich den Pflichten zu beugen und nicht mehr gegen sie anzukämpfen. Bei ihrer Ankunft auf der Insel war das noch anders gewesen.

In den ersten Wochen bei Dimitra und Petros war die Arbeit für sie eine Qual. Dimitra hatte Recht – sie war schwach und faul. Sie hatte die Muskeln eines verwöhnten Stadtmädchens. Ihre Arme waren dürr, der Rücken knochig und empfindlich, die Hände weich wie die einer Prinzessin. Sie hatte höllische Schmerzen, bis die Hände eine richtige Hornhaut bekamen, die Muskeln kräftig genug waren, dass sie eine Wanne mit nassen Leintüchern oder einen Sack Kartoffeln hochheben und den störrischen Phoebus schieben und schubsen konnte, bis er lostrottete. Am Ende eines jeden Tages schlich sie steif und krumm vor Schmerzen durchs Haus. Dimitra lachte über sie und gab ihr Klapse, aber nach einer Woche fing sie an, sie geschickt mit Ölen und Lavendelwasser zu massieren. Ihre starken Hände kneteten Joyces Schultern und Arme, Waden und Schenkel, den Rücken und den Po mit der Gleichgültigkeit einer Bäuerin, die ein Pferd striegelt. Manchmal musste sich Joyce auf die Lippen beißen, wenn Dimitras Finger einen schmerzenden Muskel bearbeiteten, aber sie war fest entschlossen, nicht zu weinen – genauso wenig wie sie bei den Folterungen ihrer Brüder oder wegen der bissigen Bemerkungen ihrer Mutter geweint hatte. Sie wusste, dass sie sich gegen Dimitra zur Wehr setzen musste, wenn sie ihren eigenen Willen behalten wollte. Deshalb erduldete sie die Schmerzen. Und ganz allmählich wurde Dimitra sanfter und knetete ihr die Schmerzen weg.

Heute war Joyce abgehärtet. Ihr Bizeps war dick wie der eines jungen Mannes, wenn sie einen Wassereimer oder einen Strohballen hochhob. Ihr Rücken war biegsam und fest wie der von Nikos. Nur ihr Geist war schwach. Der Besuch der englischen Mädchen hatte einen üblen Geschmack bei Joyce hinterlassen: den Geschmack nach schlechtem Gewissen, das mit der Sehnsucht nach Alex im Widerstreit lag, von Reue, die mit Lust kämpfte. Warum habe ich mich Alex so schnell hingegeben?, fragte sie sich. Und wieso bin ich jetzt wie besessen von den Erinnerungen an ihn? War es nur das angestaute Verlangen einer vernachlässigten Frau oder mehr – stimmte etwas nicht an ihrer Liebe zu Nikos? Dieser Gedanke erschreckte sie so sehr, dass sie ihn rasch wieder verdrängte. Trotzdem nagte er an ihr, quälte sie wie ein Mückenstich, der immer wieder zu jucken beginnt, wenn man die Stelle berührt.

Joyce schuftete wie ein Muli, in der Hoffnung, die aufwühlenden Überlegungen genau wie früher ihre Einsamkeit in Arbeit ersticken zu können, aber alle Anstrengungen waren vergebens. Sie schleppte sich immer weiter, ihr Körper beugte sich ganz automatisch, zog, hob und schrubbte, während ihre Sorgen wie eine aufgescheuchte Fledermaus in ihrem Bewusstsein herumflatterten.

Die Anstrengungen wurden durch die gelegentlichen Gespräche mit Dimitra etwas abgemildert. Joyces Schwiegermutter redete normalerweise nicht viel, es sei denn sie konnte von ihren Kriegserlebnissen erzählen, aber sie hielt es für ihre Pflicht, Joyce die vielen Bräuche der Dorfbewohner und die komplizierten Regeln und Rituale ihrer Religion zu erklären. Sie hatte sie gelehrt, dass sie den bösen Blick des Neides vertreiben konnte, indem sie die Lippen spitzte und Luft ausblies, und dass man zum selben Zweck dreimal auf einen Gegenstand oder eine Person spucken sollte, die ein Kompliment erhalten hatte. Zwischen Weihnachten und dem Dreikönigstag kamen die *Kalikantzari* – die grässlichen Kobolde, die das Jahr über tief in der Erde lebten und sich von Schlangen ernährten – zum Vorschein, und Dimitra machte Joyce klar, dass man ein Sieb auf die Türschwelle legen musste, um die Erdgeister daran zu hindern, die Essensvorräte im Haus zu vergiften. »Sie sind ganz gebannt von dem Sieb und wollen unbedingt die Löcher zählen«, erläuterte sie. »Das hält sie die ganze Nacht davon ab, irgendwelchen Unfug zu treiben.« Sie wies Joyce außerdem an, nicht nur zu Gott und der Jungfrau Maria zu beten, sondern auch ihre Namensheilige um Schutz und Hilfe zu bitten. »Aber ich weiß nicht, wer mein Namensheiliger ist«, sagte Joyce. »Bei uns in Amerika haben wir so was nicht.« Dimitra lief zu Vater Poulianos und bat ihn um Rat. »Nenn sie Justina«, schlug er vor. »Das klingt wenigstens so ähnlich wie ihr alberner Name.« Die heilige Justina war, wie sich herausstellte, eine jungfräuliche Märtyrerin, eine Jüngerin des heiligen Petrus, der angeblich von Kaiser Nero umgebracht wurde. Ihr Namenstag wurde am 7. Oktober gefeiert. Vater Poulianos verschwieg Dimitra allerdings, dass das Dokument, das diese Behauptungen bestätigen sollte, eine Fälschung aus dem sechsten Jahrhundert war.

Vor allem betonte Dimitra unablässig, dass Joyce auf Schicklichkeit achten musste. »Als ich jung war, bedeckte ein Mädchen sein Haar, sobald es elf Jahre alt wurde, um die Männer und den Teufel nicht in Versuchung zu führen«, sagte sie oft und musterte missbilligend Joyces blonde Mähne. »Ich wünschte, du würdest immer daran denken, dein Kopftuch zu tragen, wenn du auf den Markt gehst.« Und jeden Tag schärfte sie Joyce ein, dass sie außer Petros keinem Mann ins Gesicht schauen durfte – besonders nicht den Soldaten –, denn das würde zur Folge haben, dass man sie vergewaltigte. »Die Soldaten«, erklärte sie unheilvoll, »sind im Grunde ihres Herzens alle brutal. Ich weiß das, denn ich habe alles schon erlebt. Gib einem Mann eine Waffe, und er bildet sich ein, ihm gehört die Welt.«

Joyces Rolle bei diesen Gesprächen war die der Zuhörerin, die ab und an zustimmend nickte. Wenn Dimitra in der richtigen Stimmung war und sich amüsieren oder überlegen fühlen wollte, bat sie Joyce, ihr Amerika zu beschreiben. Das war für Joyce nahezu unmöglich. Es war, als würde man jemandem, der sein Leben hinter Klostermauern verbracht hatte, erklären, was ein Nachtclub ist. Sie schien Dimitra immer den Eindruck zu vermitteln, dass Amerika ein chaotisches, hedonistisches Land sei, in dem sich kein Mensch um die Familie, Erziehung oder Gott scherte. Dimitra machte ihr immer wieder klar, dass sie großes Glück gehabt hatte, dieser Hölle entkommen zu sein.

»Aber in Amerika können wir tun und lassen, was wir wollen«, verteidigte Joyce ihre Heimat einmal, als sie Paprika und Gurken klein schnitten, um sie für den Winter in Salzlake einzulegen. »Mama, eine junge Frau wie ich kann überall hingehen, wann immer sie möchte.«

»Das habe ich anders gehört«, erwiderte Dimitra und schwang ihr Messer durch die Luft. »Ich habe gehört, dass die Männer dort ganz verrückt mit ihren Schusswaffen sind. *Kyria* Douyatz – du kennst doch die Frau, deren zwei Söhne in Amerika sind? Sie sagt, ihr Ältester wurde mit einer Pistole bedroht und ausgeraubt! Wie im Krieg! Ich kann solche Leute nicht verstehen.«

Joyce wurde rot. »Das ist übertrieben. Die Menschen hier erzählen solche Dinge, weil sie im Moment wegen Zypern wütend auf Amerika sind, aber das stimmt so gar nicht.«

»Dann sag mir, was stimmt –«, Dimitra schnaubte. »Was für Freiheiten hat eine alte Frau wie ich in deinem Land?«

Joyce runzelte nachdenklich die Stirn. Sie erinnerte sich

an das Altersheim in ihrer Straße in Miami, in dem man ihre Großmutter im Bett festgeschnallt hatte, wann immer sie aufsässig wurde. An die Ungeduld, mit der die Kassiererinnen im Supermarkt die älteren Leute, die nach Münzen suchten, behandelten. Andererseits gab es die unzähligen alten Frauen an den Stränden von Miami, die Bridge spielten, einkaufen gingen und niemandem verpflichtet waren. Sie konnten sich den lieben langen Tag in die Sonne legen, bis sie aussahen wie verschrumpelte Ledersäcke.

»Das hängt ganz davon ab, wie viel Geld sie hat«, gab Joyce schließlich zurück. »Aber man ist freier als hier. So ist das nun mal.«

Dimitra lachte. »Das ist eine wirklich amerikanische Antwort.«

Während Joyce ihre englischen Gäste bewirtete und auf dem Feld und im Haus arbeitete, wanderte Alex ziel- und planlos über die Insel. Er war in einem jämmerlichen Zustand. Nicht nur sein Verlangen nach Joyce hielt ihn im Bann – obwohl er sich nichts mehr wünschte, als wieder dicht neben ihrem nackten Körper zu liegen –, sondern auch ihr Mysterium, ihr Wissen, der eigenartige Gegensatz, dass sie verheiratet und gefangen und doch so unerschrocken und frei war. Sie war in ihr jetziges rückständiges Leben eingetaucht, ohne es sich zuerst einmal anzusehen – so überstürzt und unbesonnen würde er selbst nie handeln. Dennoch schien sie etwas gefunden zu haben, das er selbst liebend gern haben würde. Es drängte ihn danach, sie zu retten, aber er wollte sie und ihre Entschlüsse auch verstehen. Er wollte ihr etwas beibringen und von ihr lernen.

Alex hatte nur dreimal von der Liebe gekostet. Beim ersten Mal mit der Schwester seines Vaters, einer pummeligen, blonden Sechsundzwanzigjährigen, der keine bessere Rache für ihren moralistischen Bruder eingefallen war, als seinen Sohn zu verführen. Alex war damals erst siebzehn gewesen, und er hatte auf ihr Bein ejakuliert. Danach verzehrte ihn ein blindes, glühendes Verlangen nach ihr, das immer mit grenzenloser Scham einherging. Selbst jetzt noch, mit zweiundzwanzig Jahren, konnte er nicht an sie denken, ohne sich erniedrigt zu fühlen.

Die nächste Frau in seinem Leben war die Vermieterin seiner kleinen möblierten Studentenbude in Brighton gewesen. Bis dahin hatte er nur eine sexuelle Begegnung mit einer älteren Frau gehabt und deshalb nie gelernt, wie er sich einem Mädchen seines Alters gegenüber verhalten sollte. Als also seine Wirtin, die mindestens vierzig war, eines Abends betrunken nach Hause kam und sich an ihn heranmachte, fügte er sich mit bereitwilliger Gehorsamkeit. »Es ist nur für eine Nacht, mehr nicht«, lallte sie; ihr Lippenstift war bis zu den Wangen verschmiert. »Ich möchte mich nicht mit meinen Mietern einlassen. Mir ist nur im Moment nach ein bisschen Nähe und Spaß.«

Er gab ihr die Nähe, aber sie schlief ein, bevor er ergründen konnte, ob er ihre Wünsche befriedigt hatte.

Schließlich lernte er in seinem zweiten Studienjahr ein gleichaltriges Mädchen kennen und ging bis zum Abschluss mit ihr. Sie war groß gewachsen, intelligent, aber so wenig selbstbewusst wie die meisten anderen Studenten, und sie und Alex hielten mehr aneinander fest, weil sie sich so sicherer, und nicht so sehr, weil sie sich zueinander hingezogen fühlten. Ihr Name war Lou, und nachdem sie zwei Monate lang jede freie Minute zusammen ins Bett gehüpft waren, beschlossen sie, sich eine gemeinsame Wohnung zu nehmen. Lou hatte geplant, in diesem Sommer, den ersten Ferien nach ihrem Abschluss, mit nach Griechenland zu fahren, aber es war zu einem Streit gekommen, sie hatte sich in einen Franzosen verliebt und war nach Paris abgedampft.

Jetzt war Alex selbst im Liebesrausch – mehr als je mit seiner Tante oder mit Lou. Mehr, als er es für möglich gehalten hätte.

Auf Lesbos hatte Alex stundenlang vor dem Kleiderladen gewartet. Zuerst sagte er sich, dass Joyce von ihren Schwiegereltern aufgehalten worden sein musste, dann, dass sie wahrscheinlich kalte Füße bekommen hatte, aber irgendwann doch noch auftauchen würde. Erst nachdem es offensichtlich wurde, dass sie sich nicht mehr blicken lassen würde, keimten Zweifel in ihm auf. Vielleicht war ihr Nicht-Erscheinen einfach eine Zurückweisung. Vielleicht hatte sie Angst bekommen – mit gutem Grund! – Und floh vor ihm. Aber als er durch die schmalen, gewundenen Straßen von Ayiassos ging und in der Menschenmenge nach ihr suchte, verwarf er diese Schlussfolgerung wieder. Er entschloss sich, am nächsten Morgen nach Ifestia überzusetzen und sie dazu zu bringen, ihm ins Gesicht zu sagen, warum sie die Verabredung nicht eingehalten hatte.

In den ersten drei Tagen nach seiner Rückkehr wartete Alex jeden Morgen vergebens auf dem Markt. Sie hatte ihm erzählt, dass sie an drei Tagen in der Woche hier die Produkte von den Feldern und dem Hof der Familie verkaufte, also war er überzeugt, dass er sie finden musste, aber zwei Tage war gar kein Markt, und am dritten war Joyce nirgendwo zu sehen. Deshalb streifte er am Nachmittag herum und hoffte, ihr zufällig über den Weg zu laufen. Er ging zum Strand – es roch dort nach Fisch und Salz, die

Sonne glitzerte auf den Wellen, und die Fischerboote schaukelten sanft hin und her –, dann durch das weiße Labyrinth auf dem Hügel, in dem sich Dutzende von ausgemergelten Katzen herumtrieben. Er durchforstete die kleinsten Gassen, in denen die Witwen auf Stühlen vor den uralten Mauern hockten und ihn zahnlos grinsend unter ihren schwarzen Kopftüchern hervor musterten. Sobald er das Ziel, das er sich gesetzt hatte, erreichte, überkam ihn Panik: Vielleicht hatte er Joyce gerade in der Mitte der Stadt verpasst, dann rannte er los, aber er begegnete nur alten Männern und Soldaten.

Die Soldaten verspotteten ihn, dabei waren sie nur neidisch, dass ein Junge ohne Uniform und frei durch die Gegend spazieren konnte. »Ich bin Engländer, bei uns gibt es keine Wehrpflicht«, rief er ihnen auf Griechisch zu und berief sich wie auch oft in England auf seine doppelte Staatsangehörigkeit.

»Pass lieber auf, sonst erwischen sie dich hier!«, meinte einer der Jungs lachend. Alex hatte zur Sicherheit nur seinen englischen Pass bei sich.

Allmählich wurden seine Rundgänge immer kürzer, die Kreise, die er zog, immer kleiner. Er war überzeugt, dass Joyce irgendwann auf dem Marktplatz auftauchen musste. Am vierten Tag gab er es auf, sie irgendwo anders zu suchen. Er lungerte den ganzen Tag auf dem Platz herum und wartete.

Und endlich kam sie.

Es war schon spät, weil sie Besorgungen machen, nicht etwas verkaufen sollte. Von ihrem Haus aus musste sie nur einen Kilometer gehen, um nach Kastron zu kommen – dieser Marsch war für sie zu einem Katzensprung geworden. Sie trug ihren üblichen graubraunen Rock und die Arbeitsbluse, hatte den Blick auf den Boden gerichtet und machte ein grimmiges Gesicht. Das war ihr Schutz gegen die Zudringlichkeit der Soldaten.

Sie kam, als die Marktverkäufer ihre Stände schlossen, und Alex sprang auf, als er sie entdeckte. Er dachte gerade noch rechtzeitig an ihre Position und zügelte seine Ungeduld. Statt auf sie zuzustürmen, beobachtete er sie eine Weile aus der Ferne. Sie war kleiner, als er sie in Erinnerung hatte – in seiner Vorstellung nahm sie einen großen Raum ein –, ihr Körper war schmächtig, das dunkelblonde Haar schimmerte. Sie trug einen Korb. Ihr brauner Rock reichte bis zu den Waden. Aber sie war wirklich da, und sie war wunderschön.

Er näherte sich ihr von hinten, als sie ein in Papier gewickeltes Päckchen entgegennahm und in den Korb legte.

»Joyce?«

Sie zuckte zusammen. Das Blut wich aus ihrem Gesicht, und sie wirkte so verängstigt, dass er zurücksprang. »Ich bin's nur«, sagte er und schaute über seine Schulter.

Joyce schwieg. Sie lief mit schnellen Schritten vom Marktplatz und bog in eine kleine Gasse ein. Er folgte ihr in diskretem Abstand und bemühte sich, den Eindruck eines müßigen Spaziergängers zu machen.

Als er sie einholte, lehnte sie an einer Mauer und drückte den Korb an ihren Bauch. »Sprich mich nicht vor anderen Leuten an«, flüsterte sie eindringlich. »Sie werden nach dir fragen, wer du bist und alles. Sie werden mit meiner Schwiegermutter über dich reden, Lieber Himmel!«

»O Gott, es tut mir Leid. Ich dachte, ich wäre vorsichtig genug gewesen.«

»Hier nützt Vorsicht gar nichts«, zischte sie. »Das ist nicht gut, Alex, sie werden alles herausfinden. Ich lebe in einem Goldfischglas. Wir sind nicht mehr in Ayiassos.«

»Ich weiß. Aber, Joyce, bitte lass mich wenigstens mit dir sprechen.«

Sie straffte den Rücken und spähte die Gasse hinunter. Ihre Furcht bedrückte ihn.

»Ich musste dich sehen«, sagte er hastig. »Warum bist du nicht zu dem Treffpunkt in Ayiassos gekommen?«

Joyce erklärte es ihm. »Hast du mich nur gesucht, um das zu fragen?«, fügte sie hinzu.

»Nein, ich wollte ... ich muss wissen, was du willst.«

»Was ich will? O Gott, Alex, was ich will«, wiederholte sie bitter, und er verstand. Es machte ihn trotz der Gefahr und ihrer Zwangslage glücklich.

»Ich tue, was du für das Beste hältst«, flüsterte er – die Freude machte ihn mutiger. »Ich bin frei, auch wenn du es nicht bist. Ich kann so lange bleiben, wie ich will. Was soll ich machen?«

Joyce sah zu ihm auf. Seine Haut war von der Sonne rötlich braun geworden, und in der dunklen Gasse schimmerten seine blauen Augen fast schwarz. Er sah großartig aus.

»Ich darf dich nicht treffen«, sagte sie. »Ich kann nicht.« Ihre Stimme bebte.

»Warum? Weil du nicht willst?«

Sie starrte auf ihre Hände. »Du weißt, dass es das nicht ist.«

»Dann lass mich bleiben. Ich bin auch ganz vorsichtig. Bitte, ich muss dich wiedersehen.«

Joyce schaute ihn verwundert an. Sein Gesicht war angespannt, nicht so weich und glatt wie das von Nikos, wenn er ihr lächelnd seine Liebe erklärte.

»Es ist zu gefährlich, Alex. Ich will nicht alles verlieren, was ich hier habe.«

»Aber du willst mich doch, oder?« Er kam einen Schritt näher und berührte zart ihre Stirn mit den Fingerspitzen. »Ich will dich ganz bestimmt.«

»O Gott.« Sie schloss die Augen. Selbst sein Geruch weckte in ihr den Wunsch, ihm nachzugeben. »Bleib, wenn du möchtest«, sagte sie, weil sie nicht anders konnte. »Aber ich kann dir nichts versprechen.«

»Ich bleibe, wenn ich dich sehen kann«, entgegnete er eilends und kam ihr noch näher. »Nur ein paar Minuten am Tag, damit wir reden können. Oder ... wenn du irgendwohin allein gehen musst ... handelst du nicht auch noch woanders mit euren Waren? Arbeitest du auf den Feldern? Darfst du nur allein auf den Markt und sonst nirgendwohin gehen?«

Joyce richtete den Blick auf ihren Korb. Bei ihm klang das so, als wäre ihr Leben mit Dimitra und Petros eine Strafe. Aber so hatte sie das nicht gesehen, bis sie Alex zum ersten Mal begegnet war.

»Sehr selten«, sagte sie. »Sogar der heutige Einkauf ist eine Ausnahme. Ich bin nur sonntags nach der Kirche und an den Feiertagen allein.«

Alex strich ihr zärtlich übers Haar. »Dann warte ich am Sonntag auf dich. Wenn ich am Sonntag ein paar Stunden mit dir zusammensein kann, warte ich. Ich finde einen Platz, an dem wir allein sein können.«

»Ich kann das nicht, Alex!«

»Doch, du kannst. Du musst. Wir sehen uns, solange deine Schwiegermutter in der Kirche ist – so wie bei unserer ersten Begegnung. Auf dem Hügel über der Stadt.«

Joyce stellte den Korb ab und ließ sich von ihm in die

Arme nehmen. Sein Körper fühlte sich heiß und hart an. Sie wollte ihm widerstehen, aber ihr Verlangen und seine Worte machten sie hilflos. Sie schloss die Augen und staunte über seine Leidenschaft. In Florida hatte sie – vor Nikos – niemals solche Gefühle in Männern geweckt. Damals waren sie nur eine Horde Mädchen gewesen – manchmal hatte ein Junge angerufen, um sich mit einer von ihnen zu verabreden, aber es war nie ein besonderes Erlebnis gewesen. So viele Wochenenden waren ohne Anruf verstrichen. Sie war nie ein Mädchen gewesen, auf das die Jungs scharf waren, und sie hatte viele Monate ohne Freund verbracht und war mit achtzehn noch Jungfrau gewesen. Was war mit ihr geschehen, dass die Männer ihr derart verfielen? Sie klammerte sich an Alex, seine Begierde war in der Umarmung zu spüren, und plötzlich fühlte sie sich mächtig und weiblich. Aber ihr war bewusst, dass sie nie in ihrem Leben in größerer Gefahr geschwebt hatte.

»Also schön. Wir treffen uns auf dem Hügel«, sagte sie schließlich. »Aber nur, um zu reden, okay? Und es muss das letzte Mal sein. Es ist zu riskant für mich.«

»Ich weiß.« Er drückte sie fest an sich. »Gott, ich dachte schon, ich hätte dich verloren«, raunte er in ihr Haar. »Ich könnte es nicht ertragen, dich zu verlieren.«

In dieser Nacht lag Joyce in ihrem Bett und dachte an Alex und das, was er gesagt hatte. »Ich bin frei, auch wenn du es nicht bist.« Was hieß es, wenn jemand sagte, er sei frei? Dass man nirgendwohin musste? Dass man niemanden hatte, der einen brauchte? Aber diese Art von Freiheit hatte sie gehabt. In Florida war sie mit dem Rad kreuz und quer durch die Straßen gefahren und hatte von romantischen Erlebnissen geträumt. Wenn das Freiheit war, dann brauchte man sie nicht anzupreisen. Man sollte glücklich sein und sich nicht verloren fühlen, wenn man frei war, oder nicht?

Joyce drehte sich in ihrem Bett und starrte aus dem Fenster. Der Mond war aufgegangen, ein Halbmond, der wie ein Auge hinter einem Schleier glänzte. Vielleicht möchte sich Alex deshalb unbedingt an mich binden, dachte sie. Vielleicht mag er seine Freiheit genauso wenig, wie ich meine mochte.

7

Am nächsten Abend war das Haus in Aufruhr, weil Nikos unerwartet nach Hause gekommen war. Kein Brief ging seiner Heimkehr diesmal voraus, keine Grüße an Frau und Eltern. Er kam einfach durch die Tür, erschöpft und unrasiert, und wollte willkommen geheißen werden.

Joyce ging auf ihn zu; ihre Freude, ihn wiederzusehen, überlagerte für einen Moment ihr schlechtes Gewissen. Sieben Monate waren seit seinem letzten Heimaturlaub vergangen, und er war schöner denn je. Seine schwarzen, schimmernden Locken fielen ihm in die Stirn. Sein Augenaufschlag war nach wie vor verführerisch. Aber mittlerweile war er fast achtundzwanzig und kein Junge mehr, sondern ein Mann. Seine Brust war breiter geworden, die Muskeln größer. Sogar seine unrasierten Wangen und der müde Gang ließen ihn gebieterischer und weltmännischer erscheinen. Er wirkte so männlich, wie Joyce ihn noch nie gesehen hatte. Sie wollte ihm um den Hals fallen und ihn herzen, aber dann fiel ihr wieder ein, was sie ihm angetan hatte, und sie hielt sich zurück. Was hatte er herausgefunden? Was, wenn er es ihr ansah? Sein Anblick, wie er so mächtig und stark vor ihr stand, erschreckte sie plötzlich.

Nikos schaute sie erwartungsvoll an, aber sie war wie festgewurzelt. Er presste die Lippen zusammen und drehte sich um, um seine Mutter in die Arme zu schließen.

Dimitra war außer sich vor Freude, ihren Sohn wiederzuhaben. Sie war auf einmal so umtriebig, als wäre er zwanzig Jahre verschollen gewesen; sie streichelte seine Wangen und flötete ihm ins Ohr: »Du siehst so müde aus, mein Sohn. Was haben diese raffgierigen Kerle von der Reederei meinem Jungen angetan?«

Nikos warf seinen Seesack in die Ecke, ließ sich auf einen Stuhl fallen und fuhr sich mit der rauen, braunen Hand durch die Locken. »Ich habe Hunger wie ein Wolf«, war alles, was er sagte. Dimitra beeilte sich, ihm alles aufzutragen; sie zwang ihm Suppe auf, dann Brot, und dabei bedeckte sie seine Hände mit Küssen.

»*Mannamou,* bitte, hör auf damit!«, herrschte er sie an und aß und trank alles, was sie im Haus hatten. Dimitra wies Petros an, loszugehen und mehr Wein zu kaufen. Und Joyce bot an, sich an seiner Stelle auf den Weg zu machen, weil sie etwas gutzumachen hatte bei Nikos, aber ihr Schwiegervater wehrte ab. »Du hast deinen Mann länger als ein halbes Jahr nicht gesehen. Bleib bei ihm, er will dich hier haben.«

Joyce stand unbeholfen mitten im Raum. Was würde Nikos tun, wenn er etwas von Alex erfuhr? Sie verprügeln? Aus dem Haus werfen? Die Dorfbewohner zusammenrufen, damit sie sie steinigten und aus dem Ort jagten? Sie hatte schon von solchen Vorkommnissen gehört und wusste, dass das keine Märchen waren. Ihr Herz raste.

Petros kam mit einer großen Korbflasche Fasswein und Brot von Alex' Tante zurück. Nikos schenkte sich sein Glas voll und brachte einen Trinkspruch auf seine Eltern aus – Joyce ignorierte er. Er saß allein am Tisch und trank, die Eltern und seine Frau standen um ihn herum wie Diener.

»Setzt euch!«, schrie er und deutete mit einer schwungvollen Geste auf die Stühle. »Steht nicht rum und glotzt mich an! Freut ihr euch nicht, dass ich wieder zu Hause bin? Setzt euch und trinkt mit mir!«

Sie kamen der Aufforderung nach. Joyce hatte kein Glas, und niemand bot ihr eines an. Petros stieß mit seinem Sohn an. »Dem Himmel sei Dank, dass du gesund bist«, sagte er; seine alte Stimme zitterte.

»Hast du uns Geschenke mitgebracht?«, erkundigte sich Dimitra. Neben Nikos sah sie plötzlich sehr klein aus, rundlich und alt in ihrer fleckigen Schürze und dem weiten Kleid. Verletzlich.

»Natürlich, *Mannamou*. Glaubst du, ich hätte euch vergessen? Sie sind in meinem Seesack.« Er zeigte in die Ecke, machte aber keine Anstalten, sie zu holen. Die Familie sah schweigend zu, wie er aß, und er verschwendete immer noch keinen Blick an Joyce.

Schließlich seufzte Dimitra und legte eine Hand auf Joyces Arm. »Begrüße deinen Mann wie eine anständige Seemannsfrau«, sagte sie. »Er wartet darauf. Du musst dich vor ihn hinknien und Gott danken, dass er heil und gesund heimgekehrt ist. Dann können wir es uns endlich gemütlich machen. Du hast ihn noch nie auf die traditionelle Art begrüßt. Er wird Zeit, dass du das lernst.«

Darum ging es ihm also? Joyce spähte zu Nikos. Er schaute sie gespannt an, aber es war kein einladender Blick; so sah ein Mann aus, der es kaum erwarten konnte, sich seine Frau zu unterwerfen. Sie konnte sich nicht überwinden, auch nur einen Muskel zu rühren.

»Knie dich hin!«, kreischte Dimitra und hob den Arm, als wollte sie Joyce einen Schlag versetzen. Doch dann hielt sie mitten in der Bewegung inne – ihr ging das Gespräch, das sie mit ihrer Schwiegertochter in der Kirche von Ayiassos geführt hatte, durch den Kopf. Sie senkte den Arm und sah ihren Sohn verlegen an.

»Mama«, begann Nikos in warnendem Ton. »Hast du meine Joyce nicht so erzogen, wie ich es dir aufgetragen habe?«

Dimitra wusste nicht, was sie tun sollte. Sie war ratlos, wem sie folgen sollte: ihrem Sohn, der von ihr verlangte, seine Frau zu züchtigen, oder ihrem eigenen Herzen, das ihr befahl, gut und freundlich zu Joyce zu sein.

»Vielleicht solltest du mehr mit ihr reden«, schlug Dimitra vor. »Lass sie wissen, wie glücklich du bist, sie wiederzusehen ...«

»Ich habe genug getan!«, polterte Nikos los. »Ich habe ihr jede Woche Liebesbriefe geschrieben und Geld geschickt. Sie sollte mir die Füße küssen und dankbar sein, dass ich lebend zurückgekommen bin – so ein Benehmen kann man von einer Seemannsfrau erwarten!«

»Sei still, du verwöhntes Balg!« Diese Worte brachten alle zum Schweigen. Petros hatte sie ausgesprochen. Der kleine, verwitterte Petros. Er funkelte seinen Sohn an; seine Augen waren wie dunkle, nasse Marmorkugeln.

»Ich will nie wieder hören, dass du deine Mutter anschreist. Du entschuldigst dich, oder du verlässt mein Haus für immer.«

Nikos starrte seinen Vater erstaunt an.

Joyce tat diese Auseinandersetzung in der Seele weh. Sie wusste, dass Dimitras Herz zwischen Nikos und ihr selbst hin- und hergerissen war – schon seit geraumer Zeit war sie Joyce sehr zugetan. Petros auch. Hätte Joyce keine Schuld auf sich geladen, hätte sie um die Herzen der beiden Alten gekämpft und mit Nikos darum gezankt wie eine Ratte, die eine Käserinde verteidigt. Aber sie war kein Unschuldslamm mehr und konnte nichts anderes tun als die Wogen glätten. Sie schaute von Dimitra zu Petros. Sie beobachteten sie hoffnungsvoll.

»Danke, Schwiegervater«, sagte sie endlich mit bebender Stimme. »Aber Nikos hat Recht. Er ist um die Welt gereist, während wir hier in Sicherheit waren und sein Geld ausgegeben haben. Er verdient zumindest eine anständige Begrüßung. Bitte, Mama, *Petheros* –«, sie nahm die alten, verdorrten Hände der beiden in ihre –, »bitte, quält euch nicht.«

Joyce erhob sich und ging auf Nikos zu. Sie würde nicht vor ihm auf die Knie fallen – dazu war sie nach wie vor zu amerikanisch. Aber sie beugte sich um Dimitras willen zu ihm, um ihn auf beide Wangen zu küssen und ihn zu umarmen. »Willkommen daheim, mein Mann«, sagte sie spitz, dann nahm sie die Flasche und füllte sein Glas. Ihre Hand zitterte. Sie war überzeugter denn je, dass er dieses Theater nur veranstaltete, weil er über Alex Bescheid wusste.

Nikos blitzte sie finster an. Er war nicht sicher, was ihr Verhalten zu bedeuten hatte, ob sie ihm gehorchte oder sich über ihn lustig machte. Er hob die Hand und winkte Joyce beiseite. »Ich möchte allein mit meinen Eltern sprechen«, sagte er kalt und schickte sie aus dem Zimmer.

Nikos, Dimitra und Petros saßen eine ganze Weile schweigend da. Doch irgendwann konnte Dimitra nicht mehr an sich halten. »Was ist mit dir, mein Sohn? Deine kleine Joyce ist liebevoll und gehorsam. Worüber regst du dich auf?«

Nikos trank sein Glas aus und schenkte sich nach. Er stützte die Ellbogen auf den Tisch, beugte sich vor und fixierte seine Mutter – wie immer brachte er ihr Herz zum Schmelzen. »*Mannamou*«, sage er bedächtig, »sag mir, dass es kein Fehler war, diese Amerikanerin zu heiraten.«

Dimitra kniff die Augen leicht zusammen. Petros reinigte seine Pfeife.

»Wieso ein Fehler?«, gab Dimitra scharf zurück und verlagerte ihr beträchtliches Gewicht auf dem Stuhl. Sie verschränkte die Arme vor der Brust und musterte Nikos argwöhnisch. »Wovon sprichst du?«

Er senkte betreten den Blick. Normalerweise war seine Mutter Wachs in seinen Händen. Aber er ließ nicht locker. »*Mannamou,* du hast gesehen, wie kalt sie ist. Sie hat mich nicht begrüßt wie sonst. Sie hat mich angesehen, als wäre ich ein Fremder.«

»Und?«, hakte Dimitra verächtlich nach. »Vielleicht ist sie ein wenig schüchtern, ja und? Bist du so zart besaitet, dass du die Schüchternheit eines Mädchens nicht überwinden kannst?«

Nikos runzelte die Stirn. »Nein, ich denke, es ist etwas anderes. Sie wird hart und kalt wie alle Frauen, die keine Kinder haben.«

»Rede keinen Unsinn. Was ist los mit dir?«

»Mama, du wünschst dir doch Enkel, oder?«

»Weiß Gott.«

»Aber wo sind sie? Siehst du, wie Enkelkinder aus Joyces Loch kommen?«

»Nikos, keine solche Redensarten, ja? Du bist hier nicht auf einem Schiff.«

»Tut mir Leid, Mama. Aber wir sind seit zwei Jahren verheiratet, und sie hat noch immer kein Baby. Ich erwarte mit jedem Brief gute Neuigkeiten, aber es kommen keine. Ich warte und warte, und nichts. Dann komme ich heim, und sie ist wie ein Eisblock. Glaubst du, es stimmt etwas nicht mit ihr?«

»Mach dich nicht lächerlich. Natürlich glaube ich das nicht. Du musst hier sein, um ihr ein Kind zu machen. Was erwartest du?«

»Ich erwarte, dass eine Frau in zwei Jahren schwanger wird, nicht mehr und nicht weniger! *Mannamou,* ich wünsche mir so sehr ein Kind, dass ich hier Stiche verspüre!« Er klopfte sich an die Brust und verzog gequält das Gesicht. »Gerade du müsstest das verstehen. Aber sieh sie dir doch an – sie ist wie ein Junge ... Mama, ich möchte einen Sohn.«

Dimitra grunzte, ohne eine Miene zu verziehen. Petros saugte an seiner Pfeife.

»Hast du gehört? Ich will einen Sohn! Lieber Gott und alle Heiligen, warum habe ich nicht eine nette, kräftige Griechin geheiratet?«

»Nicht so laut, Nikos. Beherrsch dich«, zischte Petros. Er nahm die Pfeife aus dem Mund und deutete auf das Fenster. Aber es war zu spät. Joyce stand draußen im Mondschein und hatte jedes Wort mitbekommen.

Darum geht es also, dachte sie, es hat nichts mit Alex zu tun. Ihr fiel ein Stein vom Herzen, aber gleichzeitig war sie enttäuscht. Was war aus ihrer Liebe geworden – wollte Nikos eine Zuchtstute? Er hatte noch nie Interesse an Kindern gezeigt, nie ein Baby auf dem Schoß gehabt. Er wollte nur seine Männlichkeit beweisen und seinen Besitzanspruch auf sie besiegeln. Das wurde Joyce in diesem Moment mit absoluter Gewissheit klar. Sie war angewidert.

Dimitra legte die knotigen Hände flach auf den Tisch und beugte sich vor, bis ihr üppiger Busen an die Kante stieß. »Nikos, steigere dich nicht in deinen Zorn auf sie hinein. Mit Joyce stimmt alles. Schenk ihr deine Liebe, und sie wird dir Kinder schenken.«

Nikos seufzte. »Ich will es versuchen, *Mannamou,* aber ich weiß nicht, wie viel mein Herz noch erträgt. Bisher hatte ich Geduld mit ihr, aber es ist erniedrigend, seit zwei Jahren verheiratet zu sein und immer noch keine Kinder zu haben.«

Dimitra erhob sich und wurde mit einem Mal ärgerlich. »Ich habe genug von deinem Gewinsel. Du hast deine Ehe vor Gott und dem Gesetz geschlossen, und deine Frau ist fügsam und treu, und ich habe sie, wie du es wolltest, unter meine Fittiche genommen. Sie hat ihre Pflicht dir gegenüber immer getan, Nikos. Jetzt tu du deine.«

»Aber das habe ich!«, brach es aus Nikos heraus. »Ich habe für sie geschuftet wie ein Galeerensklave. Und sie hat die ganze Zeit unter unserem Dach gelebt und mir nichts zurückgegeben! Was schulde ich ihr noch?«

»Nichts zurückgegeben? Wie kannst du so was sagen?«, schrie Dimitra. »Sie war dir treu, hat sich tagaus, tagein abgerackert, und sie hat uns ihre Liebe geschenkt. Du hast das Ehegelübde vor Gott abgelegt und geschworen, zu ihr zu halten und ihr ein guter Mann zu sein.«

»Aber sie bricht mir das Herz, Mama. Die Leute lachen mich aus; sie sagen, ich bin impotent und stehe unter dem Pantoffel. Ein Mann kann nicht bei einer Frau bleiben, die ihm das Herz gebrochen hat!«

»Sohn«, meldete sich Petros ruhig und gelassen zu Wort, »wenn du Joyce verstößt, werde ich dich enterben. Kein Zentimeter dieses Landes wird jemals dir gehören!«

Draußen im blassen Mondlicht sank Joyce langsam auf den von der Sonne noch warmen Erdboden. Sie hockte sich auf die Fersen und lehnte den Kopf an die weiß gekalkte Hausmauer. Sie war hart und uneben, aber besänftigend warm wie Dimitras Hände.

Dimitra und Petros sind bereit, ihren Sohn für mich zu opfern, dachte sie. Und ich bin nichts als eine Betrügerin.

8

Alex ahnte nichts von den Ereignissen, die sein Leben komplizierten. Er wusste nur, dass ihm die Wartezeit bis zum Wiedersehen mit Joyce wie eine Ewigkeit vorkam. Auf Ifestia konnte man wenig tun, wenn man keine Arbeit hatte – es gab ein Fort, das man besichtigen konnte, ein paar winzige, heruntergekommene Museen, einige Ruinen. Alex hatte keine Lust mehr, am Strand zu liegen, und in den Tavernen trieben sich die feindseligen, gelangweilten Soldaten herum. Die Fischer waren zu sehr mit dem Flicken der Netze beschäftigt, um sich mit einem lästigen Touristen zu unterhalten. Seine Tante scheuchte ihn jeden Morgen aus der Bäckerei und beschwerte sich, dass ihr seine schlaksige Gestalt ständig im Weg war. Und die Fähre legte nur jeden dritten Tag im Hafen an. Er fühlte sich von der Welt abgeschnitten.

Er überlegte, was er für Joyce tun konnte. Zum ersten Mal dachte er an Verhütung und daran, dass geeignete Mittel in Griechenland praktisch nicht erhältlich waren. Er hatte ein paar Kondome von zu Hause mitgebracht – immerhin hatte er auf ein Abenteuer gehofft –, aber die würden nicht lange reichen. Ich hätte schon beim ersten Mal Präservative benutzen sollen, warf er sich vor. Er wollte auf keinen Fall, dass Joyce von ihm schwanger wurde. Er telegrafierte einem Freund in England.

SCHICK PARISER STOP VIELE STOP ERKLÄRUNG FOLGT SPÄTER STOP

Damit würde er noch monatelang aufgezogen werden, das wusste er, aber ihm fiel keine andere Lösung ein.

Den Rest der Woche vertrieb er sich die Zeit mit Lesen, langen Spaziergängen und der Suche nach einem lauschigen Versteck, in dem er mit Joyce allein sein konnte. Einmal lieh er sich das Moped seines Cousins aus und umrundete die verschlammte Mudhros-Bucht, fuhr an dem riesigen Soldtenfriedhof vorbei, dessen gepflegte Grasflächen und korrekte Reihen weißer Grabsteine auf dieser wilden, felsigen Insel fehl am Platz wirkten. Ifestia war die Hauptbasis bei dem unglückseligen Gallipoli-Feldzug von 1915 gewesen, und hier lagen achthundert Soldaten begraben, von denen viele nicht einmal alt genug geworden waren, um schon Bartwuchs zu haben. Alex hatte die Erfahrung gemacht, dass man nirgendwo in diesem Land die Verwüstungen des Krieges vergessen konnte. Überall wurde man an Tod und Hungersnöte erinnert. Verstümmelte Männer. Schwarz gewandete Witwen. Verfaulte Zähne und gebeugte Gestalten. Eine gewisse Grimmigkeit. Verlassene Dörfer, deren Bewohner nach Athen geflüchtet waren, um arbeiten und überleben zu können. Alex verglich das moderne Griechenland mit einer großen, empfindlichen Schnecke. Wann immer sie die verletzlichen, zitternden Fühler aus dem Häuschen streckte, wurde sie durch Kanonendonner oder Tyrannei erschreckt.

Er fuhr über einen schmalen, gewundenen Feldweg in Richtung Osten, bis er, den Mund trocken vom vielen Staub, in einem kleinen Dorf im Nordwesten, dem die Insel den Namen Ifestia verdankte, auf einen Kaffee hielt. Der

Name war von Hephaistos, dem Gott der Schmiede, Goldschmiede und Zimmerleute, abgeleitet. Hephaistos war für Alex immer als der düsterste der Götter erschienen, wie ein Klempner, der sich in die Ränge von Monarchen gedrängt hatte. Zeus hatte ihm Aphrodite zur Frau gegeben – ein grausamer Witz: der verschwitzte, rußverschmierte Schmied vereint mit dem Juwel des Olymp. Hephaistos war blindwütig vor Eifersucht, und das aus gutem Grund, wie die Legende erzählte. Aphrodite war angewidert von ihrem schmutzigen Gatten und liebte seinen prahlerischen Bruder, den gut aussehenden, grausamen Kriegsgott Ares.

Alex fragte sich, ob es Joyce genauso erging. Sie war mit einem griechischen Seemann verheiratet, und Alex stellte sich vor, dass Nikos ein ungebildeter, behaarter Mann mit schlechten Manieren war. Ein gemeiner Matrose, der zu den Schlägertypen gehörte, die sich in den Häfen dieser Welt herumtrieben. Ganz bestimmt möchte sie weg von ihm, dachte Alex.

In dem Dorf Ifestia standen noch die Ruinen eines Hephaistos-Tempels, und Alex wollte sie sich ansehen. Aber er fand lediglich ein paar zerfallene Säulen vor, deren Trümmer im verdorrten Gras lagen. Der Tempel wurde an der Stelle errichtet, an der der für immer erlahmte Hephaistos gelandet war, nachdem Zeus ihn aus dem Olymp gejagt hatte. Damit bestrafte Zeus seinen Sohn für das Vergehen, sich in einen Streit seiner Eltern eingemischt zu haben. Alex' Mutter hatte oft scherzhaft behauptet, dass es seither eine Strafe war, auf Ifestia leben zu müssen.

Alex ging zu Fuß um die Säulen-Reste herum und musste wieder an den Gegensatz zwischen Joyce und seiner Mutter denken: Joyce hatte auf dieser Insel Zuflucht gesucht, seine Mutter war ihr entflohen. Je länger er sich hier aufhielt, umso schwerer fiel es ihm, sich vorzustellen, dass seine Mutter auf Ifestia aufgewachsen war. Sie war inzwischen sehr englisch, eine Intellektuelle in dunkelbraunen Kostümen und mit akkurat geschnittenem schwarzem Pagenkopf. Sie schien jegliche Verbindung zu ihrem Geburtsland gekappt zu haben, nur noch das rollende »R« erinnerte an ihre Herkunft. Sie hatte beispielsweise nicht das geringste Interesse an der Natur. Ihre Leidenschaft galt den Büchern, der Geschichte und der Kunst. Sie führte ihren Beruf – den einer Dozentin für Kunstgeschichte an einem College in London – mit großer Begeisterung aus und war in den Galerien und Museen wie zu Hause. Bäume und Blumen mochte sie nur, wenn jemand sie gemalt oder aus Stein gehauen hatte. Die Wirklichkeit ließ sie kalt. Zudem stieß sie alles ab, was an das Leben in einem Dorf erinnerte: Klatsch mit freundlichen Nachbarn, Verpflichtungen den Kaufleuten gegenüber. Sie bevorzugte die Anonymität der Großstadt. Alex fragte sich, was sie wohl von Joyces Entscheidung, hier zu leben, halten würde. Würde sie Joyce einfach nur als beschränkt ansehen oder ihren Mut und ihre Klugheit erkennen, an die Alex so leidenschaftlich glaubte?

Nachdem er die Ruinen von Ifestia besichtigt hatte, stieg er wieder auf das Moped und fuhr nach Norden. Und dort, an der nördlichsten Spitze der Insel, in Plaka, fand er, wonach er suchte – den schönsten Strand von Ifestia und ein Plätzchen, an dem er Joyce lieben konnte.

Mittlerweile war der August schon vorangeschritten, und die Touristensaison auf dieser nicht sehr beliebten Insel neigte sich dem Ende zu. Die wenigen Deutschen und Skandinavier, die bis nach Ifestia vorgedrungen waren, hatten ihre Sachen zusammengepackt und waren mit ihren Wohnmobilen abgereist. Die Campingplätze waren leer, nur hin und wieder stand ein einsamer Wagen oder ein Zelt da, als hätte ein Zirkus sie vergessen. Alex stellte sein Moped ab und ging über den weißen Sand zum Wasser, eine leichte Brise fuhr ihm durchs Haar. Das Meer war plötzlich voll mit Quallen, die sich umsichtigerweise zurückgezogen hatten, solange sich die Urlauber am Strand vergnügt hatten. Alex sah, wie sich die durchsichtigen oder rosa gefärbten Tiere auf und ab bewegten. Sie sahen aus wie dicke kleine Kinderschirme. Ein paar Fischer schlugen Oktopusse unablässig gegen einen Felsen, um ihr Fleisch weich zu machen, dann schrubbten sie die harten Saugnäpfe ab, bis der Felsen ganz mit einem rosa Schaum bedeckt war. Ansonsten war der Strand menschenleer. Das ist perfekt für uns, dachte Alex. Kilometerweit weg von Kastron und den Menschen, die Joyce kennen. Sanddünen, die uns vor neugierigen Blicken abschirmen. Hier können wir uns stundenlang lieben und uns im Meer waschen. Das einzige Problem war, wie sie herkommen sollten – Alex' Cousin würde ihm das Moped kaum jeden Tag ausborgen. Er dachte an die restlichen Travellerschecks, die er in der Schublade im Haus seiner Tante aufbewahrte. Vielleicht konnte er sich ein gebrauchtes Moped kaufen und es vor seiner Abreise wieder verscherbeln. Dann hatte er zwar kaum noch Geld, aber er würde schon zurechtkommen. Ich bin nicht wirklich frei, sagte er sich, trotz allem, was ich zu Joyce gesagt habe. Ich bin zu arm, um frei zu sein.

Alex hätte eigentlich schon auf der Rückreise nach England sein oder sich einen Job suchen sollen. Seine Eltern hatten ihm unmissverständlich klar gemacht, dass sie ihn jetzt, da er sein Studium beendet hatte, nicht mehr unterstützen würden. Sein letzter Plan war, nach Athen zu fahren und sich dort als Englischlehrer zu verdingen, bis er entschieden hatte, was er mit seinem Leben anfangen wollte. Er hatte in Erwägung gezogen, eines Tages noch einmal die Universität zu besuchen und Professor der Politikwissenschaften zu werden. Oder er könnte einige Verbindungen, die er in der Studentenzeit geknüpft hatte, nützen und eine Position als Auslandskorrespondent anstreben. Was immer er auch machte, er wollte in Griechenland leben.

Aber im Moment war er viel zu bezaubert, um sich mit etwas anderem zu beschäftigen als mit der Gegenwart, und sein einziger Job war, ein Liebhaber zu sein. Er konnte nur daran denken, wie er Joyce ausziehen und sie so lieben würde, wie er noch nie jemanden geliebt hatte. Jeder einzelne Gedanke endete bei Joyce. Ob ihr dieser Strand gefiel? Durfte er ihr dieses Schmuckstück schenken? Was würde in ihrem Kopf vorgehen, wenn er ihr dieses Dorf oder jenes Fleckchen zeigte? All seine inneren Monologe führte er mit ihr. Er versuchte, seine Umgebung mit ihren Augen zu sehen.

Er ging zurück, stieg auf das Moped und fuhr zu seiner Tante. Sein ganzer Körper brannte vor Ungeduld.

Alex' Tante war eine kleine, hagere Frau, die seit dem Tod ihres Mannes vor fünf Jahren die Bäckerei ganz allein führte. Wie alle Ladenbesitzer war sie an ihre Arbeit gekettet und konnte nur selten einmal am Nachmittag ihr Geschäft verlassen. Die Plackerei hatte sie zu einer tüchtigen, aber auch verdrießlichen Frau gemacht. Ihr Laden bestand aus zwei Räumen mit offener Tür dazwischen, an der ein klimpernder Perlenvorhang hing. Im Hinterzimmer stand der *Fourno,* ein großer Backofen, in den sie mindestens hundert Laib Brot am Tag schob. Im vorderen Raum befanden sich die Ladentheke und eine Reihe schiefer Holzregale, auf denen die Brote lagen.

Alex hatte den Versuch gemacht, seiner Tante in der Bäckerei zu helfen – er hatte ein schlechtes Gewissen, wenn er tatenlos herumlungerte, während seine Tante so hart arbeitete –, aber sie hatte ihn weggeschickt. »Du bist tollpatschig wie ein Ziegenbock«, sagte sie, als er die Laibe aus dem Ofen nehmen oder den großen Teigklumpen durchkneten wollte, den sie immer in einem Trog hatte. »Du bist der Sohn deiner Mutter – du mit deinen Büchern und den dürren Armen. Geh, stopf Wörter in deinen Kopf und lass deine alte Tante in Frieden.«

Eugenia mochte Alex. Sie selbst hatte nur Töchter, und die Jungs, die sie als Gehilfen anstellte, waren träge oder aufsässig. Es gefiel ihr, den gewissenhaften, gescheiten Alex bei sich zu haben, auch wenn er dünn war wie ein Rebstock. Sie mochte seine guten Manieren – er war immer höflich, wenn auch ein wenig unbeholfen – und seine gewählte Ausdrucksweise. Es imponierte ihr, dass er sich die Mühe gemacht hatte, Griechisch zu lernen, obwohl seine Mutter nach ihrer Heirat nie wieder in die Heimat zurückgekehrt war. Sogar sein englisches Verhalten – dass er heikel in den *Kalamaristücken* herumpickte, und die linkische und zurückhaltende Art, mit der er sich im Haus bewegte – war ihr lieb geworden.

Manchmal, wenn sie abends spät beim Essen saßen, musterte Eugenia Alex über den Tisch hinweg und versuchte, ihre ältere Schwester in ihm zu erkennen. Allerdings war er so groß und blond, dass sie kaum Ähnlichkeiten fand. Vielleicht in dem dunklen Blau seiner Augen oder in der Weise, wie er den Kopf drehte. Im Großen und Ganzen schienen die runden, olivfarbenen Gesichtszüge ihrer Schwester jedoch den angelsächsischen Erbanlagen von Alex' Vater unterlegen gewesen zu sein.

Eugenia hatte Alex' Vater nur einmal gesehen, als er nach Ifestia gekommen war, um Irini zu heiraten und mitzunehmen, und er hatte sie nicht sehr beeindruckt. Im Vergleich zu griechischen Männern wirkte er leblos und blass, als wäre das Feuer in seinem Blut längst zu Asche niedergebrannt. Obschon er kein Neugriechisch sprach, konnte sie sehen, dass er ein gebildeter Mann, ein Intellektueller war. Eugenia wusste, dass so was ihrer Schwester gefiel.

Irini hatte ihre Nase immer schon in Bücher gesteckt. Sie wurde zwar wie alle Griechinnen dazu erzogen, eines Tages Ehefrau und Mutter zu sein, zeigte jedoch bemerkenswert wenig Interesse an Romanzen und den jungen Männern aus dem Dorf. Während sich Eugenia für den Maitanz Blumen ins Haar flocht, brütete Irini über Büchern. Wenn die Mütter von Jungs kamen, um ein wenig herumzuschnüffeln und mehr über die großzügige Mitgift der Schwestern zu erfahren – ihre Eltern waren für die Verhältnisse auf der Insel ziemlich wohlhabend –, weigerte sich Irini, ihren Charme an sie zu verschwenden oder nach den Besuchen auch nur über die Frauen zu klatschen. Irgendwie konnte sie ihre Eltern überreden, sie mit nach Thessaloniki zu nehmen, damit sie sich in Museen umschauen konnte, ehe sie lebend in einer griechischen Ehe begraben wurde. Und dort begegnete sie ihrem Retter.

Eugenia war keineswegs überrascht, dass sich Irini nach dieser Vorgeschichte nie wieder zu Hause hatte blicken lassen. Ihre Eltern waren mittlerweile verstorben, die Brüder mit ihren eigenen Rückschlägen und Abenteuern beschäftigt. Und Irini hatte nie so richtig in die griechische Gesellschaft gepasst. Sie war für Mutter und Vater ein Rätsel, auch wenn beide sehr stolz auf ihre Intelligenz waren, und die jungen Leute von Kastron konnten Irini nicht leiden. Die Jungs hielten sie für eingebildet, die Mädchen fanden sie langweilig. Sie wäre todunglücklich geworden, wenn sie den alten Kaufmann, den man für sie ausgewählt hatte, geheiratet hätte. Ihre Flucht war ein Segen für alle gewesen.

Trotzdem vermisste Eugenia ihre Schwester. Auch wenn ihr die Bäckerei Gelegenheit gab, mit fast allen Dorfbewohnern hie und da ein Schwätzchen zu halten, fühlte sie sich einsam. Sie hatte nicht die Zeit, lange, ausschweifende Gespräche zu führen, die Intimität schufen. Ihre einzige ständige Gesellschaft seit Irinis Hochzeit waren ihr inzwischen verschiedener Mann und ihre Töchter gewesen, die jetzt aber alle verheiratet und weggezogen waren. Ihr Gesellschaftsleben in der letzten Zeit bestand nur noch aus alltäglichen Höflichkeiten und dem Austausch von winzigen Klatschgeschichten. Deshalb war Alex mit seiner Gesprächsbereitschaft und seiner schier endlosen freien Zeit für sie eine willkommene Abwechslung vom täglichen Einerlei.

Alex wäre überrascht, wenn sie ihm das sagen würde. In seinen Augen war Tante Eugenia so schroff und barsch wie seine Mutter sanft und gutherzig. Seine Mutter hatte ihn immer irgendwie an einen geistesabwesenden Maulwurf erinnert: geschmeidig, etwas plump und abgelenkt, aber immer bereit zu einer Umarmung. Seine Tante war eher wie eine Wasserratte. Klein und dürr, Haar und Augen glänzend schwarz, ein dunkles Bärtchen auf der Oberlippe und ein ovales Gesicht, das leicht mürrisch wirkte. Wenn sie überhaupt Zuneigung zu Alex empfand, dann zeigte sie sie nur in Tadeln und Ärger. Er konnte das Gefühl nicht abschütteln, dass es ihr gar nicht recht war, ihn hier zu haben.

Aber sie tratschte gern über die Familien von Kastron, das hatte er mittlerweile entdeckt. Als er von seinem Ausflug mit dem Moped zurückkam, horchte er sie ein bisschen aus. »Ich hab gehört, hier lebt ein amerikanisches Mädchen«, sagte er und lehnte sich an die Tür, während seine Tante mit einem lagen Reisigbesen die Bäckerei ausfegte. »Sie soll mit jemandem von der Insel verheiratet sein. Stimmt das?«

Eugenia stocherte mit dem Besen zwischen seinen Füßen herum. »Geh mir gefälligst aus dem Weg. Ja, das stimmt«, sagte sie und schüttelte missbilligend den Kopf. »Sie ist, glaube ich, vor zwei Jahren hergekommen; dieser Tunichtgut Nikos hat sie hergebracht. Gott helfe diesem Mädchen. Sie hat ihm noch keine Kinder geboren. Er wird sie früher oder später wegwerfen wie einen alten Lumpen.«

Alex sprang zurück; er sagte eine ganze Weile nichts, weil er Angst hatte, sein Tonfall könnte ihn verraten. Doch schließlich meinte er: »Ich frage mich, wie es für eine Amerikanerin ist, hier zu leben. Hat sie irgendwelche Freundinnen? Wird sie von den Frauen akzeptiert?«

Eugenia grunzte. »Eine verheiratete Frau ohne Kinder ist weder ein Mädchen noch eine Frau, kein Kind und keine Mutter, Alexi. Sie fällt durchs Raster.« Sie schüttelte den Kopf, schnalzte mit der Zunge und schob Alex wieder resolut aus dem Weg. »Sie hat ein paar Freundinnen, ja. Marina Benaki, diese junge Göre vom Festland – sie hat einen schlechten Einfluss, wenn du mich fragst. Ich sehe die beiden manchmal zusammen. Es gibt vielleicht noch ein oder zwei andere. Aber die meisten jungen Frauen sind misstrauisch *Kyria* Nikos gegenüber. Sie sagen, sie hat einen unverschämten Blick, und sie sieht die Männer an wie eine Prostituierte. Sie glauben, dass sie ihnen die Männer stehlen wird, diese dummen Gänse! Die Wahrheit ist, dass sie Angst vor ausländischen Mädchen und ihrer lockeren Moral haben. Und sie sind neidisch.«

Alex dachte an Joyce, wie er sie zuletzt gesehen hatte, wie sie mit gesenktem Blick über den Marktplatz gegangen war. An den Tag, an dem er sie vor den Soldaten beschützt hatte. Sie kann nicht gewinnen, dachte er. Feinde umzingeln sie von allen Seiten.

»Warum sind sie neidisch?«, wollte er wissen. »Weil sie ...« Er wollte »schön ist«, sagen, hielt sich aber zurück. »Weil sie Amerikanerin ist und sie sie für reich halten?«

Seine Tante kicherte, gab ihm jedoch keine Antwort.

Später am Abend ging Alex in ein *Kaphenion* am Meer. Er suchte Gesellschaft zum Reden und Rauchen – ein paar *Ouzo,* ein paar Debatten. Er ging mit seinen Cousins, den Söhnen seiner Onkel. Sie waren fast alle Fischer und brauchten Alkohol, um sich nach einem langen Tag auf dem Meer die Bäuche zu wärmen. Sie schielten auf die Frauen, die vorbeigingen, machten Bemerkungen über sie, und Alex sah auch hin. Viele griechische Frauen sind hübsch, dachte er. Diese dunklen Augen und die schwarzen Augenbrauen. Die kräftigen Beine. Einige hatten helleres Haar und blitzende grüne Augen. Aber sein Interesse war geheuchelt. Er hatte nur Joyce im Kopf. Sie war wie ein Wesen aus einer Welt, die er nicht kannte. Halb aus der neuen, halb aus der alten. Naiv und doch gescheit. Unwissend und doch weise.

Wie sollte er bis Sonntag durchhalten?

Nikos blieb bei seiner Haltung. Er rührte Joyce nicht an, als sie zusammen im Bett lagen. Er war noch immer zornig auf sie, weil sie sich, wie er es sah, weigerte, ihm Kinder zu schenken und die gebührende Unterwürfigkeit zu erweisen. Seine Blicke verfolgten sie – anklagende, selbstmitleidige Blicke. Und seinen Eltern zum Trotz redete er unaufhörlich von dem Sohn, den er sich wünschte – absichtlich laut, sodass Joyce alles mitanhören musste.

Er wartete darauf, dass Joyce ihn anflehte, das wusste sie. Dass sie ihn um Vergebung dafür bat, weil sie ihm noch keine Kinder geboren hatte, und dass sie ihn ins Bett einlud. Dass sie sich vor ihm in den Staub warf. Sie wünschte, sie könnte das alles tun. Sie sehnte sich, die glatten Muskeln seines Körpers zu berühren; sie sehnte sich nach der Verehrung, mit der er sie immer behandelte, und der Geborgenheit, die sie gespürt hatte. Vor allem anderen wünschte sie sich, sicher sein zu können, dass sie noch einen Platz hier bei Dimitra und Petros hatte, in dieser griechischen Familie, in der sie gebraucht wurde. Aber jedes Mal wenn sie versuchte, sich zu überwinden, ihm nachzugehen und sich in seine Arme zu werfen, wandte sie sich unwillkürlich von ihm ab. Ihr Stolz ließ es nicht zu, sich derart zu erniedrigen. Sie war zu modern, zu trotzig. Deshalb zog sie sich von Nikos zurück, obwohl sie am liebsten nah bei ihm gewesen wäre – sie war stur, ärgerlich und hatte Angst, dass er etwas von Alex wissen oder erfahren könnte.

Nikos verlor kein Wort darüber, wie lange er zu Hause bleiben würde. Noch einen Tag, eine Woche, einen Monat? Er lehnte es ab, darüber zu sprechen. Wütend über Joyces Halsstarrigkeit machte er es sich zur Gewohnheit, nach Kastron zu gehen, um seine alten Freunde aufzusuchen, mit ihnen zu trinken und zusammenzusitzen. Er kam spät nach Hause, missgelaunt und voller Selbstmitleid. Er schlief unten auf den türkischen Kissen seiner Großmutter. Seine Mutter wurde immer wortkarger – sie hatte es satt, ihn auszuschelten. Sein Vater kam kaum noch ins Haus.

Jede Nacht lag Joyce im Bett und lauschte. Warum konnte er seinen albernen Stolz nicht überwinden und zu ihr kommen? Monatelang hatte sie in diesem Bett gelegen, ihn vermisst, sich gewünscht, seine Schritte zu hören und seine Zärtlichkeiten zu spüren. Jetzt war er da, gerade, als sie ihn am meisten brauchte – um ihre Ehe zu kitten und ihr das Verlangen nach Alex auszutreiben –, aber er kam nicht zu ihr. Diese Zeitverschwendung machte sie zornig.

Am Sonntag scheuchte Dimitra Joyce noch früher als sonst zur Kirche. »Du musst für meinen Sohn beten«, sagte sie und hängte sich an Joyces Arm, als sie gingen. »Du musst die Jungfrau um Hilfe bitten, damit er dir vergibt. Sie war um ein Stück kleiner als Joyce, sie hatte einen massigen Busen und einen großen Bauch, aber drahtige, muskulöse Beine, und normalerweise schritt sie energisch aus wie eine viel beschäftigte Frau. Aber heute schien sie sich dahinzuschleppen und stützte sich so schwer auf Joyce, als wäre sie richtig alt. Joyce hatte sie nie so schwach erlebt.

Joyce richtete den Blick auf den Boden; sie fühlte sich wie eine Heuchlerin. Bis dahin hatte sie nicht einmal einen Gedanken für Nikos übrig gehabt, sondern nur an Alex gedacht und daran, ob sie ihn nach der Kirche aufsuchen oder ihm lieber für immer aus dem Weg gehen sollte. In den letzten Tagen wandte sich ihr Herz unkontrollierbar einmal Nikos, dann wieder Alex zu. Sie war böse auf sich selbst. Ihre Täuschungen wurden immer schlimmer, größer und bedeckten sie wie eine dicke Schlammschicht.

Bevor sie den Stadtrand erreichten, blieb sie stehen. »Mama«, sagte sie. »Ich möchte dir dafür danken, dass du mich vor Nikos verteidigt hast. Ich weiß, was er über mich gesagt hat.«

»Bah«, machte Dimitra. »Ein leeres Fass macht viel Lärm. Es war nur das dumme Geschwätz eines jungen Mannes. Wir werden die Heiligen bitten, ihm ein bisschen Verstand einzutrichtern.«

»Aber er ist dein Sohn. Er muss an erster Stelle stehen. Mir ist das bewusst.«

Dimitra schüttelte den Kopf; sie hatte das schwarze Kopftuch fest um Haare und Hals gebunden, ihr Gesicht darunter war eckig und faltig.

»Ja, er muss an erster Stelle stehen, Kleines. Ich weiß das auch, aber mein Kummer ist, dass ich es nicht von Herzen fühle.« Sie hielt inne und sah mit einem schmerzerfüllten Blick zu Joyce auf. »Du hast mir mehr Liebe gegeben, als ich jemals von meinem Sohn bekommen habe. Für ihn war ich immer wie ein Berg. Er konnte aufsteigen und sich an den Quellen laben, aber er hat nie etwas zurückgegeben. Sein ganzes Leben hat er von mir genommen – ohne Dank. Ja, wie du gesagt hast, es ist meine Pflicht, ihn an die erste Stelle zu setzen. Aber ist das auch richtig, *Koroulamou?* Deshalb muss ich heute zur Jungfrau Maria beten – ich möchte sie um Beistand und um Führung bitten.«

Sie gingen wieder ein paar Schritte, beide mit gesenkten, mit Tüchern bedeckten Köpfen; ihre schwarzen Schuhe schlurften über die staubigen Steine. Dimitras Worte hatten

Joyce tief bewegt – die Liebe und das Vertrauen, das sie ausdrückten –, aber sie fühlte sich auch gedemütigt. Dimitra hielt sie für eine treue Ehefrau, für eine gehorsame Schwiegertochter, für eine gottergebene Christin – das alles war sie nicht. Die Worte der englischen Mädchen hallten ihr in den Ohren wider und versetzten ihr so lange Stiche, bis sie allein die Idee, die Kirche zu betreten, mit Abscheu erfüllte. Sarah hatte Recht, dachte sie, ich kann nicht weiter lügen.

»Mama?«, sagte sie, als sie das Portal zur Kirche erreichten. »Mama, ich kann heute nicht mit hineingehen.«

»Was?« Dimitras Kopf zuckte überrascht hoch. »Ausgerechnet heute? Du musst die Jungfrau Maria um Hilfe anflehen wegen deines Mannes.«

»Nein. Ich erkläre dir später alles, ganz bestimmt, aber ich muss ...« Sie suchte nach einer Begründung, die Dimitra verstehen würde. »Ich muss zuerst in mein Herz schauen. Ich brauche Zeit zum Nachdenken.«

Dimitra umklammerte Joyces Arm und bohrte die Finger in ihre Haut. »Du beileidigst die Heiligen!«, rief sie aus. »Mit dieser Überheblichkeit bringst du schreckliches Unheil über dich. Komm wenigstens später zum Beten her. Versprich mir das.«

»Das kann ich nicht versprechen. Ich weiß es einfach nicht.« Joyce erwiderte standhaft Dimitras Blick, und schließlich ließ die alte Frau sie los.

»Dann mach das mit Gott allein aus«, murmelte Dimitra unzufrieden. Sie kehrte Joyce den breiten Rücken zu und schlurfte in die Kirche.

Joyce blieb stehen, bis Dimitra von dem dunklen Kirchenraum verschluckt wurde, und rieb sich den schmerzenden Arm. Sie war erstaunt, weil ihre Schwiegermutter so bereitwillig nachgegeben hatte – sie hatte mit Gezeter und Geschrei gerechnet.

Je scheußlicher Nikos sich mir gegenüber verhält, umso freundlicher wird seine Mutter.

Da Joyce ausgemacht hatte, Alex erst nach der Kirche zu treffen, hatte sie noch etwas Zeit für sich. Sie vermied den Marktplatz und die *Kaphenia* am Ufer, wo die Fischer und Soldaten sie belästigen würden oder vielleicht sogar Nikos sie sehen konnte. Sie benutzte einen schmalen Weg, der auf den Hügel führte, ging an den schäbigen Bauernhütten und den ältesten Steinhäusern, die noch aus dem Osmanischen Reich erhalten waren, vorbei zu den zerklüfteten grauen Felsen, die die Stadt überragten. Sie wollte diese Zeit nutzen, um nachzudenken und zu entscheiden, wie sie ihre Lügen und Täuschungen beenden konnte, aber ihr Inneres war so in Aufruhr, dass sie keinen Gedanken lange verfolgen konnte. Schuld ist eine schlüpfrige Sache, das lernte sie an diesem Tag, sie gleitet einem jedes Mal, wenn man sie fassen will, durch die Finger wie ein Aal.

Joyce ging nicht aus dem Kopf, was sie Nikos antat. Sie wusste, dass sie ihn tödlich verletzte. Er wollte ihre Liebe, er schmachtete danach, auch wenn er sie nur zu seinen eigenen Bedingungen annehmen würde. Er warf ihr immer wieder flehentliche Blicke zu wie ein Hund, der um einen Fleischbrocken bettelte. Seine Eltern waren sein Benehmen leid, und er schlich nur noch im Haus herum wie ein Ausgestoßener, als hätte Joyce ihn vom Thron gestoßen – als wäre sie das leibliche Kind geworden und er zu einem angeheirateten Verwandten. Warum konnte sie ihm nicht einfach geben, was er wollte? Wieso brachte sie die Sache nicht hinter sich und wurde wieder die gute griechische Ehefrau? War es wirklich nur ihr Stolz, der sie davon abhielt, sich zu unterwerfen? Oder lag es an ihrem Verlangen nach Alex? Welche Gründe sie auch immer hatte, sie spürte, dass sie Nikos, vielleicht seine ganze Familie mit ihrer Sturheit zerstörte, und die Gewissensbisse quälten sie.

Obwohl sie die Gedanken daran schier umbrachten, war sie hier, um Alex in ein paar Minuten zu treffen. Ihr war bewusst, dass sie etwas Falsches tat, aber sie konnte nicht anders. Ihr Hunger nach Alex schien immun zu sein gegen die Diktate der Pflicht und des Anstandes. Sein Körper, seine Leidenschaft, seine Verbindung zum modernen Leben – das alles berauschte sie sogar noch, während sie vor Kummer wegen Nikos fast verging. Ihr Begehren nach Alex schien mit der Liebe zu ihrem Mann verwoben zu sein wie die Venen und Arterien des Herzens.

Joyce setzte sich, müde von all den inneren Kämpfen, nahm das Kopftuch ab, lehnte den Rücken an einen Felsen und sah hinunter auf die Stadt. Die erdbraunen Dächer bildeten ein fröhliches Fleckenmuster, die weißen Mauern dazwischen stachen darunter hervor wie Schneewehen. Fischerboote scharten sich im Bootshafen wie ein Insektenschwarm. Und dahinter schimmerte das Meer in der hellen Morgensonne – blau wie Alex' Augen – und erstreckte sich bis zu den Kykladen, nach Kreta, Afrika ... bis zu der großen weiten Welt, die Joyce nie gesehen hatte.

Sie schloss geblendet die Augen. Was brachte sie dazu, so rückhaltlos an Alex zu glauben? Sie kannte ihn kaum. Er könnte genauso sein wie Nikos, dominant, launenhaft – sie wäre eine Närrin, wenn sie auf das, was er sagte, vertrauen würde. Andererseits konnte sie auch sich selbst nicht trauen. Sie war argwöhnisch geworden, was ihre Gefühl betraf.

Ihr Herz erschien ihr dumm, ungebildet, wie das des naiven jungen Mädchens, das sie vor zwei Jahren gewesen war. Nikos mochte sich ihr gegenüber verändert haben, aber ihr eigenes Herz war der größte Betrüger.

Sie öffnete die Augen und blinzelte in die Sonne. Es war die Zeit, die sie und Alex vereinbart hatten. Sie würde heute mit ihm Schluss machen, das nahm sie sich fest vor – es war ihre einzige Entschuldigung, ihn wiederzusehen. Sie wollte dieses Elend beenden und sich selbst an Nikos zurückgeben, an Dimitra und die Familie, die sie liebte. Und sie musste wieder die aufrichtige Frau werden, die sie sein wollte.

Sie stand auf, band ihr Kopftuch wieder um, um ihr auffallend blondes Haar zu verbergen, und klopfte den Staub aus ihrem Rock. Sie hatte für heute den hübschesten ausgesucht – sie wollte ihren Liebhaber reizen, obwohl sie entschlossen war, ihn zurückzuweisen. Es war ein dunkelgelber, wadenlanger Rock, aber schmal in der Taille. Dazu trug sie eine schlichte weiße Bluse und ein weißes Kopftuch. Das Haar darunter hatte sie im Nacken zusammengebunden.

Alex war schon am Treffpunkt und ging auf und ab. Er war schon den ganzen Morgen hier.

Sie wechselten einen Blick, aber es waren Leute in der Nähe, die von der Kirche kamen, also drehten sich beide um und gingen weiter, als würden sie sich nicht kennen. Einige Zeit setzten sie ihren Weg fort – Joyce ging mit schwingendem Rock voraus; Alex hinter ihr versuchte, sein Verlangen zu verbergen, während er sie beobachtete. Endlich, als sie die verdorrte Wiese über der Stadt erreicht hatten und die anderen Leute in ihren Häusern verschwunden waren, holte Alex sie ein. »Geh mir nach«, flüsterte er und führte sie eine steinige Böschung hinauf und hinter einen leeren Schafspferch, wo sie vor den Blicken anderer abgeschirmt waren.

Dort stand ein großes, leuchtend rotes Moped.

»Ist das deins?«, fragte Joyce.

Alex nickte. »Es gehört jetzt mir. Ich habe es für uns angeschafft. Es ist unser Fluchtfahrzeug. So können wir aus der Stadt und außer Sicht verschwinden.«

»Aber ...«

»Kein Aber.« Er trat zu ihr und legte sanft den Finger auf ihre Lippen. »Kein Aber – bitte. Es war nicht leicht, das Moped zu bekommen. Ich habe alles genau geplant und einen Platz gefunden, an dem uns niemand sehen kann.«

Joyce nickte. Genau das wollte sie.

Die Fahrt war wie eine Reinigung des Geistes für Joyce. Sie saß hinter Alex, hatte die Arme um seine Taille geschlungen, der Wind zerrte an ihrem Kopftuch – sie verspürte eine so übermächtige Heiterkeit, dass es ihr ganz egal war, ob sie von einem Bekannten gesehen wurde. Sie war ohnehin kurz davor, Alex zu verlieren – was spielte es dann noch für eine Rolle? »Zur Hölle mit ihnen allen!«, schrie sie in den Wind und erschreckte Alex. Sie schmiegte sich an seinen knochigen Rücken und warf trotzig ihren Kopf zurück.

Plaka war zu weit weg, deshalb hatte er sich für Keros an der Ostküste entschieden. Dort war auch ein langer Strand mit schützenden Sanddünen. Alex stellte das Moped ab, schulterte seinen Rucksack, in den er ein Picknick gepackt hatte, und nahm Joyces Hand. Sie folgte ihm ohne Umschweife und war bereit, ihren Willen aufzugeben, wie sie es auf der Fahrt getan hatte. Sich treiben zu lassen und keine Entscheidungen zu treffen. Doch dann nahm sie sich zusammen. Sie hatte gerade erst diesem Leichtsinn abgeschworen.

Alex zog sie hinter eine Düne, breitete ein Leintuch aus, das er zusammengefaltet im Rucksack hergebracht hatte, und lud sie ein, sich hinzusetzen. »Ich habe ein Picknick dabei und alles, was wir brauchen«, erklärte er schüchtern. »Wir sind hier ganz allein. Wir sind in Sicherheit, meinst du nicht?«

Joyce zuckte mit den Schultern, riss sich das Tuch vom Kopf und legte sich hin. Sie verschränkte die Arme hinter dem Kopf, ihr gelber Rock breitete sich um sie aus wie Blütenblätter einer Osterglocke. »Frag mich nicht, was ich denke«, sagte sie und schloss die Augen. »Ich weiß nicht mehr, was ich von irgendetwas halten soll.«

»Nicht einmal von mir?« Er beugte sich über sie und überschattete ihr Gesicht.

»Besonders nicht von dir.«

Alex blickte auf sie hinunter. Ihre Augen waren noch immer zu, die Wimpern bildeten Fächer auf den Wangenknochen. Ihre Lippen waren fein geschwungen, aber blass, die Stirn glatt und unberührt von ihren Erfahrungen. Ihre Haut schimmerte wie geschmolzene, goldbraune Butter.

»Darf ich dich küssen?«, fragte er heiser.

Sie öffnete die Augen. »Ich habe dir so viel zu sagen.«

Fast eine Woche hatte sich Alex diese Szene vorgestellt. Eigentlich sollte er sie jetzt ausziehen und sie mit all der angestauten Begierde lieben, aber sie hatte das Drehbuch umgeschrieben. Er schluckte schwer, zog sich etwas von ihr zurück und stützte sich auf die Ellbogen. Er wollte sie so sehr, dass er am ganzen Körper zitterte.

»Ich höre«, sagte er mit tiefer, gepresster Stimme. »Rede.«

Aber Joyce sagte nichts. Sie öffnete langsam die Lider und sah ihn an. Sein langes, rötliches Gesicht, die blauen Augen. Das helle Haar. Vielleicht erlebte sie nie wieder eine solche Leidenschaft. Vielleicht war dies das letzte Mal mit einem anderen Mann als Nikos. Was für einen Unterschied machte schon ein zweites Schäferstündchen mit Alex?

»Nimm mich zuerst«, sagte sie und schaute ihm direkt in die Augen.

Warum habe ich das so ausgedrückt?, wunderte sie sich, als er ihr die Bluse aufknöpfte. Bin ich immer noch so entschlossen, meinen Willen aufzugeben?

Alex war nicht mehr so unsicher wie beim ersten Mal. Bei den ersten Begegnungen ist man oft ungeschickt und scheu, und die Leidenschaft wächst, statt zu schwinden, wenn man den Körper der neuen Geliebten besser kennt. Außerdem hatte Alex Joyce in seiner Fantasie so oft geliebt, dass er genau wusste, was er machen wollte. Er zog ihr die Bluse aus und hakte den BH auf, nahm ihn vorsichtig, als wäre er eine Eierschale von ihren Brüsten, dann legte er sie sanft zurück auf das Laken. Er küsste zart ihre Brüste und stöhnte. Dann zog er ihr den langen Rock und das Höschen aus – jetzt lag sie nackt vor ihm. »Diesmal habe ich Kondome dabei«, murmelte er, und sie nickte.

»Gut.«

Er entledigte sich seiner Kleider, beugte sich über sie, und schob die Hände unter ihre Hüften. Sie wölbte sich ihm entgegen und spürte, wie sich die Meeresbrise mit seinen Liebkosungen vermischte – mit der Berührung seiner Hände, seiner Lippen. Es war, als würde noch etwas Zarteres über ihre Haut streichen wie die Küsse eines Geistes, als hätte sie gleichzeitig zwei Liebhaber.

Sie liebten sich heftig und wild. Für Joyce hatte es den Beigeschmack des Abschieds, und das machte sie so leichtsinnig und hemmungslos, dass sie Freudenschreie ausstieß. Für Alex war es alles, was er sich erträumt hatte, und es schürte seine Besessenheit noch mehr an.

Danach legte sie den Kopf auf seine Brust, und der Wind kitzelte ihre Haut. »Alex, was ist Freiheit für dich?«, fragte sie.

Die Frage schreckte ihn auf. Dann lachte er. »Ist das deine Vorstellung von einer postkoitalen Unterhaltung?«

Joyce verstand ihn nicht. »Ich meine es ernst. Die englischen Mädchen, die mich letzte Woche besucht haben, sagten, man könnte sich nie frei fühlen, wenn man die Leute, die man liebt, hintergeht.«

»Oh, ich verstehe, worauf du hinauswillst. Du hintergehst deine Familie mit mir, das meinst du, ja?«

Joyce rückte von ihm ab und lag mit gespreizten Beinen auf dem Laken. Eine andere Art von Freiheit, die eine Frau nur selten hat – einfach nur mit gespreizten Beinen daliegen, ohne Scham und Hemmungen.

»Ja, irgendwie schon. Aber es ist mir ernst. Ich möchte wissen, was für dich Freiheit ist.«

Alex dachte nach, aber in diesem Augenblick hatte er keinen klaren Verstand. Er fühlte sich schwerelos, ausgelaugt und doch erfüllt – sein Kopf schwirrte vor Befriedigung. Und die Sonne schien ihm direkt in die hellen Augen.

»Freiheit ...«, begann er bedächtig. »Ich nehme an, man ist frei, wenn man tun kann, was einen glücklich macht.«

»Dachte ich mir doch, dass du das sagst.«

Alex setzte sich auf und musterte sie. Ihr langer, schmaler Körper war weiß, die Sonne hatte nur das Gesicht, den Hals und die Arme gebräunt. Die Bräune an den Füßen sah aus wie Socken. Ihre Brustwarzen waren wie rosa Blüten auf weißen Kissen. Unter seinem Blick drückte sie die Beine zusammen. Die Augen eines Mannes raubten ihr diese Freiheit.

»Was soll das heißen?«, wollte er wissen.

»Deine Definition von Freiheit ist typisch männlich. Tu, was du willst, und zur Hölle mit allen anderen.«

»O nein! Das wollte ich damit nicht sagen. Ich meine natürlich: Tun, was man möchte, ohne jemand anderem Schaden zuzufügen. Ich stimme deinen englischen Feundinnen zu. Wenn man ein schlechtes Gewissen hat, kann man sich nicht frei fühlen. Freiheit sollte nie auf Kosten eines anderen Menschen gehen. Was ist falsch daran?« Er schwieg – die Antworten auf diese Frage wirbelten ihm bereits durch den Kopf. »Warum wolltest du das wissen?«, erkundigte er sich unbehaglich. »Was ist Freiheit für dich?«

»Oh ...« Joyce streckte sich und gähnte, die Schweißtropfen an den blonden Härchen unter ihren Armen bebten im Wind. »Im Augenblick glaube ich, ich wäre frei, wenn ich mich ... sicher fühlen würde.« Sie schenkte ihm ein mattes Lächeln. »Ich fühle mich zur Zeit nicht sehr sicher.«

»Warum nicht?« Alex blinzelte.

»O Alex. Es ist alles so schrecklich und durcheinander.« Sie setzte sich auf, kreuzte die Beine und zog keusch den Rock über ihren Schoß. »Kann ich was zu essen haben?«, fragte sie wehmütig.

»Natürlich.« Alex öffnete seinen Rucksack und richtete das Picknick her wie schon einmal. Frisches Brot von seiner Tante, Oliven, gefüllte Weinblätter, Ziegenkäse, *Retsina*. Dann reichte er ihr scheu ein Bündel. »Für dich.«

»Für mich?« Joyce war überrascht. Das Bündel war in ein dünnes weißes Handtuch gewickelt. Sie knotete es auf. Darin waren ein Bikini, Shampoo und ein Kamm.

»So können wir alle Spuren von uns waschen«, sagte er und wurde rot.

»Alex, du bist süß.« Joyce zog das Bikinioberteil an. Es war zu groß, aber beide vermieden taktvoll, darauf hinzuweisen.

Jetzt, da sie halb angezogen war, hatte Alex das Gefühl, sich auch bedecken zu müssen. Er zog mit einem schiefen Grinsen seine Badehose an. Sein langer Rücken krümmte sich, als er sich im Schneidersitz niederließ, die Rippen rechts und links von seinem festen, muskulösen Bauch waren sichtbar, sein Po war stramm und klein. Joyce betrachtete ihn. Sie mochte Männerkörper. In Florida hatte sie das noch nicht gewusst – damals war sie noch Jungfrau und unerweckt gewesen. Jetzt konnte sie einen Männerkörper abschätzen wie eine erfahrene Liebhaberin.

Er reichte ihr den Wein, und sie trank gierig davon. Er entfachte erneut die Waghalsigkeit in ihr, den Drang, die Ketten zu zerreißen und ihren Impulsen zu folgen, aber sie verdrängte diese Gedanken. Diesmal wollte sie die Kontrolle behalten.

»Hast du vor, mir zu verraten, wieso alles so schrecklich und durcheinander ist?«, sagte Alex schließlich. »Ist etwas schief gelaufen?«

Joyce nahm die Weinflasche in die Hand und schielte hinein. »Nikos ist nach Hause gekommen.«

Alex' Gesichtsausdruck wurde wachsam. Er schluckte. »Und?«

»Ich bin seine Frau, Alex.«

Alex zuckte zusammen. »Du willst bei ihm bleiben?«

Joyce wandte sich ab und sah auf das Meer, die tiefblauen Wellen und die klare Linie des Horizonts. »Ich will's versuchen.«

»Und was wird aus mir?«

»Ich denke, das hier sollte unser letztes Treffen sein.« Sie stellte die Flasche weg und sah Alex an. »Es tut mir Leid.« Sie nahm die Bikinihose und zog sie an.

Alex starrte sie schockiert an. Es war, als hätte sie ihm die Luft aus seiner Lunge gepresst. In seiner Verzweiflung setzte er alles auf eine Karte. »Das meinst du nicht ernst, oder?«, fragte er leise.

Joyce winkelte die Knie an und legte die Stirn darauf. Sie wollte »doch« sagen. Eine schlichte Bestätigung. Ein Wort, das die Tür zuschlagen würde, wie sie es sich vorgenommen hatte. Sie wusste, dass sie das tun musste. Aber alle Kraft sickerte aus ihr heraus. Lief in den Sand wie Öl aus einer undichten Flasche.

»Ich weiß es nicht«, flüsterte sie.

Alex legte die Arme um sie und drückte sie an sich. Seine Stimme war tief und ernst. »Geh mit mir weg von hier, Joyce. Ich bin verrückt nach dir, das musst du doch gemerkt haben. Ich kann an nichts anderes als an dich denken. Wir können nach Athen gehen. Ich suche mir einen Job als Englischlehrer – wir beide könnten das tun. Die brauchen so was dort. Wir mieten eine Wohnung, verdienen ein bisschen Geld, reisen um die Welt. Du möchtest im Grunde gar nicht hier bleiben. Komm mit mir.«

»Sei nicht albern«, versetzte Joyce scharf, schob ihn von sich und stand auf. »Ich kenne dich kaum.« Sie lief zum Meer, ihre Schenkel leuchteten weiß in der Sonne auf.

»Pass auf die Quallen auf!«, schrie Alex ihr nach, aber sie hörte ihn nicht. Der Wind verwehte seine Stimme, den schwachen Schrei eines Engländers, und er fühlte sich plötzlich fremd und verängstigt. Wenn sie sich nicht vor den brennenden Quallen fürchtet, dann habe ich auch keine Angst, sagte er sich und rannte ihr nach.

Später, als sie wieder auf dem Laken saßen, sich von der Sonne trocknen ließen und die von einer Qualle verursachten Nesseln auf Alex' Schenkel untersuchten, beschloss er, keine Fragen nach Nikos mehr zu stellen. Ihm war es lieber, den Moment zu genießen und sich zu nehmen, was er bekommen konnte. Doch dann versetzte ihn Joyce mit einem neuen Thema in Erstaunen. »Was würdest du sagen, wenn ich Jüdin wäre?«

Er lachte. »Was ist das – ein Test? Bittest du mich als Nächstes, eine Schleife zu binden?«

Joyce sah ihn düster an – wieder einmal verstand sie ihn nicht. »Los, antworte mir.« Sie richtete den Blick auf ihn, bis er aufhörte zu lachen.

»Aber du bist keine. Du gehst jeden Sonntag in die Kirche. Warum fragst du mich das?«

»Täuschungen, erinnerst du dich? Ich bin Jüdin. Ich war immer Jüdin und werde immer eine sein. Ich habe es ihnen nur nie gesagt.« Sie musterte ihn herausfordernd.

Alex war einen Moment wie erstarrt. »Gott, du hast dich ganz schön in Lügen verstrickt, was?«, sagte er sanft. »Komm her, meine Süße.«

Er schlang die Arme um sie, legte sich auf den Rücken und zog ihren Kopf an seine Schulter. »Kannst du sie nicht einfach alle zur Hölle schicken?«, sagte er. »Was spielt es schon für eine Rolle, was diese alten Leute denken? Sie stammen aus einer anderen Zeit. Ihre Vorstellungen sind wie eingefroren. Du darfst nicht so denken wie sie, sie gehören ins Steinzeitalter. Wir leben in den Siebzigern des zwanzigsten Jahrhunderts. Du kannst so jüdisch sein, wie du willst.«

Joyce schmiegte die Wange an seine Brust und schwieg eine ganze Weile. Sie lauschte seinem Herzschlag, der wie ein Echo der aufschlagenden Wellen war. Seine Worte waren freundlich, aber sie streiften nur die Oberfläche.

»Ich liebe sie, deshalb sind mir ihre Vorstellungen wichtig. Dimitra und Petros sind jetzt meine Eltern. Nikos ist ihr Sohn. Sie haben so viel für mich geopfert. Ich kann nicht all meine Versprechen brechen.«

Alex runzelte die Stirn. »Aber du hast nicht deine Schwiegereltern geheiratet, Joyce. Wir alle müssen unsere Eltern irgendwann verlassen, ob es die leiblichen oder angenommene Eltern sind.«

»Ich weiß. Das habe ich schon getan.«

Er stützte sich auf einen Ellbogen, sodass er sie ansehen konnte. Ihr Haar war nass vom Meer und klebte an ihren Wangen. »Wolltest du nie wieder nach Hause? Nicht einmal für einen Besuch?«

»Nein«, erwiderte Joyce bitter und setzte sich auf. »Ich bin nicht weggelaufen, nur um wieder zurückzugehen.«

»Was soll das heißen ›weggelaufen‹?«

»Ich bin durchgebrannt«, erklärte sie höhnisch. »Sie wollten nicht, dass ich Nikos heirate, also sind wir zusammen abgehauen. Hab ich dir das nicht erzählt?«

»Nein«, sagte er. »Das hast du mir nicht erzählt. Sind sie böse deswegen?«

Sie drehte den Kopf zur Seite. »Ich glaube schon. Ich habe ihnen die ganze Zeit geschrieben, aber nie eine Antwort erhalten.«

»Das ist schrecklich. Kannst du sie anrufen?«

Joyce schloss die Augen und wandte ihr Gesicht der Sonne zu. »Ich habe sie angerufen. Sie sind mir auf die Nerven gegangen. Mir sind sie sowieso egal. Zum Teufel mit ihnen.«

»Aber ...« Alex brach ab. »Wieso hasst du sie so sehr? Was haben sie dir angetan?«

Joyce warf sich zurück, bleib stocksteif liegen und starrte in den Himmel. »Sie haben mich verstoßen. Aber ich hasse sie nicht. Ich mag sie nur nicht.«

»Du hast deine hiesige Familie lieber?«

»Ja.« Sie blinzelte sein Gesicht an – ihre Augen waren grün wie Onyx. »Viel lieber.«

»Und mich magst du auch noch?«

»Ja. Alex.«

Er streckte die Hand aus, um ihr übers Gesicht zu streichen. »Ich mag dich auch«, sagte er. »Dreh dich um.« Und er nahm sie von hinten, wie es Nikos auch manchmal getan hatte, stieß tief in sie, als wollte er ihre Seele berühren.

An diesem Abend erzählte Dimitra, als sie und Joyce im dunklen Hof Zwiebeln und Kartoffeln schälten, dass sie die Lösung für die Probleme mit Nikos gefunden hatte. Joyce schnitt die Kartoffeln klein. Sie kauerten beide vor ihren Eimern, und nur die Kerosinlampe im Hinterfenster spendete ihnen Licht. Die Schatten erstreckten sich über den Hof wie Dämonen.

»Ich habe zum heiligen Dimitrios und der Jungfrau gebetet, und jetzt weiß ich, was mit meinem Jungen nicht stimmt«, sagte Dimitra mit fester Stimme. Sie beugte sich vor und packte mit ihren von den Zwiebeln klebrigen Fingern Joyces Arm. »Gebäre ihm Kinder, Kleines, und seine Klagen haben ein Ende.«

Joyce wischte sich mit dem Ärmel übers Gesicht, der Zwiebelgeruch biss in ihren Augen. »Ja, ich weiß, dass er sich Kinder wünscht, Mama«, erwiderte sie ungehalten. »Er sagte es ja immer wieder. Einen Sohn.«

»Die Jungfrau hat es mir gezeigt«, fuhr Dimitra fort, ohne auf Joyces Einwurf zu achten. »Nikos fühlt sich nicht wie ein richtiger Mann, solange er keine Kinder hat. Er schämt sich vor seinen Freunden. Deshalb schmollt er wie ein Kind. Nimm ihn wieder mit in dein Bett, und er wird diese *Puttanas* aus dem Bordell nicht mehr anrühren und sich dir wieder zuwenden.«

Joyce sah auf. »Bordell? Was meinst du?«

Dimitra warf die Zwiebeln in einen Topf, der neben ihr stand – ihren Augen machte der Geruch nichts aus. »Ach, das ist nichts, weshalb man sich aufregen muss. Frauen müssen sich mit so was abfinden, das war schon immer so. Ich hatte Glück ... falls du das Glück nennen willst. Petros hatte nichts für andere Frauen übrig, aber –«, sie senkte die Stimme –, »er ist ja auch nur ein halber Mann.«

»Willst du mir sagen, dass Nikos in all diesen Nächten im Bordell war?«

Dimitra zuckte mit den Achseln. »Selbstverständlich. Was hast du erwartet? Wenn man einen Mann aus dem Bett verbannt, was soll er sonst tun?«

»Aber ich habe ihn nicht aus dem Bett verbannt. Er kommt von sich aus nicht zu mir.«

Dimitra fuchtelte mit dem Messer vor Joyces Gesicht herum. »Sei keine Närrin, Kleines. Es ist deine Schuld.«

Joyce widmete sich wieder ihren Kartoffeln. Der Schock lastete auf ihr wie ein Zentnergewicht. Also trafen ihre Mutmaßungen zu. Es war dumm, so überrascht zu sein – Nikos war ein Seemann, und er hatte bestimmt Bordelle auf der ganzen Welt besucht.

»Warum sollte ich mich mit so was abfinden?«, platzte es aus ihr heraus, und sie spuckte vor Entrüstung auf den Boden.

Dimitra schlug ihr aufs Knie. »*Koroulamou,* sei nicht so stolz. Ich habe dir schon einmal erklärt, dass eine Frau leiden muss, oder nicht? Er wird die Huren bald satt haben. Wenn er dir ein Baby gemacht hat, wird sich alles ändern, du wirst schon sehen. Bring ihn dazu, dass er dir verzeiht, und er wird das Interesse an den *Puttanas* verlieren. Und denk nur, was für wunderschöne Kinder ihr beide zeugen werdet!«

Joyce schielte auf die Kartoffel in ihren Händen. Die Lampe war nur trüb, und es war kaum etwas zu sehen. Nikos war ein Fremder für sie geworden. Er schmollte, bedachte sie mit vorwurfsvollen Blicken, wartete darauf, dass sie angekrochen kam – und er ging in Bordelle wie der besoffene Abschaum in den Häfen. Sie bemühte sich, daran zu denken, wie sie ihn früher gesehen hatte: Für sie war er ein großzügiger und heroischer Mann gewesen. Aber selbst dieser Gedanke half ihr nicht. Diesen Nikos gab es nicht mehr, er war zu einer schwachen Erinnerung verblasst – oder war er vielleicht nur ein Traum gewesen? Allein die Idee, mit Nikos jetzt noch ins Bett zu gehen – mit diesem trotzigen, zügellosen Kerl, der ihr Ehemann sein sollte, stieß sie ab.

»Ich weiß nicht, ob ich kann«, murmelte sie. »Ich kenne ihn nicht mehr.«

Dimitra ließ das Messer fallen und starrte Joyce entsetzt an. »Du dummes Mädchen! Er ist dein Mann, natürlich kennst du ihn! Deine Gefühle spielen keine Rolle. Tu deine Pflicht als Ehefrau. Ich will nichts mehr von diesem Unsinn hören!« Und sie schubste Joyce voller Verachtung weg.

Von Dimitra konnte sie kein Verständnis erwarten, das war Joyce klar. Was wusste ihre Schwiegermutter schon von den Launen der Begierde? Sie hatte ein ganzes Leben ohne Verlangen und Leidenschaft hinter sich. Sie hatte sich mit anderen Dingen beschäftigt – mit dem Krieg, ihrem Sohn und ihrem Land – und mit Joyce. Warum sollte sie Verständnis für das Widerstreben eines Mädchens haben? Sie konnte sich nicht vorstellen, dass eine anständige Frau Spaß am Sex haben konnte.

Beim Abendessen war Nikos fröhlicher als in den letzten Tagen, fast, als würde er die Pläne seiner Mutter kennen. Er hatte den ganzen Tag getrunken – genug, um sentimental und nicht mehr aufgebracht zu sein, und er hatte beschlossen, Joyce behutsamer und sanfter zu behandeln. Vielleicht hatte er in seiner Gefühlsduselei begriffen, dass er zu stolz gewesen war und nur zu verzeihen brauchte, damit sie wieder zu Wachs in seinen Händen wurde.

Seit seiner Heimkehr hatte Nikos nichts anderes gewollt, als sie zurückzugewinnen. Sie fehlte ihm furchtbar – er vermisste die Leidenschaft, ihre Freudenschreie, die Gewissheit, dass er über die Meere geschippert war, nur um zu einer schönen Frau zurückzukommen, die ihn verehrte. Wenn seine Kameraden ihn verspottet hatten, weil er verheiratet war und weil Seemannsfrauen notorisch untreu waren, konnte er mit Überzeugung sagen: »Meine Frau ist anders. Sie wartet auf mich, das weiß ich genau.« Immerhin hatte er diesem verlorenen, orientierungslosen Mädchen ein Heim geschenkt, eine Aufgabe, sogar eine Religion. Sie musste ihm ja dankbar sein und ihn lieben. Er sollte ihr einfach noch eine Chance geben, das war alles. Sie an ihre Liebe erinnern.

Während der Mahlzeit an diesem Abend beschloss Nikos, Joyce zu verführen. Er wandte seinen alten Charme an, den er in den vergangenen Tagen unter Groll und Selbstmitleid vergraben hatte, und brachte seine Familie zum Lachen wie früher. Er erzählte wilde Geschichten von seinen Schiffskameraden und trank, bis er Lust bekam zu singen. Er sah seine Frau augenzwinkernd an und tätschelte sie. »Heute erinnerst du mich an das Mädchen, das ich in Amerika kennen gelernt habe«, sagte er. »Sieh sie dir an, Mama, ist sie nicht hübsch? Ihre Haut schimmert, als wäre dahinter eine Lampe.«

Joyce räumte das Geschirr vom Tisch und verließ den Raum.

Nikos schmunzelte. Sie war gerührt – das war ein guter Anfang. Er streckte sich auf den türkischen Kissen aus und blinzelte zur Decke. »Ich konnte mich in den letzten fünf Jahren nie so ausgiebig ausruhen wie jetzt«, sagte er lallend zu Petros, als die Frauen draußen waren. »Auf See muss man den lieben langen Tag arbeiten. Manchmal auch in der Nacht. Man kann nicht in Frieden schlafen. Die anderen Männer schnarchen, die Wellen schlagen an den Rumpf. Hier ist es so ruhig. Ganz still.« Er verschränkte die muskulösen Arme hinter dem Kopf und starrte die Zwiebelkette an, die über ihm am Balken hing. »Ich bin fast so weit, ein Bauer wie du zu werden, Vater. Ich habe die See allmählich satt.«

Petros grunzte. Er saß am Tisch und hatte das Gesicht von seinem Sohn abgewandt. Er befummelte seine Perlenschnur – eine Gewohnheit, die er erst wieder angenommen hatte, als sein Sohn heimgekehrt war. »Du wirst deine Pension verlieren, wenn du jetzt den Dienst quittierst«, bemerkte er.

Nikos hob den Kopf. »Aber ich könnte bei der Landarbeit helfen, *Papas*. Würde dir das nicht gefallen? Die Arbeit muss schwer in deinem Alter sein.«

Petros musterte ihn schweigend. Er glaubte kein Wort von diesem Unsinn. Er wusste, dass Nikos die Seefahrt im Blut hatte, dass er nie ein guter Bauer sein würde. Petros brachte Joyce bei, das Land zu bestellen und sich so um alles zu kümmern, dass es seine Ordnung hatte. Er traute Nikos nicht mehr als einem Skorpion, der bestimmt zustach, wenn man sich auf ihn setzte.

Nikos ließ den Kopf auf das Kissen fallen. »Joyce?«, brüllte er unvermittelt. »Wo ist meine Frau?«

Die beiden Frauen wuschen auf dem Hof das Geschirr ab, und Dimitra gab Joyce einen Schubs. »Geh zu ihm«, sagte sie. »Verwöhn ihn. Mach ihn verrückt. Lass dir heute Nacht ein Baby von ihm machen.«

Joyce war schockiert; sie hatte nie solche Worte aus Dimitras Mund gehört.

Sie wischte sich die Hände an der Schürze ab, stand auf und ging widerstrebend ins Haus. Sie war noch wund zwischen den Beinen nach dem Stelldichein mit Alex. Er war ein wenig heftig geworden in seiner Leidenschaft, hatte sie von allen Seiten immer und immer wieder genommen und sich über die Kondome beschwert.

»Ja?«, sagte sie.

»Komm her, kleine Frau«, lallte Nikos in jovialem Ton. Er streckte den Arm aus und winkte sie zu sich.

Sie schlenderte zu ihm und nahm die durchnässte Schürze ab. Sie trug noch immer ihre Kirchenkleidung, ihre Alex-Kleidung. Den gelben Rock und die weiße Bluse. Sie hockte sich auf ein Kissen und ließ zu, dass Nikos sie in die Arme nahm.

Er drückte ihren Kopf an seine Schulter. Sie spürte seinen starken Willen in dieser Umarmung, und das erschreckte sie. Alex war da ganz anders – seine Kraft war eher zufällig, und er wollte nie etwas erzwingen. Nikos wirkte bedrohlich wie ein Leopard, der kurz davor war, sich auf seine Beute zu stürzen.

»Es ist nicht gut, wenn wir streiten«, sagte Nikos und drückte sie noch immer an sich. »So lange Trennungen sind eine Prüfung für eine Ehe. Wir sind uns fremd geworden. Wir müssen uns neu kennen lernen, ja?«

Joyce schloss die Augen; ihre Kehle wurde eng. Diese Worte beschwichtigten sie trotz ihrer Wut. Die Chance, noch einmal von vorn anzufangen, die Liebe wiederzufinden, die sie früher an ihn gebunden hatte, das Leben erneut aufzunehmen, das ihr zu entgleiten drohte ... das alles wünschte sie sich verzweifelt. »Ja«, hauchte sie mit brüchiger Stimme. Sie räusperte sich, als wollte sie etwas hinzufügen, aber ihr fiel nichts ein.

Nikos beobachtete sie bewegt. »Du weißt, dass ich auf See die ganze Zeit an dich denke«, flüsterte er zärtlich. »Wenn ich nass bin und friere, wenn ich müde bin, wenn ich mich einsam fühle, dann sehe ich dich vor mir. Immer. Ich komme zurück, um mich bei dir wieder lebendig fühlen zu können. Mach mir das nicht kaputt.«

Tränen sickerten unter ihren Lidern hervor. »Das werde ich nicht, Nikos«, raunte sie. »Natürlich nicht.«

»Ich bleibe eine Weile hier«, erklärte er. »Wir lassen unsere Liebe wieder wachsen.«

Sie nickte und wischte über ihre Augen.

»Und ich werde dafür sorgen, dass du mehr isst!«, setzte er lachend hinzu. Er kniff sie in die Seite, und sie zuckte zurück. »Ich habe einen Stock geheiratet.« Er lachte wieder und rollte zu ihr, um sie zu küssen. Er presste den Mund auf ihre Lippen. Er schmeckte nach Zigaretten und *Ouzo* – Lakritze, Alkohol und Tabak.

»Heute Nacht komme ich in dein Zimmer, und wir machen Liebe wie frisch Verheiratete«, flüsterte er ihr ins Ohr, dann schob er sie von sich. »Geh und hilf Mama, die Töpfe zu schrubben.«

Später, als Joyce in ihrer Kammer war, versuchte sie, ihre Gefühle zu prüfen. Hatte sie Angst vor Nikos' Begehren, oder hieß sie es willkommen? Noch nie war sie so unsicher vor einer Liebesnacht gewesen. Oh, früher in Florida hatte sie mit einer Menge Jungs, die sie nicht mochte, geknutscht, hatte ihnen erlaubt, ihre Finger in sie zu stecken, an ihren Brustwarzen zu saugen wie Babys, aber das hatte sie als eine Art Initiationsritual angesehen. So konnte sie ihren Freundinnen erzählen, sie hätte es getan. Aber echter Sex war ihr heilig. Für sie war das ein Ausdruck wahrer Leidenschaft und Liebe. Und sie wollte sich das bewahren, die Kostbarkeit und sich selbst schützen. Aber obwohl Nikos all das entfacht hatte und obwohl sie ihn so gern wieder lieben wollte, jagte ihr der Gedanke, mit Nikos zu schlafen, Angst ein – mit dem Mann, der mit ihren Gefühlen spielte, der sich von einem Augenblick zum anderen veränderte und sie mit Prostituierten betrog, während er fest entschlossen war, ihr seinen Willen und seine Traditionen aufzuzwingen.

Sie setzte sich aufs Bett und wartete; ihr Herz krampfte sich zusammen vor Furcht. Sie hatte nicht nur vor dem Liebesakt Angst, sondern auch davor, dass Nikos etwas merken könnte. Ob er erkannte, dass sie an diesem Tag drei-, viermal von einem anderen geliebt worden war? Sie hatte im Meer gebadet und sich sogar mit dem Shampoo zwischen den Beinen gewaschen, aber sie wusste nicht, was Männer empfinden können. Und wenn Nikos ihr auf die Schliche kam, was würde er tun?

Joyce sah sich um. Dimitra hatte ein Kruzifix auf ein roh behauenes Bord gestellt. Das war die einzige Waffe, die Joyce zur Verfügung hatte. Sie sprang auf, schnappte sich das Kreuz und versteckte es unter dem Kopfkissen. Wie sie es benutzen sollte, wusste sie nicht, aber sie würde es tun, wenn es sein musste.

Sie hörte, wie Nikos die Leiter heraufkletterte. Er summte leise vor sich hin. Sie saß am Bettrand, noch immer angezogen, und drückte die Knie fest zusammen. Mit einer Hand umklammerte sie das Kruzifix unter dem Kissen.

Nikos kam herein, ohne anzuklopfen, und stieß die Tür mit dem Fuß zu. Er schaute sie im Dunklen an und sah, dass sie ihre Kleider noch anhatte, zuckte mit den Schultern und zog sich aus. Trotz ihrer Unsicherheit bewunderte Joyce seinen Körper wie immer. Er war wie eine Skulptur, wie die antiken Götterstatuen – seine Taille schmal, der Oberkörper muskulös und mager. Er stellte sich neben sie.

»Komm«, forderte er sie auf. »Lass mich sehen, wie schön du bist.«

Er küsste sie sanft und fuhr mit der Hand unter ihre Bluse. Seine Berührungen waren zart, aufreizend – genau wie ganz am Anfang, als er um sie geworben hatte. Er rieb ihre Brustwarzen, bis sie steif wurden.

»Du riechst wunderbar, meine kleine Frau, wie das Meer«, flüsterte er und leckte ihr Ohr. Joyce wurde stocksteif, aus Angst, dass er auf etwas Bestimmtes anspielte, aber er beruhigte sie, indem er seine Zunge über ihren Hals gleiten ließ. Langsam knöpfte er ihr die Bluse auf und streifte sie über ihre Schultern. Sie ließ das Kruzifix los und legte die Hände auf seinen Rücken. Er war glatter und kräftiger als der von Alex. Er legte sie auf den Rücken, liebkoste mit der Zunge ihre Brüste und ihren Bauch. Sie stöhnte, als er ihr den Rock und die Unterwäsche auszog und ihre Beine auseinander drückte. Seine Zunge zuckte zwischen ihre Schamlippen.

Sie wimmerte leise und wölbte sich ihm hilflos entgegen. Erinnerungen an Alex' Zärtlichkeiten mischten sich mit denen von Nikos und schürten ihre Lust. Sie war unersättlich. Sie schrie vor Verlangen und flehte Nikos an, in sie zu dringen.

»Ja, meine Frau«, sagte er, »bitte mich. Genau das will ich hören.«

Am nächsten Morgen stand Joyce auf, bevor Nikos wach wurde. Sie hatte die Nacht auf dem Boden verbracht und vorsichtig die Decke von dem Bett, auf dem er schlief, gezogen. Seine triumphierenden Worte hatten sie zu Eis erstarren lassen und ihr Begehren in dem Moment abgetötet, in dem sie den Höhepunkt fast erreicht hatte. Wie konnte er es wagen, sie auf diese Weise zu manipulieren? Sie wollte nicht im selben Bett wie er schlafen. Aber sie war ganz steif und wund – der Boden war hart, und sie hatte nicht gut geschlafen. Dimitra ließ sie nicht aus den Augen, aber Joyce gab nichts preis. Soll sie ihre schmutzigen Gedanken haben, dachte sie ärgerlich. Ihr Sohn ist nicht der Mann, für den sie ihn hält.

Nikos kam später zu ihr, als sie gebückt im Gemüsegarten stand und rund um die Bohnen Unkraut jätete. Er umfasste sie von hinten und rieb sich an ihr. »Es war schön letzte Nacht, meine Süße«, raunte er. »Heute Nacht gibt's mehr davon.«

Sie richtete sich auf, stieß ihn von sich und sah ihn verächtlich an. Er lächelte und versuchte, eine lüsterne Miene aufzusetzen, aber er wurde unsicher, als er ihr Gesicht sah. Er weiß nicht einmal, wie beleidigend und anstößig er war, dachte sie. Er kennt mich überhaupt nicht.

Sie schlang die Arme um ihren Korb und wandte sich von Nikos ab. Mit fest zusammengepressten Lippen ließ sie ihn stehen. Er war verletzt und verwirrt zugleich.

Während sie an diesem Tag die Tiere versorgte, Unkraut jätete und hackte, überlegte sie, welche Macht eine Frau über einen Mann ausüben konnte. Wenn sie bleiben wollte, musste sie das wissen, weil sie nie eine willige Sklavin sein konnte. Sie musste einen Weg finden, sich Nikos untertan zu machen, damit er es nie wieder wagte, sie so zu behandeln. Dann würden sie zu ihren, nicht zu seinen Bedingungen zusammenleben.

Ihr fiel keine andere Möglichkeit ein, wenn sie all das, was sie gern hatte, behalten wollte.

9

Um sechs Uhr abends saß Petros in einem *Kaphenion* und trank wie immer seinen *Ouzo* mit Freunden, bevor er zum Essen nach Hause ging. Seine Kappe saß schief auf dem Kopf – auch wie immer – und überschattete sein hageres Gesicht. Er hielt das kleine Glas zwischen Daumen und Zeigefinger. Es war ein altes *Kaphenion*, schäbig und abgenutzt wie Petros selbst. Die Türen standen weit offen, und man hatte die zerkratzten, angemalten Blechtische auf die Straße gestellt. Rund um die aus Rebstöcken gemachten Stühle standen Pflanztröge mit roten Geranien, die das Territorium markierten und Touristen und Frauen fern hielten. Jede Person, die nicht dazugehörte und einen Schritt über die unsichtbare Grenze wagte, wurde schweigend taxiert, bis sie auf dem Absatz kehrtmachte und die Flucht ergriff.

Normalerweise saß Petros bei seinen Freunden und redete über Politik, denn wie er selbst waren auch die anderen enttäuscht, dass Karamanlis mit seiner *Nea Dhimokratia*-Partei die Wahl gewonnen hatte. Petros und die meisten Männer hatten bei der '74er Wahl für Papandreou und die Sozialisten gestimmt; sie misstrauten zwar jedem, der an die Macht wollte, aber sie wollten unbedingt eine linke Regierung haben. Doch ihre Partei hatte verloren – das Land bevorzugte es, auf der sicheren Seite zu stehen. Dennoch waren Petros' Freunde in Feierstimmung und freuten sich über den Niedergang der Militärjunta. Sie waren überzeugt, dass ihre Zeit bald kommen würde.

Aber an diesem Abend hielt sich Petros abseits, nippte an seinem trüben *Ouzo* und ließ das *Kombuloi*, die Perlenschnur, unablässig durch seine Finger gleiten, dabei richtete er den Blick in die Ferne. Seit Nikos' Rückkehr zog sich Petros zurück, saß allein an einem Tisch und war in sich gekehrt. Das fiel seinen Freunden auf. Er hatte Probleme mit seinem Sohn, tuschelten sie. Es war nie leicht, wenn Seemänner nach Hause kamen. Sie hatten den Kopf voller Flausen und gaben entsetzlich an, weil sie so viel von der Welt gesehen und Frauen in allen Formen und Farben gehabt hatten. Viele ihrer Jungs waren genauso, und sie hielten ihre Eltern für provinziell und ungebildet, als wäre alles, was diese Eltern in den Kriegen durchgemacht, all das Leid, das sie durchlebt hatten, vollkommen unbedeutend.

Aber Petros hatte noch andere Sorgen. Er fühlte sich nicht so sehr erniedrigt durch das Verhalten seines Sohnes, sondern schämte sich seinetwegen. Nikos war immer schon maßlos und verwöhnt gewesen – durch die Schuld seiner Mutter natürlich – aber er hatte zumindest seine Pflicht getan. Er hatte eine gute Arbeit, schickte jeden Monat Geld nach Hause, und darauf war Petros stolz gewesen. Doch jetzt steckte Nikos so tief in Schwierigkeiten, dass es ein Ärgernis war. Petros konnte diese finsteren Blicke und die betrübten Seufzer nicht mehr ertragen. Nur weil Nikos ein paar kleine Probleme mit seiner Frau hatte, die jeder erwachsene Mann ohne weiteres lösen könnte, schmollte der Junge wie ein Baby, lungerte in Bars und Bordellen herum, verströmte sein Selbstmitleid im ganzen Haus wie einen schlechten Geruch und behandelte seine Eltern grob und gleichgültig. Petros ärgerte sich nicht seinetwegen – er war ein bescheidener Mann und brauchte keine Achtung mehr. Aber er konnte nicht mitansehen, wie Nikos auf Dimitras Herz herumtrampelte.

Petros hatte Nikos nie sehr nahe gestanden. Er war im Krieg gewesen, als der Junge geboren wurde, und hatte die ersten Jahre versäumt. Danach schien Nikos ihm so gut wie möglich aus dem Weg zu gehen und und sich stattdessen lieber an seine Mutter zu halten, die ihn vergötterte. Doch so kritisch Petros seinem Sohn gegenüber auch war, er kannte den süßen Schmerz der Vaterliebe. Sie hatte ihm einmal das Leben gerettet. Und deshalb litt er jetzt um so mehr.

Als Nikos 1947 auf die Welt kam, war Petros auf Lesbos, seiner Heimatinsel, und kämpfte auf der Seite der Kommunisten im Bürgerkrieg. In den fünf Jahren nach dem Zweiten Weltkrieg kämpften zwei Rebellengruppen – die von den Kommunisten unterstützte demokratische Armee auf der linken und die Nationalarmee der faschistischen Regierung auf der rechten Seite, die sich ursprünglich formiert hatten, um die Deutschen abzuwehren – um den Besitz ihrer eigenen Leute. Familien zerstritten sich, Brüder meuchelten und verrieten Brüder. Guerilla-Kämpfer fielen in Dörfer ein und massakrierten Mütter und alte Menschen, um zu demonstrieren, was geschah, wenn die Bevölkerung ihre Sache nicht vertrat. Soldaten auf beiden Seiten mordeten und folterten ihre eigenen Leute im Namen der Revolution.

Petros hatte beschlossen, nach Lesbos zurückzugehen, weil dort die Kommunisten gewannen, aber er war nicht mit dem Herzen dabei. Er konnte sich des Eindrucks nicht erwehren, dass er und seine Kameraden nichts anderes als Spielzeugsoldaten waren, die zum Kampf gezwungen wurden – weniger für die Ideologie oder für die Zukunft als vielmehr aus Opposition und Rache. Als sie sich gegen die deutschen Faschisten zusammengetan hatten, war der Krieg sinnvoll gewesen, aber im *Andartiko* wurden beide Seiten in seinen Augen zu Fanatikern, Plünderern und Dieben, die ihre Ideologien als Entschuldigung für ihre Habgier nutzten. Als der Krieg eskalierte, schlug sich die Landbevölkerung nicht aus Überzeugung auf eine Seite, sondern unterstützte diejenigen, von denen sie ansonsten die meisten Tyranneien zu befürchten hatten – nur wenige wagten es, für eine Sache tapfer einzustehen. Die meisten von Petros' Kameraden in der demokratischen Armee waren sowieso zu jung, um etwas von Politik zu verstehen – es waren Mädchen und Jungs zwischen vierzehn und fünfundzwanzig –, und sie hatten in ihrem jungen Leben nichts als Propaganda kennen gelernt. Fast alle waren in den Bergen von Mazedonien umgekommen.

Er sah, wie Fünfzehnjährige aus ihren Häusern gezerrt und mit Tauen verprügelt wurden, bis sie sich bereit erklärten, sich den kommunistischen Guerillas, den *Andartes*, anzuschließen. Er sah, wie Faschisten-Rüpel aus den Tavernen wankten und Frauen vergewaltigten, die sie ihr Leben lang gekannt hatten, um die Linken zu strafen. Viele der Bauern, denen er begegnete, konnten nicht einmal zwischen den beiden Parteien unterscheiden. »Gehörst du zu den Weißen oder zu den *Andartes*?«, fragten sie zitternd. »Warum lasst ihr uns nicht in Frieden?«

Petros stellte sich vor, wie Zeus oder Gott – beide waren für ihn gleich schamlos und unverzeihliche Mistkerle – mit einem großen Holzlöffel vom Himmel herunterreichten und Griechenland aufrührten, bis alle Griechen wahnsinnig vor Angst und Verwirrung waren.

Petros kam vollkommen ausgemergelt, mit Läusen und vor Entsetzen weit aufgerissenen, starren Augen aus dem Krieg zurück. Seine Haut war mit roten Pusteln übersät, in seinem Haar bewegte sich ständig etwas – Dimitra steckte ihn in so heißes Wasser, dass er es gerade noch aushalten konnte, rasierte ihm den Kopf und alle Haare vom Körper und schmierte seine Haut mit Paraffin ein. Drei Monate sagte er kein Wort, nur im Schlaf schrie er. Er hatte seinen Glauben verloren – nicht nur den an Gott, sondern auch den an die Menschen. Eine ganze Zeit bedeutete ihm nicht einmal Dimitra etwas – sie war eine Gestalt in einem Kleid, die sich um ihn kümmerte, die er aber nicht hören und schon gar nicht anrühren wollte. Seine Illusionen waren zerstört, er wollte nur noch sterben.

Dann wurde er auf Nikos aufmerksam. Mittlerweile schrieb man das Jahr 1949, und trotz der Lebensmittelknappheit war sein Sohn zu einem gesunden und schönen Zweijährigen herangewachsen. Er war dünn, aber kräftig, seine Wangen rosa, der Blick aufmerksam. Dank Dimitras Opferbereitschaft und ihres Fleißes hatte er sich unberührt vom Tod, von Vertreibung oder Verstümmelung gut entwickelt, als hätten die Götter entschieden, nachdem eine Generation Jugendlicher dahingemetzelt worden war, die nächste zu behüten.

Petros beobachtete, wie Nikos durch den Raum watschelte, und sein Herz wurde weich. Die neugierigen Blicke, die zarte Haut und der süße Geruch seines Sohnes erinnerte ihn daran, dass es selbst für einen geschlagenen Mann wie ihn immer noch Gründe gab, auf dieser Welt auszuharren. Sein Sohn, der niemandem etwas zu Leide getan hatte, brauchte ihn. Und so gewann er seinen Lebenswillen zurück – wenn nicht für sich selbst, dann für sein Kind.

Zu der Zeit, als sich Petros erholt hatte, war Dimitra schon besessen von der Vorstellung, ihren Sohn beschützen zu müssen. Sie war überzeugt, dass alle Menschen der Umgebung vergiftet vor Neid wegen ihres kleinen Lieblings sein mussten. Sie ließ es nur selten zu, dass Petros das Kind berührte, und als Nikos halb erwachsen war, erlaubte Dimitra Petros nicht, ihn zu den männlichen Ritualen – einem Besuch im Bordell und einem Saufgelage mit Freunden – mitzunehmen. Im Laufe der Jahre hatte Petros gelernt, Nikos von der Ferne aus zu beobachten; er hielt den Mund, wenn er etwas Falsches sah – er ertrug lieber schweigend seinen Kummer, statt einen offenen Streit auszutragen. Und mit den Jahren, als Nikos mit jedem Tag immer stattlicher, schöner und überheblicher wurde, zog sich Petros mehr und mehr in die Welt seiner Gedanken zurück und ließ Frau und Sohn ihre eigenen Fehler machen.

Petros hatte einen überraschend wachen Verstand. Er dachte bei weitem nicht nur an seine Ernte und Geld, daran, was er reparieren musste und was er verkaufen konnte, wie man es von einem armen Bauern erwarten würde. Er interessierte sich mehr für die menschliche Natur. Schon als Kind hatte er gern Leute beobachtet – vielleicht, weil er der Jüngste in der Familie war und oft von den Älteren weggeschickt und ignoriert wurde. Er war fasziniert von den Bräuchen seiner Landsleute und des Dorfes. Und in den Stunden, in denen er arbeitete, überdachte er alles, was er gesehen und gehört hatte, analysierte die Sprechweise seiner Mitmenschen, das, was sie unabsichtlich über sich selbst preisgegeben hatten, und die Diskrepanz zwischen dem, was sie sagten, und ihren Handlungen. Wenn er ein gelehrter Mann wäre, würde er vielleicht ein Buch über die Schwäche der Menschen schreiben oder reisen, um andere

Kulturen zu studieren. Aber er war auf diese kleine Insel beschränkt und auf diejenigen, die in seiner Nähe lebten. Er beklagte sich nicht. Er wusste, dass man nicht um die Welt zu reisen brauchte, um das komplizierte menschliche Verhalten zu studieren.

Petros tarnte sich als unauffälliger Bauer, der die Welt um sich herum scheinbar gar nicht wahrnahm, während er in Wirklichkeit alles sah und im Gedächtnis behielt. Zum Beispiel wusste er über Alex Bescheid. Er wusste es seit dem Fest auf Lesbos.

Petros hatte gesehen, dass Alex Joyce auf dem Marktplatz von Ayiassos angesprochen hatte. Er selbst war durch die Stadt geschlendert, weil er ein wenig Erholung von den Angebereien seiner Brüder gebraucht hatte, und dabei hatte er gesehen, wie sich Alex zu Joyce vor dem Kleiderladen gebeugt und sie geradezu angebetet hatte. Später war ihm wie Dimitra auch das Salz auf Joyces Armen aufgefallen, aber anders als seine Frau hatte er die Vermutung gehabt, dass sich Joyce im Meer vergnügt hatte wie eine Touristin. Und Petros hatte bis zu Nikos' Heimkehr eine Veränderung an seiner Schwiegertochter bemerkt. Sie war aufgeblüht wie eine Frühlingsblume. Sogar ihre Körperhaltung war anders, aufrecht und stolz – sie war ihm erschienen wie eine lange vernachlässigte Frau, die wiederentdeckt hatte, dass sie geschätzt wurde.

Petros beschloss, sich nicht einzumischen. Er vertraute Joyce – es wäre ihm nie in den Sinn gekommen, dass sie untreu sein könnte –, und er freute sich, dass sie einen Bewunderer hatte. Die ganze Zeit hatte er sich Sorgen um sie gemacht. Um das Mädchen, das sein Sohn wie ein niedliches Haustier heimgebracht hatte. Um das Mädchen aus einer anderen Welt, das niemals zu dieser hier gehören würde, so sehr es sich auch anstrengte. Was hatte sich Nikos dabei gedacht, als er ein menschliches Wesen regelrecht gefangen nahm und bei seinen Eltern einkerkerte? Petros wusste nichts von der gesellschaftlichen Revolution, die das Land im nächsten Jahrzehnt überspülen sollte, die die Mitgift abschaffte und den Bäuerinnen eine Rente und allen Frauen gleiche Rechte wie den Männern garantierte. Von alldem konnte er nichts wissen, aber ihm war bewusst, dass ihm der Krieg den Respekt vor den Traditionen genommen hatte. Dieselben Männer, die jetzt lautstark verkündeten, dass sie ihre Frauen und Mütter beschützten, hatten damals die Frauen und Mütter anderer vergewaltigt. Die Dorfältesten, die Treue und Tapferkeit predigten, hatten ihre Nachbarn für eine Scheibe Brot verraten. Diese Erlebnisse hatten ihm den Glauben an die griechische Tradition, Männer als überlegen und ritterlich anzusehen, geraubt. Selbst Familienehre war für ihn nichts weiter als ein leeres Wort.

Deshalb hatte Petros entschieden, kein Wort über Alex zu verlieren. Joyce verdient ein bisschen Vergnügen, dachte er. Sie war ein gutes Mädchen, und sie hatte nur einen kleinen Flirt – was konnte das schon schaden? Nikos hatte nicht begriffen, was für ein Goldstück Joyce war. Wenn er sah, dass andere Männer sie verehrten, würde er vielleicht ihren Wert erkennen. Und dann merkte er auch, dass er sie nur mit Liebe und Respekt zurückgewinnen konnte, so wie Petros selbst Dimitra für sich gewonnen hatte.

»Petros, warum ziehst du so ein langes Gesicht?«, rief sein Freund Jorgos. »Komm her und trink mit uns.« Jorgos war ein alter Mann, der wie alle in dem *Kaphenion* sein Leben lang hart gearbeitet hatte und schrumpelig geworden war. Er und Petros waren seit Petros' Hochzeit Freunde – damals waren sie noch jung gewesen und hatten keine einzige Falte im Gesicht gehabt.

»Meinetwegen«, brummte Petros mürrisch. Er trank sein Glas leer, stand auf und ließ den Blick voller Zuneigung über seine Freunde schweifen. Sieh dir das an, dachte er. Wir alle sind alt geworden, gebeugt, ausgedörrt und dürr wie knochige alte Hähnchen, und wir hocken in dem Dorf-*Kaphenion*, in dem die Greise verkehren. Früher haben wir uns über solche Lokale lustig gemacht, aber jetzt sitzen wir selbst hier. Das Leben ist vorbeigezogen wie ein Komet, und ich lungere hier mit einer Bande Griesgrame herum, die nichts Besseres zu tun haben, als sich gegenseitig das hart verdiente Geld aus der Tasche zu ziehen.

Er schob seinen Stuhl zurück und setzte sich zu den anderen an den Tisch. Sie spielten Domino, wetteten auf den Gewinner, tranken, rauchten und fummelten heftig an ihren *Kombulois*, den Ketten mit den Perlen. Petros gab sich damit zufrieden zuzusehen. Er empfand eine große Zuneigung zu diesen alten Gaunern. Sie alle hatten schwere Zeiten hinter sich. Fotos zum Beispiel, der dicke, krumme Mann, der noch ganz gut aussah, hatte seine Frau nach einer Krebskrankheit verloren, als er erst dreißig Jahre alt gewesen war. Er hatte nie wieder geheiratet. Alki mit dem grauen Bart musste im Bürgerkrieg mitansehen, wie seine zwei kleinen Söhne an Hunger starben. Jannis, der Blasse mit dem Schmerbauch, hatte nie geheiratet, obwohl alle Mädchen und Witwen der Insel ein Auge auf ihn geworfen hatten – Petros glaubte, dass er eher Männer mochte. Und Wassili, der liebe alte Wassili, der jetzt auf einem Auge blind war – er hatte das traurigste Schicksal von allen. Seine geliebte Frau und zwei Töchter waren bei einem Massaker umgebracht worden – von Petros' Kampfgenossen, der sogenannten demokratischen Armee von Griechenland.

Wir alle haben Schlimmes durchgemacht, sinnierte Petros. Und wir haben Sünden begangen. Gehurt, betrogen, gestohlen, desertiert; wir haben unsere Frauen geschlagen, unsere Kinder vernachlässigt, unsere Freunde verraten – jeder von uns hat einige von diesen Dingen getan oder mehr. Und trotzdem sitzen wir hier herum wie ein paar alte Nutten und warten darauf, von dieser Welt abberufen zu werden, dabei sind wir so unbesorgt, als wären wir all die Jahre die reinsten Engel gewesen.

Er blinzelte in die Sonne. »Es wird Zeit für mich«, sagte er leise, steckte sein *Kombuloi* in die Tasche seiner verknitterten Jacke. Die anderen winkten, ohne ihm große Beachtung zu schenken. Sie waren zu sehr damit beschäftigt, Geld zu gewinnen. Petros schlug dem Mann, der neben ihm gesessen hatte, auf den Rücken und ging auf die Straße.

Doch er ging nicht sofort nach Hause, sondern schlenderte zum Meer, um nach Nikos Ausschau zu halten. Der Junge kam jeden Tag später heim, manchmal gar nicht, und da Dimitra darauf bestand, dass sie und Joyce mit dem Essen auf ihn warten sollten, saß Petros oft allein am Tisch. Es passte ihm nicht, als Einziger zu essen, während die Frauen um ihn herumstanden und sich bemühten, ihren Hunger zu unterdrücken. Wenn er Nikos heute früher auflesen konnte, dann war es vielleicht möglich, dass die ganze Familie gemeinsam zu Abend aß.

Er verließ die Seitenstraße, in der das Alte-Männer-*Kaphenion* sich vor dem Treiben der Stadt versteckte, und ging hinunter zum Hafen. Er hielt den mageren Rücken gerade, aber seine Schritte waren ein wenig schleppend. Petros war zweiundsiebzig, und das Essen verlieh ihm nicht mehr die

Kraft wie früher. Sein Körper war an harte Arbeit gewöhnt und verrichtete sie noch wie eine gut geölte, wenn auch knarrende Maschine, aber er schmerzte seit einiger Zeit ständig. Die Füße, die Knie, die Gelenke in seinen Fingern – es gab keinen Moment ohne Schmerzen. Petros verlor kein Wort darüber, nicht einmal Dimitra wusste davon. Ihm war klar, dass das am Alter lag. Was für einen Sinn hätte es zu klagen?

Im und um den Hafen herum war wie immer um diese Tageszeit viel los. Die wohlhabenderen Familien promenierten am Meer, die unverheirateten Mädchen gingen, bewacht von ihren Müttern und Schwestern, spazieren. Die Männer liefen ein paar Schritte voraus, während die Frauen ihnen langsamer Arm in Arm folgten. Ihre Gesichter glühten im goldenen Schein der Abendsonne. Petros liebte das. Er sah gern, wie die Frauen ihre Hüften schwangen und sich die untergehende Sonne in ihren Haaren fing. Sie konnten kaum verbergen, wie aufgeregt sie waren, wenn die Jungs sie beobachteten. Petros mochte sogar die arroganten Ehemänner, die vorausschritten wie Könige. Menschen waren so töricht wie Pfaue, die ihr Gefieder zur Schau stellten.

Die Promenade endete mit einem Bürgersteig, der direkt hinunter zum Wasser führte. Nikos war nirgendwo zu sehen. Petros blieb einen Moment stehen und schaute hinaus aufs Meer. Drei Fischerboote schaukelten auf den Wellen in der Nähe, ihre Glöckchen klangen leise im Wind – schwarze Silhouetten und das Einzige, was auf dem Meer bis zum Festland den Blick auf sich zog. Die Ägäis war ruhig an diesem Abend, die schimmernde, blaue Oberfläche verdunkelte sich zu einem Violett, als sich die Sonne dem Horizont zuneigte. Ein paar ferne Wolkenstreifen leuchteten rot, der

Himmel um sie herum sah aus wie pures Gold. Das Licht tauchte alles in einen sanften rötlichen Schein. Morgen ist gutes Wetter, Gott sei Dank, dachte Petros. Dann kann ich die Felder für die Herbstpflanzungen vorbereiten.

Der Gedanke an die Arbeit machte ihn hungrig, also gab er seine Suche auf und machte sich auf den Heimweg. In diesem Augenblick entdeckte er Alex.

Alex saß draußen vor einem Hafen-*Kaphenion* auf der anderen Straßenseite, las Zeitung und hatte einen Kaffee vor sich stehen. Obwohl Petros ihn erst einmal gesehen hatte, erkannte er den großen, blonden Jungen auf Anhieb. Er saß allein an einem runden Marmortisch, trug eine weiße Hose und ein kurzärmeliges Hemd – ein schlaksiger Angelsachse, der sich auf dem wackeligen Stuhl wohl zu fühlen schien und gleichzeitig unverkennbar ein Fremder war.

Er ist so jung, dachte Petros überrascht. Jünger als Nikos. Er ist vollkommen in seine Zeitung vertieft. Petros hatte seinen Sohn nie so konzentriert lesen gesehen. Der ausländische Junge machte einen intelligenten Eindruck, das sah man fast schon an seiner Sitzhaltung. Petros wünschte, er wüsste mehr über ihn. War er ein Deutscher? Was für einen Beruf hatte er? Welche Ausbildung? Respektierte er Joyce, oder war er nur hinter einem Weiberrock her?

Petros hielt es für seine Pflicht, das herauszufinden. Er schlenderte zu den Tischen, setzte sich in Alex' Nähe und bestellte einen starken griechischen Kaffee. Dann wartete er, bis sich die Gelegenheit bot, ein Gespräch anzufangen. Sie kam, als Alex die Zeitung teilte und ein paar Blätter vor sich auf den Tisch legte.

Petros neigte sich zu ihm. Er war erstaunt zu sehen, dass es eine griechische Zeitung war. Das beeindruckte ihn noch mehr: ein Tourist, der nicht nur wie ein Mann von Welt las, sondern auch noch Griechisch konnte! Vielleicht war er Grieche, aber nicht aus diesem Teil des Landes – er hatte ganz sicher kein türkisches Blut in sich.

Petros räusperte sich. »Entschuldigen Sie, junger Mann«, sagte er. »Haben Sie diesen Teil schon fertig gelesen? Darf ich ...«

»Selbstverständlich, *Kyrie*, bedienen Sie sich«, erwiderte Alex mit vollendeter Höflichkeit und reichte ihm die Blätter. »Das sind die Inlandsnachrichten. Wenn Ihnen die internationalen lieber sind, ich habe sie hier«, fügte er hinzu und bot ihm den Rest der Zeitung an.

»Nein, das hier ist prima. Sie sprechen ausgezeichnet Griechisch für einen Touristen. Wie kommt das?«

Das Kompliment trieb Alex die Röte ins Gesicht. Ein empfindsamer Junge, dachte Petros. Die Jungs von hier würden ihm die Haut bei lebendigem Leibe abziehen.

»Danke. Meine Mutter stammt aus diesem Dorf, Irini Konsaki, kennen Sie sie? Meiner Tante gehört die Bäckerei.«

»Oh, der englische Neffe! Deshalb sprechen Sie unsere Sprache. Ja, ich habe viel von Ihnen gehört.« Petros sah ihn erleichtert an. Gott sei Dank, der Bursche war kein Deutscher. Petros hatte es seit der Besetzung nicht über sich gebracht, den Deutschen zu verzeihen. Außerdem war er dankbar, dass der Junge kein Unbekannter war, nicht irgendein englischer Tourist, der die Mädchen hier aufs Kreuz legte und sich dann aus dem Staub machte. Nein, er war ein Gentleman. Er flirtete vielleicht ein bisschen mit Joyce, aber er würde eine verheiratete Frau respektieren.

»Natürlich erinnere ich mich an Ihre Mutter«, sagte Petros. »Sie ist hier berühmt, weil sie von der Insel entkommen ist.«

»Sie kannten sie?«, Alex freute sich.

»O ja. Sie war sehr gescheit. Sie hat eine Menge Bücher gelesen, so viel ich weiß. Die Leute hatten Angst vor ihr.« Petros kicherte.

»Kommen Sie, Sir, bitte setzen Sie sich zu mir«, bot Alex ihm an – er wollte unbedingt mehr hören. Er mochte diesen alten Bauern. Er sah so alt aus wie die Berge, aber er schien scharfsinnig und neugieriger zu sein als viele Bewohner dieser Insel. »Ich spendiere Ihnen etwas zu trinken – noch einen Kaffee?«

»Nein, nein. Sie sind der Gast.« Petros wechselte an Alex' Tisch, winkte dem Kellner und bestellte zwei *Ouzos*. »Willkommen zu Hause«, sagte er ironisch.

»Ich wäre gern hier zu Hause«, entgegnete Alex aufrichtig. »Ich liebe Griechenland.«

»Gut, gut«, antwortete Petros. »Aber ich denke, es ist schwierig, Ifestia zu lieben.«

Das versetzte Alex in Erstaunen. Der alte Mann war sicherlich nicht von hier – ein Mensch, der hier geboren war, würde nie so etwas sagen, es sei denn, er hatte die Flucht ergriffen wie seine Mutter. Er musterte Petros. Ein winziges Gesicht, runzlig wie eine Baumrinde und ohne den üblichen Schnurrbart. Braune, wache Augen. Bäuerliche Kleidung – verbeulte Kappe, blaues Hemd, abgenutzte braune Jacke, bauschige schwarze Hose. In seiner Jugend muss er schmächtig ausgesehen haben, dachte Alex. Er war dürr wie eine Ziege und schien nicht größer als einssechzig zu sein. Trotzdem hatte er ein gewisses Funkeln in den Augen. Das gefiel Alex.

»Meine Mutter war froh, von hier wegzukommen, das stimmt«, gab Alex vorsichtig zurück. Wieder wurde er rot, weil er fürchtete, den alten Mann beleidigt zu haben. »Ich hoffe, es macht Ihnen nichts aus ...«

Petros wehrte seine Entschuldigung mit einer Handbewegung ab. »Keine Angst, mich können Sie damit nicht kränken. Sogar die alten Griechen wussten, dass diese Insel nicht viel taugt. Und vor dreihundert Jahren haben die Türken ihre Verbrecher hierher verbannt – daran sehen Sie, wie wir uns fühlen. Unsere Erde – die Erde, der ich einen Lebensunterhalt abtrotze – wurde in früheren Zeiten als so beißend scharf angesehen, dass man versuchte, Schlangenbisse und Wunden damit zu behandeln. Selbst Ajos Dimitrios, unseren Schutzpatron, mussten wir uns von Thessaloniki ausborgen, weil kein anderer Heiliger sich jemals die Mühe gemacht hat, Wunder für uns zu bewirken. Haben Sie einen Reiseführer?«

»O ja«, bestätigte Alex erstaunt über diesen Gedankensprung. »Ich habe den Blue Guide.«

»Steht da irgendwas über diese Insel drin?«

»Ehrlich gesagt, nein. Aber ich habe etwas in einem anderen Buch gefunden.« Alex grinste. »Dort steht, dass es sich nicht lohnt, herzukommen, weil die Insel langweilig ist.«

»Sehen Sie!«, rief Petros triumphierend. »Sogar die Reiseveranstalter halten diesen Ort für verflucht!«

Die *Ouzos* wurden mit den üblichen Wassergläsern und einem Teller mit *Mezedhes* gebracht: Gurkenstücke, Käsewürfel, Tomaten und ein paar wenige Stücke marinierter Oktopus. Petros schüttete ein bisschen Wasser in seinen *Ouzo,* der sofort milchig weiß wurde, dann erhob er sein Glas. »Auf Irini, die verlorene Tochter, möge sie nie wieder auf diese Insel zurückkehren müssen«, sagte er und freute sich selbst über seinen Scherz. *»Yassou!«* Die beiden Männer prosteten sich zu und ließen die Gläser erklirren.

»Ihre Mutter, was macht sie jetzt?«, erkundigt sich Petros,

nachdem er den *Ouzo* genüsslich über die Zunge hatte fließen lassen. Er sah Alex an. Ein wohl erzogener Junge, dachte er. Privilegiert und bestimmt an teuren Schulen ausgebildet. Er ist vermutlich ein willkommener Gesprächspartner für Joyce, eine hübsche Abwechslung zu uns rauen Bauern.

»Sie unterrichtet Kunstgeschichte in einem Londoner College. Meine beiden Eltern sind Professoren.« Alex steckte sich ein Stück Käse in den Mund.

»Ihre Mutter ist Professorin?« Petros war froh. Er hatte immer gehofft, dass Irini dieses Dorf mit Erfolg und Ruhm zum Staunen bringen würde – er erinnerte sich noch gut, wie sich alle über ihre Intelligenz mokiert hatten. »Ja, der Lehrerberuf ist gut«, sagte er. »Es ist sehr wichtig, der Jugend etwas beizubringen. Möchten Sie auch Lehrer werden?«

Alex dachte an die Klagen seiner Eltern. Gelangweilte Studenten. Die wenig geistreichen Arbeiten, die sie jahrein, jahraus korrigieren mussten. Die Schinderei.

»Ich finde, Gemüse und Obst anzupflanzen, Tiere zu züchten und Fische aus dem Meer zu holen ist die allerwichtigste Arbeit, die man tun kann«, sagte er. »Kinder lernen voneinander.«

»Sie lernen voneinander, brutal und grausam zu sein!«, versetzte Petros. »Ich habe die Schule nie beendet, und das habe ich mein ganzes Leben bedauert. Sie sind nicht einmal ein halber Grieche, wenn Sie nicht an Bildung glauben.«

Alex lachte. »Natürlich glaube ich an Bildung. Das habe ich nicht gemeint. Ich denke nur, wir unterrichten die Kinder falsch. All dieses Auswendiglernen, das trägt nur zur Verdummung bei. Kinder sollten durch praktische Erfahrungen lernen. Nicht irgendwelche Sachen über Afrika lesen, sondern hinfahren! Keine Vorträge über die Fischindustrie, sondern in den Ferien auf einem Boot arbeiten.«

»Ah, neumodischer Firlefanz«, gab Petros mit einem gutmütigen Grinsen zurück. Er neigte den Kopf zur Seite wie ein Sperling. »Aber Sie haben meine Frage noch nicht beantwortet. Möchten Sie Lehrer werden?«

Alex senkte den Blick und überlegte. Er hatte vergessen, darüber nachzudenken, was aus ihm werden sollte. Seit er Joyce kannte, hatte er sich nur noch Gedanken darüber gemacht, was er mit ihr tun sollte, wie er sie retten konnte. »Vielleicht werde ich Journalist und schreibe über Politik«, antwortete er. »Oder ich mache ein weiterführendes Studium in Politikwissenschaften.«

Petros' Augen strahlten, und bald waren sie in eine Diskussion über den griechischen Sozialismus und die neue demokratische Partei vertieft.

Eine Stunde später, als die Sonne fast versunken war und der Schein das Meer und ihre Gesichter in ein glühendes Rot tauchte, fiel Petros ein, dass er nach Hause musste. Er erhob sich schwankend, um Alex die Hand zu schütteln. Er war in Hochstimmung, weil er ein gutes Gespräch mit einem neuen Bekannten geführt hatte, der sich nicht nur als respektvoll, sondern auch als sehr gebildet erwiesen hatte. Er beschloss, Joyce einen Gefallen zu tun und als nette Überraschung ihren Freund mit nach Hause zu nehmen. Und damit konnte er ihr zeigen, wie liberal und fortschrittlich ihr alter Schwiegervater war. Dann brauchte sie ihm und Dimitra ihren kleinen Flirt nicht mehr zu verheimlichen. Außerdem – warum sollte sie sich nicht mit jemandem anfreunden, der ihre Sprache sprach, auch wenn es ein junger Mann war? Vielleicht fühlte sie sich dann nicht mehr so einsam und abgeschnitten von ihrer Vergangenheit und ihrer Heimat. Vielleicht blieb sie dann lieber bei ihnen.

Zufrieden mit sich selbst legte Petros eine Hand auf Alex' Schulter. »Kommen Sie mit in mein Haus!«, rief er aus. »Essen Sie mit uns, lernen Sie meine Familie kennen. Es wäre uns eine Ehre, Sie beim Abendessen bei uns zu haben.« Er lachte innerlich. Es wird unterhaltsam sein, das zu beobachten, dachte er. Und es wird meinem nichtsnutzigen Sohn einen Ruck geben. Alex wird ihm zeigen, wie ein Gentleman mit einer Lady umgeht.

Alex nahm die Einladung an. Er brauchte eine Ablenkung. Sie stritten, wer die Rechnung bezahlen durfte, Alex gewann, und sie wankten nach Hause – zumindest Petros wankte; er trank normalerweise nicht viel, und heute hatte er mehr *Ouzos* intus als sonst. Alex hielt sich diskret an seiner Seite, um ihn aufzufangen, wenn er fiel.

Als Alex das kleine Haus betrat und sich unter der niedrigen Tür duckte, erschien es Petros, als würde er den ganzen Raum ausfüllen. Es war niemand da, aber sie hörten Töpfeklappern im Hof. Es roch nach gebratenem Huhn und Knoblauch. Seit Nikos wieder zu Hause war, gab es gutes Essen.

»Setzen Sie sich«, sagte Petros, nahm seine Kappe ab und zog das Jackett aus. »Meine Frau und meine Schwiegertochter bereiten das Essen zu. Ich sage ihnen, dass wir einen Gast haben.«

Er schlurfte hinaus, und Alex hatte Zeit, sich umzusehen. Er befand sich in einer typischen Bauernkate, die einzige Beleuchtung war eine rauchende Kerosinlampe, die auf dem rohen Holztisch stand – alles war sauber, aber zeitlos. Solche Häuser hatte es schon vor fünfhundert Jahren gegeben. Alex stand auf; er kam sich riesig und futuristisch vor unter den Balken, die mit Kräutern behängt waren – wie ein Außerirdischer, den man in die Vergangenheit gebeamt hatte.

Petros ging zu den Frauen, die an der Feuerstelle kauerten. Er war begierig darauf, ihnen die Neuigkeit mitzuteilen.

»Ah, da bist du ja! Zwei Stunden zu spät!«, rief Dimitra. Sie richtete sich mit zwei Platten mit Hühnchenfleisch in den Händen auf. Es kam so selten vor, dass Petros zu spät zum Abendessen kam, dass sie ihn für das heutige Versäumnis nicht ausschalt. »Wir haben auf dich gewartet, Nikos ist auch noch nicht zu Hause. Ist etwas in der Stadt vorgefallen?«

»Nichts Besonderes, aber ich habe einen Gast mitgebracht«, verkündete Petros triumphierend. »Es ist der englische Neffe der Witwe Sarafi. Erinnerst du dich an die Geschichte? Er spricht perfekt Griechisch, Dimitra. Sogar noch besser als unsere Joyce.«

»Irinis Junge?« Dimitra war erfreut. Das gab ihr für Wochen Gesprächsstoff. »Er ist hier in Kastron?«

»Ja, er besucht seine Verwandten.«

»Hah. Das ist mehr als seine hochnäsige Mutter jemals getan hat. Aber gut. Ich gehe hinein und heiße ihn willkommen. Joyce, du bringst die *Jemista* rein.«

Petros warf Joyce einen verstohlenen Blick zu. Sie hockte noch immer vor dem Feuer und rührte sich nicht. In der Dunkelheit konnte er ihr Gesicht nicht richtig sehen. Aber ihm kam zum ersten Mal der Gedanke, dass ihr die Überraschung nicht recht sein könnte. Vielleicht brachte es sie in

Verlegenheit, ihren gebildeten Freund hier zu empfangen. Möglicherweise hätte er sie irgendwie vorwarnen sollen.

Im Haus schwirrte Dimitra bereits um Alex herum. Sie schenkte ihm Wasser und Wein ein und wies ihm den Ehrenplatz am Tisch zu. »Sie sehen Irini ähnlich«, log sie. »Wir haben früher als Kinder zusammen gespielt. Warum haben wir Sie hier nie zuvor gesehen?«

Alex antwortete freundlich und erzählte ihr, dass er bei seinem letzten Besuch in Kastron ein pickliger Teenager gewesen war, den kein Mensch beachtet hatte. Er war höflich, aber bescheiden und gewann sofort Dimitras Herz. Dann kam Joyce herein, und er wurde kreidebleich.

Zum Glück bemerkte Dimitra nichts. Sie nahm Joyce die Platte mit den gefüllten Paprika aus der Hand. Joyces Wangen brannten. Sie hatte nie gewollt, dass Alex sie so sah – eine Hausfrau in einer Bauernkate, die den Männern das Essen servierte wie eine Magd. Sie hatte gespürt, dass er sie verehrte, dass er sie für klug und mysteriös hielt, nicht für eine Dienerin, die sie in diesem Haus war. Die Demütigung ging so tief, dass sie kein Wort herausbrachte.

Dimitra sah sie erstaunt an. »Was ist los mit dir?«, tadelte sie. »Begrüße unseren Gast!«

Alex hatte sich so weit erholt, dass er sich erheben konnte. Aber als er den Mund öffnete, kam kein Ton über seine Lippen.

»Sie ist Amerikanerin«, erklärte Petros hastig. »Ihr könnt euch auf Englisch unterhalten, und wir verstehen nichts.« Er lachte, als wäre das ein guter Witz, aber er wusste genau, was er tat.

»Hallo, schön dich zu treffen«, stieß Alex schließlich hervor, aber auf Griechisch. Dann setzte er in Englisch hinzu: »Tut mir Leid. Ich wusste das nicht.«

Joyce nickte. Es war ihr lieber, wenn er nicht redete – sie wollte kein Risiko eingehen. Sie lief wieder hinaus.

Als alles auf dem Tisch stand, setzten sie sich. Sie hätten auf Nikos gewartet, wenn sie keinen Gast gehabt hätten. In diesem Land, in dem die Gastfreundschaft groß geschrieben wurde, kamen Gäste vor Ehemännern und Söhnen. Dimitra und Joyce bedienten die Männer, dann nahmen sie sich selbst kleinere Portionen, damit für Nikos noch genug blieb.

Alex brachte kaum einen Bissen herunter. Die Situation war quälend – nicht so sehr für ihn, denn er war begeistert, die Gelegenheit zu haben, Joyces Heim zu sehen und mehr über ihr Leben zu erfahren –, aber er sah, wie schrecklich seine Anwesenheit für sie war. Er tat sein Bestes, um sie zu beruhigen, lobte das gute Essen, nahm sich so wenig wie möglich, um der Familie nicht zu viel wegzuessen, achtete aber darauf, nicht rüde und undankbar zu erscheinen, und er beantwortete Dimitras Fragen nach seiner Mutter. Joyce sprang alle paar Minuten auf, um die Platten und Schüsseln herumzureichen. Sie schickten sie zum Weinholen, nach Wasser, Oliven und Brot. Sie behandeln sie wie eine Sklavin, dachte Alex, und ihm stieg die Zornesröte ins Gesicht.

Petros war ungewöhnlich redselig. Ihm war klar geworden, dass er einen Fehler gemacht hatte, und er musste die Situation, so gut es ging, retten, ohne Dimitras Argwohn zu wecken. Sie musterte ihn bereits verwundert, da er sonst immer ziemlich wortkarg war. Doch er ließ sich nicht beirren und erzählte, wie er Alex kennen gelernt hatte, was Alex über seine Familie gesagt hatte, von ihrer Diskussion über Bildung und Politik. Alex versuchte tapfer, seinen Beitrag zu leisten. Joyce schwieg die ganze Zeit.

»So, Mr. Englishman«, sagte Dimitra jovial. »Was hat die

kleine Irini über ihre alte Heimat gesagt, die sie nie besucht? Was hat Sie Ihnen über das griechische Blut erzählt, das in Ihren Adern fließt?«

Petros kicherte. Er liebte es zuzusehen, wie Dimitra ihr Heimatland hitzig verteidigte.

Alex warf ihm einen Blick zu; er fühlte sich ertappt. »Sie hat mir gesagt, wie schön es hier ist, und natürlich hat sie darauf hingewiesen, dass Griechenland die Wiege der Zivilisation ist, *Kyria* Kaliopoulos. Deshalb hat sie dafür gesorgt, dass ich jeden Sommer nach Athen zum Studieren fahre.«

»Hah«, machte Petros. »Sie sagt, das hier ist ein Gefängnis! Die Hölle!«

Dimitra wandte sich entrüstet an Alex. »Achten Sie nicht auf meinen niederträchtigen Mann. Er ist auf Mytilene – Lesbos, wie Ihr Engländer es nennt – geboren. Er weiß nichts von Ifestia. Stimmt das? Hat sie so über diese schöne Insel gesprochen?«

Alex wurde rot. Als Gast konnte er nicht gut die Heimatinsel seiner Gastgeber niedermachen. »Nicht genau so«, erwiderte er ausweichend. »Sie ist sehr stolz darauf, Griechin zu sein. Sie unterrichtet Kunstgeschichte im College und hat sich auf griechische Kunst spezialisiert.«

»Sie ist Lehrerin?« Dimitra sah ihn forschend an. Ihr faltiger Mund stand leicht offen. Irini ist immer eingebildet gewesen, ging es ihr durch den Kopf, sie hat sich für was Besseres gehalten. Laut sagte Dimitra: »Ich hoffe, sie vergisst nicht, Gott für ihr Glück zu danken.«

Nach etwa einer Stunde, in der Joyce kein Wort zur Unterhaltung beitrug, polterte Nikos mit viel Getöse ins Haus und schlug die Tür zu. Er war in einer schrecklichen Stimmung, hungrig und gereizt. Er war beim Fischen gewesen und hatte nichts gefangen. Seine Freunde hatten ihn den ganzen Tag verspottet – Gott, er hatte es satt, auf dieser langweiligen Insel festzusitzen. Er fühlte sich eingeengt. Von seinen Eltern, die überhaupt nicht mit ihm einverstanden waren, von seinen Freunden, die sich weigerten, ihn zu bewundern. Und am Schlimmsten war seine schweigsame unglückliche Frau, die ihm keinen Platz in ihrem Herzen ließ.

Als Nikos hereinkam, blieb Alex der Mund vor Staunen offen stehen. Er hatte ein Ungeheuer erwartet oder zumindest einen älteren, brutalen Kerl mit Bauch und Fischgestank – er hatte sich Hephaistos vorgestellt, und Joyce war Aphrodite. Aber jetzt sah er sich einem blendend aussehenden jungen Mann gegenüber. Regelmäßige, feine Gesichtszüge, geschmeidiger Körper. Er sah umwerfend und gesund aus – jetzt erst verstand Alex die Bemerkung seiner Tante, dass die Mädchen Joyce beneideten. Er fühlte sich hundeelend. Er hatte längst begriffen, dass er Joyce überreden musste, die Liebe zu ihren Schwiegereltern zu überwinden und die Sicherheit ihrer Gefangenschaft zu verlassen. Aber er hatte keine Ahnung gehabt, dass er sie Ares aus den Armen reißen musste.

Nikos bemerkte nichts. Sobald er den Gast sah, zügelte er sein Temperament so weit, dass er Alex die Hand schütteln und ihn willkommen heißen konnte, dann setzte er sich zu seiner Familie an den Tisch. Er nahm ein Glas, schenkte sich Wein ein, stieß an die Gläser der anderen und trank, ohne auf einen Trinkspruch zu warten. Dimitra schubste Joyce an, und die stand auf, um ihren Mann zu bedienen. Noch einmal wurde erläutert, wer Alex war, warum er so gut Griechisch sprach, wie Petros ihm begegnet war. Nikos nickte, stellte ein paar Fragen und verlor rasch das Interesse an dem überschlauen Touristen. Nikos mochte entweder bodenständige Kerle oder Seemänner, keine gelehrten Briten mit Athener Akzent.

Alex war entsetzt. Er fühlte sich ungelenk neben Nikos, linkisch und ungeschickt wie eine Giraffe in einem Käfig, kantig und unelegant. Nikos war männlich und anziehend. Seine Augen waren groß und glutvoll, die Bewegungen sinnlich, die Brust und Schultern muskulös. Je länger Alex neben ihm saß, um so knochiger und farbloser kam er sich vor, wie ein zu schnell gewachsener Schuljunge, der höllisch aufpassen musste, die Teekanne nicht umzuschmeißen. Ihm war schleierhaft, wieso Joyce Interesse an ihm haben konnte.

Er schielte verstohlen zu ihr. Sie starrte auf ihren Teller und konnte nichts essen. Ihr ganzer Körper war angespannt, das sah er. Ihre Finger waren verkrampft, der Nacken steif. Hin und wieder warf sie einen Blick auf Nikos, und Alex erkannte Angst in ihren Augen. Ihm wandte sie sich gar nicht zu.

Schläft sie noch mit ihm?, überlegte Alex. Er hatte es nie gewagt, ihr diese Frage zu stellen, aber nach allem, was sie ihm erzählt hatte und nach der Leidenschaftlichkeit am Strand, musste er den Eindruck gewinnen, dass die beiden nicht viel Gemeinsames hatten. Er spürte die Hitze, die von Nikos ausging, und roch das Meer und den Tabak: männliche Gerüche. Alex wäre am liebsten im Boden versunken.

Er verabschiedete sich, sobald es ihm die Höflichkeit erlaubte, bedankte sich überschwänglich bei Dimitra und Petros und versprach, sie bald wieder zu besuchen. Nikos nickte ihm geistesabwesend zu. Joyce vermied seinen Blick.

Auf dem Weg zurück in die Stadt war Alex vollkommen verzweifelt. Er hatte alles missverstanden! Er hatte gedacht, dass Joyce einen Retter brauchte, dass sie alldem entkommen wollte. Und er hatte sich eingebildet, sie würde nach Liebe hungern. Jetzt befürchtete er, dass sie ihn nur benutzte, um ihren Mann zurückzugewinnen, und sich keinen Deut um seinen ungelenken Körper und sein naives, leichtgläubiges Wesen scherte.

»Er ist ein feiner junger Mann, nicht?«, sagte Petros, nachdem Alex gegangen war. Er fixierte seinen Sohn. »Er hat Manieren wie ein Gentleman, Nikos – Du könntest einiges von ihm lernen.«

»Wer tausend Dinge weiß, stellt zehntausend Fragen«, brummte Nikos verächtlich. »Er ist ein arroganter britischer Schnösel.« Er warf Joyce einen Blick zu. »Ich bin froh, dass du nicht mit ihm geredet hast, Frau. Du hast Recht getan, einen *Malaki* wie ihn zu ignorieren.«

»Nikos, ich dulde keine solche Reden!«, schimpfte Dimitra. Dann strahlte sie Joyce an. »Ja, du hast dich benommen wie eine gute Frau. Stimmt's nicht, Nikos? Hast du gesehen, wie sie den Kopf immer gesenkt hielt? Keine dreisten Blicke. Sie hat nicht einmal Englisch mit ihm gesprochen.«

»Ja.« Nikos betrachtete sie nachdenklich. »Vielleicht lernt sie es allmählich. Außerdem – wieso sollte sie mit einem schlaksigen Kerl wie dem liebäugeln, wenn sie mich hat?« Er zwinkerte, zog sie in seine Arme und küsste sie auf den Hals.

Petros seufzte. So viel zu der Lektion, die er seinem Sohn erteilen wollte.

Joyce ließ die Umarmung ihres Mannes reglos über sich

ergehen. Ich könnte ein Baum sein, so wie die über mich reden, dachte sie. Alex will bestimmt nichts mehr von mir wissen. Er hat mit eigenen Augen gesehen, dass ich ein Niemand bin.

In den vergangenen Nächten hatte Joyce Nikos wieder in ihr Bett gelassen. Bisher hatte sie nicht, wie erhofft, den Schlüssel zur Macht über ihn gefunden, aber sie versuchte klarzustellen, dass sie ihn wegschicken würde, wenn er sie nicht mit mehr Rücksicht behandelte.

»Ich will dich nicht, wenn du nicht freundlich zu mir bist«, hatte sie gesagt, als er zum zweiten Mal in ihre Kammer gekommen war, um mit ihr zu schlafen. »Wenn du mich einschüchterst wie beim letzten Mal, werde ich eiskalt. Du willst doch keine kalte Frau, oder?«

Er starrte sie verständnislos an. »Was meinst du damit?«, rief er aus. »Es hat dir immer gefallen mit mir. Du warst begeistert davon, wie ich dich nehme!«

»Ja, aber du hast dich verändert, Nikos. Manchmal glaube ich, dass ich dich überhaupt nicht mehr kenne. Du bist nicht sanft und rücksichtsvoll wie früher. Damals hatte ich das Gefühl, du verehrst mich, jetzt komme ich mir vor wie eine Hure.«

»Verehren! Was bist du, eine Prinzessin? Wieso sollte ein Mann seine Frau verehren?«

»Das meine ich nicht. Ich möchte einfach nur respektiert werden.«

Nikos setzte sich zu ihr aufs Bett. »Aber ich respektiere dich doch!«, protestierte er. »Hab ich nicht gesagt, dass ich dich liebe? Ich hab dir doch erzählt, wie sehr ich mich nach dir sehne, wenn ich weg bin, dass ich meine wunderbare

Frau vermisse. Was ist mit meinen Briefen? Nicht ich habe mich verändert, sondern du.«

»Tut mir Leid, Nikos. Ich gebe mir alle Mühe, aber ich ertrage es nicht, wenn du mich herumkommandierst.«

»Herumkommandieren? Aber ich bin der Mann – es ist nur natürlich, dass ich die Zügel in der Hand halte.«

»Nein. Für mich ist das überhaupt nicht natürlich. Und im Bett schon gar nicht.«

»Ich verstehe dich nicht. Was willst du, in Dreiteufelsnamen?«

Joyce legte die Hände über die Augen – sie wollte sowohl seine Stimme als auch seinen Anblick ausschließen. Ich möchte die Liebe spüren, hätte sie am liebsten gesagt. Ich möchte die Art von Liebe spüren, die mir Alex gibt, nicht deine Art. Aber das konnte sie ihm nicht an den Kopf werfen. »Sei einfach nur zärtlich«, sagte sie. »So wie früher.«

Nikos zuckte mit den Schultern. »Ich bin nicht anders. Ich verstehe dich einfach nicht. Komm, jetzt ist aber Schluss mit dem Gerede. Zieh dein Kleid aus.«

Jetzt lag sie jede Nacht im Bett, ließ zu, dass er sich auf sie wälzte und in ihr herumstocherte, bis er fertig war. Manchmal, wenn er lieb und umsichtig war, konnten seine Küsse sie immer noch erregen. Aber wenn er ungeduldig und herrisch war, fühlte sich ihr Körper wie tot an. Dann schloss sie die Augen, biss die Zähne zusammen und betete, dass es schnell vorbei sein möge. Er kam ihr schwerer vor in diesen Nächten. Sein Gesicht drückte so auf ihre Brust, dass sie kaum noch Luft bekam. Sie versuchte, sich vorzustellen, dass Alex bei ihr lag, um wenigstens ein bisschen Spaß zu haben, aber das funktionierte auch nicht. Es war so schlimm wie die eigentliche Untreue. Also redete sie sich ein, dass ihre Gleichgültigkeit Nikos gegenüber nur etwas

Vorübergehendes sei, etwas, was jede Frau hin und wieder durchmachte. Ich werde das überwinden, sagte sie sich. Eines Tages begehre ich ihn wieder. Er ist schön, und er liebt mich noch immer. Ich fühle nur wegen Alex so. Wenn ich Alex los bin, dann bin ich frei und kann meinen Mann wieder lieben.

Zweiter Teil

10

Nikos saß auf der Hafenmauer, ließ die Beine baumeln und schaute niedergeschlagen hinaus aufs Meer. Es war früher Abend, und die untergehende Sonne hatte alles in trübes Gold verwandelt. Der Himmel am Horizont war ocker verfärbt, und auf dem Meer tanzten Millionen Lichter. Aber Nikos war immun gegen die Schönheit der Natur. Er sehnte sich danach, wieder auf ein Schiff zu kommen und konnte kaum an etwas anderes denken. Er wollte durch die Ägäis, dann weiter nach Italien schippern und nur weg von seiner enttäuschten Mutter, dem eisigen Schweigen seines Vaters und seiner aufsässigen Frau.

Nikos' Träume von einem befriedigenden Eheleben waren zerstört. Joyce beachtete ihn gar nicht, wenn er ihr sagte, was sie tun sollte. Für sie kam seine Mutter immer an erster Stelle, sie bediente Dimitra nach allen Regeln der Kunst, bevor sie ihm auch nur ein Fünkchen Beachtung schenkte. Und sie ergriff bei Auseinandersetzungen immer Dimitras und Petros' Partei. Seine Eltern lobten Joyce über den grünen Klee, während sie ständig an ihm herumkrittelten. Lieber Gott, Joyce wandte sogar manchmal im Bett das Gesicht von ihm ab und schlug seine Hände weg – sie lag unter ihm wie ein Opferlamm, nicht wie eine Geliebte! Diese Erniedrigung bohrte sich in sein Fleisch wie spitze Nägel. Seine Frau vermittelte ihm das Gefühl, ein Ausgestoßener zu sein, ein Eindringling, dabei wollte er doch nur bewundert werden, wie alle Männer von ihren Frauen bewundert werden sollten. Seine Miene war finster, als er aufstand und hinunter zum Wasser ging. Eigentlich müsste er schon zum Abendessen zu Hause sein, aber er entschloss sich, stattdessen in seine Stammkneipe zu gehen und etwas zu trinken. Zur Hölle mit allen, dachte er, ich betrinke mich heute.

Die Leute kamen aus ihren Häusern, um wie jeden Abend am Meer zu promenieren. Sie nickten ihm zu und begrüßten ihn, als sie vorbeigingen, die Frauen taxierten ihn. Trotz seiner üblen Laune war Nikos gezwungen, ab und zu stehen zu bleiben und ein wenig zu plaudern. Er hatte immer schon für Aufregung in der Stadt gesorgt. Die Frauen konnten die Blicke nicht von ihm wenden, flirteten mit ihm und wollten ihm ein Lächeln entlocken; die eifersüchtigen Männer waren erpicht darauf, mit ihm ins Gespräch zu kommen, weil sie sich nichts anmerken lassen und allen zeigen wollten, dass sie ihm, was Geist und Bildung betraf, weit überlegen waren. Sein ganzes Leben hatte Nikos die Bewunderung der Frauen und den Unmut der Männer auf sich gezogen.

Bevor er die Taverne erreichte, lief ihm sein Vater über den Weg. Petros war wieder einmal auf der Suche nach ihm. »Sohn«, sagte er knapp, – und sein kleines Gesicht wirkte grimmig, »komm.«

»Aber, *Papas*. ich habe versprochen, Vangelis und die anderen zu treffen.«

»Die können sich auch allein und ohne deine Hilfe betrinken. Ich möchte mit dir reden.«

Nikos gehorchte widerwillig. Er fürchtete Konfrontationen mit seinem Vater, so selten sie auch vorkamen. Ernste

Gespräche endeten immer mit Zurechtweisungen, Kritik oder, noch schlimmer, mit Schweigen.

Aber zu Nikos' Überraschung führte Petros ihn nicht nach Hause, sondern in eine andere Taverne, in ein kleines, verräuchertes Lokal, das sie beide sonst nicht besuchten. Sie setzten sich an einen wackligen Metalltisch, und Petros bestellte zwei Gläser Pflaumen-Brandy, der sofort zu Kopf stieg und fast ein Loch in den Magen brannte.

»Yassou«, sagte der alte Mann automatisch, stieß mit seinem Glas an das von Nikos. »Es ist an der Zeit, dass wir ein Vater-Sohn-Gespräch führen, nicht?«

Nikos sah ihn verwirrt an. »Ja, *Papas*«, erwiderte er verdrossen und wappnete sich innerlich gegen eine Gardinenpredigt. »Aber ich habe Hunger. Können wir bald zum Essen nach Hause gehen?«

Petros ignorierte diesen Einwand. Er nahm sein *Kombuloi* aus der Tasche und rieb die Perlen zwischen Daumen und Zeigefinger, während er seinen Sohn stirnrunzelnd musterte. »Trink«, sagte er und deutete auf Nikos' Glas. Sein eigenes stand unberührt auf dem Tisch.

Nikos trank den Brandy aus, und Petros bestellte ihm einen neuen. Gewöhnlich versuchte er, seinen Sohn vom Alkohol abzuhalten – Nikos verstand nicht, was er jetzt bezweckte.

»Was willst du mir sagen, Vater?«, fragte er und rutschte unbehaglich auf dem Stuhl hin und her. »Hast du schlechte Nachrichten, weil du mir so viel zu trinken gibst?«

»Nein, nein.« Der alte Mann nahm seine Kappe ab und legte sie auf sein Knie. Dabei rieb er unablässig die Perlen.

»Wenn du mir Vorwürfe machen willst, wie es Mutter jeden Tag tut, weil ich ins Bordell gehe, dann verschwendest du deinen Atem. Du weißt ja, was man sagt: ›Ich möchte ein Heiliger sein, aber die Dämonen lassen mich nicht.‹ Aber das ist jetzt sowieso vorbei.« Nikos funkelte seinen Vater an.

Petros strich sich müde übers Gesicht. »Nein, deshalb habe ich dich nicht hergebracht. Ich möchte, dass du mir sagst, was in deinem Kopf vorgeht. Ich merke, dass du unglücklich bist. Ist es die See? Vermisst du das Leben auf dem Schiff? Oder geht es um deine Frau?«

Nikos zuckte mit den Schultern und verzog den Mund. »Natürlich geht es um meine Frau. Das weißt du, *Papas,* warum fragst du also? Sie wendet sich gegen mich. Sie behandelt mich nicht mit dem erforderlichen Respekt.«

Petros senkte den Kopf – sein walnussbraunes Gesicht drückte plötzlich unendliche Trauer aus. »Sie hat sich nicht gegen dich gewendet, Nikos. Du verstehst sie nicht. Joyce ist ein gutes Mädchen.«

Nikos wurde ärgerlich. »Genau das betet mir Mama auch den lieben langen Tag vor. Dir ist das vielleicht nicht aufgefallen, *Papas,* aber Joyce hat sich verändert. Sie tut nichts von dem, was ich sage. Sie ist nicht mehr die Frau, die ich geheiratet habe.«

Petros schwieg eine ganze Weile. Er ärgerte sich über die Aussage seines Sohnes, obwohl er zugeben musste, dass sie von Herzen kam. »Was willst du damit sagen?«, fragte er schließlich gepresst. »Möchtest du deine Freiheit wiederhaben?«

»Nein!«, schrie Nikos, und Petros zuckte erschrocken zusammen. »Nein, die Jahre, in denen ich mich in der Welt umgesehen und Frauen verführt habe, liegen hinter mir. Das brauche ich nicht mehr. Ich möchte eine ordentliche Frau, das ist alles. Ich will nach Hause kommen zu einer Frau, die mich liebt und achtet und nicht behandelt wie einen Wurm. Darauf hat jeder Mann ein Anrecht. Warum bin ich der Einzige, dem dies verwehrt wird?«

»Pst, mein Junge, beruhige dich«, raunte Petros. »Möchtest du, dass die ganze Stadt das hört?« Seine traurigen Augen richteten sich auf Nikos. »Wenn du den Respekt einer Frau willst, dann musst du ihn dir verdienen. Es reicht nicht, dass du ein Mann bist.«

»Verdienen?« Nikos warf sich auf seinem Stuhl zurück. »Was soll ich machen, einen Kopfstand? Ich fahre zur See, oder nicht? Ich bin monatelang weg von zu Hause auf einem engen, stinkenden Schiff, setze mich dem Wetter und den Stürmen aus, um Geld für sie und euch zu verdienen. Wieso genügt das nicht, um ihre Achtung zu gewinnen?«

Petros seufzte. »Wenn du vielleicht geduldiger wärst und ihre amerikanische Art tolerieren würdest, dann würde eure Liebe wieder wachsen. Damit eine Liebe gedeihen kann, muss sich ein Mann zu seiner Frau beugen. Er kann nicht aufrecht stehen wie ein Baum und erwarten, dass sie sich um ihn windet wie eine Weinranke. Du musst dich mehr bemühen.«

»Ich bemühe mich! Du weißt gar nicht, wie sehr ich mich bemühe.«

Nikos stützte die Ellbogen auf den Tisch und starrte in sein Brandyglas. Er ließ den Kopf hängen, und die dunklen Locken fielen ihm in die Stirn. *»Papas«*, sagte er, »ich war so glücklich, als ich Joyce gefunden habe. Meine goldene Amerikanerin. Ich war der glücklichste Mann der ganzen Welt.« Er sah zu Petros auf, seine Augen blitzten. »Du weißt das nicht, aber von allen Frauen, die ich in meinem Leben gehabt habe, war Joyce die einzige, deren Liebe mich ganz und gar erfüllt hat. Sie hat mich so sehr geliebt! Sie hatte keine Pläne, als ich sie kennen lernte. Sie ist ohne Ziel, sogar ohne Religion aufgewachsen.« Er schüttelte den Kopf und seufzte. »Die Frauen in diesem Land haben keinen Lebensinhalt, *Papas,* und Joyces Familie ... Ich habe noch nie so faule Leute gesehen. Ihre Brüder sind Feiglinge, ihr Vater ein lebender Toter. Sie gehen nie in die Kirche. Ihre Mutter ist fett und violett wie eine gefüllte Aubergine – sie hat ihrer Tochter nie beigebracht, dass man einen Mann oder Gott achten muss. Meine arme Joyce, man hat ihr keinerlei Weg bereitet.«

»Und das ist anders bei griechischen Mädchen, die wissen, dass sie für die Ehe und das Kinderkriegen geboren sind?«, sagte Petros, aber Nikos entging die Ironie.

»Genau. Griechische Frauen kennen ihren Platz und ihre Rolle. Heiraten, Kinder gebären und die Familienehre hoch halten. Das will ich Joyce geben. Mein Geschenk der Liebe. Ich möchte ihr einen Lebenssinn schenken.«

»Und deshalb lässt du sie bei uns allein, und sie soll arbeiten wie eine Dienerin.«

Nikos schaute seinen Vater überrascht an. »Nein! Sie sollte nur die griechische Lebensart lernen. Aber es hat nichts Gutes bewirkt, *Papas*. Ich fürchte, sie ist zu verdorben. Die verfaulte Seele ihrer Familie hat sie vergiftet.«

»Joyce ist keineswegs verdorben«, versetzte Petros scharf. »Wir kennen sie besser als du, Nikos, vergiss das nicht. Wir leben seit zwei Jahren mit ihr, du warst nur ein paar Wochen da. Sprich nie wieder so über sie.«

»Was ist es dann, *Papas?* Wie kann sich eine Frau ihrem Mann gegenüber so sehr verändern?«

Petros schloss die Augen. »Sie ist eine Amerikanerin in einem fremden Land, Nikos. Du hast sie monatelang allein gelassen. Als du das letzte Mal zu Hause warst, gab es nur Streit. Diesmal zeigst du dich stolz und überheblich, und du erwartest, dass sie vor dir zu Kreuze kriecht, nur weil sie dir noch keine Kinder geboren hat. Und statt ihr ein bisschen Liebe und Aufmerksamkeit zu schenken, gehst du zu diesen *Puttanas* ins Bordell. Sie ist keine Griechin, die von klein auf daran gewöhnt wird, dass man sie wie einen Maulesel behandelt. Sagt dir das denn gar nichts?«

»Bah! Ich müsste nicht ins Bordell gehen, wenn sie mich lieben würde. Und dieser Streit ist nur entstanden, weil Joyce so ungezogen zu mir war, und trotzdem habe ich mich wie ein Trottel bei ihr dafür entschuldigt.«

»Sohn, warum hast du nicht versucht, dich Joyce irgendwie anzupassen? Sie stammt aus einer anderen Welt. Hast du deinem Onkel Sophokles nie zugehört? Amerikanerinnen haben Maschinen, die für sie die Arbeit machen, Geld, das sie in Geschäften ausgeben, Pillen, die sie schlucken, wenn sie sich nicht gut fühlen, Autos, mit denen sie überallhin fahren können. Sie ist keine geborene Bäuerin, trotzdem arbeitet sie wie eine von uns. Du musst ihr zeigen, dass du das zu schätzen weißt.«

Nikos warf entrüstet den Kopf zurück. »Aber sie ist auch keine geborene Königin, oder? Nein, es ist zwecklos. Sie stellt sich gegen mich. Sie handelt wie die Offiziere auf meinem Schiff, tut so, als wäre ich ein Niemand für sie. Und sie hat etwas getan, was ich ihr nicht verzeihen kann.«

Petros nahm endlich sein Brandyglas in die Hand und fragte verärgert: »Und was soll das sein?«

»Sie hat Mama gegen mich aufgehetzt.«

»Was sagst du da, Junge? Was ist das für ein Blödsinn?«

»Nein, *Papas,* ich meine es ernst. Ist dir das nicht aufgefallen? Wenn ich Joyce bitte, mir was zu trinken zu holen, sagt Mama zu ihr, sie soll stattdessen ein Brot bringen. Wenn ich Joyce hinauf ins Bett einlade, besteht Mama darauf, dass sie

sie noch unten in der Stube braucht. Es ist, als würden die beiden Front gegen mich machen – sie sind wie eine Festung, die mich ausschließt.«

Das ist es also, dachte Petros. Mein Sohn ist immer noch ein Kind und so eifersüchtig auf seine Frau, wie er eifersüchtig auf einen Bruder oder eine Schwester wäre. Er spähte verwundert in Nikos' Gesicht. Wie konnten zwei Menschen wie er selbst und Dimitra – Menschen, die Kriege und Hungersnöte überstanden und sogar ein paar Heldentaten vollbracht hatten – eine solche Memme zum Sohn haben? Allerdings musste Petros eingestehen, dass Nikos nicht vollkommen falsch lag. Dimitra schien sich in letzter Zeit gegen ihn zu stellen, genau wie Joyce. Sie behandelte Joyce wie eine geliebte Tochter und Nikos wie einen Eindringling, als hätte sie ihre ganze Mutterliebe auf ihre Schwiegertochter verlagert. Petros seufzte, zündete sich seine Pfeife an und betrachtete nachdenklich den glühenden Tabak. Mir bleibt nichts anderes, als hinzunehmen, dass die Liebe zwischen Joyce und Nikos stirbt, sagte er sich. Eine moderne Amerikanerin und ein bäuerlicher Grieche – in einer solchen Ehe musste es zu Schwierigkeiten kommen. Und meine Frau macht alles nur noch schlimmer.

In den folgenden zwei Tagen suchte Petros nach einer Möglichkeit, wieder Harmonie in die Familie zu bringen. Ihm war klar, dass er nicht zu auffällig agieren durfte, denn es würde Nikos nur noch mehr kränken, wenn er ihm vorschlagen würde, mit Joyce weniger überheblich umzugehen. Er beobachtete, wie Dimitra ihren Sohn böse anfunkelte und ihre Schwiegertochter freundlich tätschelte, bis er es nicht mehr ertragen konnte. Ich muss mit Joyce darüber reden, entschied er. An Dimitras Verhalten kann ich nichts ändern, aber ich kann Joyce dazu überreden, ihren Mann nicht so sehr zu vernachlässigen, um ihrer Schwiegermutter einen Gefallen zu tun – vielleicht kann ich so die Ehe der beiden ein wenig stärken.

Petros nahm sein Vorhaben eines Nachmittags in Angriff, bevor er sich mit seiner Zeitung zur Siesta hinsetzen wollte. »Joyce?«, rief er. »Wo bist du?«

»Hier, *Petheros*«, kam die Antwort aus dem Garten. Sie hatte nie aufgehört, ihn förmlich als »Schwiegervater« anzusprechen. Sie meinte, das passte zu seiner bescheidenen Würde. Die vertraute Anrede bewahrte sie nur für Dimitra auf.

Petros fand sie im Gemüsebeet, wo sie Löwenzahnwurzeln aus der Erde riss. Sie trug seine alten Arbeitshandschuhe. Die Muskeln in ihrem Oberarm spannten sich an wie die eines jungen Mannes.

»Hör auf damit, *Koroulamou*, diese Arbeit ist zu schwer für ein hübsches Mädchen«, sagte er schuldbewusst und dachte daran, wie sehr sich Nikos über ihren sehnigen Körper beschwert hatte. »Ich möchte mit dir reden.«

Joyce richtete sich auf und wischte sich die Stirn ab. Löwenzahnwurzeln auszuziehen war ein Kampf, als ob man an einer Kette von Seegras zerren würde. Sie keuchte vor Anstrengung.

»Kleines, komm, setz dich zu mir ins Haus, dort ist es kühl. Du musst dich ein bisschen ausruhen, und was ich mit dir zu besprechen habe, wird einige Zeit dauern.«

»Ich habe so viel zu tun, *Petheros*.«

»Du darfst eine Pause machen«, gab er ungehalten zurück. »Deine Schwiegermutter lässt dich zu hart arbeiten.

Komm.« Er drehte sich um – sein hinfälliger Körper zeigte Entschlossenheit – und ging voran ins Haus.

Dimitra war in der Stadt und besuchte eine kranke Freundin, und Nikos lungerte im *Kaphenion* am Hafen herum, wie üblich, also waren sie ganz allein. Joyce goss ihnen kaltes Wasser aus einem Krug in der Speisekammer in Gläser, dann machte sie es sich auf den Kissen bequem, Petros setzte sich auf einen Stuhl. »Ja, *Petheros*?«, sagte sie. »Worum geht's?« Sie war nicht richtig bei der Sache, weil sie unbedingt wieder an ihre Arbeit wollte.

Petros erklärte ihr ausführlich, was ihm Sorgen bereitete. Er erzählte ihr von dem Gespräch mit Nikos in der Taverne und seiner Beobachtung, dass Dimitra ihrem Sohn das Gefühl gab, nicht besonders geschätzt zu werden. »Nikos befürchtet, dass er die Liebe seiner Mutter an dich verliert«, sagte er. »Du musst das verhindern und sehr vorsichtig sein. Immerhin bist du mit ihm verheiratet, nicht mit ihr.«

»Ich weiß«, erwiderte Joyce hastig und betrachtete verlegen ihre schwieligen Hände. »Sie macht das nur, weil Nikos nicht nett zu mir ist. Er spricht nie mit Respekt zu mir, so wie du mit Dimitra. Er versucht, mich herumzukommandieren wie eine Dienstmagd. Das macht Dimitra wütend – und mich auch.«

»Das ist mir aufgefallen, Kleines. Aber wenn er sich mehr von dir geachtet fühlt, behandelt er dich vielleicht auch mit mehr Achtung.«

Joyce nickte, ohne den Blick von ihren Händen zu wenden. »Ich werd's versuchen, *Petheros*«, sagte sie. »Du gibst gute Ratschläge.«

Petros gähnte. »Gut. Und jetzt möchte ich dich um einen Gefallen bitten. Dimitra hat mir aufgetragen, heute von der Witwe Sarafi Brot zu holen, aber ich bin zu müde. Kannst du für mich gehen? Sag ein paar freundliche Worte über ihren englischen Neffen. Und wenn du den Jungen siehst, gib ihm das hier. Es ist etwas, worüber wir neulich diskutiert haben, und ich denke, es wird ihn interessieren.« Er holte ein zusammengefaltetes Zeitungsblatt aus seiner Hosentasche und gab es ihr. Seine alten Finger zitterten.

Joyce richtete sich erschrocken auf. Sie wollte nicht in der Stadt Alex hinterherjagen – nicht jetzt, da sie beschlossen hatte, die Sache mit ihm zu beenden. Sie hatte ihn gemieden, das letzte Gespräch aufgeschoben, weil sie fürchtete, nicht genügend Kraft dazu zu haben. Sie fühlte sich noch nicht bereit dazu. »Aber Mama hat mich angewiesen, den Hof zu harken, wenn ich mit dem Unkrautjäten fertig bin«, wandte sie ein.

»Ich werde Dimitra klar machen, dass du für mich eine Besorgung machen musstest. Los, geh schon.«

»Kann ich nicht morgen gehen? Ich muss heute auch noch die Wäsche waschen.«

Petros runzelte die Stirn, schob sich die Kappe hoch auf die Stirn und blinzelte Joyce an. »Schwiegertochter, widersprich nicht einem alten Mann. Es wäre unhöflich, der Witwe zu lange zu verschweigen, dass wir ihren Neffen kennen gelernt haben. Und jetzt geh.«

Joyce seufzte. »Ja, *Petheros.* Vielleicht sollte ich ein paar Eier zum Verkaufen mitnehmen. Die Hühner haben heute gut gelegt.«

»Wenn du willst. Aber beeil dich, sonst schließt die Bäckerei zur Siesta.«

Joyce machte sich voller Angst auf den Weg nach Kastron. Es war schon fast September, und die Luft war kühler und roch nach Regen, den der Wind aus Norden bringen würde. Sie trug eine weite, kurzärmelige Bluse, die Dimitra gewebt und genäht hatte. Joyce glaubte, sie sah dick und alt darin aus. An den Füßen hatte sie billige Gummilatschen. Sie richtete den Blick auf ihre Füße, als sie den steinigen Weg entlangging, und bemerkte, dass ihre Fußnägel gesplittert und schmutzig waren. Joyce hatte jedes Zutrauen zu ihrer Stärke verloren. Die Probleme mit Nikos hatten ihr den Willen geraubt. Sie war niedergeschlagen und durcheinander. Wie konnte sie in diesem Zustand Alex gegenübertreten oder gar den Mut aufbringen, ihm den Laufpass zu geben?

Sie brachte die sorgfältig in einen Korb verpackten Eier zum Lebensmittelladen, aber sie war zu spät dran, um sie für einen guten Preis zu verkaufen; es wäre besser gewesen, sie morgen auf dem Markt anzubieten. Sie handelte, so gut sie konnte, aber sie wusste, dass Dimitra nicht zufrieden sein würde. Dann ging sie zögerlich auf die Bäckerei zu.

Eugenia stand im Laden wie immer. Sie war überrascht, Joyce zu sehen, weil Dimitra normalerweise selbst Brot backte. »*Yassou*, mein Kind«, sagte sie und zog fragend die Augenbrauen hoch. »Was kann ich für dich tun?«

Joyce merkte, wie ihr das Blut ins Gesicht schoss. »*Kalispera, Kyria* Sarafi. Mein Schwiegervater schickt Ihnen Grüße.« Sie stolperte über die Worte. »Er hat mich gebeten, Ihnen zu erzählen, dass er Ihren Neffen neulich kennen gelernt hat. Ich soll Ihnen sagen, dass er ein netter Junge ist. Er hat mir auch etwas für ihn mitgegeben.«

Eugenias schwarze Augen blitzten vor Stolz. »Ja, er ist ein guter Junge. Meine Schwester Irini hat ihn gut erzogen. Er hat mir von dem Abend in eurem Haus erzählt. Ihr werdet alle bald einmal zu mir kommen, ja? Dein Mann auch.

Alexandros ist oben. Er liest viel – der Junge wird noch mal schlechte Augen bekommen. Warte eine Minute, ich hole ihn.«

Eugenia bediente eine Kundin, wischte ihre mehlbedeckten Hände an der Schürze ab und ging durch den Perlenvorhang ins Hinterzimmer. Dort rief sie: »Alexi, jemand hat etwas für dich gebracht!« Sie kam in den Laden zurück. »Komm hier durch, bitte. Setz dich an den Tisch und mach's dir bequem.«

Sie schob Joyce durch den Vorhang und an dem heißen *Fourno* vorbei. Draußen im Hof standen ein runder Metalltisch, zwei billige Plastikstühle und etliche Blumentöpfe mit Kräutern und Gewürzen. Leuchtend rote und violette Prunkwinden kletterten an der weiß getünchten Mauer hinauf. Ein kleiner Maulbeerbaum wuchs in einem großen Kübel in der Ecke. Der Saft der dunklen Beeren tropfte auf den Steinboden.

Joyce nahm Platz und stellte den Korb auf ihren Schoß. Sie nestelte nervös an ihrem Pferdeschwanz.

Eine Sekunde später kam Eugenia mit einem Glas kalten Wassers und einem Klecks Marmelade auf einem Teller zurück. »Entschuldige mich bitte, ich komme zu dir, sobald ich meine Kunden zu Ende bedient habe«, sagte sie und stellte Glas und Teller auf den Tisch. »Alexi kommt gleich. Dann kannst du ihm das, was du mitgebracht hast, selbst geben.«

Joyce spürte seine Anwesenheit, bevor sie ihn sah. Er stand in der Tür. Sie drehte sich nicht um, um ihn zu begrüßen.

Alex wusste nicht, was er denken sollte. Er war begeistert, dass sie gekommen war, aber ihm fiel auf, dass sie sich stocksteif hielt und den Kopf gesenkt hatte. Er hatte die ganze Woche darauf gewartet, mit Joyce reden zu können, und gehofft, von ihr zu hören, dass er sich geirrt hatte, was ihren Mann anging. Jetzt fürchtete er, dass sie nur hier war, um sich von ihm zu verabschieden.

Er umrundete den Tisch und stellte sich vor sie. »Das ist eine hübsche Überraschung«, sagte er vorsichtig.

Joyce wand sich innerlich. Er klang so kalt. »Ich«, begann sie, aber sie konnte es nicht ertragen, dass er so drohend vor ihr stand wie ein Schullehrer. »Möchtest du dich nicht setzen?« Sie sah zu ihm auf und blinzelte, weil die Sonne blendete.

Alex hatte das Gefühl, gemaßregelt worden zu sein, und nahm schnell Platz. Sein schlaksiger Körper wirkte linkisch auf dem zerbrechlichen Stuhl.

»Mein Schwiegervater schickt mich«, sagte sie förmlich. »Er möchte dir das hier geben, und da ich in die Stadt gegangen bin, um Eier zu verkaufen ...« Sie reichte ihm das Zeitungsblatt.

Deshalb ist sie also hier – Petros hat sie damit beauftragt, dachte Alex. Sie ist nicht gekommen, weil sie mich sehen will.

»Danke«, erwiderte er steif und nahm ihr die Zeitung aus der Hand.

Sie schwiegen. Joyce fixierte den Teller mit der Marmelade. Sie wusste, dass sie sie essen musste, um *Kyria* Sarafi nicht zu beleidigen, aber schon allein der Gedanke verursachte ihr Übelkeit. Doch je mehr sie es hinauszögerte, umso länger musste sie hier bleiben und Alex' eisigen Blick ertragen.

Ich habe mich ihm zu schnell hingegeben, dachte sie, und plötzlich fiel ihr wieder ein, wie sie am Strand vor Leidenschaft geschrien hatte; ihre animalische Lust hatte von den Dünen widergehallt, sodass alle es hatten hören können. Die Erinnerung daran erfüllte sie mit Scham. Ich habe mich selbst billig gemacht, schalt sie sich. Ich habe mich benommen wie ein Flittchen.

Langsam schleckte sie an der Marmelade auf dem Löffel – ihr drehte sich fast der Magen um.

Alex beobachtete sie wachsam. Er hätte nicht sagen können, ob sie unglücklich oder nur verlegen war. »Hör mal.« Er räusperte sich. Er musste sich beeilen, weil seine Tante bald in den Hof kommen und die Anstandsdame spielen würde. »Es tut mir Leid, dass ich neulich einfach so zu euch gekommen bin. Ich hatte keine Ahnung, wer Petros ist. Absichtlich hätte ich dich niemals so überfallen, ich hoffe, das weißt du. Tut mir Leid, wenn es für dich schwierig war.«

Joyce trank einen Schluck Wasser. Sie konnte nicht mit Worten beschreiben, wie furchtbar dieser Abend für sie gewesen war. Dass alles, was Alex getan und gesagt hatte, ihre Sehnsucht nach ihm geschürt hatte. Ihr war aufgefallen, wie wenig er gegessen hatte, und sie wusste, dass er an ihre Armut gedacht hatte. Und er war um ihretwillen so höflich zu Petros und Dimitra gewesen. Und dann war Nikos da, der sich über Alex lustig gemacht und ihn mit seinem Ton und der Wortwahl verhöhnt hatte. Das war unerträglich für Joyce gewesen und hatte ihr deutlich vor Augen geführt, welch schlechte Wahl sie getroffen hatte.

»Ich weiß, dass du nichts dafür konntest«, sagte sie schließlich. »Es tut mir nur Leid, dass es überhaupt so kommen musste.«

»Hat ... hat jemand Verdacht geschöpft?«, wollte Alex wissen.

»Nein.« Joyce drehte das Gesicht zur Seite. Wenn sie noch einen Löffel Marmelade aß, würde sie sich übergeben.

»Natürlich nicht. Sie haben mich gelobt und gesagt, ich sei eine anständige, gute Griechin, weil ich nicht mit dir gesprochen habe.«

»Joyce, wie ...« Das klang wie ein Schmerzensschrei, und Alex hielt inne. Er ahnte, dass sie seine Fragen nicht hören wollte, und auf sein Mitleid konnte sie ganz bestimmt verzichten. Dass sie gar nichts mehr mit ihm zu tun haben wollte. Es war dumm gewesen, dass er noch Hoffnungen gehabt hatte. Sie hatte ihren gut aussehenden Mann wieder.

Joyce wartete, dass er den Satz beendete, aber er schwieg. Schließlich sah sie ihn an. Sein Gesichtsausdruck war abweisend. War er böse auf sie? Sie konnte es nicht sagen. Sie wusste nur, dass sie nicht die Kraft hatte, etwas Bedeutendes zu äußern.

»Ich gehe jetzt besser«, murmelte sie. »Es sieht komisch aus, wenn wir noch länger hier sitzen und reden.« Sie stand auf und drückte den Korb an sich »Ich bedanke mich nur noch bei deiner Tante und kaufe ein Brot.«

Alex erhob sich auch. Sein sonnengebräuntes Gesicht war angespannt, und die Haut um die zusammengepressten Lippen schimmerte weiß. »Sag deinem Schwiegervater, dass ich diesen Artikel lesen werde und dass ich ihm sehr dankbar bin«, sagte er. »Und ich hoffe ... ich hoffe, es ist mit dir alles in Ordnung.«

Er schickt mich weg, dachte Joyce. Ich brauche nicht einmal selbst Schluss zu machen. Er kann mich nicht mehr ertragen. Sie drehte sich auf dem Absatz um und lief in den Laden.

Der Schmerz setzte ein paar Tage später ein. Er durchbohrte Joyce, als sie versuchte, wenigstens einen halben Eimer

Milch aus dem schrumpligen Euter der Kuh zu quetschen. In einer Minute drückte sie ein paar Tropfen aus Heras Zitze, in der nächsten sank sie auf die Knie und umklammerte stöhnend ihren Bauch.

Es war, als würde ein Feuer in ihr brennen. Joyce wurde sich erst in diesem Augenblick bewusst, dass sie schon seit Tagen Stiche verspürt hatte, wenn sie sich gesetzt oder die Füße gehoben hatte, um die Leiter hinaufzuklettern. Und vor zwei Nächten, als Nikos sie das letzte Mal geliebt hatte, waren seine Stöße schmerzhaft wie nie gewesen. Sie hatte laut geschrien und ihn von sich gestoßen.

Sie schob den Eimer in eine Ecke, sodass Hera ihn nicht umschmeißen konnte, dann stolperte sie nach vorn gekrümmt zum Nebengebäude. Es war dunkel darin, aber sie konnte sehen, dass sie nicht blutete. Was ist los mit mir?, überlegte sie. Bin ich schwanger? Aber warum tut es so weh?

Joyce wusste fast nichts über Schwangerschaften. Ihr war natürlich klar, wie sie zu Stande kamen, aber nicht, wie sich eine Frau dabei fühlte. Sie hinkte wieder zu Hera und sank auf den Melkschemel. Sie hatte mit Nikos keine Verhütungsmittel benutzt, und beim ersten Mal mit Alex auch nicht. »O Gott«, schrie sie und dachte daran, dass sie sich bei dem Gespräch mit Marina auf dem Marktplatz gewünscht hatte, ein Baby zu bekommen. »Was soll ich tun, wenn ich schwanger bin?«

Eine halbe Stunde lang saß Joyce wie paralysiert auf dem Schemel. Das Brennen in ihrem Bauch wurde immer intensiver, bis sie sich einbildete, irgendeine Kreatur würde an ihrem Inneren nagen. Sie beugte sich wieder weit vor, aber das schmerzte noch mehr, also streckte sie sich auf dem Stroh aus. Nichts linderte die Qual. Sie ächzte. Angenommen, das Kind sah aus wie Alex? Oder es wurde ein Mädchen? Griechen wollten keine Töchter. »Mögest du männliche Kinder und weibliche Schafe haben«, lautete ein allgemein üblicher Wunsch.

Dimitra fand Joyce eine Dreiviertelstunde später, sie lag noch immer stöhnend im Stroh. »Was ist, *Pedhi mou*?«, rief Dimitra alarmiert und kauerte sich neben sie. Sie legte Joyces Kopf auf ihren Schoß und wischte ihr den Schweiß von der Stirn. »Bist du krank, Kleines, dein Kopf ist heiß und feucht.«

»Es tut hier weh«, keuchte Joyce und berührte ihren Bauch unter dem Nabel. »Tief innen. Ist es so, wenn man schwanger ist?«

Dimitra runzelte die Stirn. Das konnte keine Schwangerschaft sein, es sei denn, das Mädchen hatte eine Fehlgeburt. »Blutest du?«, fragte sie.

»Nein, da ist kein Blut.«

Dimitra presste die Lippen zusammen. »Komm«, sagte sie gereizt, »wir gehen zum Arzt.

Mein Sohn hat ihr einen Tripper angehängt, dachte sie. Mein Sohn, der Hurenbock.

Joyce legte den Weg zum Doktor in Kastron auf dem Rücken des Esels zurück, da sie wegen der Schmerzen kaum einen Fuß vor den anderen setzen konnte, aber jeder Schritt von Phoebus war wie ein Messer, das sich in ihre Eingeweide bohrte. Der Arzt untersuchte sie, wies sie an, sich wie ein Fötus zusammenzurollen, während er von hinten mit den Fingern in sie drang – beide waren verlegen. »Gonorrhö«, verkündete er und stellte ein Rezept für Penicillin-Tabletten aus. »Schicken Sie Ihren Mann zu einer Spritze her. Die

Krankheit bei Ihnen ist in einem fortgeschrittenen Stadium. Vielleicht können Sie keine Kinder mehr bekommen.«

Joyce lag auf dem Untersuchungstisch und schlang die Arme um sich. Sobald der Arzt die Worte ausgesprochen hatte, wünschte sie sich plötzlich sehnlichst ein Kind, obwohl sie noch kurz zuvor auf gar keinen Fall hatte schwanger sein wollen. Vielleicht ist das die Strafe, dachte sie. Möglicherweise schickt Gott einer Jüdin, die Götzen anbetet, diese Krankheit. Oder einer untreuen Ehefrau.

»Komm, *Koroulamou*«, sagte Dimitra sanft. »Ich bringe dich nach Hause und stecke dich ins Bett.« Joyce ritt auf dem Esel zurück.

In dieser Nacht hatte Dimitra einen schrecklichen Streit mit Nikos, während sich Joyce vor Schmerzen in ihrem Bett wand.

»Du hast deine schmutzigen Krankheiten in dieses Haus gebracht wie ein gemeiner Hurenbock, du bist Matrosenabschaum!«, brüllte sie. »Du, der immer damit geprahlt hat, dass er Söhne zeugen würde! Du hast deine zukünftigen Kinder vergiftet. Du hast deine Frau unfruchtbar gemacht.«

Zuerst war Nikos aufgebracht. »Ich bin sauber!«, protestierte er. »Sie muss die Krankheit schon in sich gehabt haben. Sie hat mich betrogen – sie hat mit dem erstbesten Soldaten geschlafen!«

Dimitra holte aus und versetzte ihm eine Ohrfeige. Sie schlug härter zu als jemals bei Joyce. Joyce hörte das Klatschen.

»Rede nie wieder so über deine Frau!«, kreischte Dimitra. »Ich weiß, wo du dich all die Nächte herumgetrieben hast, in denen du nicht nach Hause gekommen bist. Geh zum

Arzt wie ein Mann, lass dir die Spritze geben und bitte Gott um Vergebung. Du hast Schande über deine Familie gebracht. Du hast Schande über deine eigene Mutter gebracht!«

Nikos begann zu weinen. Er sank auf die Knie und umklammerte die Beine seiner Mutter wie ein Baby und heulte. »Verzeih mir, *Mannamou*, ich wusste nicht, was ich sage«, wimmerte er und sah mit großen, tränenerfüllten Augen zu ihr auf. »Wende dich nicht von mir ab. Ich war so einsam. Ich wollte Joyce kein Leid antun. Ich wünsche mir einen Sohn, o Gott, ich wünsche mir einen Sohn!«

»Heul nicht, dummer Junge«, sagte Dimitra erstaunt und strich ihm über die Locken. Sie kitzelten ihre Handfläche genau wie früher, als Nikos noch klein gewesen war. Ihr Zorn verflog. »Weine nicht, mein Sohn«, sagte sie sanfter. »Der Doktor hat nur gesagt, dass sie Schmerzen haben wird; vielleicht ist sonst alles in Ordnung. Zünde heute Abend eine Kerze für die Jungfrau Maria an und bete. Vielleicht wird sie dir trotz allem Söhne schenken. Aber du musst dir diese Spritze geben lassen. Und du rührst Joyce und diese *Puttanas* nicht an, bis der Arzt sagt, dass ihr beide geheilt seid.«

»Ja, Mama«, schluchzte Nikos. »Ich mache alles, was du sagst.«

Joyce in ihrem Bett hörte das alles. Sie fühlt sich noch elender. Angenommen, Nikos hatte Recht, und sie hatte ihn mit der Krankheit angesteckt? Was wusste sie schon von Alex und seinen Affären? Wenn das stimmte, würde Nikos dann endgültig dahinter kommen, dass sie einen Liebhaber hatte, und sie davonjagen? Aber vielleicht hatte sie den Tripper auch von Nikos an Alex weitergegeben. Sie war zu verängstigt, um klar zu denken.

Nikos wischte sich die Tränen mit Dimitras Rockzipfel vom Gesicht. Am nächsten Morgen ging er unbekümmert, weil seine Mutter ihm vergeben hatte, zum Arzt.

Der Sonntag kam und verging. Die Zeit nach dem Gottesdienst, in der sich Joyce und Alex getroffen hatten, verstrich, und die beiden Liebenden quälten sich mit Ungewissheit. Joyce schluckte ihre Tabletten und wartete besorgt, dass die Schmerzen nachließen. Alex betrachtete betrübt das rote Moped, das er in einer kleinen Straße abgestellt hatte, und versuchte, sich selbst zur Abreise zu überreden.

Wenn er an Nikos und seine Schönheit dachte, hatte Alex gute Lust, das ganze Durcheinander hinter sich zu lassen und wegzurennen. In dieser Stimmung begann er zu packen, warf seine Klamotten und Bücher in den Seesack. Aber dann sah er plötzlich wieder Joyce vor sich, wie sie im Hof seiner Tante gesessen und ihn unsicher angesehen hatte, und setzte sich aufs Bett. Gab sie ihm den Laufpass oder nicht? Hatte er sie zu gut verstanden oder gar nicht? Wie konnte er auch nur an die Abreise denken, solange er das nicht herausgefunden hatte? Er packte all seine Sachen wieder aus. Dieses Ritual wiederholte er etliche Male, bis er vollkommen verwirrt und wie gelähmt vor Ratlosigkeit war. Aber schließlich gewann sein angeborener Optimismus die Oberhand. Bisher hatte er in seinem Leben immer das bekommen, was er wollte – warum sollte das diesmal anders sein? Er hatte noch ein bisschen Geld, und er musste nirgendwohin. Er konnte tun und lassen, was er wollte. Wenn ich möchte, kann ich bleiben, murmelte er vor sich hin. Ich bleibe, bis das alles geklärt ist.

Alex beschwatzte seine Tante, ihn in der Bäckerei mitarbeiten zu lassen, weil er die Zeit bis zum nächsten Zusammentreffen mit Joyce totschlagen wollte. Er hatte es satt, Tourist zu sein, mit seinen Cousins in den Kneipen zu sitzen und die langweiligen Museen und Ruinen der Insel zu durchstreifen. Er wollte etwas tun und sich irgendwie von Joyce ablenken. Trotzdem brauchte er zwei Tage, um Eugenia zu überreden. »Du stehst mir nur im Weg«, schimpfte sie. »Du träumst neben dem Ofen, und das ganze Brot verbrennt. Dein Kopf schwebt in den Wolken, und mit den Füßen stehst du im Kuhdung – so bist du.«

»Nein, Tante. Gib mir eine Chance. Ich bin ein guter Arbeiter.«

»Arbeit! Was weißt du schon von Arbeit? Du hast Muskeln wie ein Grashüpfer.«

Als er sie endlich so weit hatte, beauftragte sie ihn verschmitzt grinsend mit der schwersten Aufgabe – er sollte das Brot aus dem Ofen holen.

»Also gut, English Boy«, sagte sie. »Sieh mir gut zu. Wenn ich das Brot rausschleudere, fängst du es auf.« Sie nahm den über zwei Meter langen Brotschieber in beide Hände. »Man schiebt dieses Ding mit der flachen Kelle tief in den *Fourno*, siehst du? Unter den Brotlaib – eins, zwei, drei. Passt du auf?«

»Ja, Tante. Ich hab's kapiert.«

»Sagt der Fischer, kurz bevor ihm der Fisch von der Angel geht. Schön, du schiebst das Ding so weit vor, dass das Brot in der Mitte der Kelle hockt wie eine Henne auf ihrem Nest, ja? Dann ziehst du es mit einer einzigen fließenden Bewegung raus, wirfst den Laib ... Gib Acht!«

Alex ruderte wild mit den langen Armen, als der dampfende Brotlaib auf ihn zuflog. Er sprang und drehte sogar eine Pirouette, aber das Brot landete trotzdem zu seinen Füßen.

Eugenia stellte den Brotschieber weg und stemmte die Hände in die Hüften. »Was ist los, hast du Flossen oder Hände?«

»Tut mir Leid, ich hab nicht damit gerechnet, dass es so schnell auf mich zukommt.«

Eugenia schnalzte mit der Zunge. »Heb mein Brot auf, es ist schließlich kein Putzlumpen. Komm, jetzt nimmst du den Schieber. Das ist sowieso Männerarbeit. Ich fang die Laibe auf.«

Alex nahm das lange Gerät in die Hand – es war ziemlich schwer, und er konnte kaum glauben, dass seine Tante all die Jahre allein damit fertig geworden war. Er schob es in den Ofen.

»Nicht so, Schafskopf. Du stößt ja alle Laibe ins Feuer! Die Heiligen stehen mir bei! Es muss flach auf dem Untergrund aufliegen.«

Alex gelang es, einen Laib auf die Kelle zu bekommen, aber als er ihn herauszog, stolperte er über die eigenen Füße und stieß gegen eines der Gestelle, auf denen die Brote lagen. Alle Laibe im Ofen fielen in die glühenden Kohlen.

»Mann!«, kreischte Eugenia, während er hilflos zusah, wie das kostbare Manna in Flammen aufging. »Gott schütze die Schwachen und Dummen! Von jetzt an übst du mit Ziegelsteinen.«

Bei ausgiebigen Flüchen und weiteren Instruktionen, lernte er innerhalb der nächsten Stunde, das Brot so aus dem Ofen zu schleudern, dass seine Tante es auffangen konnte. Dann wischte sie die Laibe mit einem feuchten Schwamm ab, damit die Kruste schön glänzte. Es war heiß neben dem Ofen, und die Luft war voller Mehlstaub. Jetzt wusste Alex, warum seine Tante immer hustete und so sehnige Arme hatte. Ihn befriedigte die Arbeit. Es gefiel ihm, wenn die Reihe der auskühlenden Laibe auf dem Gestell immer länger wurde, und er liebte den süßen Duft des aufgehenden Teiges. Außerdem war er stolz auf sein neu erlerntes Können.

In den nächsten Tagen war er so beschäftigt, dass die Zeit verflog, genau wie er es sich erhofft hatte. Er stand um fünf Uhr morgens auf – in England hatte er nie diese Morgenstunde wach erlebt –. Und trank rasch eine Tasse starken, schwarzen Kaffee. Seine Tante gönnte sich ein paar Minuten, um die Zukunft für den Tag aus dem Satz zu lesen und mit Schadenfreude lauter düstere Prophezeiungen zu machen. Dann ging es an die Arbeit. Ein Feuer im *Fourno* anzünden, Teig kneten, die Laibe aus dem Ofen holen. Immer und immer wieder. Sie arbeiteten den ganzen Vormittag und machten nur eine kurze Pause, um noch einen Kaffee zu trinken und ein Stück Brot zu essen. Nach dem Mittagessen machten sie Siesta, und danach kamen die Frauen aus der Stadt mit Kasserollen und Braten, die zu groß für ihre eigenen Öfen waren, und schoben sie gegen ein kleines Entgelt in den *Fourno*. Abends ging die Arbeit weiter, bis Alex und seine Tante um etwa ein Uhr erschöpft in ihre Betten fielen.

Alex mochte die harte Arbeit, aber sie half ihm nicht, Schlaf zu finden. Die Siesta war eine besondere Tortur für ihn. Sein nordeuropäischer Organismus konnte sich nicht daran gewöhnen, am Nachmittag zu schlafen, besonders nicht im September, wenn es nicht mehr so unerträglich heiß war. Seine Muskeln mochten schmerzen, nachdem er stundenlang Teig geknetet und den Brotschieber geschwungen hatte, aber sein Geist war hellwach und rastlos. Seine

Gedanken schweiften umher wie wütende Tiere. Er lag auf seinem Bett, starrte auf die Deckenbalken und ermahnte sich selbst: Stell Joyce zur Rede, bring in Erfahrung, ob sie dich will oder nicht. Beweg deinen trägen Hintern!

Und wenn er seine Selbstvorwürfe nicht mehr aushalten konnte, huschte er aus dem Haus, ging zum Schwimmen, wenn es warm genug war, oder wanderte den Berg hinauf, um das Mehl aus seinen Lungen zu bekommen. Dann ging er zurück und machte nur ein ganz kurzes Nickerchen. Und wenn ihn seine Tante an den Abenden entbehren konnte, schlenderte er durch die Straßen und suchte nach Joyce und Petros.

* * *

Als Joyce ein paar Tage später in die Bäckerei kam, konnte Alex seine Freude nicht verhehlen. Er legte den Brotschieber weg und begrüßte sie strahlend. Er war so überrascht, dass er ganz vergaß, vorsichtig zu sein, und seine unerwartete Herzlichkeit machte ihr Mut.

»Mein Schwiegervater schickt mich mit einer anderen Botschaft«, sagte sie zurückhaltend, nachdem sie seine Tante gegrüßt hatte.

»Hast du Zeit für einen Kaffee?«, fragte Alex auf Englisch und setzte listig in Griechisch hinzu: »Du und dein Schwiegervater, ihr müsst müde nach dem langen Morgen auf dem Markt sein. Tante Eugenia, darf ich mit *Kyrie* Kolipoulos und seiner Schwiegertochter einen Kaffee trinken gehen?«

»Ja, ja«, antwortete seine Tante, die gerade eine Kundin bediente, und scheuchte sie mit einem Winken hinaus. »Beeilt euch, ihr blockiert die Tür!«

Sie stürmten hinaus und in eine schmale Seitengasse. Wie immer an den Markttagen herrschte reges Treiben auf den Straßen, und Joyce hatte Angst, dass man sie zusammen sah.

»Wohin willst du gehen?«, fragte Alex. »Wahrscheinlich hast du keine Zeit, mit mir ein bisschen rauszufahren, oder?«

»Nein, ich kann nur ein paar Minuten wegbleiben. Und ich habe Phoebus hier.« Sie deutete auf den alten Esel, der am Ende der Gasse angebunden war, träge die Fliegen mit dem Schwanz vertrieb und den Kopf hängen ließ.

Alex blinzelte erstaunt. Er hatte nicht gewusst, dass Joyce einen Esel ritt. Er fand das bezaubernd, aber ihr ängstlicher Gesichtsausdruck hielt ihn davon ab, eine Bemerkung darüber zu machen. »Bist du in Ordnung?«, erkundigte er sich besorgt. »Du siehst verstört aus. Ist etwas passiert?« Plötzlich packte ihn die Furcht. War ihre Familie ihm und Joyce auf die Schliche gekommen?

»Ich kann hier nicht reden«, sagte sie und schaute sich besorgt um.

»Vielleicht ziehen wir uns lieber in den Hinterhof meiner Tante zurück. Ich kann ja behaupten, Petros wäre nach Hause gegangen.«

»Nein. Ich darf nicht riskieren, dass jemand etwas mitanhört.«

Alex betrachtete sie beunruhigt. »Komm«, sagte er mit fester Stimme. »Ich weiß, dass es nicht ganz ungefährlich ist, aber wir müssen raus aus Kastron. Das ist die einzige Möglichkeit.«

Er führte sie zu seinem Moped, wartete, während sie ihr Kopftuch so umband, dass man ihr Gesicht und die Haare nicht sehen konnte, und fuhr durch die ruhigsten Straßen aus der Stadt. Er war fest entschlossen, sie von allen wegzubringen, die sie kannten, und nahm den Weg nach Kondias, einem kleinen halbrunden Dorf aus türkischen Häusern mit moosbewachsenen Dächern. Dort stiegen sie ab, und Alex drehte sich zu ihr um. »Hier gibt's eine *Pistaria.* Möchtest du was essen?«

»Nein. Ich möchte lieber an einen Ort, an dem keine Menschen sind.«

Alex registrierte, dass sie gar nicht gut aussah. Ihr Gesicht kam ihm spitz vor, und die normalerweise golden schimmernde Haut wirkte gelblich. Am liebsten hätte er ihre Hand genommen, sie umarmt und getröstet, aber er traute sich nicht.

Sie ließen das Moped am Straßenrand stehen und kletterten auf den steinigen Hügel, bis sie einen flachen Felsen fanden, auf den sie sich setzen konnten. Kein Mensch würde sie hier oben entdecken, aber Alex wünschte dennoch, dass auf dieser Insel mehr Bäume wären.

»Hast du's bequem?«, fragte er noch immer etwas förmlich.

Joyce schob sich das Tuch aus dem Gesicht, zog die Knie an und legte die Stirn darauf. Sie schämte sich so sehr, dass sie kaum sprechen konnte.

»Ich muss dir etwas Schreckliches erzählen. Dich um was bitten«, stieß sie hervor. Sie hob den Kopf und sah ihn flehentlich an.

»Was?«, fragte Alex erschrocken.

Sie zögerte. Es war schwer, Worte zu finden.

»Es geht mir nicht gut«, flüsterte sie schließlich. »Ich habe eine Krankheit.«

»Was für eine Krankheit?« Alarmiert ließ er sich neben ihr nieder, um sie besser zu verstehen.

Sie schluckte schwer. »Dimitra nennt es Tripper.«

»Tripper? Nikos hat dir den Tripper angeschleppt? Dieser verfluchte Mistkerl!«

Die Worte sprudelten aus Alex heraus, ehe er sich zurückhalten konnte. Also hat sie mit ihrem Ares geschlafen, dachte er bitter. Sie springt zwischen uns hin und her wie ein Ping-Pong-Ball.

Joyce schüttelte den Kopf. »Du glaubst, ich habe das von Nikos bekommen? Ich meine ... entschuldige, dass ich dich das frage, aber es ist nicht von ... Ich meine, du glaubst nicht, dass du es haben könntest, oder?« Sie sah ihn verängstigt an. Warum führten Liebesstunden zu so etwas? Zu Krankheiten und Ärzten und widerlichen Gesprächen auf einem Felsen?

Alex stand auf. »Wenn ich es habe«, erklärte er entschieden, »dann nur von dir. Ich war mit niemandem sonst zusammen, wenn du das meinst.«

»Sei nicht böse.« Joyces Stimme bebte. »Ich habe es dir nur gesagt, damit du zum Arzt gehst.«

»Ich bin nicht böse«, log Alex und bemühte sich, beschwichtigend zu klingen. Er hatte sie nie so verletzlich gesehen, nicht einmal, als er sie geliebt hatte. Ihre Lippen waren schmal und weiß.

»Keine Sorge«, fügte er sanfter hinzu. »Das ist nicht schlimm. Ich gehe gleich heute zum Arzt und lasse mir eine Spritze geben, wenn du es für nötig hältst.«

Sie schwiegen eine ganze Weile. Alex stand neben ihr mit den Händen in den Hosentaschen und sah zum Berg, um zu verbergen, wie niedergeschlagen er war. Joyce blieb sitzen. Worte wirbelten ihr durch den Kopf. Sie wusste nicht, wie sie sich verteidigen könnte, ob sie es überhaupt sollte. Sie war immer noch zu durcheinander, um zu erkennen, dass sie Alex gar nicht mit der Krankheit angesteckt haben konnte, weil sie nicht mehr mit ihm zusammen gewesen war, seit Nikos seine Rechte bei ihr wieder geltend gemacht hatte.

»Wie fühlst du dich?«, fragte Alex endlich. Er drehte sich zu ihr. »Hast du Schmerzen?«

Joyce zuckte mit den Schultern. Sein Mitgefühl schnürte ihr die Kehle zu – noch ein Hindernis, das ihr das Reden schwer machte. Am liebsten hätte sie geweint. Sich in seine Arme geworfen, geweint und ihm gesagt, dass sie sich eine heile Ehe wünschte, dass sie ihn wollte, dass sie nicht wusste, was sie wollte. Aber sie wusste, dass sie nichts von alledem sagen konnte. Er verabscheute sie bestimmt, weil sie ihm wie ein Seemannsflittchen eine solche Krankheit beschert hatte.

Ihr blieb nichts anderes übrig, als auf dem Felsen zu sitzen, die wenigen Meter zwischen ihr und ihm waren so weit wie das Meer.

»Ich gehe jetzt besser zurück«, meinte sie nach einiger Zeit und hatte Mühe, ihre Stimme unter Kontrolle zu halten. »Weißt du, wo der Doktor wohnt?«

»Ja.« Alex hielt inne. Sein Herz verkrampfte sich vor Mitleid mit ihr, aber die Eifersucht auf Nikos war stärker. »Ich möchte dich nur noch eines fragen, bevor wir gehen«, fügte er schroffer hinzu.

Joyce zuckte zusammen. Sie hatte nie einen so grimmigen Tonfall bei ihm gehört.

»Ich möchte nur wissen, ob ich dir überhaupt etwas bedeute.«

Sie schaute ihm entsetzt ins Gesicht.

»Du scheinst es nicht zu begreifen, Joyce, aber es ist grausam, Menschen zu benutzen.«

»Benutzen? Was meinst du damit?«

Alex nahm den Schmerz in ihren Worten wahr. Sie versuchte, es abzustreiten. Er musste ins Schwarze getroffen haben.

»Vergiss es«, sagte er und wandte sich ab, um ihr nicht zu zeigen, wie verletzt er war. »Es hat offenbar keinen Sinn, dir deswegen Vorwürfe zu machen. Gehen wir.«

Aber Joyce rührte sich nicht vom Fleck. Er benahm sich, als würde er sie hassen, und das konnte sie nicht ertragen. Heiße Tränen rannen ihr über die Wangen.

»Kommst du?«, rief Alex, der schon ein Stück in Richtung Straße gegangen war. Er stand mit dem Rücken zu ihr und merkte nicht, dass sie weinte.

Joyce kämpfte sich auf die Füße. Die Tränen und der Schmerz nahmen ihr die Sicht – alles um sie herum war grau. Sie drehte ihm den Rücken zu und wischte sich verstohlen mit dem Rocksaum über die Augen. Alex hatte das Moped schon fast erreicht.

Der Fahrtwind trocknete die salzigen Tränenspuren auf ihrem Gesicht.

Am folgenden Tag verkaufte Alex sein Moped. Dann ging er zum Arzt und ließ sich eine Spritze in den Hintern jagen. Ein wirklich romantisches Abenteuer, verhöhnte er sich selbst, eine Erfahrung im alten Griechenland. Eine schmutzige Affäre mit einer verheirateten Amerikanerin und Tripper. Großartig.

In seinem Zimmer fand er ein Päckchen aus England vor. Seine Tante musste es ihm aufs Bett gelegt haben, nachdem der Postbote da gewesen war. In dem Paket waren nur Kondome und ein kurzer Brief von seinem Freund.

Alex, ich kann mir nicht vorstellen, wozu du diese Dinger brauchst. Willst du Eingemachtes darin aufbewahren? Fischköder? Oder hast du vor, sie aufzublasen und nach Hause fliegen zu lassen?
Dein neidischer Freund Peter.

Plötzlich fiel ihm wieder ein, dass er am Strand mit Joyce Kondome benutzt hatte – da konnte er sich den Tripper nicht geholt haben. Wenn er sich überhaupt angesteckt hatte, dann beim ersten Mal auf dem Berg bei Ayiassos.

Offensichtlich glaubte sie, dass sie ihn angesteckt hatte, lange bevor Nikos nach Hause gekommen war. Demnach hatte sie gelogen, als sie gesagt hatte, sie hätte ihren Mann vor ihm noch nie mit jemandem betrogen – nach allem, was er wusste, könnte sie mit der halben Stadt gevögelt haben! Kein Wunder, dass sie seinen Angeboten, sie von hier wegzubringen, kein Gehör geschenkt hatte.

Eine Penelope, dachte er. Ich bin offenbar nichts weiter für sie als eine weitere Perle an ihrer Kette.

11

Der September war für die Familie der arbeitsreichste Monat im Jahr. Früchte und Gemüse mussten eingeweckt, die Tomaten geerntet, der Wein gepresst und die letzten Sesam-Samen gesammelt werden; und Dimitra sorgte dafür, dass Joyce fleißig anpackte. Alle empfindlichen Feldfrüchte, die auf ihrem kargen Land wuchsen, mussten gepflückt und gelagert werden, bevor die ersten Nachtfröste aufkamen und alles zunichte machten. Sogar Nikos wurde dazu verdonnert, wenigstens ein paar Stunden am Tag die Hafenkneipen zu meiden und mitzuhelfen. Wie gewöhnlich versuchte Joyce, sich in der Arbeit zu vergraben, aber sie hatte sich nie zuvor so zerschlagen gefühlt. All ihr Optimismus und ihre Entschlossenheit, sich ein Leben bei ihren Schwiegereltern aufzubauen, schienen ihr zwischen den Fingern zerronnen zu sein.

Wenigstens hielt sich Nikos von ihr fern, obwohl sie ihre Penicillin-Kur hinter sich hatte. Er ging ihr beschämt aus dem Weg und arbeitete entweder an der Seite seines Vaters oder verschwand in die Stadt. Petros und Dimitra waren wortkarg wie immer und erledigten ihre Pflichten mit der Verbissenheit von Bauern, die einen Wettlauf mit der Zeit bestehen mussten. Joyce war mit ihren schrillen Gedanken allein, die wie Trommeln in einem leeren Gebäude in ihrem Kopf dröhnten, wenn sie draußen in der Stille arbeitete.

Sie beschäftigte sich nicht mit solchen Dingen wie seinerzeit in Florida. Damals hatte sie über Streitereien mit ihrer Mutter nachgedacht, ob sie zugenommen hatte und wer sie anrufen würde, um sich am Samstagabend mit ihr zu verabreden. Ihre Sorgen waren ihr damals riesengroß erschienen, aber heute wusste sie, dass es nichts als Kindereien gewesen waren. Jetzt hatte sie das Gefühl, als würde jeder Gedanke und jede Entscheidung Auswirkungen auf ihre Zukunft haben und ihr Leben für immer verändern. Einmal hatte sie zu Alex gesagt, dass ihr Leben hier rein und nicht so nutzlos wäre wie ihr Leben in Amerika. Plötzlich war alles anders geworden. Nichts war mehr rein. Ihre Liebe zu Nikos war beschmutzt, ihre Leidenschaft zu Alex durch Krankheit und Argwohn verdorben, Dimitras Vertrauen durch ihre Lügen und Täuschungen verletzt. Als sie das Unkraut aus der steinigen Erde rupfte, fragte sie sich, wie alles so schnell hatte gehen können.

Sie spähte zu Dimitra, die mit gespreizten Knien auf dem Melkschemel neben der Hintertür hockte und einen Haufen Gartenbohnen auf dem Schoß hatte. Ihr von grauen Zöpfen umkränzter Kopf war gebeugt, und die fleckigen Hände zitterten leicht, während sie die faulen Bohnen aussortierte. Mit einem Mal erschien sie sehr gebrechlich. Joyce runzelte bestürzt die Stirn – für sie war ihre Schwiegermutter immer allmächtig, zäh und unbeugsam wie ein alter Olivenbaum gewesen. Aber im Grunde war sie nur eine alte Bäuerin mit trüben Augen und steifen Gliedmaßen. Dennoch verspürte Joyce eine schmerzliche, dankbare Liebe zu dieser Frau. Dimitra hatte sich in einer Art für sie eingesetzt, die sie nie für möglich gehalten hätte. Sie hatte ihrem Sohn ihretwegen die Leviten gelesen, ihn sogar geschlagen. Und das alles hatte sie für eine Joyce getan, die es gar nicht gab.

Joyce, die auf dem Boden kniete, schwankte, und sie stützte eine Hand auf die Erde. Zum ersten Mal, seit sie sich an diese felsige, primitive Insel gewöhnt hatte, fühlte sie sich nicht geborgen und sicher, sondern in Gefahr und erschreckend verletzbar. So, als könnte sie jeden Moment den Boden unter den Füßen verlieren.

Am Sonntagmorgen, nach den wenigen Stunden in der Woche, die Dimitra allen zum Ausruhen gönnte, befahl sie Joyce zum ersten Mal seit der Krankheit, mit ihr in die Kirche zu gehen. »Hier, setz dein Kopftuch auf, schnell«, sagte sie und drückte Joyce das weiße Tuch in die Hand. »Wir haben nicht viel Zeit. Heute musst du zur Jungfrau beten und sie um Kinder bitten.« Sie legte eine Wollstola um ihre Schultern und nahm etwas vom Kaminsims. »Du musst darum beten, dass diese grausige Krankheit keinen Schaden angerichtet hat. Sieh her, was ich dir gekauft habe.«

Sie hielt ihr eine kleine *Tama* hin, eine ovale Votivtafel aus silbrigem Blech. Auf dieses Blech war in dem kindlichen Stil des Künstlers aus Kastron ein Fötus, ein Junge, gemalt.

Dimitra hat bestimmt ein Vermögen dafür ausgegeben, dachte Joyce, Geld, das sie kaum erübrigen konnten, aber trotzdem war sie unsäglich angewidert von diesem Ding. Ich bin keine primitive Bauernmagd, ich kann das nicht! Allein der Gedanke, in dieser Kirche zu knien, die Hände auf der Ikone zu küssen und der Jungfrau diesen gemalten schwangeren Unterleib zu Füßen zu legen, verursachte ihr Übelkeit. Sie musste wieder an das denken, was die Engländerinnen gesagt hatten, an ihre Warnung, dass Täuschungen in die Sklaverei führen können. Ich schulde Dimitra die Wahrheit, ermahnte sie sich. Ich schulde sie mir selbst.

»Ich kann nicht, Mama«, sagte sie und sah ihrer Schwiegermutter standhaft in die Augen. »Ich kann nicht in die Kirche gehen und der Jungfrau dieses Ding zu Füßen legen.«

»Was soll das heißen, Kind?«, rief Dimitra aus und bekreuzigte sich hastig. Sie streckte ihr die *Tama* hin. »Ich habe noch nie einen solchen Unsinn gehört. Komm, nimm das und binde dir das Kopftuch um.«

Joyce wich zurück. »Dimitra, bitte hör mir zu.«

Dimitra musterte sie erstaunt. Joyce war selten so ernst und bestimmt. »Was ist los, *Koroulamou*?«

»Es gibt etwas, was ich dir nie erzählt habe. Bitte verzeih mir, aber ... es hat etwas mit meinem Leben in Amerika zu tun.«

Dimitra senkte schuldbewusst den Blick, aber Joyce hatte solche Angst vor ihrer Beichte, dass ihr das nicht auffiel.

»Los, rede schon«, drängte Dimitra. »Raus damit.«

»Ich kann nicht mehr mit dir in die Kirche gehen, weil ...«

»Heilige Jungfrau Maria, was redet sie da?« Dimitra bekreuzigte sich wieder. »Was für ein böser Geist hat von dir Besitz ergriffen, Kind?«

»Mama, hör auf!«, brüllte Joyce. »Ich versuche, dir etwas zu sagen.«

Dimitra schwieg und starrte sie an. Plötzlich überkam sie Angst, und ihre Arme zitterten.

»Ich muss mich hinsetzen«, murmelte sie und legte die *Tama* auf den Tisch. Dann sank sie auf einen Stuhl. »Ich höre.«

Joyce setzte sich auf einen anderen Stuhl. »Mama«, sagte sie und beugte sich vor. »Du hast mich nie nach meiner Kirche in Amerika gefragt.«

»Ich will nichts davon wissen!«, rief Dimitra. »Ich mag diese modernen, heidnischen Sachen nicht. Der griechisch-orthodoxe Glaube ist der alte, der reine Glaube. Wir spielen nicht mit dem Wort Gottes. Außerdem hat mir Nikos erzählt, dass du in Amerika gar keine Kirche hattest.«

»Das ist nicht wahr. Bitte, hör mir zu.«

Dimitra beruhigte sich. Ihr dunkelblaues, weiß getupftes Kleid hatte einen offenen Kragen und enthüllte fleckige Haut und einen runzligen Hals. Das Haar hatte sie unter dem schwarzen Kopftuch versteckt, das sie sich wie eine Kapuze umgebunden hatte. Ihr breites Gesicht war sonnengebräunt und faltig, ihr Mund ein wenig eingefallen wegen der Zahnlücken. Sie betrachtete Joyce mit bangem Blick. Sie sieht zeitlos aus, ging es Joyce durch den Kopf. Sie sieht aus wie die Mutter der Erde.

»Ich hatte Angst, dir das zu sagen«, begann Joyce und fummelte nervös an der Ecke des gewebten Tischtuchs herum. »Ich hätte es sofort tun sollen, aber ich war zu eingeschüchtert.« Sie schluckte und holte tief Luft. »Ich bin keine Christin, Mama.« Joyce schaute auf. »Ich bin Jüdin.«

Dimitras Unterkiefer klappte herunter. Erst saß sie wie betäubt da und starrte ihre Schwiegertochter an, als wäre sie in Flammen aufgegangen. Dann sprang sie auf, riss die bebenden Lippen auf und stieß einen so donnernden Schrei aus, dass die Hühner im Hof gackerten und um ihr Leben rannten.

Joyce kam auch mit einem Satz auf die Füße. Sie rannte erschrocken zur Wasserpumpe, um ein Tuch mit kaltem

Wasser zu befeuchten – sie hatte Angst, dass Dimitra der Schlag getroffen hatte. Aber dann hörte sie sie brüllen: »Komm sofort wieder her!«

Joyce lief zurück. Dimitra stürzte sich mit erhobenen Händen auf sie. »Du Verräterin! Die Teufelin! Ungläubige! Wie kannst du es wagen, wie kannst du es wagen!«

Dimitra drosch auf Joyces Kopf ein und schwang ihre Fäuste, so fest sie konnte – immer und immer wieder. Sie schlug Joyce ins Gesicht, auf die Schultern, traf ihren Kiefer und ihr Auge. Prügelnd trieb sie Joyce, die schluchzte und ihren Kopf mit den Armen schützte, zur Haustür. Dimitra gab sich noch nicht zufrieden und jagte ihr nach, stolperte und fluchte, und ihre Fäuste trommelten in unkontrollierter Wut auf Joyces Rücken ein.

»Was ist hier los?« Petros kam mit Phoebus vom Feld. »Hör auf damit, Dimitra«, herrschte er seine Frau an und trat zwischen die beiden, um Joyce abzuschirmen. »Was machst du mit dem Kind?«

»Sie ist eine Jüdin! Eine schmutzige, verlogene Jüdin!«, kreischte Dimitra und versuchte, Petros beiseite zu stoßen und Joyce erneut anzugreifen.

»Was ist in dich gefahren?«, sagte er so streng, dass Dimitra wie vom Donner gerührt dastand. »Das ist Joyce, unsere Tochter. Warum behandelst du sie so?«

Dimitra keuchte, ihre faltigen Lippen waren kalkweiß. »Sie hat die heilige Madonna geküsst«, platzte es aus ihr heraus. »Sie hat neben mir in unserer Kirche gebetet! Sie ist eine Gotteslästerin!«

»Dimitra!«, bellte Petros, und seine Stimme krächzte vor Wut. »Geh ins Haus. Du benimmst dich wie eine Närrin.« Er wandte sich an Joyce, deren Auge bereits anschwoll. Sie schluchzte bitterlich.

»Komm, Kleines«, sagte er. »Komm mit mir.« Er band Phoebus fest, legte seinen knochigen Arm um Joyce und führte sie behutsam zum Weg in die Stadt.

Als sie um die Kurve kamen und außer Sichtweite waren, reichte er Joyce ein Taschentuch. Sie atmete tief durch, wischte sich das Gesicht ab und gab das Tuch zurück. »Behalte es«, sagte er ruhig. »Wir finden etwas, was du auf das blaue Auge tun kannst.«

»Es tut mir so Leid, *Petheros*«, sagte Joyce zitternd. »Ich habe nur Schlimmes in euer Haus gebracht.«

»Nicht du, Kleines, sondern Nikos«, entgegnete er entschieden. »Nikos hat dich hergebracht.«

»Aber er hat mich nicht gezwungen. Ich wollte mitkommen.«

Petros wedelte abwehrend mit der Hand. »Du warst ein Kind. Er hätte es besser wissen müssen. Komm, jetzt weine nicht mehr.« Er sah ihr ins Gesicht. »Stimmt das, was deine Schwiegermutter gesagt hat?«, fragte er vorsichtig. »Oder hat sie das erfunden, weil sie wegen einer anderen Sache wütend auf dich ist?«

»Es ist wahr. Ich hätte es euch schon längst sagen sollen. Ich hatte Angst. Ich war feige.«

Petros seufzte und ging schweigend ein paar Schritte. »Nimm nicht die Schuld auf dich, *Koroulamou*«, sagte er schließlich leise. »Du warst in einem fremden Land bei einer fremden Familie. In einem Land, in dem so viele Juden getötet wurden, dass wir ihr Blut nie wieder von unseren Händen waschen können.«

»Aber ihr habt sie doch gar nicht getötet, *Petheros*, sondern die Nazis.«

»Aber einige von uns haben den Nazis geholfen. Wenn neun von unseren Männern gegen die Deutschen gekämpft haben und einer sie unterstützt hat, dann klebt für immer Blut an den Händen von uns allen. Die Vergehen eines Kollaborateurs überwiegen all die guten Taten der anderen.«

Joyce sah ihn an und dachte an das Gespräch mit den englischen Mädchen. »Kann es nicht andersherum sein?«, sagte sie zaghaft. »Ihr solltet stolz auf die neun Männer sein und euch nicht wegen des einen schämen.«

Petros zuckte mit den Achseln. »Das ist der Unterschied zwischen Jung und Alt, *Pedhi mou.* Die Jungen sehen das, was gewonnen wurde, die Alten das, was verloren ist.«

»Ich bin verloren, stimmt's?«, meinte Joyce. »Ich kann nicht mehr bei euch bleiben. Dimitra wird mich nicht mehr aufnehmen.«

»Pst, sag nicht so was. Komm, wir sind da.«

Er hatte sie zum nordöstlichen Rand der Stadt gebracht und blieb vor einem kleinen Haus stehen. Er ging voran zum Hinterhof und stieß einen Pfiff aus. Eine große, massige Frau Mitte 50 erschien. Ihre schwarzen Haare waren zu einem Knoten geschlungen, und sie hielt sich sehr aufrecht. Ihre Wangen waren rund und fest, und dicke Augenbrauen wölbten sich über den ovalen grauen Augen. Sie machte einen freundlichen und selbstsicheren Eindruck. Sie trug ein schwarzes, weites Witwen-Kleid mit Gürtel.

»Petros«, sagte sie ruhig und breitete die Arme aus. Sie umarmten sich, und Joyce sah erstaunt zu.

»Da ist meine Schwiegertochter Joyce, eine Amerikanerin«, erklärte Petros und schob Joyce vor die Frau. »Joyce, das ist Maria Kofa, eine alte Freundin von mir. Maria, hast du etwas Kaltes, was sie sich auf das Auge legen kann?«

»Ja, natürlich. Kommt rein, kommt rein.« Die Frau führte

sie ins Haus, das ihrem eigenen ziemlich ähnlich war, und bat Joyce, am Tisch Platz zu nehmen. Dann brachte sie eine Schüssel mit kaltem Wasser und ein sauberes Tuch sowie ein Tablett mit Gläsern und Süßigkeiten. »Drück das Tuch auf die Schwellung – so«, sagte sie. Sie tauchte das Tuch in die Schüssel, wrang es aus und legte es Joyce vorsichtig aufs Gesicht. »Wer hat dir das angetan, Kind?«

»Ich erkläre dir alles«, sagte Petros. »Entschuldige uns eine Minute, Joyce«, fügte er hinzu. Er gab Maria ein Zeichen, und sie gingen beide hinaus.

Joyce hielt das kühle, feuchte Tuch an ihr Auge und sah sich verwirrt um. Es war ein einfacher Raum. An einer Wand war eine gerahmte Ikone von der Jungfrau, darunter brannte eine dicke gelbe Kerze. Ein gusseiserner Topf hing über der Feuerstelle, und auf dem Tisch, an dem Joyce saß, lag ein gestärktes weißes, am Rand besticktes Tuch. Über dem Tisch war ein mit vergoldeten Ecken versehener Spiegel mit einem einzigen Nagel befestigt. Ansonsten gab es nur noch ein spindeliges Blechregal mit Flaschen, Gläsern und überraschenderweise auch mit Büchern. So kahl das Haus auch war, es sah gepflegter aus als das von Dimitra, neuer, mit glatteren Wänden und roten Steinfliesen auf dem Boden statt den rohen Holzdielen. Es roch nach frischer Farbe und Flieder. Ist die Frau Petros' Geliebte?, fragte sich Joyce. Die Mätresse des kleinen Petros, den Dimitra einen halben Mann nannte? War er wie alle anderen griechischen Männer?

Petros und Maria kamen zurück und brachten eine Schale mit Eis mit, die sie sich von dem *Kaphenion* nebenan ausgeborgt hatten. »Joyce, ich möchte, dass du ein paar Tage bei *Kyria* Kofa bleibst, bis sich Dimitra beruhigt hat«, sagte Petros. »Hier bist du sicher. Dimitra weiß nichts von Maria, und ich werde dich besuchen.«

»Aber …« Joyce war so durcheinander, dass sie keine Worte fand.

»Ich bringe dir ein paar Kleider, wenn Dimitra auf dem Markt ist.« Petros beugte sich zu ihr und sah sie besorgt an. »Sei nicht traurig, mein Kind. Deine *Pathera* liebt dich so sehr, dass sie dir nicht lange böse sein wird. Ich rede mit ihr, dann wird sie schon wieder vernünftig.«

»Was ist mit Nikos?«, fragte Joyce mit bebender Stimme. »Was wird er tun, wenn er alles erfährt?«

»Nikos fährt weg, *Koroulamou.* Ich habe ihn überredet, auf einem Schiff anzuheuern, das morgen in See sticht. Er verabschiedet sich wahrscheinlich gerade von seiner Mutter und fährt heute noch nach Skiathos. Er hat uns allen eine Menge Kummer gemacht. Ich habe ihm eindringlich geraten, erst wieder heimzukommen, wenn er sich besser benehmen kann.«

»Nikos ist weg?« Joyce sah Petros bestürzt an. Jetzt würde es Monate dauern, bis sie sich versöhnen konnten. Monate der Unsicherheit und Angst. Eine Qual!

»Maria wird sich um dich kümmern, keine Sorge«, sagte Petros gelassen. »Sie ist eine gute Frau. Jetzt leg ein bisschen Eis auf dein Auge.« Er tätschelte kurz Joyces Arm, küsste Maria und ging.

Als Petros auf dem Heimweg war – die Kappe tief ins Gesicht gezogen, um die Augen vor der Sonne zu schützen –, brodelte ungewohnter Zorn in ihm. Er wusste, dass seine Frau in einer Familie aufgewachsen war, die wegen politischer und religiöser Unterschiede zerrissen gewesen war. Die Türken und Griechen hatten sich sogar innerhalb einer Familie bekriegt, aber Petros wollte verdammt sein, wenn er einen solchen Zwist in seinem eigenen Hause zuließ. Ihm war es egal, ob Joyce eine Zigeunerin, eine Götzen anbetende Heidin oder eine Jüdin war; sie war seine Schwiegertochter und ein liebenswertes, gutes Mädchen. Sie hatte in all den Monaten, die sie bei ihnen lebte, nie ein unfreundliches Wort zu ihm oder Dimitra gesagt und nur einmal kurz rebelliert, als Dimitra sie geschlagen hatte. Sie hatte keine Arbeit gescheut und sich nie mehr Essen genommen, als ihr zustand. Niemals waren ihr Klagen über die Lippen gekommen. Wir haben sie zu unserer Sklavin gemacht, dachte er, als er gemächlich den Weg hinaufschlurfte. Mein Sohn hat sie sozusagen gefangen genommen und vielleicht unfruchtbar gemacht. Ich stehe in ihrer Schuld – wir alle stehen in ihrer Schuld, und wir müssen Gnade walten lassen.

Dimitra lag schreiend und heulend auf ihrem Bett. Sie war außer sich, hatte die Schürze auf den Boden geworfen und das Kleid aufgeknöpft – darunter sah man die dicken Stoffbänder, die sie als Unterwäsche trug. Sie jammerte und schlug sich immer wieder an die Brust. »Sie ist ein Teufel!«, kreischte sie, als Petros das Zimmer betrat. »Sie ist besessen! Sie hat meinem Sohn das Herz gestohlen, und jetzt sagt sie mir ins Gesicht, dass sie eine dreckige Jüdin ist. Ich habe ihretwegen alles verloren – meinen geliebten Nikos, meine Enkelkinder. Jetzt ist er unterwegs und wird von den grausamen Wellen verschlungen, ohne dass ich die Gelegenheit hatte, ihn an meinen Busen zu drücken. Oh, dieses verdorbene, schlechte Mädchen! Mein Sohn, mein Herz, womit habe ich das verdient?«

»Dimitra, beruhige dich«, rief Petros. »Nimm dich zusammen.« Er setzte sich auf den Bettrand, nahm seine Kappe ab und ergriff die Hand seiner Frau. »Pst.«

Lange Zeit achtete Dimitra gar nicht auf ihn. Tränen des

Zorns strömten ihr übers Gesicht, und sie heulte laut und schrill. Aber endlich erschöpfte sich ihre Wut, und sie verstummte lange genug, um ihm zuzuhören.

»Dimitra, du machst zu viel Wind um diese Sache. Eine Jüdin ist keine Heidin. Sie betet zu Gott, oder nicht? Hast du ihr jemals Gelegenheit gegeben, über ihren Glauben zu sprechen, hat ihr einer von uns Gelegenheit gegeben? Nein, das haben wir nicht. Wir haben sie von Anfang an mit Beschlag belegt und so getan, als wäre sie ein leeres Gefäß. Wir haben sie gezwungen, unsere Bräuche zu übernehmen, ohne daran zu denken, dass sie auch eine Vergangenheit hat.«

»Sie hat Gott verhöhnt!« Dimitra schluchzte. Sie brachte nur noch ein schwaches Krächzen heraus. »Sie hat die heilige Jungfrau geküsst – eine Jüdin!«

»Jungfrau Maria war auch Jüdin – genau wie ihr Sohn.«

Dimitra raufte sich die Haare. »Halt mir keine Predigten, alter Mann! Sie ist ein Judas! Ihr Volk hat Christus getötet.«

»Dimitra, die Römer haben Jesus ans Kreuz genagelt. Aber lass uns nicht davon reden. Jetzt geht es nur um Joyce. Wir haben sie herumkommandiert und ihr keine Achtung entgegengebracht. Kein Wunder, dass sie Angst hatte, uns die Wahrheit zu sagen.«

»Achtung! Und wer hat mich geachtet, als ich kinderlos war? Ich war ein Nichts, und deine Brüder und Schwägerinnen haben mich wie Dreck behandelt ...«

»Und ich?« Petros lächelte sie zärtlich an. Er spürte, dass Dimitra schwach wurde. Sie hatte eine raue Schale, aber im Grunde ihres Herzens liebte sie Joyce, das wusste er.

»Hmm.« Sie grunzte – noch war sie nicht bereit nachzugeben. Dann verzog sie wieder das Gesicht. »Aber mein Nikos. Er ist wieder weg, und wer weiß, ob ich noch lebe, wenn er zurückkommt!«

»Dimitra, du wirst hundertzwanzig Jahre alt, ganz bestimmt. Du bist so stark wie der Berg. Nikos wird alt und grau sein, ehe du ein Grab auch nur ansiehst.«

»Petros, mit diesem Unsinn ziehst du den bösen Blick auf uns«, sagte Dimitra und spuckte auf den Boden. Sie breitete die Arme aus. »O Mann, mir bricht das Herz.«

»Manoula mou«, sagte Petros sanft und neigte sich zu ihr, um sie in den Armen zu halten, bis sie leise schnarchte.

Sobald Petros sicher sein konnte, dass seine Frau tief und fest schlief, löste er sich behutsam von ihr und schlich in Joyces Kammer. Dort suchte er ein paar Kleider zusammen, schnürte sie zu einem Bündel und machte sich wieder auf den Weg zu Maria. Dimitra würde frühestens in einer Woche bereit sein, wieder mit Joyce zu sprechen, schätzte er, aber selbst wenn sie es tat, wollte er die beiden noch für eine ganze Weile getrennt wissen. Dimitra sollte ihre kleine *Pouli* vermissen, dann würde sie erkennen, wie zugetan sie ihr in Wirklichkeit war. Und er hatte auch Pläne für Joyce.

Er gab das Bündel ab und besprach sich im Flüsterton mit Maria. Es war Siesta-Zeit, und Joyce war wie ihre Schwiegermutter emotional total erschöpft und in tiefen Schlaf gesunken. Aber Petros hatte keine Zeit, sich auszuruhen. Er gab Maria einen Abschiedskuss und lief in die Stadt. Er wollte zu Alex. Er ahnte, dass sich Joyce einsam und im Stich gelassen fühlte. Sie brauchte einen Freund, der sie verstand. Jemanden, der ihr Halt gab und sie vielleicht zum Bleiben überreden konnte.

Die Bäckerei hatte geschlossen, da Sonntag war, deshalb bog Petros in die kleine Gasse neben dem Haus ein. Er scheuchte Katzen und Hunde auf, als er zur Hintertür ging. Der Perlenvorhang klimperte leise im Wind, der am Mittag aufgekommen war, und die Resthitze vom *Fourno* strömte durch die Tür wie der Feuerhauch eines Drachen. Petros atmete noch einmal tief die frische Luft ein, ehe er leise rief: »*Kyria* Sarafi? Alexandros?«

Kurzes Schweigen. Schließlich ertönte eine ärgerliche Stimme von oben: »Wer ist da?«

»Entschuldigen Sie, ich bin Petros Koliopoulos. Kann ich mit Ihnen sprechen?«

Eugenia erschien vollkommen verschlafen und zerknittert. Ihr bärtiges Gesicht war zerfurcht und grimmig.

»Kalispera«, begann Petros hastig. »Tut mir Leid, dass ich Ihre Siesta störe, aber ich bin in einer dringenden Angelegenheit hier. Ist Ihr Neffe zu Hause?«

»Ich hoffe, es ist nichts Schlimmes passiert, Gott schütze uns!« Eugenia bekreuzigte sich. »Nein, leider ist mein Neffe weg. Er nimmt heute die Fähre.«

»Kommt er irgendwann zurück?«, erkundigte sich Petros überrascht.

Eugenia zuckte mit den Schultern. »Wer weiß? Diese ausländischen Studenten, sie haben keinerlei Verpflichtungen und werden nirgendwo erwartet. Er schickt seinen Eltern nicht einmal Geld. Ich verstehe diese Engländer nicht – sie haben keinen Familiensinn. Das muss ein gefühlskaltes Volk sein, meinen Sie nicht auch?«

Petros war zu enttäuscht, um darauf zu antworten. »Ja, ja«, sagte er, ohne richtig zugehört zu haben. »Ich muss los, entschuldigen Sie ...« Er murmelte noch etwas vor sich hin, als er hinausstürmte.

Heute war Sonntag, und an den Sonntagen geriet der Zeitplan der Fähren immer durcheinander, deshalb durfte Petros hoffen. Er lief, so schnell er konnte, zum Hafen und betete, dass Alex wie die anderen Passagiere auf dem Kai herumlungerte und darauf wartete, dass die Fähre ablegte.

Er entdeckte das Schiff sofort; es war noch vertäut, wie er erwartet hatte, und schaukelte wie ein großer, träger Fisch auf dem Wasser. Aber zwischen den Passagieren, die matt und lustlos herumsaßen wie alle wartenden Passagiere auf der ganzen Welt, konnte er Alex nicht sehen. Auf dieser Insel war es nicht schwer, einen englischen Jungen auszumachen. Die Griechen hier hatten so viel dominantes osmanisches Blut in sich, dass es kaum noch große und blonde Menschen gab. Alex würde auffallen wie eine Palme am leeren Strand.

Petros ging den Kai entlang und wieder zurück und hielt eifrig nach Alex Ausschau. Aber nirgendwo war eine Spur von ihm. Der Hafen war klein, und Petros hätte ihn finden müssen. Vielleicht war der Junge mit einem Motorboot oder einem Fischkutter nach Mytilene gefahren, statt auf die Fähre zu warten. Wahrscheinlich war er die Beengtheit auf dieser Insel leid und hatte die Flucht ergriffen.

Zwei *Kaphenia* entfernt, auf der anderen Seite des Hafens, saß Alex trübsinnig mit seinem Schlafsack und dem Rucksack zwischen den Beinen. Vor ihm auf dem Tisch standen ein Bier und ein Teller mit *Kalamaria*, aber er konnte nichts essen. Hätte die Fähre fahrplanmäßig abgelegt, wäre sein Entschluss besiegelt gewesen. Aber sie hatte Verspätung, und jetzt schwankte er. Er schaute aufs strahlende Meer, auf dem das berühmte griechische Licht tanzte und funkelte wie eine sorglose Nymphe, und mit einem Mal legte sich ein Zentnergewicht auf sein Herz. Er fühlte sich, als ob er einen großen Fehler gemacht hätte. Allerdings wusste er nicht, welchen.

Er trank sein Bier aus und bezahlte, ohne den Tintenfisch angerührt zu haben – zum Leidwesen des Wirtes. Er schulterte den Rucksack und nahm seinen Schlafsack unter den Arm, dann ging er in Richtung Kai. Was hätte es für einen Sinn zu bleiben? Soll ich noch einmal zulassen, dass sie mich benutzt, um ihren Mann eifersüchtig zu machen? Ich bin so verdammt naiv!

Aber als Alex diese Gedankengänge verfolgte, kam er sich unaufrichtig vor. Es war, als würde ein anderer solche Überlegungen anstellen, ein anderer, der Alex nur spielte. Es waren die Gedanken eines zurückgewiesenen Liebhabers, der in seinem Stolz verletzt war. Solche Gedanken entspringen nicht notwendigerweise der Vernunft.

Alex schleppte sein Gepäck weiter. Wenn ich wirklich denke, dass sie mich nur benutzt hat, sagte er sich, dann müsste ich davon ausgehen, dass fast alles, was sie zu mir gesagt hat, gelogen war: dass sie Nikos nie mit einem anderen Mann betrogen hat, dass sie zwei Jahre lang die meiste Zeit mit diesen alten Leuten allein gewesen ist, dass sie sich bemüht hat, Nikos zu lieben. Alex fiel es schwer zu glauben, dass Joyce, die ihm trotz ihrer geheimnisvollen Art immer so offen erschienen war, solche Lügen erfinden konnte.

Aber, dachte er bekümmert, vielleicht mache ich mir etwas vor, nur um die Hoffnung nicht ganz zu verlieren. Jämmerlich. Er wird höchste Zeit, dass ich den Rest meiner Würde zusammenkratze und mich von diesem Durcheinander befreie.

»Alexandros!«

Er hörte Petros' Ruf sofort, denn in den Straßen war alles still. Die meisten Fensterläden waren wegen des Windes geschlossen, und die Leute hielten noch ihre Siesta. Alex drehte sich um und sah den kleinen alten Mann in einem *Kaphenion* heftig winken. Alex ging in seine Richtung.

»Reisen Sie ab?«, rief Petros bestürzt und deutete auf den Rucksack. »Sie verlassen die Insel, ohne sich von Ihren Freunden zu verabschieden?«

Alex wurde rot, weil ihm plötzlich aufging, wie ungehörig das war. »Ich bin schon zu lange geblieben. Ich muss nach Athen und mir einen Job suchen.«

»Bah! Was für ein Unsinn! Setzen Sie sich und trinken Sie einen Kaffee mit mir.«

Selbstverständlich kam Alex der Bitte nach. Er wollte es auch.

»Dann haben Sie uns also satt?«, neckte Petros ihn, nachdem sich Alex niedergelassen hatte. »Wir müssen Ihnen wie langweilige, provinzielle Inselbewohner vorkommen.«

Langweilig war der letzte Begriff, den Alex für die vergangenen Wochen angewendet hätte. »Nein«, erwiderte er ernst, »das ist es nicht. Ich könnte für immer hier leben, aber ich muss mir meinen Lebensunterhalt verdienen.«

»Bezahlt Ihnen Ihre Tante nichts für Ihre Arbeit in der Bäckerei?«, erkundigte sich Petros unschuldig. Alex wusste es offenbar nicht, aber er war zur Zielscheibe des Spottes im ganzen Ort geworden, weil er immer über und über mit Mehl bestäubt war und nach der Pfeife der Witwe Sarafi tanzte.

Alex zuckte mit den Schultern. »Sie gibt mir Kost und Logis. Sie denkt, alle Engländer sind reich und brauchen gar kein Geld mehr. Manchmal steckt sie mir ein, zwei Drachmen zu, wenn sie gute Laune hat.« Er grinste verlegen.

Petros kicherte. »Eine Bohne nach der anderen füllt auch den Sack. Wenn Sie erlebt hätten, wie wir im Krieg gehungert haben, würden Sie Ihre Tante verstehen. Aber ich habe eine Idee. Reisen Sie heute noch nicht ab. Die Sonntagsfähre ist sowieso so langsam, und der Wind wirft große Wellen auf. Ihnen wird nur schlecht auf dem Schiff, wenn Sie heute fahren.«

Alex schaute über Petros' Schulter aufs Meer. Es stimmte, die See war kabbelig, und die Fähre schaukelte schon jetzt wie ein Spielzeugschiff. Die Ägäis war bekannt dafür, dass sie die Leute seekrank machte.

»Aber die nächste geht erst in drei Tagen, und ich habe kaum noch Geld«, erwiderte Alex lachend. »Ihr Griechen hasst es, wenn ein Gast geht, stimmt's?«

»Ja, das stimmt. Es ist wie eine Zurückweisung, und es schmerzt uns hier.« Petros klopfte sich an die knochige Brust. »Möchten Sie hören, was für eine Idee ich habe?«

»Ja.« Alex lächelte. Irgendwie mochte er diesen alten Mann. Er war so sanftmütig und intelligent, trotzdem machte er auch einen schalkhaften Eindruck.

»Sie gehen für ein paar Tage zurück zu Ihrer Tante – sie freut sich bestimmt, Sie wiederzusehen. Es gibt jeden Tag viel Arbeit in der Bäckerei, und die Jungs, die sie immer beschäftigt, kosten Sie ein ganzes Stück mehr als Sie.« Petros lachte. »Sie gehen zurück zu ihr. In den nächsten Tagen kommen Sie zu einer Feier zu mir, dann können Sie Abschied nehmen wie ein echter Reisender, nicht wie irgendein Tourist, der den Schwanz einklemmt und sich davonschleicht.«

»Nein, nein. Das kann ich nicht. Danke, aber ...« Der Gedanke, wieder in Joyces Haus einzudringen und dem höhnischen Nikos gegenüberzutreten, jagte Alex einen Schauer über den Rücken.

»Warten Sie.« Petros hob seine klauenartige Hand. Er spürte, dass er Joyce ganz subtil ins Spiel bringen musste. »Sie haben mich noch nicht zu Ende angehört. Mein Sohn ist wieder auf See, meine Frau trauert, als wäre er gestorben, und meiner Schwiegertochter geht es nicht gut. Es ist also kein günstiger Zeitpunkt, eine Feier in meinem Haus zu veranstalten. Aber ich habe eine Freundin in der Stadt, eine gute Freundin –«, er zwinkerte –, »und sie kann kochen wie keine andere. Sie kommen zu ihr, ich lade ein paar Freunde ein, und wir trinken und tanzen, bis unsere Herzen neuen Mut fassen. ›Wenn der Topf richtig brodelt, leben Freundschaften auf.‹ Ja?«

»Aber die nächste Fähre muss ich dann ganz bestimmt nehmen.«

»Ja, ja. Na ja, vielleicht lasse ich Sie fahren, wenn Sie jetzt einverstanden sind.« Petros' Augen funkelten. »Gefällt Ihnen mein Plan?«

Alex gab sich geschlagen. Möglicherweise brauchte er gerade so was – ein ordentliches Besäufnis mit ein paar Männern. Gemütliche Männergespräche nahmen dem Liebeskummer vielleicht die Spitze.

»Aber zuerst«, setzte Petros listig hinzu, »müssen Sie mit mir kommen, damit ich Ihnen das Haus zeigen kann. Sie müssen meine Freundin kennen lernen, und wenn sie Sie mag, wird sie uns für das Fest was Gutes kochen. Erst müssen Sie sie becircen – sie macht so was nämlich nicht für jeden.«

»Gut«, sagte Alex lachend. Was für ein Halunke dieser kleine Bauer sein konnte!

Sie tranken ihren Kaffee aus, Alex warf sich sein Gepäck über die Schulter, und Petros führte ihn durch die gewundenen Kopfsteinpflaster-Gassen. Die Häuser hier waren alle erst kürzlich getüncht worden, und sie leuchteten in der Nachmittagssonne; die orangefarbenen Ziegeldächer sahen aus wie Zuckerguss. Die Häuser auf Ifestia erinnerten Alex immer an kleines Gebäck, an die *Petits Fours,* die seine englische Großmutter immer zum Tee reichte.

Petros blieb vor Marias Haus stehen, zwinkerte Alex zu und klopfte an die Tür. Die grünen Fensterläden waren noch geschlossen. Roter und gelber Hibiskus wuchs in großen Töpfen, die auf der Außentreppe standen. Seifiges Wasser floss in einem Rinnsal über den Boden, und der Geruch nach Ammoniak mischte sich mit Jasminduft und Fäkaliengestank.

Die Tür ging auf, und eine schwarzhaarige, matronenhafte Frau stand auf der Schwelle und musterte Alex erstaunt.

»Das ist Alexandros Gidding, der Neffe der Witwe Safari – der englische Junge, von dem ich dir erzählt habe«, erklärte Petros schnell. »Er ist ein guter Junge, aber ich habe ihn dabei erwischt, wie er sich aus dem Staub machen wollte, ohne sich zu verabschieden. Alexandros, das ist meine Freundin *Kyria* Kofa.«

»Kommt rein, kommt rein«, sagte Maria mit einem verwunderten Blick auf Petros. In den zwanzig Jahren, die sie ihn kannte, hatte er noch nie Leute mitgebracht. Und jetzt schleppte er an einem Tag gleich zwei an. »Deine Schwiegertochter schläft noch. Es scheint ihr nicht gut zu gehen, dem armen Mädchen.«

Alex erstarrte und sah Petros erschrocken an.

»Meine Schwiegertochter ist hier?«, rief Petros erstaunt. »Ts, ts, ts, sie muss wieder Streit mit meiner Frau gehabt haben.« Er zuckte mit den Schultern, als Maria der Mund offen stehen blieb. »Es macht Ihnen doch nichts aus, oder?«, fragte er Alex. »Manchmal sucht sie hier Zuflucht, wenn die scharfe Zunge meiner Frau sie von zu Hause vertreibt.«

Maria schluckte. »Setzt euch«, sagte sie ratlos. »Ich sage ihr Bescheid, dass ihr hier seid.«

Alex rührte sich nicht vom Fleck. Ein Verdacht keimte auf, aber er verwarf ihn sofort wieder. Wenn Petros wüsste, was zwischen ihm und Joyce vorgefallen war, würde er sie niemals zusammenbringen. Wäre ich ein ganzer Grieche, würde ich an Schicksal glauben oder denken, dass mir die Heiligen etwas sagen wollen, dachte er. Er hatte Mühe, die Fassung zu wahren.

»Setzen Sie sich, mein Junge«, forderte Petros ihn auf und deutete zum Tisch. »Es ist hübsch und kühl hier drin, nicht?«

»O ja«, stammelte Alex. Der Schweiß brach ihm aus allen Poren.

Joyce blinzelte Maria verwirrt an. Sie hatte tief geschlafen, von Florida und ihren Brüdern geträumt, die im Meer planschten und sie verspotteten. Ihre Gesichter grinsten so anzüglich wie manchmal das von Nikos. Es dauerte eine Weile, bis sie sich erinnerte, wo sie war. Das Zimmer war ihr genauso fremd wie Maria, die sich über sie beugte und etwas sagte. Joyce gähnte und spürte den Schmerz in ihrem geschwollenen Auge.

»Petros ist zurück«, sagte Maria. »Er hat einen Gast mitgebracht. Wir müssen hinuntergehen und ihn willkommen heißen.«

Joyce seufzte. Sie war nicht in der Stimmung, Gäste zu unterhalten, aber sie kannte ihre Pflichten. »Ja, ich komme.« Sie zog ihr Kleid an – das ausgebleichte rosafarbene, das sie immer für die Arbeit trug. Ihr Kopf fühlte sich schwer und dumpf vom Schlaf an. Gewöhnlich wurde sie nach der Siesta mit einem Kaffee und ein paar Spritzern kalten Wassers ins Gesicht wieder munter, aber heute konnte sie sich diesen Luxus nicht gönnen.

Sie kämmte rasch ihr Haar, band es im Nacken zusammen und tastete über ihr Auge. Es gab keinen Spiegel in der Kammer, aber sie ahnte, dass sie furchtbar aussah. Sie strich ihr Kleid glatt und kletterte die Leiter hinunter, um den Fremden zu begrüßen.

Und da war Alex – er war allein und starrte sie an. Joyce schnappte nach Luft und hielt sich an der Leiter fest, um nicht das Gleichgewicht zu verlieren.

»Gott, was ist mit dir passiert?«, rief er. Er ging auf sie zu. Das Auge erschreckte ihn. Das änderte alles. Mit einem Mal hatte er ein vollkommen anderes Bild von ihr – sie war nicht mehr die raffinierte Person, die die Männer gegeneinander ausspielte, sondern wieder die Gefangene. »Hat Nikos dir das angetan?«

Joyce ignorierte die Frage. »Was machst du hier?«, murmelte sie. Sie sah sich panisch um, aber Petros und Maria waren verschwunden. »Wie hast du mich gefunden?«

»Ich wusste von nichts ... es ist wie das letzte Mal. Petros führt mich immer wieder zu dir.«

»Reist du ab?« Joyce deutete auf seinen Rucksack, der neben der Tür lag.

Alex schluckte. »Ja. Na ja, ich wollte, aber Petros hat mich überredet, erst die nächste Fähre zu nehmen.«

Joyce ging zu einem der Stühle am Tisch. Sie setzte sich hin, stützte den Kopf in beide Hände und schaute das Tischtuch an. Ihr Gesicht war entstellt, geschwollen und das Auge blau. Ein Mundwinkel war aufgedunsen, und sie sah aus, als würde sie grinsen. Es war nicht mehr zu übersehen, dass ihr Schwiegervater sich alle Mühe gab, sie und

Alex zusammenzubringen. Sie fragte sich, ob Petros sie loswerden wollte, ob er sie an einen anderen Mann weitergab wie getragene Stiefel. Oder wollte er sie nur glücklich sehen?

»Du wolltest weg, ohne mir Bescheid zu sagen?«, fragte sie tonlos.

Alex antwortete nicht. Er versuchte, ihre Stimmung zu ergründen. Sie kam ihm niedergeschlagener denn je vor. Der Mut und die Klugheit, die er immer hinter ihrer Naivität entdeckt hatte, schienen zu purer Verzweiflung verkommen zu sein.

Er nahm ihr gegenüber Platz und fasste nach ihrer Hand. Sie wehrte sich nicht.

»Joyce, was ist mit dir geschehen?«

Joyce hielt den Blick gesenkt. »Bist du noch böse?«, fragte sie. »Auf mich, meine ich.« Ihre Stimme klang matt und flach, als wäre ihr gar nichts mehr wichtig.

»Böse?«, wiederholte er. »Natürlich nicht.«

Sie zog ihre Hand zurück. »Ist es wegen der Krankheit? Ich hätte dich nicht beschuldigen sollen, das weiß ich jetzt. Ich wollte dich nicht beleidigen. Ich habe mich bei Nikos angesteckt. Das hat der Arzt auch gesagt. Du und ich, wir konnten sie nicht untereinander weiter geben.«

Alex starrte sie verwirrt an. »Du meinst, du hattest das noch nicht, als wir zum ersten Mal ... du weißt schon, in Ayiassos?«

»Ich sage doch, Nikos hat mich angesteckt. Wieso fragst du das?« Joyce sah ihn fragend an, dann verstand sie. Sie straffte die Schultern und wurde puterrot. »Du dachtest, ich hätte es von jemand anderem? O Alex, du bist genau wie die griechischen Männer. Du denkst, ich schlafe mit jedem, stimmt's?«

»Nein«, versicherte er hastig. »So bin ich nicht. Ich habe es nur nicht verstanden. Ich wollte so was nicht andeuten.«

»Verdammt, natürlich wolltest du.« Sie starrte ihn an. »Was kümmert's dich überhaupt? Du hast deine Sachen gepackt. Du bist frei, damit hast du oft genug geprahlt. Warum besteigst du nicht diese verdammte Fähre und haust ab?« Sie war wütend, riss sich aber zusammen. Ich werde nicht zusammenbrechen, nahm sie sich vor. Ich will sein Mitleid nicht.

»Wenn du es mir nur erklären würdest«, erwiderte Alex verzweifelt. Er stand auf und ging auf und ab. Er wirkte noch größer und schlaksiger als sonst in der kleinen, verdunkelten Stube. Es ist, als würde man eine Lawine lostreten, ging es ihm durch den Kopf. Alles, was ich tue, jedes Wort bringt uns der Katastrophe näher. Schließlich drehte er sich zu ihr um und sagte eindringlich: »Joyce, ich bleibe, wenn du es willst. Du bist mir ganz und gar nicht egal, das warst du nie. Ich dachte, du hättest nichts für mich übrig.«

Joyce hatte genug von den Lügen der Männer. Sogar Petros, den sie für einen aufrichtigen und gutherzigen Menschen gehalten hatte, hielt sich eine Mätresse. Sie verschränkte die Arme, drehte das geschwollene Gesicht zur Wand und schwieg. Die kostbare Zeit, die sie allein verbringen konnten, verstrich ungenutzt.

Alex beugte sich zu ihr. »Wer hat dich geschlagen?«, wollte er wissen. »Sag mir wenigstens das.«

»Meine Schwiegermutter«, antwortete sie widerstrebend. »Sie hat mich geschlagen, weil ich Jüdin bin.« Ihr Mund verzog sich zu einem unabsichtlichen Lächeln. »Wahrscheinlich klingt das komisch.«

Alex richtete sich auf. »Weil du Jüdin bist?«, wiederholte er.

»Ja. Ich habe es ihr endlich gesagt.« Joyce sah ihn mit einem Achselzucken an. »Petros versteckt mich hier, bis sich der Sturm gelegt hat.«

»Lieber Himmel! Geht es dir gut?«

Sie erhob sich. »Natürlich geht es mir nicht gut«, gab sie ganz ruhig zurück. »Wie auch?«

Alex nahm ihre Hände in seine. »Es ist Nikos, ja? Du bist traurig, weil er weg ist?«

»Traurig?« Joyce riss sich los und wandte sich ab. »Gott, ich weiß nicht. Ich weiß nur, dass jetzt monatelang alles ungeklärt bleibt. Mein Leben bricht auseinander.« Sie sank wieder auf den Stuhl. »Aber wieso interessiert dich das?«, fügte sie bitter hinzu. »Du reist ja ab.«

Alex war so froh, dass Nikos weg war, dass er das Risiko einging, ehrlich zu sein. »Ich war eifersüchtig«, erklärte er schlicht. »Ich dachte, du liebst ihn.«

»Das habe ich. Vielleicht liebe ich ihn immer noch. Ich möchte, dass unsere Ehe funktioniert.«

»Aber warum?«

»Oh ...« Sie schlug die Hände vors Gesicht. »Weil es mir hier gefällt. Weil ich Dimitra und Petros mag. Weil ich sonst nirgendwohin kann.«

»Du kannst woanders hin«, sagte Alex zärtlich. »Komm her, Liebling.« Er breitete die Arme aus. Joyce gab endlich nach.

12

Am Abend, als Dimitra endlich aufwachte, war sie erstaunt, Haus und Hof verlassen vorzufinden. Phoebus stand da, kaute lustlos an einem Grasbündel und vertrieb die Fliegen mit seinem Schwanz, aber von ihrem Mann oder Joyce war keine Spur zu sehen. »Wohin, um alles in der Welt, sind die beiden Teufel verschwunden?«, brummte sie vor sich hin. Aber darum konnte sie sich jetzt keine Gedanken machen. Wichtigere Dinge lagen ihr auf der Seele. Sie würde sich eine Tasse Kaffee aufbrühen und anschließend sofort zu Vater Poulianos gehen und ihn um Rat fragen. Sie hatte eine Ungläubige in ihrem Haus beherbergt, ihr Herz war in Stücke zerborsten – sie brauchte Hilfe.

Dimitra war erschüttert über Joyces Geständnis, aber auf dem Weg von ihrem Haus zum Popen wurde ihr Zorn auf die Schwiegertochter noch stärker. Wie konnte dieses Mädchen es wagen, mein Haus mit solchen Lügen zu beschmutzen?, dachte sie, als sie, eine massige Gestalt in dunkelblauem Kleid und schwarzem Kopftuch, kräftig ausschritt. »Wie konnte sie es wagen, meinen Sohn zu verderben?« Nicht nur Nikos war besudelt, sondern auch ihre Mutterliebe war vergiftet. All die Bemerkungen, die sie Joyce gegenüber geäußert hatte, kamen ihr wieder in den Sinn – dass Joyce mehr Liebe zeigte als ihr eigener Sohn, dass sie sich als so dankbar und großzügig erwies, wie Nikos es in seinem Leben nie fertig gebracht hatte. Wie konnte sie nur so schreckliche Dinge über ihren eigenen Sohn sagen? Und erst letzte Woche hatte sie ihn sogar angeschrien und geschlagen! Wie hatte sie zulassen können, dass Joyce Nikos aus ihrem Herzen drängte? Und das Allerschlimmste war, dass sie ihren unschuldigen Sohn für den Riss in seiner Ehe ausgescholten hatte, obwohl Joyce sie die ganze Zeit getäuscht und belogen hatte.

Joyce hatte die schrecklichste aller Sünden begangen – sie hatte Dimitra so weit gebracht, dass sie sich gegen ihr eigen Fleisch und Blut gestellt hatte.

Dimitra fand Vater Poulianos vor seinem heruntergekommenen Haus hinter der Kirche vor – er lackierte im schwindenden Abendlicht einen Esstisch. Statt seiner schwarzen Robe trug er eine alte Arbeitshose und eine blaue Schürze, über die sein wallender grauer Bart fiel. Als Dimitra keuchend näher kam und ihre knotigen Hände rang, beugte er sich über den Tisch und trug mit kräftigen Pinselstrichen Farbe auf.

Vater Poulianos kämpfte seit dreißig Jahren mit der Armut. Er war weder hoch gebildet, noch wurde er besonders respektiert. Nur ein paar alte Frauen von Kastron begegneten ihm mit Ehrerbietung. Für ein so geringes Entgelt, mit dem er seine Frau und die vier Kinder kaum durchbringen konnte, spielte er den Beichtvater, Doktor und Psychiater für die ganze Stadt und tat seine Pflicht als Priester. Er war darauf angewiesen, so viel zusätzliche Arbeit wie nur möglich anzunehmen. Er reparierte Möbel für andere Leute, bemalte und lackierte sie. Und für ein kleines Honorar trieb er die Dämonen aus den Häusern, aus den Ehegatten, Kindern oder Kühen.

Er begrüßte Dimitra erschöpft und lud sie zum Sitzen ein. Dann fragte er sie, ob es ihr etwas ausmachte, wenn er während ihres Gesprächs weiterarbeitete. Dimitra brummte ihre Zustimmung und ließ sich mit einem abgrundtiefen Seufzer auf einen wackeligen Stuhl neben der Hintertür fallen. Sie ließ einen kritischen Blick über den Hinterhof schweifen. Das Haus des Popen war in einem viel schlechteren Zustand als ihr eigenes und bestand eher aus ineinander führenden Hütten. Die Mauern waren mit Moos bewachsen und rissig. Eine Seite war ein Stück im Erdboden versunken. Etliche Dachschindeln waren zerbrochen oder fehlten ganz, und im Hof stapelten sich kaputte Möbelstücke. Ab und zu spähte frech ein Kind um ein Hauseck. Das ganze Anwesen machte einen erschreckend verwahrlosten Eindruck.

Dimitra sah den Popen ernst an. Er atmete schwer bei der Arbeit, und der Gestank des Lacks stieg ihm so in die Nase, dass er das haarige Gesicht zu einer hässlichen Fratze verzog. Dimitra beobachtete entsetzt, wie der Lack auf seinen prächtigen grauen Bart spritzte.

»*Patris*, darf ich sprechen?«, fragte sie schließlich. Dimitra war keine Frau, die sich vor Popen ängstigte.

»Ja, ja, meine Tochter. Sprich, Ich höre zu.« Poulianos kauerte sich ächzend hin, um die Tischbeine anzustreichen.

»O *Patris*, haben Sie Erbarmen mit mir! Ich habe solche Probleme in meinem Haus, dass ich nicht mehr weiß, was ich tun soll.« Sie schwieg eine Weile, aber er zeigte keinerlei Reaktion. »Es geht um meine Schwiegertochter«, fügte sie betont hinzu.

Der Pope nickte und konzentrierte sich weiter auf den Pinsel in seiner Hand. Das war ihm nur allzu vertraut. »Sie ist ungezogen und aufsässig?«, fragte er mit der tiefen, donnernden Stimme eines Patriarchen.

»Nein, nein, das ist es nicht.«

»Sie ist faul?«

Dimitra zog ihre Stola fester um sich – sie fröstelte in der kühlen Abendluft. »Nein, sie arbeitet fleißig.«

Er zuckte mit den Achseln und kroch wie eine Krabbe zum nächsten Tischbein auf die andere Seite. Er war ein großer Mann mit breiten Schultern und stattlichem Bauch; seine Bewegungen wirkten unbeholfen wie die einer Bulldogge, die versuchte zu tänzeln. »Sie schenkt euch keine Enkelkinder, ist es das?«

»Das stimmt, aber sie versucht es. Mein Sohn hat ihr diese Krankheit gebracht, Gott vergebe ihm, und jetzt wissen wir nicht, ob sie noch fruchtbar ist.«

»Was haben Sie dann an ihr auszusetzen?«, hakte er ärgerlich nach. Der Lack trocknete zu schnell, und der Tisch sah fleckig aus.

Dimitra räusperte sich. »Sie ist Jüdin.«

Der Pope stand auf und starrte sie entgeistert an. »Was? Die kleine Joyce?« Er dachte an ihre wöchentlichen Besuche in der Kirche, daran, wie sie kniend gebetet und die Hände der heiligen Madonna geküsst hatte. Er knurrte entrüstet, dann verharrte er in eisigem Schweigen.

»Ja, *Patris.* Sie hat es mir erst heute Morgen gesagt.«

Er bekreuzigte sich. »Das übersteigt alles, was ich jemals gehört habe!«, brüllte er. Er war außer sich, dass sich eine als Christin getarnte Jüdin in seine Kirche geschlichen und ihn noch dazu in dem Glauben gelassen hatte, sie sei eine besonders fromme junge Frau. »Wie lange hat sie in eurem Haus gewohnt, ohne ein Wort davon zu sagen?«

»Mehr als zwei Jahre, *Patris.*« Dimitra rang erneut die Hände und wiegte sich kummervoll auf dem Stuhl. »Sie hat die ganze Zeit gelogen. Gelogen! Ist das zu fassen?«

Vater Poulianos sah sie versteinert an. Seine Augen quollen unter den buschigen Augenbrauen hervor. »Sie darf meine Kirche nie wieder betreten!«, bellte er.

»Ich weiß, ich weiß.« Dimitra ächzte und wiegte sich immer noch hin und her. »Mein Sohn weiß nichts von alledem«, berichtete sie dem erstaunten Popen. »Meine Schwiegertochter hat auch ihn getäuscht. *Patris*, glauben Sie, das ist ein Grund, die Ehe zu annullieren?«

Der Pope runzelte die Stirn. Er richtete nachdenklich den Blick auf den Tisch – der Lack warf bereits Blasen. »Darüber muss ich erst nachdenken«, sagte er. Er fuhr mit der Hand über den langen Bart wie über eine Katze, die an seiner Brust lag. »Haben sie in einer griechisch-orthodoxen Kirche geheiratet?«

»Mein Sohn behauptet das, aber ich habe keine Möglichkeit, das zu überprüfen. Sie haben in Amerika geheiratet.«

Poulianos musterte sie scharf. »Sind Sie sicher, dass sie überhaupt legal geheiratet haben, *Kyria* Koliopoulos? Ich möchte Sie nicht beleidigen, aber einige junge Leute heutzutage sind ...«

»Nein, nein!«, beteuerte Dimitra schockiert. »Ich habe die Papiere gesehen. Natürlich sind sie legal verheiratet. Mein Sohn würde seine Mutter nie anlügen, auch wenn seine Frau eine Schlange ist.«

Der Pope murmelte etwas in seinen Bart und machte sich wieder an die Arbeit. Er schüttelte entrüstet den Kopf. »So was habe ich noch nie gehört. Eine Jüdin, die sich in unsere Kirche einschleicht! Ich bin sprachlos.«

»Aber, *Patris*«, wimmerte Dimitra, »es gibt noch was Schlimmeres.«

»Nichts könnte schlimmer sein!«

»Es ist schlimmer! Sie hat meine Liebe zu meinem Sohn

vergiftet!« Dimitra begann zu heulen. »Sie hat ihm all das Gute ausgetrieben. Sie hat mich sogar dazu gebracht, mit ihm zu streiten, mit meinem eigenen Jungen! Und jetzt hat er mir den Rücken gekehrt und ist in See gestochen, ohne sich meinen Segen zu holen und meine Gebete für seine Sicherheit zu erbitten. O *Patris*, diese Dämonin hat mein Leben zerstört!«

»Lassen Sie sie nie wieder in Ihr Haus«, polterte der Pope los und fuchtelte mit seinem Pinsel durch die Luft. »Sie ist eine Teufelin, das ist offensichtlich. Sie müssen heute Abend beten. Beten Sie zur Jungfrau Maria, dass sie Ihr Haus vor dem amerikanischen Dämon beschützt. Jagen Sie die Schlange fort, *Kyria* Koliopoulos, werfen Sie sie hinaus!«

»Das werde ich tun«, heulte Dimitra – sie war rasend vor Rachegelüsten. »Sie wird nie wieder einen Fuß in mein Haus setzen!«

In den ersten beiden Tagen nach Joyces Weggang versuchte Petros, Dimitra nicht in die Quere zu kommen. Sie fuhrwerkte mit all der Gewalt der drei Furien in Haus und Hof herum, deshalb gab er sich alle Mühe, ihr nicht im Wege zu stehen. Sie kaufte Kerzen, zündete sie unter den Ikonen an und flehte die Jungfrau und den heiligen Dimitrios lautstark an, das Haus vom jüdischen Geist zu reinigen, dabei sorgte sie dafür, dass Petros jedes Wort mitbekam. Sie kochte Joyces Betttücher aus und schlug sie mit aller Wucht gegen die Felsen, obwohl sie ganz sauber waren, und meckerte über die Flecken der Sünde. Sie lud sogar – sehr zu Petros' Verdruss – Vater Poulianos ein und bat ihn, Weihwasser über sie und in allen Räumen zu verspritzen und einen Basilikumzweig mitzubringen, um Joyces Dämonen zu vertreiben. Dann packte sie den Rest von Joyces Kleidern und ihre wenigen Habseligkeiten zusammen und drückte sie Petros in die Arme.

»Werde das irgendwie los. Verbrenn es meinetwegen. Ich will gar nicht wissen, wo du das Mädchen versteckt hast. Und erwähne in meiner Gegenwart nie wieder ihren Namen!«

Petros wartete, dass sich der Hass verflüchtigte. Die Atmosphäre im Haus war trist und öde genau wie damals, als Nikos zum ersten Mal zur See gefahren war. Manchmal, wenn er fort war, hatten sie das Gefühl gehabt, als hätten sie nie einen Sohn gehabt, als wäre das Kinderlachen, das Geplapper und Getrappel nur ein Traum gewesen – als wären sie den einsamen, schmerzlichen Jahren vor seiner Geburt nie entkommen. Jetzt, da Joyce weg war, war das Haus wieder still und kalt, der Garten öde, die Felder trostlos. Petros grub und hackte, schnitt und erntete fleißiger denn je, da Joyce ihm nicht mehr zur Seite stand, aber all die Schinderei erschien ihm jetzt sinnlos. Es war eine Menge Arbeit, nur damit zwei alte Leute überleben konnten.

Nach achtundvierzig Stunden der wütenden Reinigung brummte Dimitra endlich, als sie Petros beim Abendessen gegenübersaß: »Was hast du mit ihr gemacht? Sie zurück nach Amerika geschickt?«

»Natürlich nicht«, antwortete Petros achtsam. »Sie hat dort kein Zuhause mehr.«

»Hier hat sie auch keines mehr. Sie ist eine Schlange und ein Dämon. Ich möchte ihr jüdisches Gesicht nie wiedersehen.«

»Hör auf damit, Dimitra«, sagte Petros – seine Geduld war erschöpft. »Du bist zu gutherzig, um einen solchen Hass in deinem Herzen zu tragen. Dafür haben wir nicht gegen die Faschisten gekämpft.« Er sah sie mit feuchten Augen an. »Dimitra, *Monoula mou*, sag mir, was dich so unglücklich macht. Es ist nicht nur die Sache mit der Religion, das weiß ich. Was hat Joyce getan, das dich so sehr gegen sie aufbringt?«

Zuerst wollte Dimitra nicht damit herausrücken. Sie schämte sich wegen ihres Theaters um die jüdische Religionszugehörigkeit. Sie war sich im Klaren, dass es nur ein Vorwand war.

»Dimitra, kleine Frau, sei kein so störrisches Maultier. Sag mir, was mit dir ist.« Petros neigte sich zu ihr. Sie saßen an dem klobigen Tisch und aßen bei Kerzenschein Bohnensuppe.

»Es sind ihre Lügen«, murmelte sie. »Wie konnte sie Menschen, die sie lieben, solche Lügen auftischen?«

»Sie hatte Angst. Kannst du das nicht verstehen?«

Dimitra funkelte ihn an. »Sie, die nie einem Gewehr gegenübergestanden hat – Angst? Bah. Sie ist feige.«

»Was ist sonst der Grund, Dimitra? Sag es mir.«

Dimitra aß einen Löffel Suppe und zermalmte langsam die Bohnen. Die wenigen Zähne in ihrem Mund waren zu schwach, um richtig zuzubeißen. »Es ist Nikos«, gestand sie endlich. »Sie hat meine Liebe zu ihm vergiftet und mich gegen ihn aufgehetzt. Gegen meinen Sohn, für den ich mein Leben geben würde.«

Petros runzelte die Stirn. Damit hatte er gerechnet. Er hatte sich schon gefragt, wann Dimitra aufwachen und erkennen würde, dass sie ihrer Schwiegertochter erlaubt hatte, Nikos aus ihrem Herzen zu verdrängen. Er hatte sich auch gefragt, wann Dimitra endlich Nikos' Fehler erkennen würde.

Petros selbst quälte schon seit Jahren der Schmerz der

Enttäuschung. Er hatte immer wieder mit sich gekämpft, um die Hoffnung aufrechtzuerhalten, dass sein Junge eines Tages doch noch anständig werden würde – er kämpfte nach wie vor. Aber Dimitra war die ganze Zeit über blind gewesen. Es war normal für eine griechische Mutter, ihren Sohn zu vergöttern – immerhin erlangte eine Frau durch einen Sohn Ansehen. Die Leistungen des Sohnes waren wichtiger als die des Ehemannes, denn sie hatte den Sohn im eigenen Leibe wachsen lassen, während den Mann eine andere Frau geboren hatte. Allerdings hatte Dimitra ihren Stolz bis zum Äußersten getrieben. Sie hatte ihren Sohn immer als vollkommen, als Heiligen angesehen. Seit Nikos auf der Welt war, schrieb sie all seine Fehler dem Neid der anderen zu. Erst jetzt wurde ihr langsam bewusst, wie schwach er in Wirklichkeit war: dass er Verehrung verlangte, ohne sie sich zu verdienen; dass er glaubte, seine Schönheit allein würde ihm den Respekt so guter Frauen wie Joyce einbringen; dass er winselte wie ein kleines Kind, wenn er nicht das bekam, was er wollte. Doch statt ihren Zorn auf Nikos zu richten, gab Dimitra Joyce alle Schuld.

»Joyce hat unseren Nikos nicht verdorben«, sagte Petros. »Das war das Seemannsleben und die Gesellschaft, in die er sich begibt. Da hat er gelernt, nur an sich selbst zu denken.« Petros würde nie laut aussprechen, was er dachte: Dass daran im Grunde Dimitra und ihre grenzenlose Nachsicht schuld waren – und er selbst, weil er tatenlos zugesehen hatte.

»Nein«, widersprach Dimitra und verschränkte die mächtigen Arme. »Wenn er eine nette griechische Frau gefunden hätte, die nicht an ihm herumkrittelt, die ihm gehorcht, die nicht lügt wie ein Dämon, dann wäre er nicht so mir nichts, dir nichts davongelaufen. Er würde sich seiner Verantwortung stellen. Das alles ist nur so gekommen, weil sie Amerikanerin und schlecht ist.«

»Du bist nicht gerecht, *Manoula mou.* Joyce hat ihn hingebungsvoll geliebt, als er sie herbrachte.«

Dimitra spuckte angewidert auf den Boden, ihre Arme noch immer trotzig vor der Brust verschränkt. »Ha. Wer weiß schon, was sie wirklich empfunden hat? Dieser Schlange, dieser Lügnerin ist nicht zu trauen. Mein Nikos hat ihr vertraut, alter Mann! Er hat sie geliebt, er liebt sie noch. Ich dachte, *er* wäre unfair zu ihr, aber jetzt erkenne ich meinen Irrtum. Sie hat ihn getäuscht! Sie hat ihm solche Qualen verursacht, meinem gutherzigen Jungen. Allein deswegen könnte ich sie umbringen!«

»Aber, Dimitra, sie hat sich so sehr bemüht. Hast du das nicht gesehen? Nikos kam nach Hause, nachdem er monatelang weg gewesen war, und benahm sich wie ein Kaiser und erwartete, dass sie vor ihm auf die Knie fällt und ihm gehorcht wie eine griechische Frau. Dazu ist sie nicht erzogen worden. Seine Forderungen waren unvernünftig.«

Dimitra starrte Petros mit offenem Mund an. »Was für einen Unsinn redest du da? Was ist falsch daran, wenn er eine Frau will, die sich ihm fügt? Es ist sein gutes Recht!«

Und hast du mir jemals ein solches Recht eingeräumt?, hätte Petros gern gefragt und laut gelacht. Aber er besann sich eines anderen. »Die Mutter kann nachsichtig sein«, erklärte er. »Die Frau kann Würze in eine Ehe bringen.«

»Aber sie hat mich gegen meinen eigenen Sohn eingenommen!«

Petros sah sie liebevoll und zugleich traurig an. »Er wird dir vergeben, keine Sorge. In seinen Augen kannst du gar nichts falsch machen. Er liebt dich. Niemand kann die Liebe eines Sohnes für seine Mutter zerstören.«

»Nicht einmal eine Frau? Vielleicht hat sie ihn so sehr verletzt, dass er nie wieder nach Hause kommt!« Angst blitzte in Dimitras Augen auf, und er merkte, dass sie wirklich befürchtete, Joyce hätte ihren Sohn für immer vertrieben.

Petros seufzte. Wenn seine Frau so dachte, war eine Versöhnung mit Joyce unmöglich. Joyce war zwischen Mutter und Sohn geraten. Für dieses Vergehen gab es kein Erbarmen.

Dimitra schlurfte niedergeschlagen durchs Haus und über den Hof, versorgte die Tiere und pflegte die Pflanzen, kochte und bereitete alles für den kommenden Winter vor. Und Petros kümmerte sich um Joyce.

Petros hatte nie in seinem Leben ein doppeltes Spiel gespielt. Es stimmte, er hatte seit zwanzig Jahren eine heimliche Affäre mit Maria, aber er redete sich ein, dass nichts daran sündhaft war. Er besuchte Maria nur hin und wieder, manchmal sah er sie einen ganzen Monat nicht, deshalb konnte er sich sagen, dass er Dimitra seine Gesellschaft nie entzog. Er brachte Maria ab und zu ein Geschenk mit, kein Geld, denn sie war reicher als er, also nahm er Dimitra nichts weg, um bei Maria sein zu können. Maria unterhielt sich mit ihm über Dorfangelegenheiten, fragte ihn aber nie nach seinem Familienleben aus, also plauderte er nie Vertrauliches aus – er war weitaus rücksichtsvoller als die meisten anderen Männer mit einer Mätresse. Er liebte Dimitra. Er ging zu Maria, nur um Ruhe zu finden, um die Gelegenheit zu haben, mit einer Frau zusammen zu sein, die gebildeter war als seine eigene, die nicht besessen war von Arbeit und Mutterliebe. Er glaubte nicht, dass Dimitra die Gespräche und den Samen, den er an Maria verschwendet hatte, willkommen geheißen hätte. Aber jetzt, zum ersten Mal in seinem Leben, schmiedete Petros ein Komplott – nicht nur, um Joyce zu verstecken. Er musste Mittel und Wege finden, Maria ein paar Drachmen zuzustecken, um für Joyces Kost und Logis beizutragen. Und er musste vor Dimitra geheim halten, wo Joyce war, damit sie nichts über Maria erfuhr.

In der Zwischenzeit versuchte Joyce, selbst ein bisschen Geld zu verdienen. Maria war Näherin und arbeitete den ganzen Tag entweder im Haus oder im Hof, und Joyce bat sie gleich am ersten Morgen, ihr das Nähen beizubringen. Ohne eigenes Geld würde sie immer das machen müssen, was andere sagten, das war ihr mittlerweile klar geworden.

Maria erklärte sich einverstanden. Sie rollte ihre alte Nähmaschine an einen sonnigen Platz im Hof, setzte Joyce neben sich, sodass sie miteinander plaudern konnten, während sie arbeiteten. Joyce genoss das. Sie mochte die warmen Pflastersteine im Hof, auf denen sie mit dem Stuhl schaukeln konnte, den Duft der Blumen und Kräuter in den Töpfen. Sie mochte auch das Surren der Maschine, die Maria mit den Füßen antrat, wenn sie Laken und Tischtücher säumte oder Brautnachthemden nähte. Nur die Arbeit an sich mochte Joyce nicht. Maria hatte ihr Taschentücher gegeben, die sie besticken sollte, und die Nadelei machte sie so verrückt, dass sie am liebsten den zarten Baumwollstoff zerrissen und weggeworfen hätte.

Um die Langeweile ein wenig zu lindern, fragte Joyce, wie lange Maria schon verwitwet war.

»Seit fast dreißig Jahren«, antwortete Maria. Sie wandte Joyce ihr rundes Gesicht zu, und ihre grauen Augen wirkten sehr lebendig. »Das ist länger als ein Leben für dich, was, kleine Amerikanerin? Ich war mit dreizehn verlobt und heiratete mit sechzehn, während der kurzen Euphorie zwischen dem Weltkrieg und dem Bürgerkrieg, Gott vergebe uns Griechen.«

»Sie waren erst sechzehn?«

»Ja. Das mag dir jung erscheinen, aber wir fühlten uns alt. Mein Mann – Grigoris hieß er – war der Sohn eines Fischers, und ich kannte ihn schon von klein auf. Als Kinder haben wir zusammen gespielt.« Sie lächelte wehmütig. »Er hatte erst einen weichen Flaum auf der Oberlippe. Er kitzelte mich, wenn wir uns küssten. Er hat mir den Heiratsantrag am Strand gemacht. ›Wenn ich als Mann aus dem Krieg zurückkomme‹, sagte er, ›heiraten wir und bekommen vierzig Kinder.‹ Er schenkte mir eine Koralle – wer konnte sich in diesen Zeiten schon Ringe leisten? –, in die er ein kleines Loch gebohrt hatte. Ich fädelte sie auf einen Faden und trug die Koralle während des Krieges um den Hals, bis die Nazis sie mir heruntergerissen haben.«

Joyce sah sie an. »Die Nazis haben Sie gefangen genommen?«

»Ich werd's dir erzählen«, erwiderte Maria. »Es ist gut, wenn ihr Amerikaner solche Dinge erfahrt. Als mein Grigoris wegging, um gegen die Faschisten zu kämpfen, war er noch ein Junge. Dürr wie ein Stock, die Schultern schmal, die Beine spindelig – er war wie ein neugeborenes Lamm. Ich erinnere mich, dass der Flaum auf seinen Wangen in der Sonne glitzerte. Aber für mich war er schön, kleine Joyce. Seine Augen waren blau und groß. Als ich ihn zum ersten Mal in seiner Uniform und mit diesem großen Gewehr über der Schulter sah, weinte ich, weil sein Gesicht so verloren wirkte.« Maria machte eine Pause und betrachtete Joyce nachdenklich. »Ihr Kinder von heute, ihr wisst nicht, wie jung viele Soldaten damals waren. Mein Grigoris war noch so grün hinter den Ohren, dass er beim Abschiedskuss meine Lippen verfehlte. Wir waren Kinder. Ich wurde knallrot. Meine Brüste taten weh, daran erinnere ich mich – sie wuchsen noch und waren empfindlich wie Knospen. Aber meine Gefühle waren so stark wie die einer Erwachsenen. ›Du musst nicht gehen‹, sagte ich. ›Du bist zu jung.‹ Er war erst vierzehn, aber die Italiener waren eingerückt, und kein griechischer Mann oder Junge, der auch nur ein bisschen Ehre im Leib hatte, drückte sich davor, für sein Land zu kämpfen.«

»Wie lange war er weg?«, wollte Joyce wissen.

»Drei Jahre. Mir kam es vor wie dreihundert – aber du weißt ja, was Warten heißt. Endlich kam er zurück, hatte wie durch ein Wunder überlebt, obwohl er mit Narben übersät war. Er fand mich zaundürr und schwach vor. Meine Haut war grau und schorfig vor Hunger – auch ich hatte unter dem Krieg gelitten. Er sah zwanzig Jahre älter aus. Sein Gesicht war faltig, das Haar schütter, und er zitterte wie ein alter Mann. Er schrie jede Nacht im Schlaf, aber als die Glocken läuteten und der Sieg gegen die Deutschen verkündet wurde, sagte er zu mir: ›Ich bin kein Mann, den eine Frau heiraten möchte, aber vielleicht können wir trotzdem ein gemeinsames Leben in Angriff nehmen.‹ – ›Ich habe all die Jahre darauf gewartet‹, erwiderte ich. Also heirateten wir. Es war Anfang 1946, und wir sahen aus wie zwei Vogelscheuchen, als wir zum Altar hinkten. Ich erinnere mich, dass ich in den Spiegel schaute und fand, dass das Brautkleid an mir hing wie ein Totenhemd. Ich hatte es genäht, als Grigoris wegging, und hatte nicht damit gerechnet, dass mich der Krieg so verändern würde. Aber wir hatten überlebt, wir waren wieder zusammen, und das grenzte damals an ein Wunder.«

»Zwei Monate blieb er bei mir. Dann kam der *Andartiko* nach Ifestia – mögen sie alle in der Hölle verrotten. Grigoris wollte sich nicht an diesem Krieg beteiligen. ›Ich werde nicht mein Leben geben, um Landsleute zu bekämpfen‹, sagte er zu mir. Ich war seiner Ansicht. Aber wir wussten nicht, dass er gar keine Wahl hatte. Eines Nachts, als wir im Bett lagen, flog die Tür auf, und drei Männer mit Gewehren stürmten herein. Sie hielten die Läufe auf Grigoris gerichtet und zerrten ihn aus dem Bett. ›Du schließt dich uns an, oder du stirbst‹, sagten sie.

Ich verfluchte sie und griff nach einer Flinte. Im Krieg war ich mutig und zornig geworden. Aber einer der Männer schlug mich mit dem Gewehrgriff bewusstlos.«

Maria senkte den Kopf. Ihr Nähzeug lag auf ihrem Schoß. Joyce wartete.

»Als ich aufwachte«, fuhr Maria nach einer Weile fort, »hatte ich eine Wunde am Kopf. Meine Lippen waren aufgeplatzt und geschwollen, und der Samen eines Fremden klebte an meinen Schenkeln. Neben mir auf dem Boden lag mein Grigoris. Seine Brust war mit Kugeln durchlöchert, und ein breites, blutiges Grinsen war in sein Gesicht geschnitten.«

Maria sah Joyce an. »Lass dir von niemandem erzählen, dass der Bürgerkrieg so was wert war«, sagte sie »Hör nicht auf diese Mistkerle, die behaupten, sie hätten für eine gute Sache gekämpft.« Sie spuckte dreimal auf den Boden.

Joyce verharrte in entsetztem Schweigen.

Maria machte sich wieder an die Arbeit. Ihre Stimme hatte nicht gewankt, und auch das Licht in ihren Augen war nicht erloschen. »Sieben Monate später«, erzählte sie weiter, »hatten die Götter Erbarmen mit mir und schenkten mir Zwillinge, zwei Söhne. Die Erlösung – eine doppelte Erlösung – für eine griechische Witwe.« Sie lächelte Joyce zu. »Sie sind Überlebende – genau wie ihre Mutter. Manchmal denke ich, sie haben schon im Mutterleib gelernt zu kämpfen und sich gegen das Eindringen dieser dreckigen Soldaten und ihre Vergewaltigung gewehrt. Sie haben überlebt, die kleinen Lieblinge, und sie beide waren Grigoris wie aus dem Gesicht geschnitten.«

Joyce fiel es schwer zu sprechen. »Sie sind jetzt in Amerika?«, brachte sie heraus.

»Ja. Sobald sie erwachsen waren, sind sie weg. Sie sind beide in die Hotelbranche eingestiegen, und sie haben ihre Sache sehr gut gemacht. Sie besuchen mich alle paar Jahre im Sommer, und sie schicken mir seit langem Geld. Zwei starke Jungs sind sie. Ich erkenne in ihnen, was aus Grigoris geworden wäre.«

Joyce nickte. Das Geld der Söhne war wahrscheinlich für das renovierte Haus und Marias Unabhängigkeit verantwortlich.

Marias Unabhängigkeit faszinierte Joyce. Trotz der schrecklichen Erlebnisse, die Maria hinter sich hatte, führte sie ein so selbstständiges Leben wie keine verheiratete Frau, die Joyce kannte, selbst ihre Mutter in Florida nicht. Joyce vermutete, dass Maria nicht nur wegen der Bräuche nicht wieder geheiratet hatte, sondern weil es ihr so gefiel. Sie verlebte ihre Tage, ohne sich jemandem anpassen zu müssen. Sie entschied selbst, wie viel Arbeit sie annahm, und musste dabei nur an ihre eigenen Bedürfnisse denken. Sie empfing Petros wie selbstverständlich und machte sich keine großen Umstände. Sie schien nicht einmal eifersüchtig auf Dimitra oder neugierig auf seine Familie zu sein. Sie stellte Joyce keine einzige Frage nach dem Leben in seinem Haus. Sie war zufrieden mit sich selbst, aß und schlief gut und beobachtete ihre Mitmenschen mit einer gewissen Ironie.

Joyce entdeckte, dass Maria einen wachen Verstand hatte. Sie diskutierte gern über Politik und sprach über ihre Vergangenheit, während sie nebeneinander nähten, und machte sich über die Zeitungen lustig, die sie von ihren Kundinnen mit heimbrachte. Wie die meisten Bewohner von Kastron, wünschte auch Maria, dass die Sozialisten die Wahl gewonnen hätten. »PASOK wird etwas für die Frauen tun« erklärte sie Joyce. »Sie werden Schluss mit Korruption und Bestechung machen und all das Ungeziefer vertreiben. Wart's nur ab. Papandreou wird bald an die Macht kommen.« Sie beugte sich vor und packte Joyces Arm. »Weißt du, was er versprochen hat? Dass die Bäuerinnen eine Rente bekommen wie die Männer! Ja! Dreitausend Drachmen im Monat!« Maria rieb sich vor Freude die Arme. »Das geschieht den alten Böcken Recht. Es wird wieder eine Zeit für die Frauen – wie damals in der Widerstandsbewegung.«

»Waren Sie nicht zu jung, um in der Widerstandsbewegung zu sein?«, fragte Joyce überrascht.

»Zu jung? Nein! Grigoris war mit vierzehn nicht zu jung für den Krieg, ich war mit dreizehn nicht zu jung, um gegen das faschistische Ungeziefer zu arbeiten. Viele Mädchen und Jungs, die noch jünger waren als ich, haben mitgemacht.«

»Was haben Sie getan?« Joyce konnte gar nicht genug von diesen Geschichten hören, obwohl Dimitra so oft davon erzählt hatte. Die Frauen von Kastron waren stolz auf ihren Beitrag im Widerstand und sprachen genauso gern davon wie die Männer von ihren Heldentaten auf dem Schlachtfeld.

»Oh, was ich getan habe!« Maria lehnte sich zurück und legte ihre Arbeit in den Schoß. Ihre Wangen waren gerötet, und ihr Haar, das sie zu einem festen Knoten geschlungen hatte, glänzte wie ölige schwarze Oliven.

»Ich habe geholfen, Gefangene der Nazis herauszuschmuggeln«, sagte sie. »Wir bildeten eine Kette im Dorf – eine Kette von geheimen Häusern, in denen wir die Gefangenen unterbrachten. Wenn es brenzlig wurde, schlichen sie ins nächste Haus. Griechische Jungs, englische. Jungs wie mein Grigoris, die gefangen genommen, eingesperrt und in einigen Fällen auch gefoltert worden waren. Wir versteckten sie in Kellern und Hühnerställen, sogar in unseren Mitgifttruhen. Dann brachten wir sie mitten in der Nacht zu den Fischerbooten, und sie konnten in die Freiheit fahren.«

»Das muss unglaublich gefährlich gewesen sein.«

»Natürlich, aber was machte das schon aus? Die Nazis hatten das Kloster oben auf dem Berg besetzt und es zu ihrer Folterkammer gemacht. Die Schreie dieser Jungs ... wir konnten sie bis hierher hören.« Maria durchbohrte Joyce mit einem Blick. »Kein menschliches Wesen konnte diese Schreie hören, ohne irgendetwas zu unternehmen.« Sie beugte sich wieder vor. »Sie haben nicht nur Soldaten gefoltert. Sie nahmen alle mit, die sie im Verdacht hatten, mit den Alliierten zu kollaborieren oder für die Freiheit zu kämpfen. Mütter, Großmütter, sogar kleine Mädchen wie mich.«

»Ich weiß«, sagte Joyce leise und dachte an Dimitras kleine Schwester Natalia. »Sind Sie jemals erwischt worden?«

Maria knöpfte ihr Kleid auf und zeigte ihre Brüste, auf denen lauter runde, am Rand gezackte Narben zu sehen waren. »Sie haben ihre Zigaretten auf meiner Haut ausgedrückt«, sagte sie. »Immer und immer wieder – so wollten sie mich zum Reden zwingen.«

Sie knöpfte das Kleid wieder bis oben zu. »Aber ich habe kein Wort gesagt, kleine Joyce. Die anderen Frauen in Gefangenschaft, die dasselbe durchgemacht hatten, wussten, wie sie mir Mut machen konnten. Sie sangen mir Lieder vor und erzählten mir Geschichten durch die Gitterstäbe. Wir alle weigerten uns, Geständnisse zu unterschreiben, egal was sie uns antaten. Diejenigen von uns, die hingerichtet werden sollten, zeigten keinerlei Angst, um den anderen Kraft zu geben. Wir tanzten und sangen mit den verurteilten Frauen am Abend vor der Exekution. Wir gaben uns gegenseitig Unterricht und brachten uns bei, was wir konnten oder wussten. Wir teilten uns die Lebensmittel, wir sangen unsere Lieder. Wir bildeten einen Kreis, den kein Nazi durchbrechen konnte.« Maria sah sie selbstzufrieden an. »Wir haben herausgefunden, wie wir uns davor schützen konnten, den Mut zu verlieren.«

»Wie lange waren Sie eingesperrt?«

»Ein Jahr, bis ich vierzehn war. Aber ich hatte Glück; sie haben mich verschont. Eine meiner Freundinnen, auch eine Dreizehnjährige, wurde an die Wand gestellt und erschossen wie ein Hund.« Maria umfasste Joyces Handgelenk. »Wir haben das für die Freiheit gemacht, kleine Joyce. Ihr Amerikaner, ihr nehmt die Freiheit als etwas Selbstverständliches hin. Ihr habt euer Blut dafür vor langer, langer Zeit vergossen. Wir haben dafür gekämpft, solange ich lebe. Sogar jetzt tun wir das noch. Aber ich verrate dir ein Geheimnis – ein großer Kampf steht uns bevor.«

»Was meinen Sie damit?«, fragte Joyce. Maria umklammerte ihr Handgelenk so fest, dass es schmerzte. »Sie sind zum ersten Mal seit Jahren frei. Sie haben eine Demokratie. Dafür haben Sie doch gekämpft, oder?«

Maria ließ sie los und lehnte sich geheimnisvoll lächelnd zurück. »Ihr Amerikaner seid so naiv! Weißt du, was ich in der Zeit der Gefangenschaft und des Krieges gelernt habe?«

Sie zog erwartungsvoll die Augenbrauen hoch, und Joyce sagte: »Was?«

»Ich habe erkannt, dass Freiheit Ansichtssache ist. Für die Diktatoren wie Hitler, Mussolini, General Metaxas und die Militärs, sogar für die Monarchisten ist Freiheit die Macht in ihren dreckigen Händen. Für die Kommunisten im Bürgerkrieg war Freiheit eine Idee, nur eine Idee, aber sie glaubten, sie sei es wert, Landsleute zu töten und zu quälen. Griechische Männer und Frauen, meine kleine Joyce, sind seit Beginn unserer Geschichte im Namen der Freiheit gestorben, und sie haben für die Freiheit getötet.« Marias graue Augen waren auf Joyce gerichtet, aber sie nahm sie kaum wahr. »Aber was haben die Frauen gewonnen? Die Regierung mag dies eine Demokratie nennen, aber zu Hause lebt jede Frau in Griechenland unter der Herrschaft eines Mannes. Unter der ihres Ehemannes, ihres Vaters, ihrer Brüder oder sogar Söhne. Können wir alleine gehen, wohin wir wollen? Können wir heiraten, wenn wir keine Mitgift haben? Besitzen wir noch irgendetwas, wenn wir verheiratet sind? Werden wir für unsere Arbeit wie die Männer bezahlt, oder werden wir vom Gesetz so behandelt wie sie? Nein, nein, nein und nochmals nein. Das hast du bestimmt gelernt, seit du hier lebst. Frauen haben sich aufgeopfert für die Freiheit der Männer, kleine Joyce, nicht für ihre eigene.«

Joyce hörte fasziniert zu. Maria hatte Recht – warum hatte sie selbst nie daran gedacht? Wieso hatte sie sich nicht widersetzt? Jetzt wollte sie auch für Gerechtigkeit kämpfen, eine Heldin sein. Sie wünschte, sie wäre im Stande, ihre Umwelt mit kritischem Blick zu analysieren. Als sie am folgenden Tag für Maria auf den Markt ging, betrachtete sie die alten Frauen von Kastron mit neu erwachter Neugier. War diese wie Maria vergewaltigt worden? Hatte man jene gefoltert, weil sie sich für die Freiheit der Männer eingesetzt hatte? Störte diese oder jene Hausfrau, dass sie benachteiligt war – nahm sie es überhaupt zur Kenntnis? Diese Überlegungen weckten in Joyce eine Unruhe, die sie seit Jahren nicht verspürt hatte – sie sehnte sich nicht nur danach, überallhin gehen zu können, wenn sie wollte, ihre Jeans zu tragen oder mit Alex auf den Berg zu wandern, sondern wollte auch ein Zeichen setzen.

In Wirklichkeit aber war Joyce seit ihrer Ankunft in Griechenland nie so gelähmt gewesen. Sie begriff, dass die Chancen, das lieb gewordene griechische Leben fortzusetzen, immer geringer wurden. Dennoch hielten sie zu viele Dinge hier. Sie wollte ihren Frieden mit Dimitra machen, bevor sie die Insel verließ, aber Dimitra weigerte sich, mit ihr zu sprechen. Sie wusste, dass sie mit Alex weggehen könnte, aber sie wollte sich nicht wieder von einem Mann abhängig machen. Sie brauchte Geld, hatte aber keines. Und jedes Mal, wenn sie in Erwägung zog, an ihre amerikanische Familie zu schreiben und um Unterstützung zu bitten, machte sie sich klar, wie sehr sie sich damit erniedrigen würde. Sie würde ihr Versagen zugeben – als Ehefrau, als Geliebte, als jemand, der geglaubt hatte, genau zu wissen, was er wollte. Und nach den vielen unbeantworteten Postkarten wäre es, als würde sie zu Kreuze kriechen, wenn sie den Eltern wieder schrieb. Sie saß in Marias spärlich möbliertem Haus, schloss die Augen und stellte sich vor, wie es wäre, wieder nach Hause zu kommen. Den Spott ihrer Brüder, die mitleidigen Blicke ihrer Freundinnen. Den höhnischen Triumph ihrer Mutter: »Ich hab dir gleich gesagt, du sollst ihn nicht heiraten, und natürlich hast du wieder mal alles vermasselt«, hörte sie die Mutter sagen. »Du bist tatsächlich so dumm, wie ich gedacht habe.«

13

Am fünfzehnten September, dem Morgen nach dem letzten Fest des Sommers – der Kreuzeserhöhung –, schüttelten die Frauen von Kastron die handgewebten Decken für den bevorstehenden Winter aus. Die dunkel gekleideten Gestalten mit Kopftüchern standen aufgereiht an den Straßen und beugten sich aus den Fenstern und schlugen mit hölzernen Kochlöffeln auf die Decken ein, während sie sich gegenseitig aufzogen. Die farbenfrohen Wolldecken klatschten gegen weiß gekalkte Hausmauern – es sah aus, als wäre die ganze Stadt beflaggt. Frauenstimmen hallten durch die Gassen. Staub und der Geruch nach Herbst schwängerten die kühle Luft.

Alex lehnte am Türrahmen der Bäckerei, rauchte eine starke griechische Zigarette und beobachtete das Treiben. Er hatte schon sechs Stunden gearbeitet, und es war noch nicht einmal Mittag. Er hatte die Ärmel aufgekrempelt, sodass man seine sonnengebräunten Arme sah, die jetzt mit den Brandwunden und Narben eines Bäckers übersät waren, und sein Hemd war voller Mehl. Wenn er sich so träge an der Tür rekelte, das Haar zurückgekämmt, sah man mehr denn je, dass griechisches Blut in seinen Adern floss.

Er zog an der Zigarette und hielt sie zwischen Daumen und Zeigefinger wie ein Arbeiter. Seine Tage als Bäcker waren sehr aufschlussreich gewesen – es war genau die praktische Erfahrung, über die er mit Petros debattiert hatte. Aber er war jetzt schon länger als vier Wochen auf Ifestia, und er hatte das Gefühl, dass die Insel immer beengter wurde. Die Straßen von Kastron waren ungefähr so privat wie ein riesiges, öffentliches Wohnzimmer, die Dorfbewohner lebten so nah beieinander wie eine Familie. Jeder wusste, wer was dachte und wer was besaß. Hinter den geschlossenen Fensterläden geschah wenig, was die anderen nicht mitbekamen. Alex konnte Joyce kaum sehen, ohne sie in Gefahr zu bringen; er durfte nicht einmal in der Öffentlichkeit mit ihr sprechen – nach der wilden Zeit an der Universität, in der Regeln gebrochen und Konventionen über Bord geworfen wurden, rieben ihn diese mittelalterlichen Einschränkungen auf. Ihm fehlten die städtische Anonymität, die Weltgewandtheit, der Luxus, seine gebildeten Freunde und ein heißes Bad. Er wollte Händchen haltend mit Joyce durch die Straßen gehen. Sie in einem Geschäft küssen. Eis in einem Kino essen. Und vor allem wollte er sie gefahrlos mit in sein Bett nehmen, ohne dass sich irgendjemand einmischte.

Doch stattdessen arbeitete Alex mehr, als er jemals für möglich gehalten hätte. Nachdem Petros ihn vor drei Tagen zu Joyce gebracht hatte, war er zu seiner perplexen Tante zurückgegangen und hatte ihr erklärt, er würde nun doch bleiben. Seither hatte er sich auf die Arbeit gestürzt wie ein Mann, dem Peitschenhiebe drohten. Morgens knetete er den Teig im großen Steintrog. Nachmittags schwang er den langen Brotschieber und schleuderte Eugenia mit immer mehr Geschick die Laibe zu. An den Abenden leerte er die riesigen Backbleche, auf denen jeweils ein Dutzend Reihen von großen runden Vollkornbroten Platz hatten, und reinigte sie. Seht mich an, ich schufte wie ein Pferd, dachte er. Was tut man nicht alles für die Liebe? Aber er hielt irgendwie durch und vertrieb sich die Zeit, bis er mit Joyce allein sein konnte, mit Arbeit.

Er trat die Zigarette aus und fragte seine Tante, ob er einen kleinen Spaziergang machen dürfe. »Ja, ja«, rief sie und wedelte mit der Hand. »Das Fest ist vorbei, und ich kann dich ein paar Stunden entbehren. Geh und huste dir das Mehl aus der Lunge. Und bring Kaffee mit. Du hast meinen ganzen Vorrat ausgetrunken.«

Alex versprach es und ging die Straße hinunter. Der Himmel war bewölkt, die Luft war feucht und kalt, und er fröstelte. Es war Markttag, und er wollte sehen, ob Joyce da war. Er wollte ein Treffen während der Siesta mit ihr vereinbaren. Sie waren nicht mehr allein gewesen, seit Petros ihn in Marias Haus gebracht hatte. Sie hatten nicht einmal Gelegenheit gehabt, ein paar Worte zu wechseln. Jedes Mal, wenn er in den vergangenen drei Tagen vorbeigeschaut hatte, waren Maria oder Petros da gewesen, und er hatte höfliche Konversation machen müssen. Das trieb Alex an den Rand des Wahnsinns.

Er entdeckte Joyce sofort, als er auf den Marktplatz kam. Sie stand vor einem Gemüsestand und feilschte um einen Korb Tomaten. Ihr blondes Haar leuchtete wie seines in der Menge. Er näherte sich ihr vorsichtig. »Joyce?«

Sie erschrak. Ihr verletztes Auge war nicht mehr blau, sondern gelblich grün, aber sie war dennoch wunderschön. Nur neben ihr zu stehen machte ihn ganz schwach vor Verlangen.

»Hallo«, sagte er leise. »Bist du heute irgendwann allein? Meine Tante hat mir ein paar Stunden frei gegeben.«

Joyce wurde sich plötzlich bewusst, dass zwei Hausfrauen sie beobachteten, also ging sie rasch weiter. Alex kapierte sofort. Er tat so, als würde er die Zwiebeln prüfen, bis er Joyce unauffällig in die Gasse folgen konnte.

»Und?«, fragte er, als er sie einholte.

Joyces Wangen glühten. »Wenn diese alten Weiber bei Dimitra über mich klatschen, dann bin ich wirklich am Ende. Ich wünschte, du wärst vorsichtiger, Alex. Wenn ihr jemand erzählt, dass man uns zusammen gesehen hat, wird sie nie wieder mit mir reden.«

»Tut mir Leid. Aber wieso machst du dir überhaupt noch Gedanken darüber, was sie von dir hält – nach allem, was sie dir angetan hat?«

»Sie ist wie eine Mutter für mich, Alex. Das habe ich dir schon einmal gesagt.«

»Sie ist brutal und grausam.«

»Nein.« Joyce sah sich unruhig um und umklammerte ihren Korb mit beiden Armen. Ihr Haar war zu einem Knoten gebunden, ihre Kleidung wie üblich sackartig. Ihr schmales Gesicht wirkte müde und besorgt. »Sie ist nur ... störrisch.«

»Und eine Antisemitin.«

»Und liebevoll.«

Alex seufzte. »Sag mir einfach, ob du willst, dass ich heute komme, oder nicht.«

»Natürlich will ich.« Joyce dachte kurz nach. »Komm gleich nach dem Mittagessen. Ich glaube, Maria ist dann nicht daheim. Und jetzt geh, bevor ich in Schwierigkeiten gerate!«

Alex drückte ihre Hand und machte sich davon.

Joyce ging den Hügel hinauf zum Haus ihrer Freundin Marina. Sie hatte den Kopf zwischen die Schultern gezogen, um sich vor den lüsternen Blicken der Soldaten und dem einsetzenden Regen zu schützen. Sie hatte Marina nicht mehr gesehen, seit Dimitra sie aus dem Haus geworfen hatte, und Joyce wusste, dass der Klatsch mittlerweile bis zu ihrer Freundin gedrungen sein musste. Joyce wollte die Wahrheit und Lügen sortieren.

Auf dem Weg fragte sie sich beunruhigt, was geschehen würde. Wenn Marina nur von der Auseinandersetzung mit Dimitra gehört hatte, gab es genug zu reden, denn Streitereien zwischen Schwiegertöchtern und Schwiegermüttern waren nichts Ungewöhnliches, das wusste Marina selbst nur allzu gut. Aber angenommen, Marina war etwas über Joyces jüdischen Glauben zu Ohren gekommen ... oder, noch schlimmer, etwas über Alex! In diesem Fall sprach Marina möglicherweise kein Wort mehr mit ihr.

Marina wohnte ganz oben auf dem Hügel in einem Haus, das sie mit der großen Familie ihres Mannes teilte. Hier ging es viel turbulenter zu als bei Dimitra – überall tobten Kinder, schrien von einem Raum zum anderen, Eimerchen und Holzautos, Stöcke und kaputte Werkzeuge, die als Spielzeug dienten, lagen auf dem Boden verstreut. Joyce gefiel das. Sie hätte gern Kinder um sich gehabt. Sie war mitten unter Gleichaltrigen aufgewachsen. Dimitras Haus war ihr immer leer erschienen.

»Marina?«, rief sie zaghaft und trat mit den Tomaten, die als Gastgeschenk gedacht waren, näher.

Marina streckte den Kopf aus einem der oberen Fenster. Ihr Haus war eines in dem weißen Labyrinth, und obwohl Joyce schon oft hier gewesen war, wusste sie immer noch nicht genau, wo es aufhörte und das der Nachbarn anfing.

»Yassou!«, schrie ihre Freundin, ihr heller Zopf fiel ihr über die Schulter. »Ich bügle die Wäsche. Steig über die Kinder und komm rauf.«

Joyce strich Marinas Nichten, zwei schmuddeligen kleinen Mädchen, die trotz des Regens auf der Außentreppe mit Steinen spielten, über die Köpfe. Dann stieg sie über sie hinweg und trat durch den Perlenvorhang ins Haus. *»Kalimera«*, sagte sie. »Ich habe dir ein paar Tomaten fürs Mittagessen mitgebracht.« Sie stellte den Korb in eine Ecke.

Der Raum roch nach frischer Seife und Dampf, und die Luft war stickig heiß. Marina stand neben einem Berg von Hemden und Leintüchern und bügelte sie auf dem Tisch. In der Feuerstelle glühten Kohlen, und drei Bügeleisen standen zum Heißwerden auf einem Gestell über der Glut. Marians hellblaues Kleid war nass vom Schweiß, und die Tropfen liefen ihr von der Stirn in die Augen. Das Baby kroch auf dem Boden herum.

»Danke«, sagte Marina und wischte sich über die Stirn. »Ich mache einen Salat daraus. Der kleine Jannis liebt Tomatensalat.«

Joyce kauerte sich hin, Jannis robbte auf sie zu und pulte mit seinen weichen, dicken Fingerchen an ihren Sandalen herum. »Wie geht's dir, Marina?«, erkundigte sie sich – sie rätselte noch immer, ob sie willkommen war. »Hatte deine Familie eine gute Ernte?«

»O ja.« Marina zog die breiten Schultern hoch. »Mein Schwiegervater ist sehr zufrieden mit sich, der alte Kerl. Er hat in diesem Jahr mehr Kartoffeln als je zuvor – wir ersticken in Kartoffeln.« Sie fasste in eine Schale, die vor ihr stand, und besprenkelte ein Hemd mit Wasser. Als sie das Bügeleisen darauf drückte, zischte es. »Jetzt schäle, koche und esse ich den lieben langen Tag Kartoffeln. Ich träume sogar schon von Kartoffeln. Und je mehr Geld der alte Bock verdient, um so mehr Hemden kauft er sich. Ich werde die ganze Nacht aufbleiben müssen, wenn ich die hier alle bügeln will. Er ist so ein eitler Gockel!«

Marina stellte das Eisen auf das Gestell über dem Feuer, schleuderte den Zopf auf den Rücken und nahm sich einen Stapel Unterhemden vor. »Und was ist mit dir passiert? Du hattest Streit mit einem Olivenbaum?«

Joyce legte die Hand über die Augen. »Ja, so ähnlich.«

Marina schnalzte mit der Zunge. »Einem Olivenbaum, der dich aus dem Haus geworfen hat, wie ich hörte.«

Joyce stand auf, um sie anzusehen, und überließ es dem Baby, ihre Sandalen ganz allein zu untersuchen. »Was hast du gehört?«, hakte sie bang nach.

Marina breitete ein Unterhemd auf dem Tisch aus und betrachtete Joyce ernst. »Ich würde mich schämen, manche Dinge zu wiederholen, meine Liebe. Die Stadt ist voll von engstirnigen, boshaften, bigotten Leuten, und die schlimmsten sind die alten Weiber. Sei vorsichtig, sonst steinigen sie dich noch auf der Straße.«

»Was reden sie?« Joyce war nicht im Stande, den ängstlichen Tonfall zu unterdrücken. »Sag es mir – bitte, Marina.«

Marina verdrehte die Augen. »Es ist peinlich.«

»Bitte. Ich weiß, dass du nicht derselben Meinung bist wie sie.«

»Also schön.« Marina nahm ein heißes Eisen von dem Gestell. »Sie sagen, du bist eine Gotteslästerin und Heidin. Dass du Dimitra mit einem Fluch belegt hast, der sie vorzeitig sterben lässt. Das ist blanker Unsinn. Diese dummen alten Klatschbasen!«

»Ich bin Jüdin, Marina. Das meinen sie damit. Deshalb hat mich meine Schwiegermutter fortgejagt.«

Joyce wartete, ohne Marina aus den Augen zu lassen. Sie musste ihre Hände in den Schürzentaschen verstecken, weil sie so sehr zitterten.

Marina bügelte schweigend ein zweites Unterhemd, während Joyce sie ängstlich betrachtete. Sicherlich war Marina nicht so kleinkariert, sie deswegen zu schneiden, oder? Wenn doch, dann hatte sich Joyce sehr in ihr getäuscht.

»Warum hast du mir nichts davon gesagt?«, stieß Marina schließlich hervor und warf ihr einen aufgebrachten Blick zu. Ihr Gesicht war rot. »Du wolltest meine beste Freundin sein und hast mir das verschwiegen?«

Joyce nahm die Hände aus den Taschen und starrte sie an. Sie war noch mehr beschämt als damals bei dem Gespräch mit Sarah und Nicola. »Ich habe es niemandem gesagt«, murmelte sie. »Ich hatte ... Angst. Und in meinem Land sind solche Dinge nicht so wichtig. Es ist Privatsache, welcher Religion man angehört.«

»Pa pa pa«, machte Marina. »Erinnere mich, dass ich mich niemals in einem solchen Land niederlasse. Religion ist bei euch in Amerika Privatsache, aber euer Sexleben ist öffentlich, damit alle zusehen können, stimmt's?«

Joyce lächelte; ihr fiel ein Stein vom Herzen. Marina war wieder so wie immer. »Ja, so in etwa.«

»Was geht es mich an, ob du Jüdin bist?«, fuhr Marina fort. »Solange du nur keine Türkin bist«, fügte sie mit einem Zwinkern hinzu. »Komm, hilf mir, diese Hemden zusammenzufalten. Ich muss Jannis die Windel wechseln.«

Joyce machte sich frohen Herzens an die Arbeit – die Erleichterung vertiefte ihre Zuneigung zu Marina. Das Baby gluckste, als Marina ihm die Windel auf dem Boden wechselte und die schmutzige in einen Eimer warf. »Wenn ich nicht die Hemden meines Schwiegervaters wasche und bügle, wasche ich Windeln. Ich bin eine Wäscherin für die Männer in dieser Familie, genau das ist aus mir geworden«, grummelte sie. »Also, du unberechenbares Mädchen, wird dein Hausdragoner dir vergeben?«

»Ich weiß es nicht. Ich habe sie noch nie so wütend erlebt. Und sie wird es natürlich Nikos erzählen – wer kann schon sagen, was dann geschieht?«

»Nikos weiß auch nichts davon? Du bist wirklich in Schwierigkeiten, Mädchen.«

Joyce sah Marina an, die auf dem Boden hockte und dem Baby den Po puderte. Der kleine Penis baumelte hin und her. »Glaubst du, Nikos schickt mich weg?«, fragte sie.

Marina hielt inne und schaute auf. »Nein, ich bin sicher, das tut er nicht. Ich habe noch nie einen Mann gesehen, der seine Frau so anschmachtet wie deiner dich. Er wird dir alles verzeihen, keine Sorge.«

»Aber er ist nicht mehr wie früher, Marina.« Joyce strich über ein raues, selbst gewebtes Hemd. »Jetzt ist er die ganze Zeit zornig auf mich.«

Marina knotete die frische Windel fest, hob den Jungen auf ihre Hüfte und stand auf. »Du kannst ihn wieder für dich gewinnen. Männer sind immer so, launisch wie mein kleiner Jannis. Schreib ihm, sag es ihm, solange er noch auf See ist, und lass ihm Zeit, die Neuigkeit zu verdauen, bevor er wieder nach Hause kommt.«

»Marina, du bist wirklich eine gute Freundin. Aber wenn sich Nikos gegen mich wendet, muss ich weg von hier. Ich liebe das Leben auf dieser Insel, und ich werde dich vermissen, wenn ich gehe, aber ich kann nicht bleiben, wenn mein Mann mich nicht liebt.«

»Selbstverständlich kannst du. Nikos ist ein Seemann. Du brauchst dich nur alle paar Monate mit ihm abzugeben. Ein paar Tage ehelicher Pflichten, und er haut wieder ab und lässt dich für lange Zeit in Frieden. Ich halte das für ein perfektes Arrangement.«

Joyce musterte Marina – sie wusste nicht genau, ob das ein Scherz sein sollte. »Ein Leben ohne Liebe? Du findest das perfekt?«

»Lass dir ein Kind machen, dann ist es dir egal. Die Liebe eines Mannes ist nichts im Vergleich zu der Liebe eines Babys. Wenn du einen Sohn hast, wirst du nie wieder allein sein.« Marina hob ihren molligen Sprössling hoch in die Luft und küsste die pummeligen Schenkel. »Die Männer können meinetwegen alle ins Meer springen. Nur wir Frauen und unsere kleinen Engel – mehr brauchen wir nicht.« Sie drückte Jannis an sich und lachte.

Aber mir genügt das nicht, dachte Joyce schaudernd.

Als Alex an diesem Nachmittag zu Marias Haus kam, war er hocherfreut, Joyce allein vorzufinden.

»Maria musste zu einer Kundin gehen«, erklärte sie mit einem scheuen Lächeln. »Sie kommt erst nach der Siesta zurück.«

»Und Petros? Er wird nicht einfach so hereinschneien, oder?«

Joyce lachte. »Heute nicht. Aber wer kann das schon so genau sagen?«

Alex nahm sie in die Arme. »Gott sei Dank«, murmelte er und vergrub sein Gesicht in ihrem Haar. »Es ist so verdammt schwer, einen Moment allein mit dir sein zu können. Das bringt mich um.«

Oben, in dem schmalen Bett, das Maria ihr zur Verfügung gestellt hatte, liebten sich Joyce und Alex zum ersten

Mal nicht unter freiem Himmel. Alex war sehr behutsam, weil er nicht wusste, ob Joyce noch etwas von der überstandenen Krankheit spürte. Er zog sie langsam aus, öffnete einen Knopf nach dem anderen und streifte ihr das Kleid über die Schultern, küsste ihren Hals, die Brüste und den Bauch. Als sie nackt auf dem Bett lag, sah sie zu, wie er sich auszog, und machte Bemerkungen über seine muskulösen Arme und Schultern.

»Die Bäckerarbeit bekommt dir gut«, sagte sie lachend und berührte seine gestählte Brust mit der Zungenspitze.

»Ja, es ist der Brotschieber, mit dem ich den ganzen Tag die Laibe aus dem Ofen heben muss. Ich habe überall Schmerzen.«

»Du machst hier in Griechenland einen Mann aus dir«, zog sie ihn auf.

»Das sagt meine Tante auch«, erwiderte Alex, als er sich neben sie ins Bett zwängte. »Ich bin nicht sicher, ob das sehr schmeichelhaft ist.«

»Sei vorsichtig«, bat Joyce. »Ich bin da immer noch empfindlich.« Und sie war in der Tat ziemlich angespannt, als er sie liebkoste. »Ich glaube, es ist die Krankheit«, flüsterte sie. »Sie hat mich erschreckt.«

Alex sehnte sich danach, sie so wild und unbeschwert zu lieben wie am Strand, von allen Seiten in sie zu dringen – er hatte so lange darauf gewartet. Aber er spürte ihre Zurückhaltung und beherrschte sich. Während er sie zärtlich und geduldig streichelte und sein eigenes Verlangen im Zaum hielt, stieg Zorn auf Nikos in ihm auf. Bei ihrer ersten Begegnung war Joyce so ausgelassen und ungehemmt gewesen, wie Alex es bei einer Frau nie für möglich gehalten hätte, und jetzt zuckte sie vor seinen Liebkosungen zurück, als wären es Schläge. Nikos hatte sie der Leidenschaft beraubt.

»Bist du bereit?«, fragte Alex irgendwann, und Joyce nickte unsicher. »Sag mir, wenn es weh tut, ich höre sofort auf.«

Es tat weh. Joyce biss die Zähne aufeinander, um nicht laut zu schreien. Es war weniger ein körperlicher Schmerz als vielmehr die Angst davor, als ob sie damit rechnete, entzweigerissen zu werden. »Ich kann nicht«, keuchte sie und schob Alex von sich. »Ich kann nicht. Tut mir Leid.« Sie schlug die Hände vors Gesicht.

Dabei verspürte sie durchaus Verlangen. Der Anblick von Alex' schlankem Körper, seiner Taille und den Lenden erregte sie augenblicklich. Aber sobald er sie berührte, kam die Furcht. Das Begehren und die Angst schienen sie in zwei Hälften zu spalten.

Alex lag neben ihr – seine Lust war im gleichen Maße geschwunden, wie ihre Angst gewachsen war. Dies ist wie ein neuer Test, dachte er. Ich habe mich in ihr Haus geschlichen, gebettelt und meinen Bogen gespannt – aber ich werde noch nicht erhört.

»Ich warte, bis du bereit bist«, sagte er. »Wir werden noch andere Gelegenheiten haben. Wir können die Sache ganz langsam angehen.«

Sie nickte und legte den Kopf an seine breite Brust. »Lass uns einfach nur reden«, schlug sie vor.

Und das taten sie. In den nächsten beiden Tagen huschte Alex während der Siesta aus dem Haus seiner Tante, und er und Joyce verzichteten auf den Schlaf, um zusammen sein zu können. Sie mussten sich nach wie vor heimlich treffen, weil Joyce keine Lust hatte, von Dimitra als Ehebrecherin vor Gericht gezerrt und noch mehr als ohnehin schon geächtet oder von den wütenden Witwen mit Steinen beworfen zu werden. Aber jetzt konnten sie sich in dunkle Winkel verkriechen wie Eidechsen in Felsritzen. Und wenn es das Wetter erlaubte, konnten sie sogar getrennt durch die schlafende Stadt schlendern, um sich auf den Feldern oder an den Felsen auf dem Weg nach Kondia zu treffen, wo sie ihre heimlichen Gespräche führten.

Am liebsten hörte Joyce Geschichten aus Alex' Zeit an der Universität. Als er die Kurse erwähnte, die er belegt hatte – Philosophie und Literatur, Geschichte und Politik –, hing sie an seinen Lippen und wollte genau hören, was er alles gelernt hatte. Er hätte es vorgezogen, über ihre Familie in Florida und ihr Leben bei den Bauern auf Ifestia zu reden und über Liebe, aber sie hatte diese Themen rasch satt. Sie wollte etwas über Aristoteles und Homer, Plato und Aristophanes hören und war regelrecht entsetzt, dass sie schon so lange in Griechenland lebte und nur so wenig über seine Geschichte wusste. Sartre und Wittgenstein, die unter Alex' Mitstudenten große Begeisterung hervorgerufen hatten, verwirrten sie, denn ihr Verstand war nicht geschult für philosophische Diskurse. Aber die Bücher, die Alex ihr auslieh, verschlang sie gierig. Sie las *Die Odyssee* in einer Woche und verstand endlich Alex' Scherze. Sie las *Madame Bovary* und weinte, als sie begriff, wie besessen von Lust diese einsame Frau war. Sie las Bücher von Émile Zola, George Eliot und Leo Tolstoi. Jedes einzelne öffnete eine Tür für sie und schürte den Hunger nach mehr.

Wenn Joyce von Alex und seinen Büchern getrennt war, lebte sie in einem eigenartigen Schwebezustand – einerseits war sie noch die Hausfrau, die sie sein sollte, andererseits war sie auch eine heimliche Geliebte. Da sie nicht mehr auf dem Markt verkaufte – was ihr sehr fehlte – und im Exil lebte, das ihre Schwiegermutter über sie verhängt hatte, fühlte sie sich mehr denn je wie eine Eidechse – sie versteckte sich in den Ritzen der Gesellschaft und wagte sich nur heraus, wenn keine Gefahr drohte. Maria war anders – als Witwe und Mutter wurde sie respektiert, und Petros war sehr diskret. Doch Joyce, eine junge, kinderlose Frau, die wegen ihrer Täuschungen geschmäht und verstoßen war, hatte ihre Nische im Dorfleben verlassen.

An den Markttagen, wenn sich die Männer und Frauen auf dem Dorfplatz trafen, klatschten und Neuigkeiten austauschten, spürte sie das besonders schmerzlich. Außer Marina und ein oder zwei anderen jungen Frauen war nie jemand besonders freundlich zu Joyce gewesen – nur wenn sie darauf hatten hoffen dürfen, gute Ware bei ihr für wenig Geld erstehen zu können; doch wenn sie jetzt mit ihrem Korb am Arm näher kam, drehten sie ihre mit Tüchern bedeckten Köpfe zur Seite und gingen ohne ein Wort weg. Es hatte sich natürlich herumgesprochen, dass sie eine Ungläubige, eine Jüdin, war und dass Dimitra sie aus dem Haus gejagt hatte, weil sie eine schlechte Frau war. Sie hoffte nur, dass niemand etwas von Alex ahnte. Die Soldaten waren schlimmer denn je. Sie verfolgten und verhöhnten sie, als wüssten sie, dass sie eine Ausgestoßene war. Nur die alten Männer waren nett. Und Marina.

Besonders schrecklich war es, wenn sie Dimitra irgendwo entdeckte. Ihre Schwiegermutter musste jetzt selbst auf den Markt gehen, und Joyce sah sie einige Male mit Phoebus in die Stadt hinken, wo sie ihre Herbsttomaten, die Kürbisse, Eier und *Peponi*-Melonen verkaufte. Dimitra nahm sie nicht zur Kenntnis, und das war jedes Mal wie eine Ohrfeige für Joyce. Aber ihr fiel auf, dass Dimitra müde und unglücklich aussah, dass ihr Rücken krummer und ihre Bewegungen langsamer geworden waren. Wie lange kann sie noch so weiterarbeiten?, überlegte Joyce. Wie lange wird sie mich noch schneiden?

Joyce versuchte weiterhin, Geld zu verdienen. Sie nähte ein paar Sachen, die Maria ihr gab, sobald sie es gut genug konnte, aber die Kundinnen bezahlten sehr wenig. Joyce bot den Kaufleuten in der Stadt ihre Dienste an, wurde aber immer mit einem mitleidigen Lachen weggeschickt wie ein räudiger Hund. Sie versuchte sogar, sich als Englischlehrerin zu verdingen, aber sie war jetzt eine Ausgestoßene, und niemand ließ seine Kinder in ihre Nähe. Marina konnte ihr auch nicht helfen. Joyce wurde immer niedergeschlagener. Was sollte sie tun, wenn ihr niemand die Chance gab, ein paar Drachmen zu verdienen?

»Mach dir keine Sorgen um Geld«, beruhigte Alex sie, als sie ihm ihr Leid klagte. »Komm einfach mit mir. Ich bezahle dir die Fahrt nach Athen. Dort habe ich Freunde, bei denen wir umsonst wohnen können.«

Ihre Antwort war immer dieselbe. »Erst muss ich mit Dimitra ins Reine kommen. Und ich möchte meine Fahrt selbst bezahlen. Ich habe es satt, von anderen abhängig zu sein.«

Aber Joyce hatte kein Geld. Es wurde Oktober, und abgesehen vom Wetter hatte sich nichts geändert.

Der Oktober war für Alex besonders hart. Bisher war er nur im Sommer, während der *Kalokeri*, der »guten Zeit«, wie die Griechen den Sommer nannten, in Griechenland gewesen. Manchmal fegte ein scharfer Wind über Ifestia, schleuderte die Fischkutter gegen die Hafenmauer und heulte wie eine Todesfee um die Häuser. Die Frauen gingen tief gebeugt durch die Stadt, ihre Tücher flatterten heftig. Ziegen und Schafe drängten sich unter Felsvorsprüngen zusammen und versuchten, sich gegenseitig zu wärmen. Alex wurde zum ersten Mal richtig bewusst, wie primitiv das Leben auf der Insel war. Keine Zentralheizung, kein Strom. Die Bauern heizten mit Kohle und dem wenigen Holz, das sie finden konnten. Er hatte nur den Backofen seiner Tante und die eigene Körperhitze. Er versuchte zwei Tage lang vom Postamt aus zu telefonieren, bevor er zu seiner Mutter nach England durchkam.

»Schick mir all meine Pullover und die Regenklamotten«, bat er sie. »Ich friere mir hier den Hintern ab.«

»Wird es nicht Zeit, dass du nach Hause kommst?«, fragte sie – ihre Stimme klang so dünn und entfernt. »Die Sommerferien sind längst zu Ende.«

»Ich kann nicht länger reden, Mum, es kostet ein Vermögen.« Er legte auf.

Je kälter es wurde, desto schwerer war es, ein Fleckchen zu finden, an dem er sich mit Joyce treffen konnte. Die Strände waren nass und unwirtlich, die Felsen glitschig vom Regen. Maria blieb jetzt meistens zu Hause und verhinderte so Alex' Besuche. Er wurde immer gereizter und wünschte sich, endlich von hier wegzukommen. Aber an den wenigen Nachmittagen, an denen Maria zu einer Kundin ging oder irgendeinen Namenstag bei Verwandten in der Stadt feierte und er mit Joyce zusammen sein konnte, hatte er das Gefühl, in einem Traum zu leben.

Joyce begrüßte ihn immer mit einem ganz besonderen Lächeln, wenn sie allein sein konnten. Sie aßen und tranken eine Kleinigkeit, aber sie brauchten keinen Wein mehr, um die Hemmungen zu vertreiben. Oft nahm sie nur seine Hand und führte ihn die Leiter hinauf und in ihre Kammer.

Dort zogen sie die schwere Matratze auf den Boden – das Bett war einfach zu schmal für zwei – und hielten sich in den Armen, um sich zu wärmen, und wenn das Verlangen ihre Körper erhitzt hatte, zogen sie sich gegenseitig aus. Manchmal, wenn sie ein paar Tage nicht zusammen gewesen waren, musste sich Alex noch immer sehr zurückhalten, um nicht zu leidenschaftlich zu werden. Er gab sich alle Mühe, zärtlich zu sein und sich ihren Stimmungen anzupassen. An anderen Tagen war Joyce leidenschaftlich und ungeduldig, dann wollte sie nicht einmal warten, bis sie ganz ausgezogen waren, ehe sie ihn in ihre Arme zog und sich ihm entgegenwölbte. Er telegrafierte seinem erstaunten Freund, bat um mehr Kondome und versprach, sie ihm zu bezahlen, wenn er nach England zurückkam. »Mach schnell«, keuchte Joyce und zog ihr Kleid hoch. »Ich will dich.«

Nach solchen Stunden, stolperte Alex wie ein Betrunkener zurück zu seiner Tante. Kein Wunder, dass ich nicht von dieser Insel wegkomme, dachte er, wenn er die Bäckerei wie im Trancezustand betrat. Ich bin verhext.

Joyce versuchte zu einer Entscheidung zu kommen. Auch sie war wie besessen von der Leidenschaft, dachte unaufhörlich an Alex und wünschte, sie könnte in seinen Armen einschlafen und wieder aufwachen. In den Nächten, wenn er nicht bei ihr sein konnte, sehnte sie sich nach ihm, nach seiner glatten Haut, den narbigen Armen und seiner breiten Brust – genau wie sie sich früher nach Nikos gesehnt hatte. Aber gleichzeitig war ihr klar, dass es so nicht weitergehen konnte. In den Monaten, in denen sie auf ihren Mann hatte warten müssen, hatte sie eine Familie und die Arbeit gehabt, die ihre Tage ausfüllte. Jetzt ließ sie sich einfach nur treiben. Der Streit mit Dimitra machte ihr zu schaffen, Maria hatte nur wenig für sie zu tun. Sie hatte keine Drachme in der Tasche und war wieder einmal für niemanden von Nutzen.

14

Während sich Joyce bei Maria versteckte, wuchs in Dimitra die Angst, einen schrecklichen Fehler gemacht zu haben. Solche Gedanken waren etwas ganz Neues für sie, denn ihr ganzes Leben war sie von ihrer eigenen Redlichkeit überzeugt und sicher gewesen, dass die Heilige Jungfrau ihre Entscheidungen unterstützte und guthieß. Warum sonst hatte ihr die Madonna den Tod und das Elend erspart, das die meisten ihrer Freundinnen und Schwestern in den Kriegen erlitten hatten? Wieso war Dimitra nie erwischt worden, als sie den Hungernden Lebensmittel zugesteckt und den Gefangenen im Zweiten Weltkrieg Erleichterung verschafft hatte? Von den vielen Männern, die in die Kämpfe gegen die Faschisten zogen, kamen nur wenige zurück, aber Petros hatte nur eine Fleischwunde davongetragen – das hatte doch etwas zu bedeuten, oder? All dieses Glück musste doch auf den Schutz der gesegneten *Panagia* zurückzuführen sein.

Sogar während des *Andartiko* hatte das Glück sie nicht verlassen. Alle jungen Mädchen aus dem Dorf wurden Soldaten der sogenannten demokratischen Armee, die royalistischen Streitkräfte, die von Großbritannien und den Vereinigten Staaten im Kampf gegen die Kommunisten unterstützt wurden. Einige dieser Mädchen gingen freiwillig in den Krieg, aber viele wurden mit Gewalt aus den Dörfern und in die Berge gebracht. Als kinderlose Frau, deren Mann auf Lesbos kämpfte, gehörte Dimitra eigentlich zu den Ersten, die rekrutiert wurden – aber die Jungfrau hatte Erbarmen und segnete sie gerade in dieser Zeit mit einer Schwangerschaft. Deshalb gestatteten ihr die Soldaten, die zwei ihrer Nichten und viele Freundinnen abholten und in den Tod schickten, zu Hause zu bleiben und zuzusehen, wie ihr Bauch wuchs.

Nikos wurde am sechsten Dezember geboren, dem Tag des heiligen Nikolaus, dem Schutzpatron der Kinder und Seeleute – war das nicht auch das Werk der Gottesmutter? Es war das Jahr 1947, mitten im Krieg, in der Hungersnot und einem bitteren Winter, trotzdem war der Junge kerngesund. Dimitra fütterte ihn mit allem Essbaren, was sie finden konnte, und gönnte sich selbst nur so viel, dass sie nicht ganz kraftlos wurde. Dank der Milch von der Ziege, die Dimitra im Keller versteckte, und dem vielen Wasser, das sie selbst trank, konnte sie Nikos stillen. Der Junge überlebte nicht nur, da er die starke Konstitution seiner Mutter hatte, sondern gedieh prächtig, während andere Kinder verhungerten.

Als Nikos ein Jahr alt war, zeichnete sich ab, dass die Kommunisten verloren. Aus Rache legten sie in den nördlichen Regionen überall Landminen aus. Der erste Mensch aus Dimitra Bekanntenkreis, der von einer Mine getötet wurde, war ihre jüngste Nichte Savinna. Sie war in die Berge gegangen, um Löwenzahnblätter zum Essen zu sammeln. Sie bückte sich, um eine Blume zu pflücken – eine süße, zarte Bergblume, einen Vorboten des Frühlings. Ihr wurden alle Finger abgerissen, und der Schädel wurde zertrümmert. Sie war zwölf Jahre alt.

Die Tochter von Dimitras bester Freundin verlor eine Hand und das halbe Bein und war deshalb zur lebenslangen Ehelosigkeit verdammt. Drei Kinder aus Kastron wurden ebenfalls von Landminen zerfetzt. Dinge die früher alltäglich, sogar schön gewesen waren – der Felsen auf einer Ziegenweide, ein Schatten spendender Feigenbaum am Bach, eine alte Mauer, die einst zu einem Schafstall gehört hatte, eine Wassermelone, die die Guerillas unter einem Strohhaufen versteckt hatten –, wurden zur gefährlichen Bedrohung. Zur Tod bringenden Waffe.

Einige der alten Männer hatten solche Angst vor den Minen, dass sie ihre Frauen auf den Wegen vorangehen ließen, statt sie wie üblich zehn Schritte hinter sich zu halten. Damals war es keineswegs ungewöhnlich, dass sich eine Frau mit schwerem Holzbündel und sittsam gesenktem Blick auf den Wegen in den Bergen abmühte, während ihr Mann träge auf dem Esel saß und wartete, ob sie in der Luft zerrissen wurde.

Dimitras Körper reifte zu dieser Zeit heran, und man sah ihr an, dass sie mit Leib und Seele Mutter war. Ihre schwarzen Augen blitzten, die breiten Füße standen fest auf dem Boden. Sie stöberte trotz der Minen auf den Feldern und Wiesen herum, suchte Löwenzahnblätter und wilde Zwiebeln, um sie für Nikos zu zermalmen. Sie pflanzte Kapuzinerkresse, weil die Soldaten nicht merkten, dass diese Pflanze essbar war, und sie deshalb nicht stahlen. Sie schlief im Keller bei der Ziege, zog ein paar Spinatpflänzchen und Bohnen, kochte Schnecken und Wurzeln zu einem Brei für sich und Nikos.

Nichts von alldem kam ans Licht.

Dann mussten die Kommunisten ihre Niederlage eingestehen, und Petros kam nach Hause – sprachlos und von Parasiten befallen, aber unversehrt. Und er entdeckte seine Liebe zu Nikos.

Ich bin gesegnet, befand Dimitra, und werde beschützt.

Deshalb kam es ihr wie eine Ironie des Schicksals vor, dass sie sich jetzt, fast dreißig Jahre später ohne drohenden Krieg, Hungersnot oder Landminen, schwächer fühlte als jemals zuvor. Zum ersten Mal, seit Nikos von zu Hause weg war, hatte Dimitra verloren, was ihr am liebsten war, als ob sich ihre eigene Hartnäckigkeit rachsüchtig gegen sie wenden würde. Tag für Tag fragte sie sich, was aus ihrem Sonderstatus bei der Heiligen Jungfrau geworden war; warum sich die Mutter Gottes, nachdem sie sie so lange beschützt hatte, nun entschloss, sie mit Kummer und Verlusten zu strafen. War es, weil sie eine Jüdin unter ihrem Dach beherbergt hatte? Weil sie die ungläubige Schwiegertochter ihrem eigenen Sohn vorgezogen hatte? Oder weil sie unnachsichtig und grausam war?

Als Dimitra also im Haus herumhantierte, ihre Arbeit verrichtete und niemanden zum Reden hatte – Petros war in sich gekehrt und selbst beschäftigt –, machte sie sich zum ersten Mal selbst Vorwürfe. Sie hatte den einzigen Trost des Alters aus ihrem Haus getrieben, und das machte ihr das Herz unerträglich schwer. Sie vermisste Joyces Gesellschaft und ihre geduldige Art, ihre unermüdliche Hilfe bei der Arbeit und die Gespräche. Das gemeinsame Lachen, die Zankereien, den bereitwilligen Gehorsam, der Dimitra an die kleine Natalia erinnerte. Sie wünschte sich Joyce so verzweifelt zurück, dass sie die Ächtung ihrer Nachbarn und sogar den Zorn der Heiligen Jungfrau bereitwillig auf sich genommen hätte. Vor allem wollte sie Joyce wieder im Haus haben, damit sie, wenn Nikos wieder heimkam, schwanger werden und ihr einen Enkelsohn schenken konnte.

Aber ihre Halsstarrigkeit lähmte sie regelrecht. Sie konnte den ersten Schritt zur Versöhnung nicht ohne Hilfe machen. Sie brauchte Petros, der sie überreden und zum Nachgeben zwingen musste. Sie wartete und wartete, dass er auf sie zuging.

Doch Petros hüllte sich weiterhin in Schweigen. Nach der ersten Auseinandersetzung versuchte er gar nicht mehr, Dimitra dazu zu bringen, Joyce wieder aufzunehmen oder wenigstens zuzugeben, dass es ungerecht war, die Schwiegertochter wegen ihrer Religionszugehörigkeit zu verstoßen. Petros war klug genug, um zu wissen, dass jeder Disput nur das Gegenteil bewirken würde – Dimitra würde sich aus Stolz nur noch mehr auf ihren Standpunkt versteifen. Ihm war klar, dass Geduld das beste Mittel war, um seine Frau zu zermürben.

Dimitra beobachtete ihn verwirrt. Sie begriff nicht, was er im Schilde führte. Schließlich hielt sie es nicht mehr aus und versuchte, ihn zu einem Streit zu provozieren.

»Barbas«, sagte sie eines Abends, als sie am Feuer saßen – sie sprach ihn gern mit »alter Mann« an. »Ich denke, wir sollten unserem Nikos schreiben und ihm die schlechten Neuigkeiten über Joyce mitteilen. Vielleicht sollte er zurückkommen und sie dazu bringen zu konvertieren, falls er sie überhaupt noch will.«

Dimitra sah Petros erwartungsvoll an. Im Grunde hatte sie das alles nur gesagt, um ihn in Wut zu versetzen.

»Er wird es früh genug erfahren, wenn er wieder hier ist«, erwiderte Petros mit einem Achselzucken. »Und wenn er sie behalten will, dann wird er sie so akzeptieren müssen, wie sie ist.«

»Aber sie ist eine Teufelin! Es ist falsch, tatenlos zuzusehen, wie sie unseren Sohn weiter täuscht.«

Petros nahm den Schürhaken, um ein Holzscheit zurechtzurücken. »Du wirst sie auch akzeptieren müssen, wenn du sie zurückhaben möchtest.«

»Niemals! Sie muss konvertieren!«

»Mach, was du willst.« Er gähnte und sagte kein Wort mehr.

Danach bekam Dimitra erst richtig Angst. Bestimmt hatte Petros ihren Köder nicht geschluckt, weil Joyce gar nicht zurückkommen wollte! Dieser Gedanke war grauenvoll, denn dann hatte Dimitra niemanden und nichts mehr auf dieser Welt. Sie würde wieder so einsam sein wie vor Nikos' Geburt, so am Boden zerstört wie nach Natalias Tod.

Dimitra plagte sich traurig und reumütig mit ihrer Arbeit ab, aber sie war so in ihrem Stolz und in ihrer Furcht gefangen, dass sie nichts unternahm. Ihr Rücken war gekrümmt, der faltige Mund war eingefallen über den Zahnlücken, und sie ähnelte immer mehr den zahllosen alten südeuropäischen Frauen, die verwitterte, lederne Gesichter hatten und in dunklen, formlosen Kleider herumliefen.

Als Joyce an einem kalten, regnerischen Nachmittag Anfang Oktober auf der Schwelle ihrer Schwiegermutter auftauchte, schämte sich Dimitra noch immer viel zu sehr, um auch nur einen Funken Freude zu zeigen. Stattdessen kniff sie die tief liegenden Augen leicht zusammen und spitzte die Lippen, als wollte sie ausspucken.

»Pethera«, rief Joyce hastig und brachte sich außer Reichweite. »Ich bin nicht hier, um zu bitten, dass du mich wieder aufnimmst. Ich möchte dir nur das hier bringen.« Sie hielt Dimitra eine frische Seebarbe hin, die sie mit den we-

nigen Drachmen, die Petros ihr zugesteckt hatte, gekauft hatte. Seebarbe war Dimitras Lieblingsfisch, und obwohl er in Zeitungspapier gewickelt war, wusste die alte Frau sofort, was es war.

Dimitra rührte sich eine ganze Zeit nicht von der Tür weg. Jetzt, da Joyce tatsächlich da war, lähmte ihr Stolz sie erneut. Sie musterte das Mädchen argwöhnisch. Ihre Schwiegertochter sah furchtsam und schwerfällig aus in ihren vielen Schichten warmer Kleidung. Ihr Gesicht wirkte verhärmt – auch demütig. Was konnte es schon schaden, wenn sie die Kleine hereinließ, damit sie sich aufwärmte? Dimitra dachte an die donnernden Befehle von Vater Poulianos, der mit dem Pinsel herumgefuchtelt und Joyce aus der Kirche und ihrem Haus verbannt hatte. Was wusste dieser törichte Mann schon von Liebe oder gar von Müttern und Töchtern? Er konnte nicht mal einen Tisch ordentlich lackieren.

»Darf ich reinkommen, *Pethera*?«, fragte Joyce formell. Sie wusste, dass Dimitra nicht über ihren Schatten springen konnte und dass sie den Anfang machen musste.

Dimitra schnaubte. Sie sagte nichts, aber wenigstens trat sie aus dem Haus und ging zur Hintertür, um die bösen Geister zu narren – das Signal für Joyce, es ihr gleichzutun. Joyce folgte ihr und schloss aufatmend die Tür, als sie im Haus waren. Ihre Finger waren taub von der Kälte.

»Setz dich«, brummte Dimitra und deutete zur Feuerstelle. »Du bist zu dünn geworden. Du siehst aus wie ein gefrorenes *Shish Kebab*, so eingepackt, wie du bist.«

Joyce schob einen Stuhl zum Feuer und begann, eine Kleiderschicht auszuziehen. Sie trug die Jeans, die Alex ihr gebracht hatte und die sie jetzt jeden Tag anhatte, darüber ein wollenes Kleid, das Dimitra genäht hatte, und einen

Pullover, auch von Dimitra gestrickt. Die Regentropfen hingen in der rauen Wolle. Sie hatte sich ein dickes, weißes Tuch um den Kopf gebunden und trug gebrauchte Männer-Arbeitsstiefel – sie passten nicht, aber sie hatte sie für einen guten Preis auf dem Markt erstanden.

Sie legte den Fisch auf den Tisch, sodass Dimitra das Geschenk zur Kenntnis nehmen musste.

Dimitra blieb noch eine Weile stehen und beäugte Joyce misstrauisch. »Ich bringe dir das Schwimmen bei, und du versuchst, mich zu ertränken«, murmelte sie. »Warum hast du so lange gebraucht, um herzukommen?«

»Mama, es ist erst etwas über zwei Wochen her. Du selbst hast mich verbannt, weißt du.« Joyce sah zu ihr auf. »Du hast gesagt, ich darf dein Haus nie wieder betreten.«

»Erzähl mir nicht, was ich gesagt habe – das weiß ich selbst sehr gut«, fauchte Dimitra. Schließlich rückte sie sich einen Stuhl heran und nahm Joyce gegenüber Platz. Ihr Blick zuckte zu den Jeans, aber sie enthielt sich jeden Kommentars.

»Also, sie sagen, du bist bei der Witwe Kofa untergeschlüpft«, sagte sie. »Behandelt sie dich gut?«

Joyce betrachtete sie verstohlen. Es war unmöglich zu erkennen, was Dimitra über Maria wusste. Wie viele Griechen beherrschte auch Dimitra die Kunst, ihre Miene versteinern zu lassen. Man sollte von der Unergründlichkeit der Griechen sprechen, nicht von der der Asiaten.

»Ja, Mama, sie behandelt mich gut. Sie bringt mir das Nähen und Sticken bei. Ich gehe auch für sie auf den Markt.«

Dimitra streckte die Hand aus und kniff in Joyces Oberarm, genau wie sie es bei ihrem ersten Zusammentreffen getan hatte.

»Du wirst schlaff. Du arbeitest nicht ordentlich.« Sie schnaubte wieder. »Diese Witwe macht dich zum Faulpelz.«

»Mama«, sagte Joyce sanft, »geht es dir gut? Wie kommst du ohne meine Hilfe zurecht?«

Dimitra wandte sich ab, ihr kantiger grauer Kopf war zur Seite geneigt. »Ich bin die ersten sechzig Jahre meines Lebens ohne dich zurechtgekommen. Du solltest dich nicht für so wichtig halten. Ich brauche niemanden!« Den letzten Satz schrie sie beinahe und stand auf.

Aber Joyce war nicht verletzt. Dimitras Protest war so leicht zu durchschauen, dass er sie kaum berührte. Sie packte den Stier bei den Hörnern. »Mama, du hast mir gefehlt«, sagte sie ruhig und sah Dimitra ernst an. Und in diesem Moment brauchte Joyce sie tatsächlich. Sie brauchte die Liebe und den Schutz einer Mutter, auch wenn sie noch so grausam und streng war.

Dimitra murrte und ging in einem Kreis durch den Raum. Sie kämpfte gegen den Drang an, Joyce in die Arme zu nehmen. Wie kommt es, fragte sie sich, dass mich meine Familie, mein Mann, mein Sohn, meine Schwiegertochter – die Menschen, die ich am meisten auf dieser Welt liebe, wütender machen als irgendjemand sonst? Warum kann ich mir meinen Zorn nicht für Feinde aufsparen? Liebe sollte einen vor der Grausamkeit der Wut schützen und sie nicht entflammen.

Nach einer Weile drehte sie sich zu Joyce um und starrte sie mit glitzernden Augen an. Dieser Emporkömmling, diese Fremde, diese Amerikanerin, die wie aus dem Nichts in ihr Leben geschneit war, die das Unterste zu oberst gekehrt, sie angelogen, ihre Liebe zu Nikos zunichte gemacht und sie so weit gebracht hatte, ihn zu kritisieren ... was dachte sie sich dabei, wenn sie so mir nichts, dir nichts ihre Vergebung erbat? Joyce sah klein und zerbrechlich aus in ihren vielen Kleidungsstücken. Ihre tiefgrünen Augen flehten Dimitra an. Das Licht des Feuers flackerte auf ihrer Haut und ließ sie weich und golden wie die eines Babys aussehen – wie die Natalias, bevor sie durch Hunger und Folter vorzeitig alt geworden war. Ein Schluchzer erschütterte Dimitra. Er zerriss ihr das Herz und brannte in ihrer Kehle. Ein Schluchzer des Kummers und Bedauerns – der quälenden Reue.

»Komm«, krächzte sie. »Komm, mein Kleines. Umarm deine alte Mama.« Sie breitete die Arme aus. »Komm her«, befahl sie.

Und Joyce nahm wieder einmal Zuflucht zu Dimitras schwerfälliger, widerspenstiger Liebe.

Eine Stunde später saßen die beiden Frauen am Feuer und spannen Wolle wie in alten Zeiten. Sie redeten wenig. Es genügte, dass sie wieder zusammen waren – die Wollfliese auf dem Schoß und die Spindeln in den Händen – und sich an einem regnerischen, windigen Tag am Feuer wärmten. Genau genommen hatten sie es nicht allzu warm. Die Knie und vielleicht auch ihre Gesichter bekamen etwas von der Feuerhitze ab, wenn sie sich bei der Arbeit vorbeugten. Aber ihre Rücken waren kalt, als würde ihnen jemand ständig Eiswasser in den Nacken schütten. Dimitra klagte, dass ihre Gelenke schmerzten und knirschten wie eine alte Tür. »Es wird jedes Jahr schlimmer«, sagte sie. »Die Schmerzen treiben mich noch ins Grab.«

»Mama, sag so was nicht«, erwiderte Joyce automatisch. »Du bist so stark wie eine Frau, die halb so alt ist wie du. Wahrscheinlich wirst du mich überleben.«

Dimitra stieß dreimal Luft aus, um das Unheil abzuwenden, das Joyces Prophezeiung heraufbeschwören könnte. »Dein Wort in Gottes Ohr«, murmelte sie. Dann seufzte sie tief, legte die Spindel in den Schoß und sah Joyce eindringlich an.

»*Koroulamou*, ich möchte dir etwas sagen. Ich werde alt ... nein, es hat keinen Sinn, das abzustreiten. Ich habe mein Brot gegessen und mein Öl verbrannt. Ich möchte Großmutter werden, bevor ich sterbe, aber das ist jetzt nicht wichtig.« Sie bekreuzigte sich hastig. »Kleines, hörst du mir zu?«

Joyce nickte und sah sie erstaunt an. Es war nicht Dimitras Art, so pessimistisch zu sein.

»Siehst du die Kissen meiner Mutter?«, fragte Dimitra und deutete in die Ecke. Die Bezüge waren aus dicker, gewebter Wolle und mit Roten Beten gefärbt, bis sie die Farbe von Blut hatten. Die eingewebten braunen und grünen Muster hatten Joyce immer an Navajo-Decken erinnert, die sie in den indianischen Läden zu Hause gesehen hatte. »Sie sind alles, was mir von meiner Mutter geblieben ist«, fuhr Dimitra fort. »Ich habe mich immer geweigert, sie wegzuwerfen, auch wenn meine Nachbarinnen behaupten, sie stinken nach osmanischen Mordtaten. Sie waren ihre Mitgift – habe ich dir das schon erzählt?«

Joyce schüttelte den Kopf und überlegte, worauf Dimitra hinauswollte.

»Ja. Sie wurden aus Kelims gemacht, die meine Mutter als Jungfrau gewoben hatte, um ihrer Liebe für ihren zukünftigen Mann, meinen nichtsnutzigen Vater, Ausdruck zu verleihen. Genau wie wir Griechen monatelang Unterröcke, schöne Kleider und Wäsche für unsere Mitgifttruhen nähen, so weben die Landsleute meiner Mutter Teppiche.

Je mehr ein Mädchen ihren Verlobten liebt, um so größere und schönere Teppiche webt sie.« Dimitra kicherte. »Die Türken haben ein Sprichwort: Kein Essen für eine Frau, die keine Teppiche weben kann.«

Dimitra seufzte und verlor sich in Träumereien. Ihre tief liegenden Augen blickten ins Feuer.

»Aber was willst du mir sagen, Mama?«, fragte Joyce. »Was ist mit deinen Kissen?«

Dimitra sah sie verständnislos an, dann fasste sie sich wieder und holte tief Luft. »Ja. Hör gut zu, *Koroulamou.* Ich habe ein paar kleine Schätze, die ich in meinem Leben angesammelt habe, in diesen Kissen versteckt. Niemand außer dir weiß etwas davon. In das große Kissen habe ich die einzigen Goldmünzen eingenäht, die ich aufgespart habe, für den Fall, dass mein Petros stirbt – Gott schütze ihn. In dem mit dem blauen Muster sind der Ehering meiner Mutter und das silberne Kreuz, das mir Petros geschenkt hat, als Nikos geboren wurde. Alles, was ich sonst noch besaß, wurde gestohlen, oder ich musste es im Krieg gegen Lebensmittel eintauschen. Wenn es Gott gefällt, mich zu sich zu nehmen, *Pedhi mou*, möchte ich, dass du die Kissen mit mir begräbst. Leg je eine Goldmünze auf meine Augen, das Kreuz auf meine Brust – ich will es in den Händen halten. Den Ring meiner Mutter möchte ich am Finger tragen – er soll mir helfen, sie in der anderen Welt zu finden. Löse meinen Zopf, kleine Joyce, und breite das Haar auf dem kleinsten Kissen aus, auf das du meinen Kopf bettest. Ich sage dir das alles, weil Nikos vielleicht auf See ist, wenn meine Zeit kommt, weil Petros selbst schon alt ist und weil du die einzige Tochter bist, die ich habe.«

Dimitra hielt inne, als wäre sie außer Atem, und schaute

Joyce erwartungsvoll an. »Versprichst du mir, dass du alles so machst?«

Joyce wandte sich ab. Sie wollte die alte Frau erfreuen, ihr zeigen, dass sie sich durch ihr Vertrauen geehrt fühlte, aber was sollte sie sagen? Wenn sie jetzt Ja sagte, dann versprach sie damit, von jetzt an wieder bei ihr zu leben. Konnte sie ein solches Versprechen machen? Ja, sie sehnte sich nach ihrem alten, friedlichen Leben in diesem Haus, nach der Zuneigung ihrer Schwiegermutter und der erfüllenden Arbeit. Aber gleichzeitig machte ihr der Gedanke Angst, hierher zurückzukehren und wieder auf Nikos' sprunghafte Liebe zu warten.

Sie starrte in die Flammen und konnte nicht antworten.

Dimitra drehte ihr, verletzt durch ihr Schweigen, den Rücken zu. Sie beschloss, kein Wort mehr darüber zu verlieren. Sie war zu stolz, um zu betteln.

»Ich habe einen Brief von Nikos«, sagte sie nach einer Weile und erhob sich. »Er ist gestern angekommen. Du musst ihn selbst lesen.« Sie nahm einen Umschlag aus dem obersten Fach des Regals in der Ecke und warf ihn Joyce zu. »Hier. Petros hat ihn mir vorgelesen. Es ist wichtig. Aber Kleines ...«

»Ja, Mama?« Joyce sah sie fragend an.

»Mach dich auf was gefasst, *Koroulamou.* Es ist nicht das, was du erwartest.«

Joyce nickte. Widerstrebend nahm sie den Papierbogen aus dem Luftpost-Kuvert.

In einfachem Griechisch mit vielen Fehlern hatte Nikos geschrieben:

Schick mir deinen Segen, Mannamou, *denn ich habe eine sehr schwierige Entscheidung getroffen. Ich habe beschlossen, die*

Seefahrt aufzugeben. Dies ist kein gutes Leben für einen Ehemann. Ich weiß jetzt, dass ich zu oft von zu Hause weg war – wenn ich daheim geblieben wäre, wären Joyce und ich uns nicht so fremd geworden. Ich komme zurück und bearbeite mit Papas *das Land. Oder vielleicht bringe ich Joyce zurück nach Amerika, damit sie mir dort einen Job besorgen und ich Euch gutes Geld schicken kann. Aber erst muss ich meinen Vertrag hier erfüllen, dann komme ich heim. Sagt Joyce, dass ich ihr schreibe.*
Euer Euch liebender, gehorsamer Sohn Nikos.

Joyce ließ den Brief sinken und starrte Dimitra an.

»Und?«, meinte Dimitra argwöhnisch. »Bist du nicht glücklich? Ist das nicht das, was du dir gewünscht hast?«

Joyce brachte kein Wort heraus, sie war stocksteif vor Abscheu. Irgendwann stand sie auf, ohne zu wissen, was sie tat, und warf ihrer Schwiegermutter den Brief zu, als hätte sie sich die Finger daran verbrannt.

Dimitra nahm den Papierbogen in ihre zittrigen Hände. »Du musst konvertieren, Kleines«, sagte sie eindringlich. »Es ist die einzige Möglichkeit, deine Ehe zu retten. Ich werde dir helfen. Werde eine gute Christin wie wir. In deiner Seele bist du längst Christin, das weiß ich, *Koroulamou.* Ich sehe das. Dann kannst du mir Enkel schenken, bevor ich sterbe.«

»Aber möglicherweise bekommst du nie Enkel von mir, Mama«, wandte Joyce mit erhobener Stimme ein. »Vielleicht ist es das beste, wenn sich Nikos nach einer anderen Frau umsieht. Dann kann sie dich mit deinen Kissen begraben und dir die Enkel schenken.«

»Sag nicht solche Dinge!«, versetzte Dimitra scharf. Sie ging wieder zu dem Regal und nahm einen anderen Umschlag vom obersten Fach. Ihre knotigen Finger tasteten nach dem Inhalt. Sie zog ein Foto von Nikos als Baby heraus und reichte es Joyce.

»Siehst du, wie schön er war? Vielleicht werden deine Kinder auch so schön. So Gott will.«

Aber Joyce warf nicht einmal einen Blick auf die Fotografie. Sie fixierte das Fach, aus dem Dimitra die Umschläge genommen hatte. Über der Kante war eine Ecke eines rotweiß-blauen, amerikanischen Luftpost-Briefes zu sehen.

Joyce sprang auf und warf dabei die Wolle auf den Boden. »Was ist das?«

Dimitra folgte ihrem Blick und wurde plötzlich nervös. »Das ist nichts. Es ist ein Teil des Kuverts, in das Nikos seinen Brief gesteckt hat. Komm, heb deine Spindel auf.«

Aber Joyce war bereits bei dem Regal und nahm den Brief heraus. »Er ist von meiner Mutter! Warum hast du mir nie etwas davon gesagt?«

»Wie ... woher sollte ich wissen, was das für ein Brief ist?«, rief Dimitra und warf die Arme in die Höhe. »Ich kann nicht lesen.« Aber sie stammelte unsicher, und das schlechte Gewissen stand ihr in das ansonsten so unergründliche Gesicht geschrieben.

Joyce schaute auf den Poststempel. Der Brief war vor einem Monat abgeschickt worden. »Wie lange liegt der Brief schon hier? Warum hast du ihn *Petheros* nicht für mich mitgegeben?« Sie schrie jetzt aufgebracht. »Was, wenn ich nicht zu dir gekommen wäre?«

Sie riss den Umschlag auf. Dimitra kam einen Schritt auf sie zu, als wollte sie sie davon abhalten, zögerte aber und wich wieder zurück. Sie sank schlaff auf ihren Stuhl, stützte die Ellbogen auf ihre schmerzenden Knie und richtete niedergeschlagen den Blick auf den Boden.

Joyce las mit weit aufgerissenen Augen. Als sie halb fertig war, tastete sie nach dem Stuhl und setzte sich. Ihr Blick flog über die Worte.

Liebe Joyce,
ich frage mich oft, warum ich mir überhaupt die Mühe mache, dir zu schreiben. Vielleicht versuchen alle Mütter, Fäden über die weite Welt zu spannen, in der Hoffnung, ihre Töchter zu erreichen. Möglicherweise antwortest du diesmal, wenn ich dich nicht frage, warum du nichts von dir hören lässt. Jedes Mal, wenn ich dir schreibe, bekomme ich nur irgendwann eine dieser unfreundlichen Postkarten zurück, auf denen du uns mitteilst, dass du glücklich bist. Darüber freue ich mich, Schätzchen, aber wieso beantwortest du nie meine Fragen? Warum rufst du uns nicht an? Du brauchst mir nichts zu erklären, wenn du nicht willst. Sag mir nur, dass es dir gut geht.
Hier hat sich nicht viel Neues ereignet seit meinem letzten Brief. Bens Baby Emily entwickelt sich prächtig. Sie hat unser blondes Haar. Er arbeitet als Geschäftsführer im 7-Eleven, in dem du immer deine Süßigkeiten gekauft hast – erinnerst du dich? Joey hat einen Job in der Autowerkstatt in unserer Straße. Zur Zeit ist er ganz verrückt auf Motorräder. Ich hoffe, er bringt sich nicht auf einem dieser Dinger um.
Joyce, Süße, mir ist das Herz so schwer. Warum hast du nicht wenigstens ein Geschenk für Emily geschickt, als sie auf die Welt kam? Ein Geschenk für deine Nichte! Ich weiß, dass wir gegen deine Heirat waren, aber doch nur, weil du noch so jung warst. Willst du uns bis in alle Ewigkeit böse deswegen sein? Wenn du mit Nikos wirklich glücklich bist, dann bin ich zufrieden. Er schien ein netter Junge zu sein. Vielleicht haben wir uns geirrt, und du wusstest, was richtig für dich ist.
Wir wollten nie, dass du den Kontakt zu uns abbrichst.

Ruf uns an. Ich verstehe immer noch nicht, wie du in einem Haus ohne Telefon leben kannst. Bitte. Du fehlst uns schrecklich. Dein Vater kann nicht mehr schlafen deswegen, ich auch nicht.
Weißt du denn nicht, wie lieb wir dich alle haben?
Deine dich liebende Mutter.

Die letzten Zeilen verschwammen vor Joyces tränenerfüllten Augen. Aber als sie den Brief zu Ende gelesen hatte, faltete sie ihn sorgfältig zusammen und steckte ihn wieder in den Umschlag. Die Traurigkeit schlug um in Wut.

»Was hast du mit den anderen Briefen gemacht?«, stieß sie zwischen den Zähnen hervor.

Dimitra schwieg. Sie schloss die Augen und wiegte sich vor und zurück.

Joyce konnte sich kaum zurückhalten. Am liebsten hätte sie ihre Schwiegermutter bei den Armen gepackt und geschüttelt, wie es Dimitra so oft mit ihr gemacht hatte. Doch stattdessen bückte sie sich, sah Dimitra fest ins Gesicht und schrie: »Was hast du mit den Briefen gemacht? Ich will sie haben, sofort!«

Dimitra schüttelte den Kopf. Dann deutete sie mit einer zitternden Hand aufs Feuer.

Joyce rannte den Hügel hinunter. Sie rutschte aus und fiel auf die nassen Steine – es war ihr egal. Sie stand auf und lief weiter, der Wind hatte ihr das Tuch vom Kopf gerissen, und ihre Füße und Beine waren durchnässt. Sie rannte durch den Ort – die Leute starrten sie fassungslos an – und stürmte in die Bäckerei.

Alex war da – natürlich. Er stand schwitzend vor dem

Ofen. Wahrscheinlich war er der einzige Mensch in ganz Kastron, dem heute richtig warm war. Er hatte nicht einmal einen Pullover an, nur ein Hemd mit aufgekrempelten Ärmeln. Seine Muskeln spannten sich an, als er den Brotschieber aus dem Ofen zog.

Joyce fegte zusammen mit kalter Luft in die Backstube und erschreckte Alex, aber mittlerweile hatte er bis zur Perfektion gelernt, mit den Laiben umzugehen. Er warf seiner Tante schnell den einen zu, dann drehte er sich zu Joyce um.

»Alex, ich brauche Geld«, keuchte Joyce auf Englisch. Bisher hatte sie sich auf dieser Insel noch nie so leichtsinnig und offen verhalten.

»Was?« Alex erschrak. Sie sah verstört aus. Ihre Augen waren weit aufgerissen, und Haarsträhnen klebten an ihren Wangen. Ihr Gesicht war von der Kälte und der Anstrengung gerötet. »Was ist passiert?«

»Ich muss zu Hause anrufen. Ich brauche Geld fürs Telefon. Oh, beeil dich! Ich erkläre dir später alles.«

Alex klopfte auf seine Taschen. Er hatte kein Geld. Er schielte zur Kasse, aber seine Tante stand direkt daneben, starrte erst Joyce, dann Alex an, und plötzlich schien ihr ein Licht aufzugehen. Das Spiel ist aufgeflogen, dachte Alex. Spätestens Morgen weiß es die ganze Insel. Wir müssen weg von hier.

Aber Joyce schien nichts zu bemerken. Ausgerechnet Joyce, die immer so vorsichtig gewesen war! Sie sprang vor Aufregung von einem Fuß auf den anderen. »Bitte!«, kreischte sie. »Gib mir das Geld!«

»Was ist los mit dem Mädchen?«, erkundigte sich Eugenia barsch. »Ist es ein Notfall?«

»Ja«, bestätigte Alex. »Sie muss mit ihrer Familie in Amerika telefonieren. Kann ich mir Geld für sie von dir leihen, Tante Eugenia? Bitte! Ich zahle es dir morgen zurück.«

»Hah! Wovon? Schön, nimm es, obwohl mir schleierhaft ist, warum sie nicht ihre eigene Familie darum bittet.«

»Danke, *Kyria* Sarafi, vielen Dank!«, sagte Joyce auf Griechisch. Alex und seine Tante sahen ihr sprachlos nach, als sie aus der Bäckerei rannte.

Joyces Hände zitterten, als sie im Postamt die Nummer der Auslandsvermittlung wählte. Wenigstens stand heute niemand wie so oft vor dem Telefon an – Eltern sparten jede Drachme, um ihre ausgewanderten Kinder in London, New York, Chicago oder Paris anzurufen. Trotzdem brauchte die Telefonistin zwanzig Minuten, um durchzukommen. Joyce schwitzte vor Ungeduld. Ihr Unterhemd klebte an ihrem Rücken. Sie dachte nicht an den Zeitunterschied, bis es am anderen Ende der Leitung zum ersten Mal klingelte. In Florida war es mitten in der Nacht.

Ihre Mutter meldete sich, und als Joyce ihre verschlafene, ärgerliche Stimme hörte, war es, als würde eine kalte Dusche ihre Aufregung abkühlen. Nur das ungehaltene, von den Zigaretten und vom Schlaf heisere »Hallo?« genügte, um ihre Wachsamkeit und den früheren Groll auf ihre amerikanische Familie zu wecken.

»Mom, ich bin's, Joyce.« Sie klang nicht so freudig, wie sie beabsichtigte.

Einen Moment herrschte Schweigen. Vielleicht musste sich ihre Mutter nur von der Überraschung erholen, aber Joyce meinte, eine Sekunde reichte ihr, um die übliche Zurückhaltung und Kälte anzunehmen.

»Joyce! Warum hast du nicht schon früher angerufen?«

»Weil meine ...« Sie verstummte. Es war schwer, das auszusprechen. Es war schwer, die Mutter, die sie liebte, an die Mutter zu verraten, die ihr nichts bedeutete.

»Was, Süße? Warum hast du uns nie angerufen? Warum hast du Bens Baby nichts geschickt?«

»Ich habe keinen deiner Briefe bekommen, Mom. Ich dachte, ihr beantwortet meine Karten nicht, weil ihr noch böse auf mich seid. Ich dachte, ihr wollt nichts mehr von mir wissen.«

»Was? Du hast meine Briefe nicht bekommen?«

»Nein. Meine Schwiegermutter hat sie alle verbrannt. Den letzten habe ich durch Zufall gefunden.«

Das darauffolgende Schweigen war anders. Es drückte nicht nur Entsetzen, sondern auch Missbilligung aus. Es ist erstaunlich, dachte Joyce, sogar über eine Entfernung von fast viertausend Meilen kann man das Schweigen einer Mutter richtig deuten.

»Joyce, komm zu uns nach Hause. Du kannst nicht bei solchen Leuten leben. Was bildet sich diese Frau überhaupt ein?«

Joyce konnte nicht sprechen. Die Besorgnis ihrer Mutter berührte sie tief. Sie hatte einen Kloß in der Kehle. Die ganze Zeit hatte sie gedacht, dass ihre Familie froh wäre, sie loszusein, dass sie sie nie wiedersehen wollten. Der Schock über diesen Irrtum trieb ihr die Tränen in die Augen. Sie liefen ihr übers Gesicht.

»Schick mir Geld für ein Ticket, Mom«, sagte sie, als sie sich ein wenig gefasst hatte. »Schick mir Geld, und ich komme nach Hause.«

»Was ist mit Nikos? Kommt er mit?«

»Nikos?« Er erschien ihr weit entfernt und unbedeutend. »Nein, Mom. Ich komme allein.«

Joyce legte auf und blieb noch eine Weile wie erstarrt in der Telefonzelle stehen. Als sie sich umdrehte, sah sie, dass Alex im Vorraum auf sie wartete. Er hatte einen dicken weißen Segelpullover über seine Bäckerschürze gezogen. Seine Hände waren noch voller Mehl. Er sah aus wie eine zu große, ungelenke Krankenschwester.

»Joyce? Ist alles in Ordnung?« Er ging auf sie zu.

Sie sah ihn ausdruckslos an – ihre Irrtümer drängten sich um sie wie bedrohliches Gesindel. Ich bin weggelaufen wegen gar nichts. Sie hinterfragte diesen Gedanken. War das wirklich so?

»Joyce?« Alex nahm ihren Arm – sie wirkte blass und benommen. Zum ersten Mal berührte er sie in der Öffentlichkeit, aber sie kümmerte sich nicht mehr um die Meinung anderer. Nach zwei Jahren in einem Goldfischglas, nach Heimlichkeiten und Verstecken, scherte sie sich keinen Deut darum, wer sie mit Alex sah.

»Lass uns zu Maria gehen«, sagte er, da er noch immer kein Wort aus ihr herausgebracht hatte. »Du siehst nicht gut aus.«

Joyce ließ sich nach wie vor von ihm stützen wie eine alte Frau, und sie wankten zusammen auf die Straße. Der Regen schlug ihnen in die Gesichter und stach wie eisige Nadeln in ihre Haut, aber Joyce spürte nichts. Vornüber gebeugt kämpften sie sich durch das schlechte Wetter bis zu Marias Haus. Es war früher Abend, und eine Menge Leute waren auf der Straße, um eilends ihre Besorgungen zu machen. Alle blieben stehen und schauten ihnen nach. Sie stießen sich an. Glotzten. Nikos Koliopoulos' Frau mit diesem englischen Jungen! Mit einem unverheirateten Mann, ganz allein!

Maria war nicht zu Hause, weil sie einer Kundin etwas

lieferte, aber wahrscheinlich blieb sie nicht lange weg. Joyce zog ihre nasse Kleidung aus. Ich muss nie wieder solche Sachen tragen, sagte sie sich. In Florida ist es immer warm. Aber sie verspürte keine Freude.

Sie setzte sich auf einen Stuhl neben dem Feuer, während Alex in den Flammen stocherte. Er hatte Pullover und Schürze ausgezogen und glich wieder dem jungen, drahtigen Mann, der er war. »Sag mir, was passiert ist«, forderte er sie wieder auf. »Du machst mir Angst, wenn du so still bist.«

Joyce schauderte. »Gott«, stöhnte sie und erzählte ihm alles.

»Sie hat von Anfang an all ihre Briefe verbrannt?«

»Ja. Wenn ich doch nur versucht hätte, noch mal zu Hause anzurufen! Wäre ich bloß nicht so stolz gewesen.« Sie schlang die Arme um sich. »Ich frage mich, ob Petros davon gewusst hat. O Alex, wie konnte sie mir das antun?«

Alex legte den Arm um sie. »Wahrscheinlich hatte sie Angst, dass du zu ihnen zurückgehst«, sagte er. »Griechen wissen, wie stark Familienbande sind. Sie hätte das nicht gemacht, wenn sie dich nicht so sehr geliebt hätte.«

Joyce schloss die Augen. »Das ist mir egal. Sie ist eine Diebin.«

Sie glitt in Alex' Arme, und sie saßen lange umschlungen da und schauten in die Flammen. Für den Moment hatte sich Joyce beruhigt – endlich hatte sie eine Entscheidung getroffen, und Alex' Nähe war ihr ein Trost.

Doch Alex' Herz hämmerte wie wild vor Angst. »Joyce? Was hast du jetzt vor? Du weißt, dass du nicht mehr hier bleiben kannst. Die ganze Stadt weiß jetzt über uns Bescheid.«

»Ich gehe natürlich nach Hause zurück«, erwiderte sie

dumpf. »Meine Mutter schickt mir Geld für den Flug. Und ich breche auf, sobald es da ist.« Sie versuchte ein Lächeln. »Wenigstens muss ich keine griechisch-orthodoxe Christin mehr sein. Keine Gebete mehr zum heiligen Dimitrios.«

»Aber warum willst du zurück?«, fragte Alex – er spürte die aufkommende Panik. »Du hast immer gesagt, dass du dein Zuhause hasst und dass deine Eltern dich nicht wollen.«

»Ich habe mich geirrt. Sie lieben mich. *Ich* wollte sie nicht.«

»Aber du willst doch nicht wirklich wieder bei ihnen wohnen wie ein Kind, oder?«

»O Gott.« Joyce legte den Kopf auf ihre Knie.

»Flieg nicht nach Amerika, Joyce. Du wirst dort unglücklich. Komm lieber mit mir. Wir fahren, wohin du willst. Nach Thessaloniki. Athen. London. Komm mit mir.«

Joyce hob den Kopf und sah ihn an. Ihr wurde ganz schwindlig bei der Auswahl. Und die Angst davor bereitete ihr Übelkeit.

15

Am Ende des Tages klatschte der ganze Ort über Joyce und Alex. Nur Maria schwieg. Als ihre Kunden sie am nächsten Morgen aushorchen wollten, weigerte sie sich, das Offensichtliche zu bestätigen. Aber es gab genügend andere Informationsquellen. Christos Zotis vom Postamt, der die mysteriöse Szene im Vorraum genau schildern konnte. Die beiden Hausfrauen, die das Paar zusammen auf dem Markt beobachtet hatten. Andere, die sie erst am selben Morgen auf der Straße gesehen hatten. Ein Fischer, der erzählen konnte, dass sich die beiden am Strand getroffen hatten. Sie schlichen durch die Gassen – die Spione, die Klatschmäuler –, und bald wurde Joyce in der Luft zerfetzt und als gemeine Ehebrecherin beschimpft.

Anfangs gab Dimitra Petros die ganze Schuld und traf damit mehr ins Schwarze, als sie selbst wusste. »Es ist so weit gekommen, weil du den englischen Jungen mit nach Hause gebracht und sie in Versuchung geführt hast!«, warf sie ihm vor. »Sie konnte jemandem, der ihre Sprache spricht, nicht widerstehen!«

Petros war klug genug, um nichts darauf zu sagen. Er konnte nicht abstreiten, dass er Alex und Joyce oft zusammengebracht hatte, aber er sah keinen Grund, den Gerüchten zu glauben. Kein Mensch hatte einen Beweis, dass die beiden jungen Leute ein Liebespaar waren; die Menschen hatten eine schmutzige Fantasie und übertrieben in solchen Fällen meistens oder frönten dem alten Laster, ihre eigenen Sünden auf Außenseiter zu projizieren. Was wussten diese alten Klatschbasen überhaupt? Sie hatten nicht gesehen, mit welcher Liebe und Hingabe sie Nikos in den vergangenen Jahren begegnet war und wie kindisch und eingebildet Nikos darauf reagiert hatte. Jedenfalls konnte Petros nur zu gut verstehen, warum sich Alex zu Joyce hingezogen fühlte. Der Junge kam wie sie aus dem modernen Westen, Griechenland war schlicht zu östlich und rückständig für Joyce, das sah Petros jetzt ein. Sogar Nikos hielt an den alten Traditionen fest. Im Rückblick musste Petros feststellen, dass Joyce die ganze Zeit versucht hatte, sich in ein Muster zu fügen, das für eine junge Amerikanerin unnatürlich und beengend sein musste. Sie hatte sich große Mühe gegeben, und es war kein Wunder, dass sie hin und wieder ausbrechen musste.

Allerdings äußerte Petros Dimitra gegenüber diese Überlegungen nicht. Sie würde nie eine andere Lebensweise akzeptieren als ihre eigene und alles andere als ungehörig verwerfen. Aber als sie anfing, Joyce zu verfluchen und als doppelzüngige Jüdin und ungläubige Hure zu beschimpfen, konnte sich Petros nicht mehr zurückhalten.

»Du hast die Briefe verbrannt, Dimitra; das hättest du nicht tun dürfen«, hielt er ihr in eisigem Ton vor. »Wenn du den Kontakt zu ihrer Familie nicht unterbunden hättest, dann hätte sie sich nicht so einsam und verlassen gefühlt.«

»Versuch nicht, mir die Schuld zu geben, alter Mann! Sie hatte uns, unsere Liebe – sie hatte Nikos. Wozu brauchte sie da eine andere Familie?«

»Du kannst einen Menschen nicht so vereinnahmen«, entgegnete Petros. »Du hast ihr ihre Vergangenheit und ihre

Religion genommen. Nikos hat ihre Liebe für sich beansprucht. Was hast du erwartet?«

»Ich habe erwartet, dass sie tut, was ich getan habe!«, brüllte Dimitra. »Was alle Frauen getan haben! Dass sie sich ihrer Pflicht beugt und das Joch auf sich nimmt. Und, ja, dass sie wie wir ihre Mutter verlässt, um sich der Familie ihres Mannes anzuschließen. Dafür hat Gott uns geschaffen.«

»Gott hat uns nicht geschaffen, um Sklaven zu sein«, sagte Petros gelassen. »Wenn er das im Sinn gehabt hätte, wieso sollte er uns dann auch die Freiheitsliebe geben?«

»Um uns zu peinigen!«, gab Dimitra aufgebracht zurück. »Jedenfalls bedeutet Freiheitsliebe nicht, dass man zur Hure wird.« Sie spuckte aus, kehrte ihrem Mann den Rücken zu und weigerte sich, noch ein Wort über diese Angelegenheit zu verlieren.

Doch in ihrem tiefsten Inneren wusste Dimitra, dass sie und Joyce sich ebenbürtig waren, was Täuschungen und Lügen betraf. Dimitra hatte Joyces Briefe verbrannt, Joyce hatte Dimitras Sohn betrogen. Beide hatten sich Leid zugefügt, gelogen und geheuchelt. Sie hatten das gegenseitige Vertrauen mit Füßen getreten.

Jetzt, da die Bewohner von Kastron Joyce als Ehebrecherin abgestempelt hatten, war sie in echter Gefahr. Dimitra könnte sie einsperren. Sie könnte vor Gericht gezerrt, aus der Stadt gejagt, geschlagen oder gesteinigt werden. Joyce empfand Trotz und sogar Verachtung für all das, aber sie traute sich dennoch nicht allein auf die Straße. So versteckte sie sich in Marias Haus, wartete auf das Geld von ihren Eltern und war heilfroh, dass Nikos weit weg war.

Die einzige Freundin, die ihr während dieser Zeit einen Besuch abstattete, war Marina. Sie hatte ihr Gesicht und den hellen Zopf unter einem großen Tuch verborgen und klopfte verstohlen an Marias Hintertür, als würde sie eine Gefangene aufsuchen. »Ich kann nicht lange bleiben«, sagte sie, als Joyce sie hereinließ. Joyce bot ihr etwas zu essen, ein Getränk und einen Platz an, aber Marina schlug alles aus. Sie blieb, in ihren großen Schal gewickelt stehen und sah Joyce bekümmert ins Gesicht.

»Ich habe mich sehr bemüht, dich zu verstehen«, sagte sie, »aber es fällt mir schwer. Du hattest den schönsten Mann der Stadt. Er hat dich vergöttert. Warum hat dir das nicht genügt?«

Joyce betrachtete ihre Hände. Sie konnte es nicht erklären, nicht einmal Marina. Alles, was sie zu ihrer Verteidigung hätte anführen können – dass ihre Liebe zu Nikos gestorben war, dass sie seine Liebkosungen nicht mehr ertragen konnte, dass sie einen erbitterten Kampf, wer sich durchsetzen konnte, geführt hatten –, hätte sie wie ein verwöhntes Kind erscheinen lassen. Fast alle griechischen Frauen, die sie kannte, hatten das gleiche Los zu tragen; und viele andere Frauen auch, vielleicht sogar ihre eigene Mutter.

»Ich habe mich in Alex verliebt«, war das Einzige, was sie dazu sagen konnte. »Und Nikos war so gut wie nie zu Hause.«

Marina warf ungehalten den Kopf zurück. »Du bist zu amerikanisch für mich, meine Liebe. Tut mir Leid, das sagen zu müssen, aber dein Herz ist zu gierig.« Sie senkte das gerötete Gesicht. »Begreifst du denn nicht, dass ich meine rechte Hand für ein Leben wie deines geben würde? Für eine Familie, die mich liebt? Die mich wie eine Tochter behandelt? Das Einzige, was ich dir voraus habe, ist Jannis. Wozu brauchst du einen Liebhaber?«

»Um zu überleben«, erwiderte Joyce mit funkelnden Augen.

Marina blinzelte verständnislos. Dann streckte sie ihr die Hand entgegen. »Du verwirrst mich, und du tust mir Leid, aber ich möchte nicht, dass wir uns als Feinde trennen. Vielleicht kommst du eines Tages als reiche Touristin zurück und besuchst mich. Dann bin ich eine zahnlose alte Frau, passe auf meine Enkel auf und flechte Körbe. Vielleicht kaufst du mir dann einen ab, damit er dich an deine alte Freundin erinnert.«

Joyce drückte Marina die Hand – sie war zu aufgewühlt, um etwas zu sagen. Das Bild, das Marina gerade gezeichnet hatte, stieß sie ab. Eine reiche Touristin! Das führte Joyce deutlicher als alles andere, was geschehen war, vor Augen dass sie immer eine Außenseiterin gewesen war.

»Du warst gut zu mir, Marina«, sagte sie, als sie ihre Sprache wiederfand. »Ich hab mir so gewünscht, dir alles erzählen zu können, aber ich habe mich nicht getraut. Ich wollte nie Geheimnisse vor dir haben. Bitte, glaub mir das.«

Marina nickte. »*Andheo*, meine Freundin«, sagte sie, »ich bete für dich.« Und sie huschte aus dem Haus.

Im Gegensatz zu Joyce hatte Alex kaum zu leiden. Die Männer stießen ihn anerkennend mit den Ellbogen an und kicherten. Die Frauen warfen ihm halb empörte, halb bewundernde Blicke zu. Mit einem Mal kam er ihnen verführerisch vor, obwohl sie ihn bisher unbeholfen und linkisch gefunden hatten.

»Ich habe mich schon gefragt, warum du nie ins Bordell gehst«, sagte Stratis, der Fleischer, als Alex ein paar Würste für seine Tante bei ihm kaufte. »Ich habe mich gefragt: Ist das ein Mann oder ein Schwuler? Jetzt verstehe ich alles. Ein hübsches Stück Fleisch hast du dir da abgeschnitten.«

»Das reicht, Stratis«, gab Alex mit einem finsteren Blick zurück. »So denkst du nicht.«

Stratis schüttelte Alex strahlend die Hand. »Ich schaue bei dir vorbei, wenn ich nach Chicago komme, ja? Dann zeigst du mir einen Haufen *Puttanas,* die so hübsch sind wie deine kleine Amerikanerin, einverstanden?«

Alex seufzte.

»*Ai gamisou* – fuck you –, wie du so gern sagst, Stratis. Ich sage dir immer wieder, dass ich aus England komme.«

Alex widerten diese schmierigen Komplimente an. Ihn störten die doppelte Moral und das anzügliche Getue so sehr, dass ihm sogar die Vorwürfe seiner Tante willkommen waren. »Ich dachte, mein Neffe könnte sich besser benehmen«, sagte sie streng. »Du hast deiner Mutter Schande gemacht. Und du hast den guten Namen unserer Familie durch den Schmutz gezogen.« Schließlich äußerte sie etwas, was ein Grieche höchstens sagte, wenn man ihn bis zum Äußersten getrieben hatte: »Ich denke, es ist höchste Zeit, dass du nach Hause fährst.«

Alex brach das Versprechen seinen Eltern gegenüber, für sich selbst zu sorgen, bat sie telegrafisch, ihm Geld für die Rückfahrkarte zu schicken, und behauptete, er sei in einer Notlage. Als das Geld eintraf, legte er den Brotschieber weg und drückte Eugenia seine Schürze in die Hand. Er entschuldigte sich dafür, dass es zu einer Missstimmung zwischen ihnen gekommen war, aber es tat ihm nicht Leid, was er gemacht hatte. Er packte seine Habseligkeiten zusammen, verabschiedete sich von seinen von Ehrfurcht ergriffenen Cousins und wartete auf Joyce. Sie hatte sich einverstanden erklärt, mit ihm nach Athen zu kommen. Dort würde sie entscheiden, wie es weitergehen sollte.

Joyces Geldanweisung kam am folgenden Tag an – Drachmen im Wert von sechshundert Dollar. Das war mehr Geld, als Dimitra und Petros in zwei Jahren oder länger einnahmen, und Joyce schämte sich. Es kam ihr vor wie schmutziges Geld – Schweigegeld. Geld, das sie von ihren Sünden reinwaschen sollte.

Die Geldanweisung konnte Joyce nur auf der Bank einlösen, und das hieß, dass sie sich aus dem Haus wagen musste. Maria konnte sie nicht um ihre Begleitung bitten – es wäre auch für Maria, die zwar nach wie vor freundlich zu ihr war, ein Nachteil, mit Joyce gesehen zu werden, und sie musste an ihren eigenen Ruf denken. Alex würde nur noch mehr entgeisterte Blicke und Feindseligkeit auf sich ziehen. Deshalb fragte Joyce ihren Schwiegervater, ob er mit ihr zur Bank ging.

Petros war seit Joyces Bloßstellung aufmerksamer denn je. Er versicherte ihr, dass er nichts von den Briefen ihrer Mutter gewusst hatte, und er besuchte sie täglich, ging mit ihr ins Freie, damit sie ein wenig frische Luft schöpfen konnte und sich nicht zu sehr wie eine Gefangene fühlte. Er begegnete seelenruhig den Blicken seiner Landsleute und starrte sie so lange an, bis sie Joyce den Rücken zuwandten und davoneilten. Er führte sie in die Läden und ging für sie auf den Markt, weil ihr kein Ladenbesitzer der Stadt mehr etwas verkaufte. Und er hielt beschützend ihren Arm, wenn alte Weiber und Hausfrauen feixten, tuschelten und ihr vor die Füße spuckten. Ihm gefiel seine Rolle als Kavalier, wenn er mit hoch erhobenem Haupt neben ihr ging und alle durch seine bloße Anwesenheit davor warnte, sie anzupöbeln oder zu beleidigen. Er zeigte diesen Klatschmäulern gern, dass er an ihre Treue glaubte. Vor allem anderen bereitete es ihm Genugtuung, den Leuten, besonders den Männern, vorzuhalten, was für Heuchler sie waren.

Joyce war sich der hasserfüllten Blicke bewusst, obwohl sie den Kopf gesenkt hielt. Sie war nicht einverstanden mit den Dorfregeln oder den griechischen Gesetzen, und sie glaubte auch nicht, dass die Dorfbewohner Recht hatten, aber sie verstand, dass das karge Leben auf der Insel sie dazu brachte, eine Außenseiterin so zu behandeln. Zudem schämte sie sich, weil sie die Menschen, die sie geliebt und ihr vertraut hatten, hintergangen hatte – besonders Petros gegenüber plagte sie das schlechte Gewissen. Sie fühlte sich derart verloren, dass sie es nicht über sich brachte, jemanden anzusehen.

Als sie zur Bank kamen, ließ Petros sie allein, weil er selbst noch Besorgungen zu machen hatte. »Warte hier auf mich, wenn du dein Geld hast, *Koroulamou*«, sagte er. »Geh nicht ohne mich auf die Straße.«

Joyce nickte und ging zu dem hölzernen, mit Gittern versehenen Kassenschalter. Sie gab sich Mühe, den tuschelnden Gaffern in der Bank keine Beachtung zu schenken.

»Kalimera«, sagte sie und schob die Geldanweisung unter dem Gitter durch. »Ich möchte das bitte in Bargeld ausbezahlt bekommen.«

Der Kassierer, ein dürrer Junge mit Brillantine im schwarzen Haar, betrachtete prüfend das Papier. Dann schüttelte er bedächtig den Kopf. *Kyria* Koliopoulos, ihr Mann hat das nicht auf der Rückseite unterzeichnet.

»Selbstverständlich nicht. Die Anweisung ist auf mich ausgestellt. Sie ist von meinen Eltern aus Amerika.«

»Aber Sie haben hier kein Konto.«

Joyce wurde rot. Die verheirateten Frauen von Kastron hatten keine eigenen Bankkonten. Maria hatte ihr erklärt, dass ihr ganzes Geld, ihr ganzer Besitz ihren Männern gehörte. Wenn die Männer nicht zu Hause waren, bewahrten sie die Drachmen in Töpfen oder ihren Mitgifttruhen auf, oder sie stopften sie in ihre Matratzen.

»Ich brauche kein Konto. Dies ist eine Geldanweisung, kein Scheck. Sehen Sie. Das ist so gut wie Bargeld.«

Der Kassierer schüttelte wieder den Kopf und zog die Augenbrauen zusammen. »Tut mir Leid, *Kyria*. Ich bin nicht befugt, Ihnen ohne die Unterschrift Ihres Mannes Bargeld auszuhändigen.«

»Aber er ist auf See!« Joyce brach der Schweiß aus allen Poren. »Ich möchte mit dem Bankdirektor sprechen. Sie können mir nicht das Geld vorenthalten, das mir meine Eltern geschickt haben!«

Der Direktor, ein fetter Mann mit dichtem Schnurrbart, war kein bisschen zugänglicher als sein Angestellter. »Es tut mir Leid, *Kyria*, das sind unsere Vorschriften«, erklärte er, und Joyce fragte sich, ob dies eine Bestrafung war wie die Schmähungen, die sie auf den Straßen erlebte. »Sie müssen das wieder mit nach Hause nehmen, bis Ihr Mann zurückkommt. Wenn er den Scheck abgezeichnet hat, geben wir Ihnen das Geld.«

»Aber dies ist kein Scheck, das habe ich Ihnen schon einmal gesagt!«, schrie Joyce – sie war außer sich. Wie konnte sie von hier wegkommen, wenn man ihr das Geld nicht aushändigte?

»Bitte, beruhigen Sie sich. Und jetzt treten Sie bitte beiseite, wir müssen die anderen Kunden bedienen.«

Joyce wartete niedergeschlagen auf einem Stuhl auf Petros. »Was ist los, Kleines?«, fragte er, als er ihr Gesicht sah. Er wurde wütend, als sie ihm alles erzählte.

»Was soll das heißen?«, brüllte er den Bankdirektor an und stürmte zu dem Pult des Direktors.

»Tut mir Leid, *Kyrie* Koliopoulos«, entgegnete der Direktor entschieden. »Ich habe die Vorschriften nicht gemacht. Wir können kein Bargeld an Leute geben, die kein Konto bei uns haben.«

Petros funkelte ihn an. »Dein Verhalten ist empörend«, sagte er kalt und würdevoll. »Ich, Petros Koliopoulos, kenne dich, seit du an den Brüsten deiner Mutter gesaugt hast. Willst du meine Familie mit diesen Idiotien beleidigen? Ich werde mit deinen Onkeln und deinem Vater darüber sprechen. Du wirst in Ungnade fallen.«

Der Bankdirektor rieb sich verlegen die Hände und schielte zu den anderen Kunden. »Bitte, *Kyrie* Koliopoulos. Ich möchte Sie nicht beleidigen – das sind eben unsere Vorschriften.«

»Du bist so voller Scheiße wie eine Babywindel«, schnaubte Petros. »Ich übernehme die Verantwortung für diese Auszahlung. Ich bin das Oberhaupt unserer Familie. Das Geld gehört so gut wie mir!«

»Aber Ihr Name steht nicht auf dem Scheck ...«

»Du verdammter Schafskopf, das ist kein Scheck!«

Nach langem heftigen Streit gab der Direktor endlich nach und händigte Petros den Betrag, ein großes Bündel gebrauchter Drachmenscheine, aus – nicht Joyce.

»Ich übergebe das Geld jetzt meiner Schwiegertochter«, sagte Petros laut. Und direkt vor der Nase des Bankdirektors überreichte er Joyce feierlich das Bündel.

Sie stand einen Moment ganz still und umklammerte die Banknoten. Sie waren verknittert und abgegriffen. Trotzdem hatten sie die Macht, sie von dieser Insel wegzubringen – weg von diesem Bauernleben.

Der Tag, an dem sie und Alex an Bord gingen, war kalt und grau. Petros begleitete sie zur Fähre, genau wie Eugenia, die, obwohl sie ihren Neffen aus dem Haus getrieben hatte, plötzlich vom Abschiedsschmerz ergriffen war. Sie stand neben Petros und presste die Lippen zusammen, um ihre Gefühle zu verbergen. Alex war ein netter Junge, und er hatte wirklich fleißig gearbeitet. Ihm war das vielleicht nicht bewusst, aber er hatte ihr in diesem Sommer viel Geld erspart, das sie sonst Helfern als Lohn hätte auszahlen müssen.

Petros sagte nichts. Zum ersten Mal seit mehr als zwei Jahren nahm er Joyce in die Arme. Ihm fehlten die Worte in diesem Augenblick. Er wusste, dass Joyce die Insel verlassen musste, weil sie von allen Bewohnern wie eine Ausgestoßene behandelt wurde, und ihm war auch klar, dass es das Beste für sie war. Sie musste sich ein eigenes Leben einrichten, in dem sie frei von Nikos und seinen arroganten Forderungen war – und frei von Dimitra, die sie zermalmen würde, wenn sie könnte, wenn auch aus Liebe. Trotzdem schmerzte sein müdes Herz – er hatte Joyce sehr gern. Seine trüben Augen wurden feucht, als er sie umarmte, aber er brach sein Schweigen nicht. Er drückte ihr alles in die Hand, was er ihr geben konnte: seine braune Perlenschnur, die nicht einmal hübsch war, aber die braunen Tonkugeln glänzten vom vielen Gebrauch.

Joyce schloss die Finger um das *Kombuloi* und gab Petros einen Kuss auf die überraschend weiche, schrumplige Wange, dann umarmte sie ihn noch ein letztes Mal. Sie spürte, wie dürr und knochig er war – wie ein behändes, zartes Tierchen –, und in diesem Moment wurde ihr bewusst, dass sie Petros nie wiedersehen würde. Er würde bald sterben, ausgemergelt von der harten Arbeit auf dem kargen Land, von den Sorgen um seinen ungeratenen Sohn und vielleicht sogar von seinem Doppelleben mit Maria. Vor allem anderen aber hatte ihn seine unnachgiebige Frau Kraft gekostet.

»*Andheo*, mein Vater«, flüsterte sie, dann drehte sie sich um und bestieg mit Alex das Schiff.

Petros war das letzte Mitglied, das sie von ihrer griechischen Familie sah – er stand auf dem Dock und wurde immer kleiner, bis er aussah wie jeder andere griechische Bauer in seiner schäbigen Kleidung und der alten Kappe, die seine Augen überschattete. Hinter ihm schmiegten sich die weißen Häuser an den Hügel und leuchteten unter dem grauen Oktoberhimmel. Irgendwo da oben auf diesem steinigen Berg saß Dimitra in einer kleinen Kate, hatte dem Hafen den Rücken zugedreht, umfasste ihren runden Bauch und verharrte stur in ihrer Einsamkeit.

Während die Fähre in Richtung Festland tuckerte, lehnten Alex und Joyce an der Reling und sahen zu, wie Ifestia langsam zu einem kleinen Hügel am Horizont zusammenschrumpfte. Schon jetzt wurde ihr griechisches Leben zu einem Abschnitt, der hinter ihr lag. Sie spürte, dass sich ihre Zeit hier zu einer Erinnerung kristallisierte, die ihr bald so fern sein würde, als hätte ein anderer Mensch das alles erlebt. Ihr hiesiges Leben würde zu einer Geschichte werden, die Narben hinterlassen hatte.

Sie konnte allerdings nicht voraussehen, ob sie ihre Zeit auf Ifestia als Verirrung ansehen oder sich den Rest ihrer Tage danach sehnen würde, das Leben einer griechischen Bäuerin zu führen.

Sie war so in sich versunken, dass sie gar nicht zuhörte, als Alex versuchte, mit ihr zu reden. Sie war wie betäubt, und in ihrem Kopf brodelten und schäumten die Gedanken wie die Wellen des Meeres. Irgendwann gab Alex auf, nahm ihre Hand und zog sie unter Deck. Sie folgte ihm blind. Alles, was sie jetzt tat, war neu für sie, und sie fühlte sich verletzbar und allen Blicken ausgesetzt: Sie hielt in aller Öffentlichkeit Alex' Hand, hatte die Jeans an, die mittlerweile vom Tragen weich geworden war, sowie eine Bluse statt der unförmigen Kleider. Sie bewegte sich unter den Matrosen, ohne den Blick zu senken oder in den Po gekniffen zu werden. Sogar die Soldaten an Bord benahmen sich anders, weil sie glaubten, sie sei Alex' Frau. Diese drastischen Veränderungen brachten sie aus dem Gleichgewicht wie einen Segelflieger, dem der Wind die Flügel abgerissen hatte.

Als sie unter Deck gingen, schaute sie auf ihren Ehering und machte Anstalten, ihn abzuziehen. Alex hielt sie davon ab. »Noch nicht«, sagte er. »Er könnte uns in den Hotels helfen.«

Sie fügte sich, aber der Ring wog mit einem Mal schwer. Dieses letzte Glied in der Kette, das sie an Nikos band.

Das Schiff legte in Kavala an, und sie stiegen in einen langsamen, klapprigen Bus, der sie nach Thessaloniki brachte. Das war zumindest eine vertraute Umgebung für Joyce – ein Bus voll mit stark riechenden Bauern, der Gestank nach Abgasen und die holprige Straße. Das alles verursachte ihr leichte Übelkeit. Aber sobald sie in Thessaloniki ankamen, ging es ihr wieder besser. Seit sie hier auf dem Weg nach Ifestia mit Nikos durchgefahren war, hatte sie keine so große Stadt mehr gesehen. Sie klammerte sich an Alex, um Halt zu finden, als sie die Straßen überquerten und ihr Gepäck zu Bussen schleppten und wieder heraushoben. Ihre Augen brannten vom Smog und Staub. Der Lärm verursachte ihr Kopfschmerzen: das ständige Hupen, das Quietschen der Bremsen, Menschen, die ohne Schamgefühl und Rücksicht schrien und brüllten. Hier hörte man nicht das sanfte Plätschern der Wellen, das Zirpen der Zikaden, das Meckern von Ziegen oder Schnauben der Esel. Joyce war ganz still, weil sie nicht mit ihrer eigenen Stimme zu dieser Kakofonie beitragen wollte.

Als Alex sagte, sie müssten sich ein Hotel suchen, machte sie sich Gedanken um die Ausgaben. »Ich muss genügend Geld für den Heimflug aufheben«, sagte sie.

Diese Aussage schmerzte Alex, aber er beruhigte sie dennoch: »Keine Sorge. Wir finden ein billiges Zimmer.«

Das Hotel, in das sie gingen, sah anständig aus, aber sie erschraken, als der Besitzer ihnen eröffnete, dass drei zusätzliche Betten in dem Zimmer standen, in denen unter Umständen noch andere Gäste schlafen würden. »Nein, ich möchte ein Zimmer nur für uns – mit einem Doppelbett«, sagte Alex, aber sobald ihnen der Mann den Preis dafür nannte, änderte er seine Meinung. Alex steckte ihm ein paar Drachmen zu. »Halten Sie andere Gäste fern, wenn Sie können«, sagte er. Dies war die erste Nacht, die Joyce und er zusammen verbringen konnten, und er wollte nicht, dass Fremde ihre Zweisamkeit störten.

Das Hotel war schäbig, aber einigermaßen sauber. Joyce behauptete, es würde stinken, aber Alex roch nur Ammoniak, der in vielen griechischen Häusern zum Putzen benutzt wurde, und vielleicht lag ein schwacher Geruch nach Fäkalien in der Luft. Die Holztreppe, die zu ihrem Zimmer führte, war schmal und dunkelbraun gestrichen. Das Zimmer war geräumig, blassrosa tapeziert und hatte gerüschte Nylonvorhänge und einen kleinen Balkon, von dem aus man die breite Straße überblicken konnte – es besaß eine gewisse verblichene Eleganz. Ein Ölofen rauchte friedlich in der Ecke.

»Ich mach das Fenster ein wenig auf«, sagte Alex, »sonst vergiftet uns der Rauch von dem Ofen noch.«

Plötzlich war er so schüchtern, als würde er Joyce zum ersten Mal ausführen. Joyce saß auf dem durchgelegenen Doppelbett, dessen Sprungfedern ziemlich laut knarrten. Sie schlug die Decke zurück, um nach Ungeziefer zu suchen, aber die Laken waren sauber, wenn auch ein bisschen fadenscheinig. Doch sie selbst kam sich schmutzig vor, ihr Haar war klebrig von der salzigen Luft, ihre Haut war schmierig von den Abgasen. Aber am schlimmsten war, dass sie vollkommen durcheinander war und sich fühlte wie eine Strafgefangene auf der Flucht.

Nachdem er das Fenster einen Spalt geöffnet und den Vorhang beiseite geschoben hatte, nahm Alex sittsam neben Joyce Platz. Die Bettfedern ächzten. »Ich hoffe, das hält uns zurück«, sagte er mit einem schiefen Grinsen. »Unser eigenes Bett – zum ersten Mal für eine ganze Nacht«, fügte er hinzu und sah sie an.

Joyce schaute ihm in das erwartungsvolle, strahlende Gesicht, hörte aber kaum, was er sagte. Allmählich dämmerte ihr, dass sie endgültig eine Tür hinter sich zugeschlagen und alle Bande durchschnitten hatte. Es gab keinen Ehemann, keine Schwiegereltern, keine Arbeit mehr für sie. Weit, weit weg über dem Ozean gab es einen Ort, an dem sie willkommen war, aber das Zuhause ihrer Kindheit war ihr so fremd wie der Traum eines anderen Menschen. Alex war an ihrer Seite, und er bot ihr an, sie zu Plätzen zu bringen, die ihr noch fremder waren. Alle Möglichkeiten gingen ihr durch den Kopf: die abgestumpfte Familie in Florida, die unbekannten Städte Athen und London – oder sie konnte ganz allein irgendwohin fliegen. Keine der Städte kam ihr verlockender vor als die andere. Alle waren reizvoll und abstoßend zugleich, geeignet und unmöglich.

An diesem Abend aßen sie und Alex in einer finsteren, billigen Taverne, in der es nur zwei Gerichte gab. Wenn es nicht so kalt draußen gewesen wäre, hätten sie sich damit zufrieden gegeben, *Souvlaki* auf einer Bank im Freien zu essen, aber heute fegte ein eisiger Wind durch die Straßen. Sie gingen in die Küche, schauten in die Töpfe und entschieden sich für Hühnchenfleisch – es war stark mit Oregano gewürzt und in unkenntliche Stücke geschnitten; dann setzten sie sich an einen Tisch am Fenster – sie waren die einzigen Gäste. Joyce war in sich gekehrt und schweigsam – noch hielt sie die Fäden ihres aufgedröselten Lebens in den Händen. Alex musterte sie besorgt. Er hatte gehofft, dass sie überglücklich oder zumindest in romantischer Stimmung sein würde, aber sie machte einen traurigeren Eindruck als je zuvor.

»Ist alles in Ordnung mit dir?«, fragte er sie und schenkte etwas von dem warmen Rotwein in ihre Gläser.

Joyce starrte auf ihren Teller. Das Hühnchen war zäh, der Reis klebrig. Sie hatte ganz vergessen, wie schlecht das Restaurantessen verglichen mit Dimitras Küche war.

»Ich weiß nicht«, antwortete sie. Der Wein löste ihre Erstarrung, und die Emotionen brachen sich langsam Bahn. Ihre Kehle brannte. Sie holte Petros' Perlenschnur aus der Tasche. »Ich werde Petros und Dimitra nie wiedersehen«, sagte sie und ließ die Perlen durch die Finger gleiten. »Mir ist, als hätte ich alles verloren.«

Alex griff nach ihrer Hand, die auf der fleckigen Tischdecke lag. Er hatte befürchtet, dass er sie nach der Flucht aus der Gefangenschaft in einem weniger romantischen Licht sehen und sie zu einer ganz normalen Frau werden würde. Aber ihre Schweigsamkeit, ihre Geistesabwesenheit entfachte seine Liebe nur noch mehr. Er merkte, dass er selbst in den Hintergrund trat und unbedeutend für sie zu sein schien; sie hörte und sah ihn kaum.

»Joyce, sag das nicht. Du hast nicht alles verloren. Du hast dich nur befreit.«

»Ich habe versagt, Alex. Ich wollte hier leben und habe alles falsch gemacht.«

»So darfst du das nicht sehen. Es war kein Leben, es war ein Traum. Es wäre nie gut gegangen. Und du bist nicht allein, vergiss das nicht. Du hast mich.«

Joyce runzelte die Stirn. Das Kerzenlicht tanzte auf ihren Wangen, und die Schatten ihrer Wimpern waren lang und klar wie Stammeszeichen. »Ich kann nicht von einem Mann zum anderen rennen, Alex«, sagte sie ruhig. »Ich muss mir erst über alles klar werden.«

Aber in dieser Nacht im Bett strafte sie sich selbst Lügen. Es machte ihr immer noch Angst, so frei und unabhängig zu sein. Sie klammerte sich an Alex. Ihr Körper war angespannt und verkrampft. »Ich kann nicht«, flüsterte sie, als er versuchte, in sie einzudringen. Sie war noch so aufgelöst, dass sie sich ihm nicht öffnen konnte – ihre Gefühle waren wie ein Puzzle, das über den Fußboden verstreut war. Sie musste alle Teile einsammeln und festhalten.

Joyce lag in dieser Nacht lange wach. Sie hatte noch nie neben einem anderen Mann als Nikos geschlafen, und sie war nervös, als wäre sie ins Bett eines Fremden gekrochen. Alex schien zu schlafen, aber sie wagte trotzdem nicht, sich zu bewegen. Sie wollte nicht, dass er aufwachte und sie fragte, was mit ihr los war; sie wollte nicht gezwungen werden, alles zu erklären. Was mache ich in diesem stinkenden Hotelzimmer in einer Stadt, die ich gar nicht kenne?, dachte sie immer wieder. Sie fühlte sich einsamer denn je, sogar noch einsamer als in den ersten Wochen in Dimitras Haus, als Nikos auf See gewesen war.

Als sie am nächsten Tag im Zug nach Athen saßen und die Ägäis nur als türkisfarbenen Streifen in der Ferne sahen, erzählte ihr Alex von seinen Freunden in Athen. Er hatte dort einen großen Bekanntenkreis, weil er seit seinem dreizehnten Lebensjahr jeden Sommer in Athen verbracht hatte. »Ich kann es kaum erwarten, sie dir vorzustellen«, sagte er; seine blauen Augen funkelten vor Vorfreude. »Es sind wundervolle Jungs – alle, aber besonders Dimitrios. 1972 bei einer Demonstration gegen die Militärjunta hat man ihm den Schädel eingeschlagen – hab ich dir das schon erzählt?« Joyce hörte einen wehmütigen Unterton in Alex' Stimme. »Du wirst ihn mögen. Er ist ein toller Kerl.«

Alex war erpicht darauf, dass Joyce nicht nur seine Freunde, sondern Athen an sich von der besten Seite sah. Andere beklagten sich über den Dreck und Lärm und die billige, moderne Hässlichkeit, die die alte Schönheit nach und nach verschlang, aber Alex hielt diese Stadt für die lebendigste und aufregendste auf der Welt. Er liebte den rauen Umgangston der Athener, das Geschrei, das Feilschen und laute Hupen. Die Restaurants im Freien, die unter üppigen Weinranken versteckt waren, sodass der Smog und die Sonne keinen Zugang hatten. Besonders liebte er die krassen Gegensätze – den majestätischen Parthenon, der auf dem Hügel in der Sonne schimmerte wie polierte Knochen, und den Dreck und Abfall in den Straßen darunter. Er sah das als Menschlichkeit in ihrer großartigsten und schlimmsten Erscheinungsform. Er wünschte sich, dass sich Joyce in Athen verliebte, wie er es getan hatte.

Als sie gegen Abend ankamen, rief Alex Dimitrios vom Bahnhof aus an und fragte, ob sie bei ihm übernachten konnten. Joyce wäre es lieber gewesen, nicht bei Fremden zu logieren – sie fühlte sich verletzlich und war scheu nach ihrem Leben in einem abgelegenen Dorf –, aber sie durften nicht zu viel Geld ausgeben, und sie war trotz allem gespannt auf Alex' Helden. Sie zwang sich zu einem Lächeln, als Alex verkündete, dass sie bei Dimitrios willkommen waren.

»Komm«, rief er enthusiastisch und nahm ihren Koffer. »Lass uns zu ihm fahren, morgen zeige ich dir die Sehenswürdigkeiten der Stadt.«

Alex' Plan war, Joyce so sehr zu beschäftigen, dass sie keine Zeit hatte, nachzudenken und den Entschluss zu fassen, sich von ihm zu trennen. Er hoffte, sie mit Athen zu verführen und sie so zu begeistern, dass sie ihm in dem Strudel der Ereignisse überallhin folgte.

Dimitrios war ein dunkelhäutiger junger Mann mit großem kantigen Kopf, schwarzen Augen und schwarzem Bärtchen. Sein Oberkörper war lang und geschmeidig, aber Joyce staunte über seine kurzen Beine. »Alexandros, wo warst du den ganzen Sommer über?«, rief er, als er die Tür öffnete. Er schlang die Arme um Alex – wie ein Junge, der einen Baum umarmte. »Wir haben dich sehr vermisst! Ein Sommer ohne Alexandros ist langweilig und traurig.«

Alex wurde rot. »Es ist ihre Schuld.« Er drehte sich voller

Stolz zu Joyce um. »Dimitrios, das ist Joyce ...« Er zögerte; plötzlich wurde er verlegen. Er brachte es nicht über sich, ihren griechischen Namen auszusprechen. »Perlman«, setzte er kleinlaut hinzu.

Dimitrios schüttelte Joyce die Hand, taxierte sie von oben bis unten, als wäre sie ein Stück Fleisch, und verlor von einem Moment zum anderen das Interesse an ihr. »Kommt rein«, sagte er zu Alex. »Ich habe eine Ecke, in der du schlafen kannst, und eine zusätzliche Matratze für den Boden. Ihr habt sicher Hunger, oder? Alexandros, warte nur ab, wen ich für heute Abend zum Ausgehen aufgetrieben habe!«

Die nächsten fünf Tage vergingen für Joyce wie in einem Nebel. An den Vormittagen nahm Alex sie mit in die Stadt. Sie besichtigten die Akropolis, spazierten durch die Prachtstraßen und die kleinen Gassen, schlenderten durch Museen, redeten über das, was sie sahen, und über Alex' Athener Freunde – über alles, nur nicht über das Wichtigste, die Zukunft. Joyce ließ zu, dass Alex ihre Hand hielt, hörte ihm zu, wenn er ihr die Gemälde und Skulpturen erklärte und das Wissen an sie weitergab, das er von seiner Mutter oder im Studium erworben hatte. Joyce betrachtete die Statuen, die Figuren auf Vasen und Tellern, die minoischen, mykenischen und klassischen Kunstgegenstände und verfiel in demütiges Schweigen. Alex war in ihrem Alter, aber er wusste so viel mehr als sie. Die Welt war voll mit Schönem, Historischem, mit Geschichten und Mythen, von denen sie noch nie etwas gehört hatte. Zuerst empfand sie Ehrfurcht vor allem, was sie sah. Aber im Laufe der Tage fühlte sie sich erdrückt, und ihre mangelhafte Bildung machte ihr zu schaffen.

Die Abende waren nicht besser. Sie verbrachten sie mit

Dimitrios und Alex' anderen Freunden. Sie tranken und diskutierten laut über die letzte Zypern-Krise und darüber, ob die Vereinigten Staaten und England Verbündete oder Gegner der Griechen waren. Joyce erschien es, als würde sie nächtelang von einem Restaurant in ein *Kaphenio*, von einer Taverne in eine Privatwohnung gezerrt – draußen war es finster und kalt, drinnen heiß und verräuchert. Sie machte sich Sorgen wegen des Geldes, das sie ausgaben, obwohl Alex immer für sie mitzahlte – die Begeisterung machte ihn leichtsinnig, als wollte er, wie sie manchmal argwöhnte, für immer in Athen bleiben. Aber er war umsichtig und aufmerksam, wenn er nicht von seinen Freunden abgelenkt wurde. Er unterhielt sich ruhig und angenehm mit ihr, wenn sie allein waren, und verführte sie jede Nacht. Sie wusste, dass sie großes Glück hatte. Trotzdem fühlte sie sich groggy und verkatert und schlief schlecht auf Dimitrios' klumpiger Matratze, wenn sie überhaupt Schlaf fand. Sie stolperte durch die Tage und verbrachte jeden Abend im Alkoholnebel und Qualm. Sie kam sich vor, als hätte man sie unter Drogen gesetzt und gekidnappt.

Alex' Freunde waren eigenwillig und laut, und sie liebten ihre Zusammenkünfte. Wie Dimitrios hatten auch alle anderen als Studenten gegen das Militärregime demonstriert, und sie prahlten noch immer mit ihren Heldentaten. Sie diskutierten gern und legten oft die Arme um die Schultern der anderen. Manchmal wurde einer von ihnen wütend, schwor, nie wieder mit den anderen zu sprechen, sprang auf, drohte und fuchtelte mit den Armen durch die Luft. Aber solche Auseinandersetzungen schienen nie etwas zu verändern. Am nächsten Abend war alles wie immer.

Joyce saß ein wenig im Abseits, die einzige Frau in der Runde, von allen außer Alex ignoriert. Er versuchte, sie an den Gesprächen zu beteiligen, aber sie widersetzte sich. Ihr Status als Außenseiterin und ihre eigene Unsicherheit schüchterten sie zu sehr ein. Dabei hätte sie durchaus etwas zu sagen gehabt. Sie hörte die Jungs über Diktatur reden und dachte an das, was Maria über die Freiheit gesagt hatte. Sie beobachtete, wie sie sich aufbliesen, wenn sie erzählten, wie sie von der Polizei verprügelt und ins Gefängnis verfrachtet worden waren, und dachte an die Frauen in der Widerstandsbewegung, die nicht in Bars mit ihren Taten angaben.

Die Männer formten einen Kreis, der sich enger und enger zusammenzog, waren vollkommen zufrieden mit sich und schoben Joyce beiseite wie einen leeren Suppenteller.

»Warum beteiligst du dich nicht?«, fragte Alex eines Abends, als sich seine Freunde über die Junta unterhielten. »Du weißt viel über diese Zeit.«

Joyce schüttelte den Kopf. »Ich kann nicht«, erwiderte sie hastig. »Deine Freunde machen mich sprachlos.«

Aber sie beneidete die Jungs. Sie beneidete sie um die Sicherheit, mit der sie ihre Meinungen vertraten, Witze machten, sich gegenseitig ins Wort fielen und beharrlich auf ihrem Standpunkt blieben. Sie beneidete sie auch um ihren Mut und darum, dass sie alle – wie Maria, Dimitra und Petros – ihr Leben aufs Spiel gesetzt hatten, um für eine Sache einzustehen. Sie wusste, dass dieses Selbstbewusstsein durch Erfahrung, Bildung und den Glauben an eine bestimmte Politik entstand. Wenn sie doch nur ein bisschen mehr wie sie sein könnte, statt stumm herumzusitzen wie ein idiotisches Kind. Wenn sie doch im Stande wäre, die Unbekümmertheit zu spüren, die sie in ihren Stimmen hörte, und die Energie, die sie in ihrer Körperhaltung erkannte! Bald gab sie sich wieder denselben Träumereien hin wie damals bei Maria. Sie saß außerhalb des Kreises, und die Rücken der Männer schlossen sich vor ihren Augen zu einer Phalanx – sogar Alex klammerte sie manchmal auf diese Weise aus. In diesen Stunden spielte sie ein Spiel, um sich selbst zu unterhalten. Sie stellte sich vor, in der Wohnung einer dieser Männer an der Stirnseite eines Tisches zu sitzen. Die Anwesenden hingen an ihren Lippen und sahen sie voller Bewunderung an, während sie bahnbrechend kluge Thesen vertrat.

Von außen betrachtet mochte sie nichts anderes als ein Anhängsel von Alex sein – ein Dekorationsstück. Doch sie sehnte sich danach, jemand zu sein, dem andere zuhörten.

Eines Abends, als Alex über die Ursprünge der Demokratie – ein beliebtes Thema unter Griechen – debattierte, ertappte sich Joyce dabei, dass sie ihn mit großer Distanz beobachtete. Er war über den Tisch gebeugt, sein Körper war schlank und stark, zu allem fähig. Sein Vortrag war eloquent, entschieden. Seine Haltung und Gesten wirkten sehr selbstbewusst.

Alex ist wunderbar, ging es ihr durch den Kopf. Er ist so, wie man sich einen Menschen nur wünschen kann. Ich möchte wie er sein.

»Joyce, ist dies nicht eine erstaunliche Stadt?«, sagte er am nächsten Tag zu ihr, als sie auf den Lykavittos stiegen, um die Aussicht zu genießen. Er war noch immer in Hochstimmung nach der Diskussion vom gestrigen Abend. Er deutete mit einer umfassenden Geste auf die Umgebung – man sah hauptsächlich Beton und Autos. »Sie ist voller Leben und Spannung.« Er drehte sich strahlend Joyce zu. »Ist es nicht aufregend?«

Joyce blinzelte im Smog. Unter ihr war ein wildes Durcheinander von grauen Häusern, manche heller, manche dunkler, viele von ihnen schmutzig und halb verfallen. Die Straßen waren verstopft von Autos, die in alle Richtungen wollten, die Auspuffgase strömten sichtbar in die dicke, gelbe Luft. Hier und da in dem Chaos entdeckte sie eine Oase der Ruhe. Dürres Gras, ein Fleckchen orangefarbener Erde, Marmorruinen, dunkle Zypressen. Aber der Haupteindruck war Unordnung und Hektik. Sie wusste, dass Alex hier in seinem Element war, dass er den Lärm und das rege Treiben liebte, sogar den Dreck – aber für sie war das nichts. Nach dem Inselleben konnte sie die Lasterhaftigkeit von Städten nicht mehr ertragen, die Menschenmassen, die Jagd nach Geld. Das alles erstickte sie.

»Die Menschen sind aufregend, ja«, gab sie Alex Recht.

Alex' Lächeln verblasste. »Dir gefällt es hier nicht, stimmt's?« Er starrte eine Weile in die Ferne. »Hör mal, wir müssen nicht hier bleiben, wenn du nicht willst. Nicht jetzt. Mir würde es nichts ausmachen, für einige Zeit nach Hause zurückzukehren. Wir könnten uns in London eine Wohnung mieten. Vielleicht gefällt dir London, Joyce. Es ist viel ruhiger als Athen. Dort gibt es wunderschöne Parks und ...«

»Nein«, entgegnete sie fest. »Ich glaube nicht, dass das richtig wäre. Es tut mir Leid.«

Er wurde bleich. »Was soll das heißen? Willst du damit sagen, dass du tatsächlich nach Hause möchtest?«

Sie zuckte mit den Schultern. »Ich weiß nicht mehr, wo mein Zuhause ist. Aber ich möchte zurück nach Amerika, ja.«

Sie sah zu ihm auf. »Ich muss ganz von vorn anfangen, einen neuen Weg finden.«

Alex biss die Zähne zusammen. Aber er erholte sich rasch und fing an zu reden – schneller denn je. »Du könntest hier einen Weg finden, Joyce. Oder wir gehen nach

Brighton – dort war ich auf der Uni, und die Stadt gefällt dir bestimmt. Sie liegt am Meer, das bist du doch gewöhnt. In Brighton gibt es viele Sprachschulen, in denen ich unterrichten könnte. Ich sorge für dich.«

Die letzten Worte klangen flehend, eindringlich, aber das Beben in seiner Stimme deutete darauf hin, dass er mit einer Zurückweisung rechnete.

Joyce nahm seine Hand. »Nein. Verstehst du denn nicht?« Sie machte eine Pause. »Amerika ist nicht das Ende der Welt«, setzte sie hinzu. »Du warst noch nie dort, oder? Du könntest mich besuchen.«

Alex presste die Lippen aufeinander. Er sah Joyce an, dann seine Hand, die sie in ihren beiden hielt, als wollte sie sein Verständnis erzwingen.

In dieser Nacht liebten sie sich ruhig auf dem Boden in Dimitrios' Wohnzimmer. Alex strich langsam mit der Hand über ihren Körper und versuchte, sich die Konturen und Rundungen einzuprägen. Ihre kleinen Brüste, die er so sehr liebte, der Rippenbogen, die sehnigen Muskeln an Armen und Beinen. Er küsste jeden Teil von ihr – dieser Körper hatte eine nie gekannte Leidenschaft in ihm entfacht. Er tastete wie ein blinder Mann, der versuchte, die Zukunft zu ergründen. Und mit jeder Berührung schwor er sich, dass er sie wiederfinden würde.

Joyce umarmte ihn zärtlich, atmete den Duft seiner Haut tief ein. Wahrscheinlich war Alex der netteste Mann, der jemals in ihrem Leben eine Rolle gespielt hatte, vielleicht würde sie nie wieder jemand so lieben wie er. Sie strich über sein weiches Haar, über seine Nase, die Schulterblätter. Wer wusste schon, was in Zukunft geschah? Aber sie war zu sehr im Umbruch, um sich ganz und gar auf ihn einzulassen. Sie konnte und wollte ihr Leben nicht wieder nur von der Liebe bestimmen lassen.

Als sie schließlich einschlief, träumte sie vom Supermarkt in Florida wie vor langer Zeit. Sie stand in einem der Gänge – die Regale waren hoch und liefen an der Decke zusammen wie eine Kuppel. Vor ihr standen Reihen und Reihen bunter Gegenstände. Neongrüne und rote Plastikflaschen mit Putzmitteln. Modeschmuck neben Toilettenbürsten. Schneeweiße Kleider neben Hundenäpfen und Katzenfutterdosen. Joyce suchte fieberhaft – sie wollte etwas, das Dimitra dringend brauchte. Sie sah aufgereihte Lippenstifte in goldenen Hüllen, die Glanz und lange Abende mit Wein und Kerzenlicht versprachen. Sie sah Parfümfläschchen, Töpfe, Schrubber, mit Strass besetzte Haarbänder. Sie sah Säcke mit Katzenstreu, Grillkohle, Haarspray, Popcornpfannen, Seidenstrümpfe und phosphoreszierende pinkfarbene Straußenfedern. Ihre Suche wurde immer hektischer – ganz oben in den Regalen, tief unten zwischen den Kartons, Flaschen, Dosen und Tuben und all dem vielfarbigen Plastik und den Schachteln. Nichts war das Richtige. Dimitra brauchte nichts von hier. Nichts aus diesem Supermarkt könnte ihr irgendwie von Nutzen sein.

Als Alex sie weckte, suchte Joyce immer noch.

Ein Schmöker mit Sogwirkung!

Astrids Leben nimmt im Alter von zwölf Jahren eine dramatische Wendung. Ihre Mutter bringt ihren ehemaligen Liebhaber um und kommt ins Gefängnis. Für Astrid beginnt damit eine Odyssee von einer Pflegefamilie zur anderen. Ihr Bedürfnis nach Halt und Geborgenheit wird dabei sträflich vernachlässigt und das Leben des sensiblen und klugen Mädchens gerät mehr und mehr aus den Fugen ...

»Kraftvolle, geschliffene Prosa, eine gut geschriebene Geschichte, gelungene vielschichtige Charaktere und fein nuancierte Beobachtungen – in der Tat ein eindrucksvoller erster Roman.« KIRKUS REVIEWS

ISBN 3-404-14743-X

BASTEI LÜBBE

Eine fesselnde Familiensaga im 19. Jahrhundert – vor der Kulisse des roten Kontinents Australien

Ted und Maddie ziehen mit ihren Kindern in den Südosten Australiens, um sich dort als Farmer niederzulassen. Doch das Leben in dem rauen, unzivilisierten Buschland erweist sich als große Herausforderung. Ein schwerer Kampf um ihre Existenz beginnt – in einem Land, in dem sich nur die Stärksten behaupten können.

ISBN 3-404-14745-6

BASTEI
LÜBBE